Tanrı'nın doğum günü III
ŞEYHTAN'IN SON GÜNÜ
buRAK özDEMİR

İstanbul **2013**
Copyright © Doğumgünü Kitapçısı

BU KİTAP, ALLAHINI
İNANÇLARINI GÜNCELLEYEBİLECEK
KADAR ÇOK SEVENLER İÇİNDİR.

DEĞİŞİME KALKIŞACAK KUDRETİ
KEN-DİNDE GÖREMEYENLERİN
BU KAPIDAN İÇERİ GİRMESİ TAVSİYE EDİLMEZ.

HAZIRSANIZ,
BİNYILIN EN KUTLU DEVRİMİNE
LEVH-İ MAHFUZ'UN KANATLARI ALTINA
HOŞGELİRSİNİZ.

LÜTFEN BU KİTABIN SATIRLARINA
EN MASUM HALİNİZLE SARILINIZ.
SUSUNUZ.
ÖNCE DİNLEYİNİZ.
SONRA TEKRAR DİNLEYİNİZ.
ARDINDAN DİN-LENİNİZ.
VE ONDAN SONRA KONUŞUNUZ.
SONSUZ KADAR,
BİR DAHA HİÇ SUSMAMAK ÜZERE.

MASUMİYET,
BU MİRACA ÇIKABİLMEK İÇİN SARILABİLECEĞİNİZ
TEK DEĞERDİR.

MASUMİYETİNİZ MUKADDESTİR VE
BU KİTAPLA ONA ASLA HALEL GETİRİLMEZ.

1

DONA
Tipini belirleyelim. Aşağıdaki şablonlardan birini seçmemiz yeterli olacak. Daha sonra bu şablonu özel hale getireceğiz. Parmak izi teknolojisine de ihtiyacımız olacak. Bir parmak izinin olması için...

BEN
Hahahaa. Tanrı beni uçağının kokpitine oturttu. Uçağı nasıl uçuruyor onu anlatıyor. Hem uçağı hem de beni mutluluktan uçuruyor ☺

DONA
Hadi söyle bakalım küçük çocuk. İndigo Hutbettin'in yeni muhiti neresi olsun?

BEN
Nee? Bana mı soruyorsun? Bu soruya cevabımı şıp diye verebilirim. Doğma, büyüme ve ölme Fatih'li bir Dinadamı için

BEYOĞLU'NDAN DAHA GÜZEL BİR YER DÜŞÜNEMİYORUM ☺

Hutbettin Beyamca için isim olarak önerilerim Berktuğ veya Berkecan.

DONA

Saçları uzun, kulağı küpeli, giyimi siyah, sırtında her daim gitar taşıyan gençlerden birini canlandırdığını görebiliyorum. Sana tek sözüm şu:

MÜKEMMEL ☺

BEN

Tabi. Herşeyi birilerine yaptırmış. Ona şimdi bireysel takılma lazım. Saçlarını bile kendi kessin derim. Hoş, saçlarını kestireceğini hiç sanmıyorum.

DONA

Beste yapma kabiliyeti verelim mi?

BEN

Ver ya ver. Biraz şenlensin ortalık. Hard Rock bir İlahiyatçı olsun, albümlerini 5'er 5'er almazsam ne olayım.

DONA

Tanınmış olması, toplumun önüne çıkması biraz sonra anlatacağım sebepten ötürü mümkün değil. Hem müzisyen olsun, hem güzel besteler yapsın hem de geçmişinin yükünden arınsın istiyoruz. Hem de Beyoğlu'nda gezinsin istiyoruz. Hadi söyle ne yapıyoruz?

BEN

SOKAK ŞARKICISI! Oleey.

DONA

☺

BEN

Sen insanı yaratırken Meleklerin etrafını sardığını ve fonda Enya çaldığını sanıyordum! Ananemin deyimiyle söyleyecek olursam: Şaşurdum ben şaşurdum.

DONA

İnsan yaratılalı uzun zaman olmuştur. İlk yaratılış evren dışı bir mekândaydı bu doğru. Ancak şu an yaptığımız bir İnsan konfigürasyonu. Şekilden şekile yeni bir geçiş. Ve bunu gökte yapmıyor oluşumuz, seni şaşırtmamalı.

BEN

Şaşurdum ben şaşurdum ☺

DONA

Tanrı, aileni, arkadaş çevreni, ortamını belirler. Varoluş, Tanrı'nın seni yaratırken oluşturduğu fake yani prova profilin, yeryüzünde gerçek bir facebook profiline dönüştüğü yerdir.

BEN

Konfigürasyon tamam. Peki Dinadamımız şu an ne durumda?

DONA

Dinadamınız yeni hayatında artık, ambargolu bir indigo.

BEN

Anladım. Bizim Dindigo, kırk fırın ekmek yerse efsane olacak.

DONA

Nefsine işlemiş bilmişlik ve tanrılık duygusunun nüksettiği her karede, kendi kendini çarpan elektrik akımlarıyla paralize olacak. Ona bu yüzden şöhret kapısını açmayacağız.
Bu anlamda İndigoluğu şartlara bağlı. Koşullandırılmış potansiyeli, ancak haketttiği durumlarda serbest bırakılacak ve eski alışkanlıkları onun için iyi olan davranışlara dahil değil. Şu an için tanrısal insan olarak tarihe damga vurmak değil, sıradan bir insan olarak hayatın tadına varmak. Onun gerçek önceliği bu.

BEN

Ambargolu olmak, lanetli olmak gibi birşey mi?

DONA

Ambargolu tekâmül, lanetli değil rahmetli olmaktır. En son ihtiyacın olacak şeyler senin lanetindir. Onlara uzanman durumunda kendini belanın içinde bulmaman için olumsuz hareket alanların kısıtlanır.

BEN

Sen Dina'ları buraya indigo olarak görmeden önce, ara enkarnasyonlarla onları başka yerlere gönderiyorsun değil mi? Bir Dinadamı için Taylandlı seks işçisi bir çocuk olmak, empatisini tavana zıplatacak bir durum. Ya da sana başka şahane şeyler bulabilirim.

DONA

☺

BEN

Gerçi onların cehennemde yaşamadıkları fantezi yok gibi. Cehennemini de çok dahiyane bulduğumu söylemeliyim. 'Nöbetçiler, kömür atın fırınlara. Harlayın ateşi.' gibi bişey bekliyo insan. Bu kadar yaratıcı cezalar, sürpriz oldu ☺

Yaratıcının yaratıcı davranmasına bu şaşmalarım da ne yaratıcı bir durum sahiden. Hehe. Kendi kendime gülmekten püsküreceğim şimdi. Dinadamı profiline ne kadar tersim Allahım

☺

DONA

Bu kıvamın, kendi kendiyle dalga geçen, neşeli, umursamaz kıvamın, **sen**inle **din** sohbeti yapmamız için en geçerli sebep. **Din**in ihtiyacı **ol**an gerçek kıvam budur.

BEN

Tam kıvamımı bulmuş, neşem yerinde, kafamda yabancı maddesizce kıyak ve sen şimdi gene bana bi sürü devrimler yaşatacaksın. İnsan neden değişmek zorunda herşeyden önce? Bu kadar önemli mi bu? Değişim olmadan, aynı halimizle dünyaya, insanlığa iyi hizmetlerde bulunsak daha iyi değil mi? Çok üstümüze gelmiyor musun? Bizi olduğumuz gibi kabul edemez misin?

DONA

Küçüğüm, değişmemek gibi bir seçeneğinin **ol**duğunu düşünüyor. Değişime, değişimin kişisel bir karar, yaşamsal bir seçenek **ol**madığına ikna **ol**makla başlamalı. Değişen, dönüşen, genişleyen bir evrendesin. Uzayda yüzen taş kütlelerinin bile genişleyen bir evren çatısı altında tekamül ettiği bir fizik dünyasında doğdun. Bedenin ölümlü değil. Bedenin değişimli. Ölü hücreler ile yeni doğumlu hücrelerin birbirlerine dönüştüğü, değişimli bir bedenin içinden nefes alıyorsun ve yerleşik halinle yeryüzüne kök salmaya dair hayaller içinde olamayacaksın.

İnsan, asla yerinde durmaz. Saçı uzar. Tırnağı uzar. Fotoğraflarına bak, yüzü değişir. Değişimin nefesi İnsana daha o doğmadan üflenmiştir. İnsanı oluşturan küçük zerrecik dahi değişerek varolur:

Hücrelerin YENİLENİR.

İnsanoğlunun derisi bile sürekli yenilenerek varolur. İnsan ruhuna giydirilen cilt elbisesi dahi değişimlidir. Senin için mesele, ruhu sarmalayan herşey ama herşey bu denli değişimle harmanlanmışken, bu harmanlarla çevrelenmiş mukaddes ruhunun bu değişime ne kadar ayak uydurabildiğidir. Ruhların değişmeme seçeneği yoktur. Dalgalı bir denizde ikamet eden hiç bir canlının sallanmama seçeneğinin olmadığı gibi. Değişimden kaçınılamaz. Değişim iklimdir. Mevsimleri belirleyen sen değilsin, mevsimleri değiştirebilen de sen olamazsın. Kış mevsimini yaz mevsimine dönüştüremezsin. Ki bu imkânsız arzun da hoşlanmadığın bir şey olan bir değişim kalkışmasıdır. Değişime direnen İnsan, evrenin en temel yasasını değiştirmeye çalışıyordur ki bu noktada bu 'değişim' benim direncimle karşılaşacaktır.

DEĞİŞİM, DEĞİŞTİRİLEMEZ KÜÇÜĞÜM.

BEN

Değişim kaçınılmaz anlaşıldı. Rica etsem bana 'değişmeyen tek şey değişimdir' söylemlerinin dışında şu kelimenin manasının ne olduğunu anlatabilir misin? Değişeceğim de ne olacağım? Doktor, avukat?

DONA

İnsan ölçeklenebilirdi. Bilimkurguların farklı ve fantastik varoluş pencerelerinden bakarak hayal etmeni istiyorum. İnsan bu biçimde yaratılmak zorunda değildi. İnsan, Yüzüklerin Efendisi'nin Orta Dünya Orklarının bir zarın içinde yetişkin haliyle varedildiği gibi varedilebilirdi. Yaratılış bu şekilde takdir edilseydi, Müslüman yaratılışçılar, dinadamları

'Allah **İnsan**ı bir zar içinde var etti...'lerle başlayan **ayet**lerle konuşacaklardı. **İnsan**ın masum ve farklı bir bebek **ol**arak doğması ancak başka T**ol**kien'lerin fantastik ve uzak hayallerinden biri **ol**abilecekti.

Oysa **İnsan** ölçeklendirilmedi. **İnsan** bir bebek **ol**arak doğduruldu. Kundak ile Kefen arasındaki fark, yaratıcının **sen**in cebine koyduğu bir define haritasıydı. Olgun bir kundaklı **ol**arak dön yaratılış toprağına...

VE ÖZÜNDEKİ ÇOCUĞU YANINA ALMADAN
BURALARA SAKIN DÖNME

İnsanı meleklerden de mukaddes kılan nokta tam da burasıydı. Melek, standart ve homojen bir var**ol**uştu. **İnsan** ise asimetrik bir yaşam çizgisi... **İnsan**a ait hiçbirşey, avuçlarındaki fallara ilham veren çizikler dahil düz değildi. **İnsan**, asimetride gömülü sıradışı güzellikti.

Bir **İnsan**ın adını taşıyan bir fotoğraf albümü hazırlayacak **ol**duğunda o albümün içine bir ümmet d**ol**usu farklı **İnsan** portresi koymak zorunda kalırsın. Bebeğin 6 aylık **ol**duğunda ilk doğduğu haldeki fotoğraflarına baktığında 'Bu benim çocuğum muydu?' dersin. **İnsan**oğlu orijinali, bu denli değişken, dönüşkendir.

İnsan sureti, hayatın hiçbir evresinde bir diğerinin aynısı değildir. Farklılaşma sadece suretle sınırlı da değildir.

Yenidoğan - bebek - çocuk - ergen - yetişkin gibi, **İnsan**oğlunun tüm evrelerini simgeleyen farklı suretlerde, arka planda farklı zihin yapıları vardır. Rabbın, nasıl bir **İnsan** istediğinin açık alametlerini burada görebilirsin. Allah, **İnsan**ı yetişkin **ol**arak yaratmak yerine onun öncesine yenidoğan, bebek, çocuk ve ergenliği eklemiştir. Bu, tekamül tanrısının takdiridir.

Ya eğilmez bükülmez değişmez esnemez inanışların Allah konseptinde bir yanlışlık vardır, ya da **İnsan**ı somurtkan bir ihtiyara dönüşmeden önce onun kahkahalar atan bir bebek haline getirilmesi 'Allah'a rağmen **ol**muştur.

Alemlerin Rabbi **ol**an Allah'a rağmen değil... Onların ç**öz**ülmüş imanlarına dekor **ol**muş, yanlışların 'Allah'ına rağmen... Tanrı asla onların zannettiği kişi **ol**mamıştır.

Ey insanlar, eğer dirilişten yana bir kuşku içindeyseniz, gerçek şu ki, biz sizi topraktan yarattık, sonra bir damla sudan, sonra bir alak'tan, sonra yaratılış biçimi belli belirsiz bir çiğnem et parçasından; size açıkca göstermek için. Dilediğimizi, adı konulmuş bir süreye kadar rahimlerde tutuyoruz. Sonra sizi bebek olarak çıkarıyoruz, sonra da erginlik çağına erişmeniz için . Sizden kiminizin hayatına son verilmekte, kiminiz de, bildikten sonra hiç bir şey bilmeme durumuna gelmesi için ömrün en aşağı ucuna geri çevrilmektedir. Yeryüzünü kupkuru ölü gibi görürsün, fakat biz onun üzerine suyu indirdiğimiz zaman titreşir, kabarır ve her güzel çiftten bitirir.

GÜZEL KUR°AN'IN HACC SURESİ 5. AYETİ

[B][E][N]

Yukarıdaki ayet, ekolojik tablolar vardır ya, onlara benziyor. Bakın çocuklaar, su damlası yeryüzüne yağmur olarak düşüyor, sonra göğe yükseliyor ve sonra bulut olup tekrar yere düşüyor. Bu da insanın kendi ekolojik çemberi. Git-gel-geliş, git-gel-geliş. Rab, Müslümanlardan dönüşüm istiyor. Ve bu konuda 'Allah'tan korkmaya hiç niyeti yok!

[D][O][N][A]

Stabil bir Tanrı böyle bir **ayet** indiremez. Stabil, standart bir Tanrı, Kur°an'ı öyle **ayet**lerle d**ol**durur ki, ne **sen** ne ben, değişimin minik bir ucunu, ima dahi edemeyiz. Tutucu **din**darlar, değişimle ilgili her yalanlanamaz **ayet** açıklamamızda, o **ayet**leri birer y**ol** kazası **ol**arak görüyorlar. Başından sonuna kadar her metresinde, bu kadar zincirleme y**ol** kazası, bir y**ol** için ne kadar da fazla...

Artık kaçış yok. Müslüman ya da Ateist, Hıristiyan ya da Yahudi... Değişimin Allah'ına iman etmenin zamanı çoktan geldi küçüğüm...

[B][E][N]

Biliyor musun? Anlattıkların, ilk başlarda karşı konulamaz, aksi ispat edilemez olsa bile gerçek olamayacak kadar fantastik gelirdi bana. Şimdi bakıyorum da... Beni buluşturduğun gerçeklik, gerçekten gerçek. Asıl eski inançlarımız ne kadar fantastikmiş. Seni değişime kapalı bir Allah olarak hayal etmek fantastiklerin de en fantastiği bir hayalmiş. Bu değişime direnilemez... Bu kadar ayet... Bu kadar mantık... Hadi diyelim ki senin değişime açık bir Tanrı olman bir vesvese. Dedikleri gibi beni cin min çarptı. Öyle kabul edelim. E be kardeşim, bir vesveseyi bu kadar 'vesvese' destekler mi? Kur-an ayetleri, elbirliği yapmışcasına bir vesvesenin arkasında durur mu bu kadar? Bu değişimi durduracak bir tane ayet çıkmaz mı karşımıza? Değişimin önünde Kur'an bile 'dur-a-mıyor'. Sarsıcı haber diye buna denir işte. Bunlar vesvese ise, hayatın kendisi vesvese o halde. Bunu bilir bunu söylerim artık. Değişim, Allahına kadar büyük bir gerçek ve ben O'na hem saygı ve hem de sevgiyle iman ediyorum.

DONA

Statik bir yaratılıştan, **din**amik bir var**olu**şa geçiş. Yeni milenyumun iman anlayışına hoş gel**din** küçük çocuk ☺

BEN

Hoş buldum. Bir kapıdan içeri girmeye hiç bu kadar direndiğimi hatırlamıyorum ☺ Yahudileri değişime en çok direnen insanlar olarak, yeryüzündeki değişim direncinin merkezi olarak anmıştık. Kendi dirençlerime bakıyorum da, bizler de az değiliz, içimdeki Yahudiyi keşfetmem hiç de zor olmadı ☺

DONA

Hazır beni dönüşümün merkezi **ol**arak görmeye başlamışken biraz sarsalım mı **sen**i?

BEN

Oleeey ☺ Sarsılmaya bayılırım.

DONA

Değişim ile ekmeğin ilişkisini öğrenmek ister misin?

BEN

O da ne? Bildiğimiz ekmek mi bu? Ekmek deyip geçme. Bu mesele seni çoktan aştı, az tahıllısı, tam tahıllısı, beyazı, esmeri, sarışını. Hangi ekmek? Offf tamam. Buzağıya tapmayın dendiğinde nasıl yani şöyle şöyle mi tapmayalım, böyle böyle mi yapmayalım diyerek meseleyi milyonlarca soruya boğanlara benzedim. İnsanın içindeki Yahudi* gericiii. Sen yok musun seeen.

Bu, ekmek ile bildiğimiz ama bi türlü beceremediğimiz değişimin hikayesi mi?

DONA

Yahudiler Pesah yani Hamursuz Bayramı'nın ne anlama geldiğini bugün itibariyle Güzel Kur°an frekansı üzerinden öğrenmiş bulunacaklar. Kur°an'ın en büyük vaadlerinden birini yerine getirmiş **ol**arak bu **ol**gunun altını mührümüzle imzalayacağız.

BEN

HEYECANLANDIM. HEYECANLANDIM. HEYECANLANDIM.

DONA

Sahih bir Tevrat **ayet**ini Güzel Kur-an hat/tipografisiyle yazacağız. Sahih Tevrat **ayet**i bulmak... Biliyorsun son binyıllarda bu hiç de k**o**lay değil...

> "...Mısır'dan – köle evinden – çıktığınız bu günü hatırla ... Hamets yenmeyecektir ... Bu yedi gün boyunca matsa yenecektir. İyeliğinde hamets görülmemeli; [aynı şekilde] iyeliğinde – tüm sınırlarında – maya görülmemelidir..."
> (Şemot 13:3-7).

BEN

Hamets nedir? Neler oluyor?

DONA

Yahudilere mayasız ekmeğin neden yasaklandığını öğreneceğiz ve bu bize yeni dünya düzeninin kapısını açacak. Değişim Ekmeğinden yiyeceğiz hep birlikte. Değişimin peynir ekmek gibi basit, temel ve HAYATİ bir konu **ol**duğunu öğreneceğiz.

Mısır'dan çıkış gününü anmak **ol**arak izah edilen Hamursuz Bayramı'nın ne **ol**duğu açığa çıkaralım öncelikle. Bunu, **3 din**i birden içine alan bir ek**sen** üzerinde yapalım. **3 din** de buyursun bu yeni şölene.

BEN

Maya olgusunun ne olduğunu irdelemek için bundan iyi zaman tanımıyorum. MAYA takvimi daha geçen gün bitti.

DONA

Maya, düşmanıdır Sur'a rüzgârının. Mayalamakla **sen**, bir yepyenilik yaratmak yerine eskiliği bir gelenek haline dönüştürürsün. Maya sürdürmektir. Mayalı hayat sürüp giden hayattır. Yenilenen hayat değil. Hadi şimdi bir diğer ağabeyinin, **İsa**'nın s**öz**lerine kulak verelim.

İncil de katılsın bu şölene:

1. Korintliler 5:6

7- Yeni bir hamur olabilmek için eski mayadan arınıp temizlenin...

BEN

Mayalı Ekmek Takvimi gerçekten sona erdi! Değişim YapMAYAlım yılları yaşana yaşana bitti tükendi.

DONA

Şimdi g**öz**lerinin önünde sahih bir İncil **ayet**inin nasıl tahrip edildiğine tanık **ol**acaksın. Yeni bir hamur **ol**abilmek için eski mayadan arınıp temizlenin İncil **ayet**inin daha çok beklemeden, aynı **ayet**in devamında nerelere vardırıldığını görelim:

... Zaten mayasızsınız. Çünkü Pesah kuzumuz Mesih kurban edildi.

BEN

Pesah bayramı kuzusu kurban edilmiş. Ben bir tahribat göremedim.

DONA

İNCİL TEFSİRİ:

Mayanız **ol**mak üzere gönderilmiş **ol**an Mesih kurban edilmese idi, onunla mayalanacak kabaracaktınız.

KÖTÜ HABER

Aslında yepyeni bir hamur olmak üzere gönderilmemiştiniz.

İYİ HABER

İsa Mesih ikonunu kullanarak sizi bundan sonra biz mayalayacağız.

BEN

Aman Allah! Ne kadar ince bir müdahale. Zor farkettim. Maya ile İsa karşı karşıya getiriliyor.

DONA

Maya ile **İsa** değil Mesih karşı karşıya getiriliyor. İncil-

Tevrat 'editörlerinin', hayalî, imajinel ve müstakbel olduğu vaadedilmiş buna karşın henüz hiç yaşamamış olan İsa figürüne başvurmak zorunda kaldıklarında kullandıkları terim Mesih'dir. İçinde İsa olmayan, manevî kalıbı alınmış bir İsa heykelciği. İsa, yaşanmış tevatür düzlemli rivayetlere dayalı bir hikayeler toplamıyken Mesih, yeni 'yazılara' daha açık bir figürdür. Yahudilerin oyun planında İsa ile Mesih'in toplamı tek 1 çobanı verir. İsa-Mesih, geçmiş-gelecek ve şimdinin çobanının ismidir. İnsanları güdülesi canlılar olduğuna inandıracak olan mayanın sahibi...

Kendini bir CSI uzmanı olarak kabul etmeni ve bu İncil ayetini kimyasallarınla dolu labartuvarında incelemeye almanı istiyorum.

'Mesih kurban edildi' ile biten İncil ayetinin, Mesih kurban edildikten sonra 'güncellendiğini' anlaman hiç de zor olmayacaktır.

BEN

Bir ekmeğin hamurunda İncil, Tevrat ve daha neler neler gizliymiş? Bu senin daha önce bildirmiş olduğun sözle de ne kadar uyumlu:

Kutsal kitapların hedef kitlesi herkestir. Sizin pazarlamada dediğiniz gibi "commodity"dir. Ekmek gibi...

Sen ekmek üzerinden yaşanacak bir din basitliğinden yanasın. Ekmek basitliğindeki dinler için yazıp durdukları ciltler dolusu külliyatlarına bakarak söylüyorum:
Senin dincilerin seni hiç beğenmiyorlar...

DONA

Yakın zamana kadar seninki de dahil, sofralarınızın baş tacı olan ekmeğin yapımına bir bakalım. Un, su ve tuz biraraya getirilir ve hazırlık başlarsa, işte o zaman ekmek meydana gelebilir. Ekmek kültürünün parçası olan mayalı ekmekte, mayanın ekmeğe kattığı hiçbir artı değer yoktur. Maya TEK-hücreli bir mantar türüdür. Varoluş ve çoğalış biçimi kansere çok benzer. Maya mantarlarını ekmek hamuruna kattığında -ki bugün 'bildiğimiz' ekmek olarak bilinen ekmek sanıldığının aksine sade değil mantarlı bir ekmek türüdür- ekmek hamuru kabarır. Bu, ekmeğe tümör tohumu serpiştirilmesidir. Birbiri ardınca patlayan tomurcukların çıkardığı gaz ile ekmek şişmeye ve **ol**duğu gibi görünmemeye başlar. **1** ekmek yediği sofradan aç kalkan **insan**ların 'mucizesi' de buradadır. Ekmeğe geçmiş ekmeklerin mayası katılarak bir gelenek devam ettirilmiş **ol**ur. Bu gıda biçimi, **insan** ruhunun kendi doğal diyetine aykırı bir beslenme biçimidir.

7- Yeni bir hamur olabilmek için eski mayadan arınıp temizlenin...

Özgür yaratılışlı **insan** ruhunun var**oluş** dermanı ÖZGÜNLÜK'tür. Sonsuz ruha yakışan **öz**gün bedenler giymek, **öz**gün hayatlar yaşamaktır. **insan**a dair yaratılan her bir unsur ÖZGÜN'dür. **insan**ın, grafik tasarım sanatının sınırlarını zorlarcasına her bir yenidoğanda bambaşka bir suretle dünyaya gelmesi, yaratıcının **öz**gün ismine bir vurgudur. Her yaratımında **öz**gün davranan bir yaratıcının, Rab kimliğiyle **sen**den **öz**gün değil sıradan, ortalama ve standart **ol**manı beklediğinin sanılması, **insan**lık tarihinin en büyük vesvesesidir. **insan**oğlu, bu vesveseyi yenecek gücü ken**din**de bulduğu ölçüde **insan ol**ur.

Dinsel gericiliğin nükleer reaktörü hükmündeki Yahudiliğin, 'mayasız' ekmekten men edilmesi, herkesin yepyeni birer hamur **ol**abilmesinin önünü açmak içindir. Tarihte herşeyin matematiksel bir nedeni vardır. Yahudilere terkettirilen eski Mısır, MAYALI EKMEĞİN DOĞDUĞU TOPRAKLARDIR. Eski Mısır, kurulu düzenin tarihsel simgesidir. Firavunların binlerce yıl önceki ev düzenleri halen devam etmektedir. Yahudilere terkettirilen yer **ol**an Mısır'da, taşın üstüne konan her taş adeta orada çakılı kalmıştır. Aynı çağlarda nice yapılara sahip nice uygarlıkların yerleşimleri 'Harabe' kavramı ile eşleşmişken, Yahudilerin eski yurdu **ol**an Firavunların Mısır'ı, kurulu düzen müzesi halindedir. Bozulmadan korunumun, yani mumyalığın vatanının kendisi adeta mumyadan bir yurttur. Rabbın, yeniden statükonun pençesine düşmemeleri adına Yahudilere hemen yanı başlarıda kurulu bıraktığı bir Güzel Kur'an Platosudur. Kurulu düzenlerin, sahiplerine faydasının **ol**madığının bir canlandırması ve gerçekte nereden çıkarıldıklarının da amansız bir hatırlatması **ol**arak yapılmış Rab imzalı bir ibret yağlıboyasıdır.

Yahudilere bu 1 haftalık bayramda, Mısır'dan ekmekleri için maya bile alamadan çıktıkları kutlu **öz**gürlük y**ol**culukları hatırlatılır. Bu y**ol**culuk, Yahudilerin kendi Hicret'idir. Bu, bir gün **ol**arak yaşatılmaz. **İns**anın algı dünyasında yeni bir düzen **ol**uşması için en çekirdek süre **ol**an hafta birimi kullanılır. Yahudiler yılın o bir haftasında düzensizlikteki **öz**gürlüğe davet edilirler.

🄱🄴🄽
Güzel Kur-an, Yahudilerin değil Müslümanların kitabı unuttun mu? Müslümanlara maya haram değil ki? Sen bu kısıtlamayı Yahudilere getirmişsin. Bizimle ilgisi ne? Bu konudan bizlere bir 'ekmek' var mı?

🄳🄾🄽🄰
Geçmişin mayası, **öz**gün bir hamur **ol**mak isteyen tüm ruhlar için aynı tesirdedir. Mayalı ekmek, geçmişin ekmeklerinden el almış ekmektir. Başkaldırının gıdası orijin ehli **ol**mak ve **öz**gün kılınmaktır.

Vücuduna iyi gelmeyen gıdaların analizi için bir test yaptırmıştın. Bir d**ol**u para vermek zorunda kaldığın için, **sen**i bu bilimsel deneye kattığım için bana uzun süre söylenmiştin.

🄱🄴🄽
Nasıl unutabilirim? O acı, kredi kartı ekstremde taksit taksit halen yaşıyor!

🄳🄾🄽🄰
Senin bünyenin bir numaralı zararlısı hangi gıda grubu çıkmıştı bana söyler misin devrimci?

BEN
MAYALI GIDALAR! AMAN TANRIM!

DONA
Test sonucun için sana ne demişlerdi?

BEN
Merak etmeyin. Mayalı gıdalar nerdeyse bütün insanlara zararlı çıkıyor!

DONA
Sence bunun üzerine daha fazla söylenmesi gereken birşey var mı? ☺

BEN
Benim özgünlük delisi, özgür ruhuma iyi gelmeyecek, manâlı bir gıda kategorisi söyle desen, **40** yıl düşünür ve bu cevabı verirdim:
MAYALI GIDALAR.

Mayalı gıdaları haram ilan etsen daha iyi olmaz mı?

DONA
İşte şimdi bizi **3000** yıl geriye götürdün. Bu YASAKLAMA Yahudilere, o günün **dın** tekn**ol**ojisi ışığında, manâ içerikli bir yönlendirmeydi. Günümüzde bu anlamda haramlamalarımız da yok, helallemelerimiz de. Bunu biliyorsun.

BEN
Tamam ama ben yandım kimse yanmasın. Mayalılardan men edilelim olsun bitsin.

DONA
İnsanların alışkanlıkları **ol**guların iyi ya da kötü **ol**arak yaftalamaya yatkındır. Bu bilginin maliyeti, bir gıda grubuna yüklenemez. Olgular simgeleştirilemez. Simgeleyecek **ol**duğunda bu, yeni bir Pesah geleneği yaratmaktan öteye gitmez. Önemli **ol**an **sen**in kişiliğinin **öz**gün bir kimlikle, tohumlanmaksızın gerçekleştirilmesinin önünü açmaktır. Mayasız hamur bilgisini simgeleştirecek **ol**duğunda, onu bir yeme içme tavsiyesine indirgediğinde **sen**i durdururum. Yoğurdun da mayalı bir gıda **ol**duğunu hatırlatarak...

BEN

Anlaşıldı merkez ☺ Müslümanların anladığım maya bilgisiyle hiçbir ilgileri yok.

DONA

Mayalı gıdalar üzerinden anlatılan bilgi, Müslümanlar için de geçerlidir. Mayanın İngilizce karşılığını bana söyleyebilir**sen** bu konuya devam edebileceğiz.

BEN

Ferment! Fermentasyon! Bu iş içkiyi de içine alıyor. Mayalandığında, helal olan üzüm, dinen 'haram görünümlü' bir içeceğe dönüyor. Alkol denilen şey, dünya tatlısı şekerin mayalanması sonucu ortaya çıkan birşey. Uzaydan gelen bir element değil. Vay canına. Dindarların acil olarak mümin nesiller yetiştireceğiz diyerek insan mayalamaktan vazgeçmeleri gerekiyor.

DONA

Yahudilere verilen ölçüye göre, bir gıdanın maya **ol**up **ol**madığına kaç dakika beklenip karar verildiğini biliyor musun? Pesah haftasında, bir gıdanın mayalı Hamets **ol**maması için kaç dakikadan fazla bekletilmemesi gerektiğini bilmek ister misin?

BEN

Kaç dakika?

DONA

18.

BEN

Vaay.

DONA

☺ Bunun anlamı şudur. Yahudilerin eline tutuşturulan sıkı ve teferruatlı bilgiler manzumesinde Mayanın yanına Güzel Kur-an'ın mukaddes matematiği işlenmiştir.

GERÇEK MAYA = **19**

Ruh için kabul edilebilir tek maya TEKAMÜL'dür.

BEN

Mesaj Muhteşem. Burada Yahudilere de Müslümanlara da önemli bir mesaj var.

DONA

EY CEMAAT-İ MÜSLİMİN,
DALINDAN YENİ DOĞMA,
MASUM ÜZÜMLERİNİZİ ALKOLLEŞTİRMEYİNİZ.
RUHLARA İNANÇ MAYASI İLAVE ETMEYİNİZ.
ONLARIN KENDİ İNANÇLARINI YEŞERTMESİNE İZİN VERİNİZ.
ÖZGÜRLEŞTİRİNİZ, ÖZGÜNLEŞİNİZ.

BEN

Yahudilerin yedikleri ekmekle oynadık resmen ve ortaya değişen bir dünya düzeni ve yıkılan bir statüko çıktı.

DONA

Bu mesele burada bitmedi küçüğüm. Henüz yeni başlıyor. **2** perde sahne alıyor şimdi.

Nitekim o ikiden ilk vaid geldiği zaman, oldukça zorlu olan kullarımızı üzerinize gönderdik de (sizi) evlerin aralarına kadar girip araştırdılar. Bu yerine getirilmesi gereken bir sözdü.

Eğer iyilik ederseniz kendinize iyilik etmiş olursunuz ve eğer kötülük ederseniz o da aleyhinizedir. Sonunda vaad geldiği zaman, (yine öyle kullar göndeririz ki) yüzlerinizi 'kötü duruma soksunlar', birincisinde ona girdikleri gibi mescid (Kudüs)e girsinler ve ele geçirdiklerini 'darmadağın edip mahvetsinler.'

GÜZEL KUR'AN'IN İSRA SURESİ 5. AYETİ

BEN

Ben de bu ayetteki birinci kullar kim onu merak ederim hep. Bu evlerin arasına girme olayı bizdeki **6-7** Eylül olayları tarzında bir olayı çağrıştırsa da, ne olduğunu çözememişimdir. Belki sen biliyorsundur ☺ Şaka şaka. Bildiğin, titreşimlerinden belli. Hadi tamam itiraf ediyorum.

LÜTFEN ÇABUK BU BİRİNCİ KULLAR KİMLERDİ SÖYLER MİSİN?

DONA

'Mescid'e' ile Kudüs işaret edilmekteyken, Mescid'in

kullanılmasının gerçek nedeni herhangi bir coğrafyayla sınırlı bir **ol**gu tarifi yapmak değil, kameraları Mescid'e çevirerek devrimin asıl başlatıldığı yeri göstermekti:

DİNİN YAŞANMA VE YAŞATILMA BİÇİMİ.

BEN

İyi de bunu kim yaptı? İkinciye gelemedim daha.
BİRİNCİ KULLAR KİMLERDİ?

DONA

1. vaid ve **2.** vaid.
2 kafadarın dünyasına hoşgel**din**.
1. ve **2.** vaidler **İsa** ile Mehdi'nin aralarıdaki görev paylaşımından başkası değil.

BEN

Biliyordum. Dilimin ucuna kadar geldi. Biliyordum!

DONA

Kaybettiğin nokta kron**ol**oji **ol**du. Tarihsel bir akışın içine yerleştir**din** vaidleri.

1. vaid

2. vaid

Lateral düşünce ki, bu müşterilerine hep anlattığın düşünceydi, anlattığın **ol**guyu düşünmeyi ken**din** unuttun ☺

1. VAİD	**2.** VAİD
BATI	DOĞU
1. PERDE	**2.** PERDE

BEN

İtiraz ediyorum sayın hakim. İslam'ın birinci perdesi hani **1400** yıl önceydi.

🄳🄾🄽🄰

Ben İslamiyetten değil, Allah katında **din** İSLAM'dır'dan bahsediyorum küçüğüm. Musa'lar Muhammed'ler **İsa**'lar bu gülyüzlü keskin kılıçlıların her biri gerçekte tek bir **din**in, Allah katında **din** İslam'dır'ın peygamberleriydi. Birinci perdeyi şimdi yanal düzleme yerleştirmemin sebebi, bu elçilerden **İsa**'nın halen görevde **ol**masından kaynaklanmakta.

🄱🄴🄽

Benim adımı Bay Yanlış koysak daha iyi olacak! Gene doğru söyledin Doğrudan O'na.

🄳🄾🄽🄰

Gericiliğin merkez üssünün tam orta yerinde, KUDÜS'te Yahudilere kafa tutacak bir başka cesur yürek düşünülemezdi.

🄱🄴🄽

İsa, geçmiş zamanlı anlatımı da açıklıyor. İsa bunu yaptı. Ve Yahudiler onu öldürdüler. Anlayacağın film kaldığın yerden aynen devam. Hmmm. Tamam da İsa, evlerin içine girip neyi, nasıl araştırdı peki?

🄳🄾🄽🄰

Anlaşılan **sen** 'Maya hamuru' konusunu kapatmak niyetinde değilsin... Haklısın. Burada büyük bir gizem daha bizi bekliyor.

Nitekim o ikiden ilk vaid geldiği zaman, oldukça zorlu olan kullarımızı üzerinize gönderdik de (sizi) evlerin aralarına kadar girip araştırdılar.

Pessah evinden sadece ekmekleri kaldırarak kurtulamazsın küçüğüm. Bir Yahudi evinin içerisi bu konsepte göre dizayn edilir. Gelenekleştirilen **öz**ü bulduğunda, evlerin içinde, mutfaktaki kapkacak dahi değişime uğrayacaktır.

Yeni bir hamur olabilmek için eski mayadan arınıp temizlenin...

İsa'nın neden ortadan kaldırıldığını zannediyorsun? Yeni bir model **ol**uşturduğu için mi? Elbette hayır. Yeni bir model içeren ve sunan devrimciler, zararsız görülürler. O, statükoya göre yeni bir çeşit, müşterisi fazla **ol**mayacak **ol**an bir uç örnektir.

DEVRİMCİLERİN TEHLİKE ARZETTİĞİ NOKTA, ESKİ MODELLERİ ÇÜRÜTTÜKLERİ ANDA BAŞLAR.

Muhammed'in Müslümanlığı, Arabistan'ın kaotik ortamında bir yeni fraksiyon **ol**arak görülebilirdi. Tüm bu savaşımlara hiç gerek yoktu.

MUHAMMED BİR TEHLİKE ADINI ALMAYA, MEKKE'DEKİ PUTLARA YIKMAYA AND İÇTİĞİNDE BAŞLADI.

İsa'ya gelince. Bugün Facebook'ta milyonlarcasıyla karşılaştığın **öz**lü **söz**lerden biri **ol**arak söylememişti 'yepyeni hamurlar **ol**un' **söz**ünü... Bunu, mevcut Yahudi yaşayışı ile Tevrat ide**ol**ojisi arasındaki besleme kab**lol**arını keserek yapmıştı. Yahudilik evdeki kapkacaklarına varıncaya kadar yeniden yapılandırılmaya, sorgulanmaya başlamıştı...

Bu arada, iyi bir Yahudi **ol**manın hiç de k**ol**ay **ol**madığını bilmelisin:

Bir Yahudi evinde ideal olarak dört takım (etli; sütlü; Pesah için etli; Pesah için sütlü) kapkacak bulunmalıdır. Ancak böyle bir durum her evde bazı sebeplerden dolayı gerçekleşemeyebilir. Buna karşın bazı şartlar altında çözümler üretilebilir ve Pesah'ta, yıl içinde kullanılan kapkacak kullanılabilir. Fakat bunun için bazı işlemlerin yapılması ve şartların sağlanması gereklidir.
1. Cam hariç her türlü kapkacak, üzerine konan yemeklerin özelliklerini fiziksel olarak içinde barındırır. Bu sebeple etli, sütlü ya da Hamets özelliklere sahip olur. Metal ve tahta kaplarda bu özelliğin nötr hale getirilebilmesi fiziksel olarak mümkündür.
2. Sadece metal, taş, kemik veya tahta kaplar Kaşer LePesah hale getirilebilir. Ayrıca kaynar suya dayanıklı sert plastikler de sıfırlanabilir. Fakat sıcağa dayanıklı değilse Pesah'ta kullanılamaz ve ihtiyaç halinde yenisinin alınması gerekir.
3. Yıl içinde sıcak yiyecekler için kullanılmış seramik, toprak, porselen, melamin vs. kaplar, Kaşer LePesah hale getirilemez.
4. Camdan yapılmış her türlü kap, bardak [örneğin, Duralex, Pyrex, Arcopal, Arcoroc vs.] içlerine koyulan maddeleri özümsemezler. Bu sebeple sadece iyice yıkandıktan

sonra bile Pesah'ta sorunsuz olarak kullanılabilir.
5. Sene içinde kullanılan ve Pesah'ta kullanılmayacak olan mutfak takımları güzelce temizlendikten sonra, Pesah'ta hatayla kullanılma durumu ortaya çıkmaması için saklanır.
6. Pesah'ta kullanılabilmek için sıfırlanmayı gerektirmesine karşın, bu işlemden geçmeyen kaplar, Pesah içinde soğuk yiyecekler için bile kullanılamaz.
7. Burada belirtilen işlemlerin her biri Pesah arifesinden önce bitirilmelidir. Pesah'ta yenecek yemekler de, sadece Pesah'a uygun kaplarda pişirilmelidir.

BEN

Herşeyin nedenini niçinini ortaya koyuyordu İsa. Konu Yahudilik olunca bunun hangi kelimeyle eşanlamlı olduğunu bilebilecek yaştayım.

DONA

KIYAMET.

BEN

İkinci vaid gerçekten de gerçek olacak mı?

DONA

1. Ve 2. vaid bilgisini içeren İsra suresinde, bu ayetlerin 99 ayet ilerisindeki ayete göz atmak isteyebilirsin. :

Ve onun ardından İsrailoğullarına söyledik: "O toprak ta oturun, ahiret va'di geldiğinde hepinizi derleyip toplayacağız."
GÜZEL KUR'AN'IN İSRA SURESİ 104. MUCİZESİ

BEN

NUTUK! TUTULDU!

DONA

2 Vaid **ayet**inin hemen **99** adım ilerisinde bir başka vaad: Ahiret Vaadi **ayet**i **ol**duğunu farkettiğinde bunların **ol**acağını yani nutkunun tutulacağını biliyordum ☺

BEN

Ahiret va'di... Bunu sana kaç kere sorduğumu hatırlamıyorum: İsa da olacak tüm bunlar olurken öyle değil mi?

DONA

Anlaşıldı. **Sen** İsra suresinden hiç çıkmak istemiyorsun ☺ Vaid **ayet**inin **66 ayet** ilerisine gidelim bakalım bizi kim bekliyor:

Her insan grubunu <u>imamlarıyla</u> çağıracağımız gün, artık kimin kitabı sağ eline verilirse, onlar kitaplarını okuyacaklar ve onlar, bir 'hurma çekirdeğindeki iplikçik kadar' bile haksızlığa uğratılmazlar.
GÜZEL KUR'AN'IN İSRA SÛRESİ 71. AYETİ

BEN

2 kafadarın, Mehdi ile Mesih'in altüst ettiği ahir zamanla ilgili bir başka ispat daha. Bu ayeti, kendi şeyhliklerini perçinlemek, imamlık müessesesi kurmak için kullanmışlar. Bekleyin bakalım o imamlar ne için geliyormuş... Bu insanlarda, kamyon farını ayın dingin ışığına benzeten bihaber bakışları gördüm ☺

DONA

O gün, bugündür ve bugün Şeyhtan'ın son günüdür küçüğüm.

İsa bir geçmişti. Şimdi İsa gelecek. Hıristiyanların inanç devrimlerini yaşamaları için gereken simgesel güven sertifikasına sahip olduğu için. Dinî veya spiritüel bir altyapın varsa, İsa'nın geleceğine ikna olmaktan başka şansın yoktur.

İster dinî, ister spiritüel formasyonda ol. Şu sorulara evet yanıtını veremiyorsan, senin formasyonun bu ikinin dışında bir başka üçüncüdür:

Bu dünya yurdunun sonu güzel olacak mı?
Tanrı'nın sözü, gücün düzenine galip gelecek mi?

Bunlara cevabın evet değilse, bir Allah/Tanrı/Evrensel enerji vb. bir inancından söz edilemez. Eğer bunlara cevabın evetse, kendi kendine şunları söylenip durmaktan kendini alamazsın:

- İyi de nasıl?

Bu dünya yurdunun sonunun güzel olması için bir inanç devrimine ihtiyaç vardır. Bu inanç devriminin yaşanması için ise bir büyük mucizeye... O mucizenin adı İSA'dır küçüğüm.

ASİ   İSA

BEN

2. İsa ile Mehdilerin ilki biraraya gelecek. Anlaşıldı stop.

DONA

Bu inanç devriminin Hıristiyanları kapsamaması düşünülebilir mi? Hıristiyanların değişmediği bir dünya yurdunun sonunun güzel **ol**abileceği düşünmek mümkün **ol**abilir mi? Elbette hayır. **İnsan**lık tarihi boyuncaki milyarlarca **İnsan**ı ele al. Bu devrimi ateşleyebilecek tek portrenin adıdır **İsa**. 'Her grubun İmamları' ile kastedilen budur. Mehdi de Huruf-ı Mukatta kodları cil**din**e kazınmış **ol**duğu için kendi yerini almış durumdadır. Doğuda durum, her türlü çalkantılı görünümlü jeop**ol**itiğe rağmen, tümüyle ve tamamen Tanrı'nın kontr**ol**ü altındadır. Batıya gelince ise, Hıristiyanların inanç programına girebilmek için gerekli güvenlik kodu, güvenlik sertifikası sadece bir kişide bulunmaktadır:

ASİ İSA

BEN

Ben daha tanımadan şimdiden sevdim bu asiyi ☺ Emir almaktan hiç hazzetmem fakat 'Emirlerinize hazır ve de nazırım komutanım' demek için de can atıyorum ☺

DONA

İSrA suresi bitmeden önce şu önemli konunun altını çizmeliyiz. Yahudilerin İslam **din**ine yönelik sabotajları konusunda, fanatik **din**darlara **öz**gü Hak **Din** Egosunun etkisiyle belli çevrelerde fazlaca ciddiye alınmamaya çalışıldığının bilinci içerisindeyiz. Hadislerin ve Kur-an anlamlandırması üzerindeki daha birçok sabotajlarının anlattığımız gibi gerçekleştiğine inanamıyorlar. Çünkü, Kur°an'ın ve bu **din**in Allah tarafından korunacağına dair kesinleşmiş inançları mevcut. Onları korumak durumunda **ol**anın kendilerinin **ol**duğundan bihaberler. Bu tehlikenin, Yahudilerin **din**ler üzerindeki tahribat gücünün çapının farkında hiç değiller. Erken kuşak Müslümanların en büyük yanılgısı, beyinlerini tam güç çalıştırmak yerine hak **din** rehavetine kapılarak Yahudileri hafife almak **ol**muştu.

Aşağıdaki **aye**ti dikkatli oku. Kur'an'ın indirildiği peygambere, Hazret-i Muhammed'e söylenenlere inanmakta güçlük çekeceksin. Bir peygamberin, peygamber **ol**duğu süre içinde cehennemin kıyısından döndüğü durumlar **din**ler tarihinde çok nadir durumlardır. Muhammed'in sağlığında bunları yapabilen bir gücün, onun yokluğunda sünnet ve sünnet üzerinden Kur-an'a getirilen yorum konusunda yaptıkları asla şaşırtıcı **ol**maz. Alemler için bir ibret vesikası **ol**an durumu kendi g**öz**lerinle görmeye davet ediyorum **sen**i:
-Yeniden İsra Suresi'ndeyiz.-

Onlar neredeyse, sana vahyettiğimizden başkasını bize karşı düzüp uydurman için seni fitneye düşüreceklerdi; o zaman seni dost edineceklerdi. Eğer biz seni sağlamlaştırmasaydık, andolsun, onlara az bir şey eğilim gösterecektin.
GÜZEL KUR'ANIN İSRA SURESİ 73-74. AYETİ

B E N

Şok olmadım dersem yalan olur. Hazret-i Muhammed, Kur-an'ın vahyini alacak kadar ehil bir peygamber olmasına karşın, yüklemeye çalıştıkları nasıl bir virüsse peygamberin mevcut sağlamlığı yetmemiş, onu daha sağlamlaştırman gerekmiş. Vay vay vay! Şok olmadım dersem gerçekten yalan olur. Şok da değil. Ürktüm, bir karşı düşüncenin gücünden ilk defa. Bu, şakası olan bir boyut değil. Güvenlik açığın hiç olmamalı.

D O N A

'Peygamberimiz ne yaptıysa biz onu yaparız. Buna, peygamberimizin yaptığının söylendikleri de dahildir.' diyerek sahih **ol**mayan kanallardan gelen bilgilerle şekil verdikleri hayatların sonunda Cennet'e gireceğini zanneden kalabalıkların nasıl bir kıyametle karşı karşıya **ol**duklarını gördün. Kur'an' **ol**mazsa, Peygamber de **ol**mayacaktır. Bu iki **aye**tin devam **aye**tini de görmeni isterim. Yahudilerin uydurduğu **din** konseptine uyanları bekleyen acı son konusunda fikir sahibi **ol**malısın:

Bu durumda, biz sana, hayatın da kat kat, ölümün de kat kat tattırırdık; sonra bize karşı bir yardımcı bulamazdın.
GÜZEL KUR'AN'IN İSRA SURESİ 75. AYETİ

BEN

Vay canına. Hazret-i Muhammed'i bile dünyada ve ahirette azaba sokacak bir hata, sıradan Müslümana ne azaplar yaşatmaz ki? Cebrail'in mesai arkadaşı olmuş bir peygamberi bile ağına düşürmesine ramak kalmış bir fitne, sıradan bir Müslüman'a neler yaptırır, insanın ruhu duymaz, neler olduğunu anlayamadan bir azabın ortayerinde buluverir kendini...

DONA

Senden önce gönderdiğimiz resullerimizin bir sünnetidir. Sünnetimizde bir değişiklik bulamazsın.

GÜZEL KUR'ÂN'IN İSRA SURESİ 77. AYETİ

Bu fitnenin peşinden SÜNNET kavramının gündeme getirilmesi tesadüf değildir. Sünnet denilen ucu açık **din**sel içeriğin, Muhammed'in de çok öncesinden başlayan bir **ol**gu **ol**duğu vurgulanır.

Senden önce gönderdiğimiz resullerimizin bir sünneti...

Bu ifadeyle, Sünnet'in Müslümanlığa **öz**güleştirilmesinin önüne geçilir. Bütün **din**ler tarihi böyle geçmiştir. Tanrı bir peygamber göndermiş ve sonra **insan**lar o peygamberin söylem ve davranışlarındaki **öz**e kilitlenmek yerine, onun var**ol**uşunu sünnetleştirme y**ol**una gitmişlerdir. Her **din**, içerisine yerleştirilen sünnet bombası ile mücadele etmiş, başaramayanların yerine yenileri gönderilmiştir. Sünnetleştirilen **din**lerin yepyenilenerek 'Sünnî'lerin imtihandan geçirilmesi... Rab katındaki tek ve değişmez sünnet budur.

BEN

Tarih, 'Peygamber aslında öyle demek istememişti, bunu demeye getirmişti'lerle dolu demek ki.

DONA

Etrafına izleyiciler toplayıp, onlara hoşlarına gidecek öyküler üzerinden belirli bir dünya görüşünün empozesini yapma mesleği **ol**an Peygamber Hikayeciliği, Tanrı'nın varlığı kadar eski bir **ol**gudur. Dönemin 'modası' hangi peygamberse onun 'gönüllü' anlatıcılığını üstlenirler. Bugün de, televizyon ve gazetelerde ken**din**i Müslümanlığa adamış bu simaların, ezici çoğunluğun farklı bir peygambere yöneldiğini göreceksin **olduğunda**, yaşattıkları **din** tiyatrosundaki sahne kurgusunun hemen değiştiğini, bambaşka bir repertuar ile izleyicilerine o farklı **din**i anlatmaya başladıklarını göreceksin. Onlar Allah'larının değil milletlerinin **din**ini takip etmekte mahirdirler. Böyle bir **sen**aryoda, ne kadar hızlı bir metamorfoz geçirdiklerine **sen** bile inanamazsın.

BEN

Meşhur klişe rütuşlanır hemen. Örneğin bu sefer Türkiye'nin yüzde doksan dokuzu ŞAMAN demeye başlar ve Elhamdülillah Şaman'ımla başlayan cümleler eksik olmaz ağızlarından eminim.

DONA

%99 Müslümanlık... Gerçek İslam %1 **ol**mak için yaratılmıştır. 99 **ol**anın yüzde 1 **ol**anlaşmaya çalıştığı, ulaşılması güç platformun adıdır İslam. Sabah kalktığında herkesin üzerine her ne yaparsan yap, gene de doğan güneşin adında İslam yazmaz. İslam güneşi Kaf dağının ardından, o dağın ardına ulaşmaya ahdeden ancak buna derman bulamayacağın gerçeğinden hareketle, Allah'ın rahmet talimatı üzerine ışıyan koşullu güneştir. Demokratik çoğunlukla övünenlerin yurdu değildir. Nadir **insan**ların üzerine doğar. O **insan**ların aydınlığının çevrelerini aydınlatması y**ol**uyla ısıtır dünyayı. Ulaşılmaz yıldızların, gerçekten istediğinde pekâla erişilebilir **ol**anıdır. En yakında ve en uzaktadır. İslam güneşini arıyorsan, onun sabit bir yörüngede yaşamayacağı gerçeğini idrak ederek y**ol**a çıkmalısın. İslam, **din**-amik bir güneştir ve sabahları **sen**in en beklemediğin yerden doğar. Gece de hiç ummadığın bir yerdedir. Bu arada... Hakikatin gerçek İslam güneşi... Ondan gündüzleri doğup geceleri batmasını beklemek, bu da tamamıyla yanıldıklarının sana bir oyunudur. İslam, gayb yani süper-bilinmeyen galaksisinin en bilinmeyen köşesindedir. Ve o güneş kör etmeye, ezbercilerinden başlar.

BEN
Yaşanan Müslümanlık ile gerçek İslam arasındaki bağ, bir isim benzerliğinden ibaret...

DONA
YUSUF'UN MÜSLÜMAN KARDEŞLERİ.
Onlarla tanışmaya hazır mısın?

BEN
Onlar da kim?

DONA
Onu kuyuya atan kardeşlerini, Yusuf önemli bir mevkinin sahibi **ol**duktan sonra birlikte izleyelim:

GÜZEL KUR'AN'IN YUSUF SURESİ

58- (Kuraklık başlayınca) Yusuf'un kardeşleri gelip yanına girdiler, onu tanımadıkları halde kendisi onları hemen tanıdı.

59- Onların erzak yüklerini hazırlayınca dedi ki: "Bana babanızdan olan kardeşinizi getirin. Görmüyor musunuz, ben ölçüyü tam tutarım ve ben konukseverlerin en hayırlısıyım."

60- "Eğer onu bana getirmeyecek olursanız, artık benim katımda sizin için bir ölçek (erzak) yoktur ve bana da yaklaşmayın."

61- Dediler ki: "Onu babasından istemeye çalışacağız ve herhalde biz bunu yapabileceğiz."

62- Yardımcılarına dedi ki: "Sermayelerini (erzak bedellerini) yüklerinin içine koyun. İhtimal ki ailelerine döndüklerinde bunun farkına varırlar da belki geri dönerler."

63- Böylelikle babalarına döndükleri zaman, dediler ki: "Ey babamız, ölçek bizden engellendi. Bu durumda kardeşimizi bizimle gönder de erzağı alalım. Onu mutlaka koruyacağız."

64- Dedi ki: "Daha önce kardeşi konusunda size güvendiğimden başka (bir şekilde) onun hakkında size güvenir miyim? Allah en hayırlı koruyucudur ve O, esirgeyenlerin esirgeyicisidir."

65- Erzak yüklerini açıp da sermayelerinin kendilerine geri verilmiş olduğunu gördüklerinde, dediler ki: "Ey Babamız, daha neyi arıyoruz, işte sermayemiz bize geri verilmiş; (bununla yine) ailemize erzak getiririz, kardeşimizi koruruz ve bir deve yükü de fazla (azık) alırız. Çünkü bu (aldığımız) az bir ölçektir."

66- "Bana etrafınızın çepeçevre kuşatılması dışında, onu ne olursa olsun mutlaka bana getireceğinize dair Allah adına kesin bir söz verinceye kadar, onu sizinle asla gönderemem." dedi. Böylelikle ona kesin bir söz verince dedi ki: "Allah, söylediklerimize vekildir."

67- Ve dedi ki: "Ey çocuklarım, tek bir kapıdan girmeyin, ayrı ayrı kapılardan girin. Ben size Allah'tan hiç bir şeyi sağlayamam (gideremem). Hüküm yalnızca Allah'ındır. Ben O'na tevekkül ettim. Tevekkül edenler de yalnızca O'na tevekkül etmelidirler."

68- Babalarının kendilerine emrettiği yerden (Mısır'a) girdiklerinde, (bu,) - Yakub'un nefsindeki dileği açığa çıkarması dışında- onlara Allah'tan gelecek olan hiç bir şeyi (gidermeyi) sağlamadı. Gerçekten o, kendisine öğrettiğimiz için bir ilim sahibiydi. Ancak insanların çoğu bilmezler.

69- Yusuf'un yanına girdikleri zaman, o, kardeşini bağrına bastı; "Ben" dedi. "Senin gerçekten kardeşinim. Artık onların yaptıklarına üzülme."

70- Erzak yüklerini kendilerine hazırlayınca da, su kabını kardeşinin yükü içine bıraktı, sonra bir münadi (şöyle) seslendi: "Ey kafile, sizler gerçekten hırsızsınız."

71- Onlara doğru yönelerek: "Neyi kaybettiniz?" dediler.

72- Dediler ki: "Hükümdarın su tasını kaybettik, kim onu (bulup) getirirse, (ona armağan olarak) bir deve yükü vardır. Ben de buna kefilim."

73- "Allah adına, hayret" dediler. "Siz de bilmişsiniz ki, biz (bu) yere bozgunculuk çıkarmak amacıyla gelmedik ve biz hırsız değiliz."

74- "Öyleyse" dediler. "Eğer yalan söylüyorsanız (bunun) cezası nedir?"

75- Dediler ki: "Bunun cezası, (su tası) yükünde bulunanın kendisidir. İşte biz zulmedenleri böyle cezalandırırız."

76- Böylece (Yusuf) kardeşinin kabından önce onların kablarını (yoklamaya) başladı, sonra onu kardeşinin kabından çıkardı. İşte biz Yusuf için böyle bir plan düzenledik. (Yoksa) Hükümdarın dininde (yürürlükteki kanuna göre) kardeşini (yanında) alıkoyamazdı. Ancak Allah'ın dilemesi başka. Biz dilediğimizi derecelerle yükseltiriz. Ve her bilgi sahibinin üstünde daha iyi bir bilen vardır.

77- Dediler ki: "Şayet çalmış bulunuyorsa, bundan önce onun kardeşi de çalmıştı." Yusuf bunu kendi içinde saklı tuttu ve bunu onlara açıklamadı (ve içinden): "Siz daha kötü bir konumdasınız" dedi. "Sizin düzmekte olduklarınızı Allah daha iyi bilir."

78- Dediler ki: "Ey Vezir, gerçek şu ki, bunun yaşlı (ve) büyük bir babası var; onun yerine bizden birisini alıkoy. Doğrusu biz, seni iyilik yapanlardan görmekteyiz."

79- Dedi ki: "Eşyamızı kendisinde bulduğumuzun dışında, birisini alıkoymamızdan Allah'a sığınırız. Yoksa bu durumda kuşkusuz biz zalim oluruz."

80- Ondan umutlarını kestikleri zaman, (durumu) kendi aralarında görüşmek üzere bir yana çekildiler. Onların büyükleri dedi ki: "Babanızın size karşı Allah adına kesin bir söz aldığını ve daha önce Yusuf konusunda yaptığımız aşırılığı (işlediğimiz suçu) bilmiyor musunuz? Artık (bundan böyle) ben, ya babam bana izin verinceye veya Allah bana ilişkin hüküm verinceye kadar (bu) yerden kesin olarak ayrılamam. O, hüküm verenlerin en hayırlısıdır."

81- "Dönün babanıza ve deyin ki: '-Ey babamız, senin oğlun gerçekten hırsızlık etti. Biz, bildiğimizden başkasına şahitlik etmedik. Biz gaybın kollayıcıları değiliz."

82- "İçinde (yaşamakta) olduğumuz şehre sor, hem kendisinde geldiğimiz kervana da. Biz gerçekten doğruyu söyleyenleriz."

83- (Şehre dönüp durumu babalarına aktarınca o: "Hayır" dedi. "Nefsiniz sizi yanıltıp (böyle) bir işe sürüklemiş. Bundan sonra (bana düşen) güzel bir sabırdır. Umulur ki Allah (pek yakın bir gelecekte) onların tümünü bana getirir. Çünkü O, bilenin, hüküm ve hikmet sahibi olanın kendisidir."

84- Ve onlardan yüz(ünü) çevirdi ve: "Ey Yusuf'a karşı (artan dayanılmaz) kahrım" dedi ve gözleri üzüntüsünden (ağardıkça) ağardı. Ki yutkundukça yutkunuyordu."

85- "Allah adına, hayret" dediler. "Hâlâ Yusuf'u anıp durmaktasın. Sonunda (ya kahrından) hastalanacaksın ya da helake uğrayanlardan olacaksın."

86- Dedi ki: "Ben, dayanılmaz kahrımı ve üzüntümü yalnızca Allah'a şikayet ediyorum. Ben Allah'tan (bir bilgi olarak) sizin bilmediğinizi de biliyorum."

87- "Oğullarım, gidin de Yusuf ile kardeşinden (duyarlı bir araştırmayla) bir haber getirin ve Allah'ın rahmetinden umut kesmeyin. Çünkü kâfirler topluluğundan başkası Allah'ın rahmetinden umut kesmez."

88- Böylece onun (Yusuf'un) huzuruna girdikleri zaman, dediler ki: "Ey Vezir, bize ve ailemize şiddetli bir darlık dokundu; önemi olmayan bir sermaye ile geldik. Bize artık (yine) ölçeği tam olarak ver ve bize ilave bir bağışta bulun. Şüphesiz Allah, tasaddukta bulunanlara karşılığını verir."

89- (Yusuf) Dedi ki: "Sizler, cahiller iken Yusuf'a ve kardeşine neler yaptığınızı biliyor musunuz?"

90- "Sen gerçekten Yusuf musun, sensin öyle mi?" dediler. "Ben Yusuf'um" dedi. "Ve bu da kardeşimdir. Doğrusu Allah bize lütufda bulundu. Gerçek şu ki, kim sakınır ve sabrederse, şüphesiz Allah, iyilikte bulunanların karşılığını boşa çıkarmaz."

91- Dediler ki: "Allah adına, hayret, Allah seni gerçekten bize karşı tercih edip-seçmiştir ve biz de gerçekten hataya düşenler idik."

92- Dedi ki: "Bugün size karşı sorgulama, kınama yoktur. Sizi Allah bağışlasın. O, merhametlilerin (en) merhametlisidir."

93- "Bu gömleğimle gidin de, babamın yüzüne sürün. Gözü (yine) görür hale gelir. Bütün ailenizi de bana getirin."

94- Kafile (Mısır'dan) ayrılmaya başladığı zaman, babaları dedi ki: "Eğer beni bunamış saymıyorsanız, inanın Yusuf'un kokusunu (burnumda tüter) buluyorum."

95- "Allah adına, hayret" dediler. "Sen hâlâ geçmişteki yanlışlığındasın."

96- Müjdeci gelip de onu (gömleği) onun yüzüne sürdüğü zaman, gözü görür olarak (sağlığına) dönüverdi. (Yakub) Dedi ki: "Ben, size bilmediğinizi Allah'tan gerçekten biliyorum demedim mi?"

97- Çocukları da: "Ey babamız, bizim için günahlarımızın bağışlanmasını dile. Biz gerçekten hataya düşenler idik" dediler.

98- "İlerde sizin için Rabbimden bağışlanma dilerim. Çünkü O, bağışlayandır, esirgeyendir" dedi.

BEN

Alma mazlumun ahını çıkar aheste aheste temalı bir anlatım. Bu konu çok işlendi. Hele hele bizim Türk filmlerinde... Burada flaş bir durum tespit edemedim. Üzgünüm.

DONA

Gözlerin flaş haberleri bazen iyi seçemiyor ve ben bu yüzden buradayım ☺ Şu 'basit' hikayeden öğreneceklerini ömrün boyunca unutamayacaksın. Yeni bir Musa-Hızır başkaldırı vakası kapıda. Hazır **ol**.

BEN

Amanın. Spiritüel gruplar, dini cemaatler halen kendilerine gelemediler ☺ Musa'nın Hızır'ın itaat edicisi değil başkaldırıcısı olduğunu öğrendiklerinden beri onlar için hiçbirşey eskisi gibi olmadı. Şimdi bir de Yusuf mu çıkacak başlarına? Bu sayfaya, belirli bir yaş üzeri ve itaate dayalı inanışlar için tehlikeli içerik işareti koyacağım ☺

DONA

Yusuf'tan önce Yusuf'un kardeşlerini tanıyacağız. Olayları bir hatırlayalım. Babalarının Yusuf'a ilgisini kıskanan kardeş kavramlarını terk edelim öncelikle. Bu sülalede çok farklı **ol**aylar meydana gelmekte:

> Yusuf #8- Onlar şöyle demişti: "Yusuf ve kardeşi babamıza bizden daha sevgilidir; oysa ki biz, birbirini pekiştiren bir topluluğuz. Gerçekte babamız, açıkça bir şaşkınlık içindedir."

> Yusuf #9- "Öldürün Yusuf'u veya onu bir yere atıp-bırakın ki babanızın yüzü yalnızca size (dönük) kalsın. Ondan sonra da salih bir topluluk olursunuz."

Şu gerçeği not edelim. Burada bir cemaatle karşı karşıyayız küçüğüm. Yakup, seçilmiş bir elçi. Sade bir vatandaş değil. Her elçi gibi bulunduğu bölgenin ilgi odağı ve yaşadıkları çağ itibariyle, parçası **ol**dukları soy da bu çemberin ayrılmaz bir parçasıdır. 'Hz. Yakup'un Oğulları' kartviziti, bulunmaz yükseklikte bir rant potansiyelidir...

Ve günlerden bir gün, Tanrı, bu **din**sel topluluğa, bir indigo gönderir. İndigo'nun sarsıcı bir vizyonu, cemaatler açısından çok sarsıcı haberleri vardır:

Yusuf #4- Hani Yusuf babasına: "Babacığım, gerçekten ben (rüyamda) onbir yıldız, güneşi ve ayı gördüm; bana secde etmektelerken gördüm" demişti.

BEN

Ahlâk bekçileri, Yusuf'u bir namus timsali olarak konumlandırmışlar. Oysa, Yusuf'un misyonu çok daha farklı yerlere uzanıyor. Tehlikeli sulara... Herkesin bu indigoya tabi olduğu bir vizyon var ortada. Asıl tehlike burada. Bu rüya üzerine kalemini kırmışlar anlaşılan. Rüyayı birebir duymamış olsalar da onun etkisini ve olacakları hissettiklerine eminim. Bu rüya görüldüyse, bu rüya Kur°an'da mentionlanıp, alıntılandıysa, bu rüyanın gerçeklik payı çok yüksek olmalıdır. Yusuf'un insanları toplayıp anlattığı hikayeler, tehlikeli gerçekler içeriyor olmalı.

DONA

Yusuf'luğu Cemaatler açısından tehlike **ol**arak adlandırdın... Bunda sonuna kadar haklısın:

Yusuf #5- Demişti ki: "Oğlum, rüyanı kardeşlerine anlatma, yoksa sana bir tuzak kurarlar. Çünkü şeytan, insan için apaçık bir düşmandır."

Yusuf #6- "Böylece Rabbin seni seçkin kılacak, sözlerin yorumundan (kaynaklanan bir bilgiyi) sana öğretecek ve daha önce ataların İbrahim ve İshak'a tamamladığı gibi senin ve <u>Yakub ailesinin üzerindeki nimetini tamamlayacaktır</u>. Elbette Rabbin, bilendir, hüküm ve hikmet sahibidir."

BEN

Halifelik zinciri, Yakup'tan Yusuf'a geçecek! Burada bir taht kavgası olduğu aklımın ucundan geçmemişti Dona! İbrahim'le başlayan ve sonrasında Yakup'a verilen akışın peşindeler. Dinî bir cemaatin, İbrahim'in yaktığı Müslümanlık ateşini ele geçirmesi söz konusu! Yusuf bunun için hedefte! Aman Tanrım bu bir çocuk kaçırma değil bariz bir SUİKAST! İsa'yı çarmıha geren statükoyla Yusuf'u kuyuya atan statüko aynı adres:

Dini Ele Geçiren F. Dinciler.
Din Elden Gidiyorcular.

DONA

Yusuf'u tanıdıkça ve en önemlisi onun kim **ol**duğunu anladıkça onu daha çok seveceksin. Yusuf, Yusuf **ol**alı, bu kadar netleşmemiştir, üzerindeki perdeler hiçbir zaman bu denli kalkmamıştır. Yusuf, İbrahim'in Müslümanlığına varis kılınmış yakışıklı bir indigoydu. Gelenek **din**cilerinin, **din**lerin başında görmek istedikleri Şeyh tipine hiç uymayan bir profildi.

HERŞEYDEN ÖNCE GENÇ YUSUF ŞEYHTAN'LARA UZAK, HAYALPEREST BİR İNDİGOYDU.

Bir rüya ile eşleştirilmiş,
Kur˚an'da rüyası doğrulanmış iki kişiden biriydi.

O, anlattıkları gibi bir rüya tabircisi değil, rüyaları gerçek kılınmış bir hayalperestti. Onu kuyuya attılar, gene de geleceği yere gelmesini önleyemediler.

Babasını ve annesini tahta çıkarıp oturttu; onun için secdeye kapandılar. Dedi ki: "Ey Babam, bu, daha önceki rüyamın yorumudur. Doğrusu Rabbim onu gerçek kıldı. Bana iyilik etti, çünkü beni zindandan çıkardı. Şeytan benimle kardeşlerimin arasını açtıktan sonra, (O,) çölden sizi getirdi. Şüphesiz benim Rabbim, dilediğini pek ince düzenleyip tedbir edendi. Gerçekten bilen, hüküm ve hikmet sahibi O'dur."

GÜZEL KUR˚AN'IN YUSUF SURESİ 100. AYETİ

Bu noktada, onun hayalperest bir vizyon **İnsanı ol**duğunu anlatmak için şu notu düşmeliyim. O, bu tahta tesadüfen oturtulmadı. Bu **kol**tuğu o, kendisi istemişti:

Yusuf #54- Hükümdar dedi ki: "Onu bana getirin, onu kendime bağlı kılayım." Onunla konuştuğunda da (şöyle) dedi: "Sen bugün bizim yanımızda önemli bir yer sahibisin, güvenilirsin."

Yusuf #55- (Yusuf) Dedi ki: "Beni (bu) yerin (ülkenin) hazineleri üzerinde (bir yönetici) kıl. Çünkü ben, (bunları iyi) bir koruyucuyum, (yönetim işlerini de) bilenim."

Yusuf #56- İşte böylece biz yeryüzünde Yusuf'a güç ve imkan (iktidar) verdik. Öyle ki, orada (Mısır'da) dilediği yerde konakladı. Biz kime dilersek rahmetimizi nasib ederiz ve iyilik yapanların ecrini kayba uğratmayız.

BEN

Şoke ettin beni Yusuf kardeş! Kapitalin başına geçmeyi talep etmen çok sarsıcı. Dinciler, şahs-ı manevileri hep din hocası gibi resmederler. Yusuf Dünya Bankası'nın CEO'su olmak gibi bir kariyer hedefi seçmiş. Kimbilir o koltukta nasıl adalet ve refah dağıttı insanlığa.

DONA

Ve bir not: İndigo Yusuf, arzusuz birisi hiç değildi. Sadece, aldığı ilham, bunun yanlış bir serüven **ol**duğunu söylediği için sesi **dİn**ledi ve o yüksek bedelleri ödedi:

Andolsun kadın onu arzulamıştı, ~eğer Rabbinin kesin kanıtını görmeseydi~ o da onu arzulamıştı.

BEN

Şunu merak ediyorum. Kur°an'da rüya ile eşleştirilen diğer kişi kimdi?

DONA

İbrahim'den başkası değildi küçüğüm. Yusuf ve İbrahim, her ikisi de bir rüya üzerine y**ola** çıktılar:

#102 - Böylece (çocuk) onun yanında koşabilecek çağa erişince (İbrahim ona): "Oğlum" dedi. "Gerçekten ben seni rüyamda boğazlıyorken gördüm. Bir bak, sen ne düşünüyorsun." (Oğlu İsmail) Dedi ki: "Babacığım, emrolunduğun şeyi yap. İnşaallah, beni sabredenlerden bulacaksın."

#103-105. Böylece ikisi de Allah' a teslimiyet gösterip, babası oğlunu alnı üzerine yatırınca Biz: "Ey İbrahim! ~~Rüyayı gerçek yaptın~~
BİR HAYALİ GERÇEKLEŞTİRDİN;
işte biz iyi davrananları böylece mükafatlandırırız" diye seslendik.
GÜZEL KUR°AN'IN SAFFAT SURESİ

BEN

Şimdi burası olmadı. Malcom X'in 'I have a dream'deki rüya değil bu İbrahim'in rüyası. Basbayağı oğlunu boğazlıyor. Bu rüya basbayağı şiddet içerikli.

DONA

Bu **ayet**ler küçüğümü yanıltıyor:

Saffat #106. Doğrusu bu apaçık bir deneme idi.
Saffat #107. Ona fidye olarak büyük bir kurbanlık verdik.

Şu soruyu ken**dİn**e sormanı istiyorum:
Ona fidye **ol**arak verilen BÜYÜK kurbanlık ne?
Bir KÜÇÜK baş mı?

BEN

Oopss. Çelişki kokusu alıyorum. Çelişki eşittir Kripto.

DONA

Burada bahsedilen kurban etmelik, apaçık denemenin içerisidir. Denemenin sonrasında kesilen hayvan değildir. Bu deneyin içeriği, İbrahim'den 'birşey' karşılığında soyunun devamını kesmeye hazır **ol**up **ol**madığının testidir. Bu aynı zamanda, soyun da kendi kendisine son bulmaya razı **ol**acak **ol**gunlukta **ol**up **ol**madığının bir denemesidir.

Saffat #102: ...Dedi ki: "Babacığım, emrolunduğun şeyi yap. İnşaallah, beni sabredenlerden bulacaksın."

Ve soy, yani İsmail de bu sınavdan başarıyla geçmiştir tıpkı babası gibi.

BEN

Bu neyin sınavı? O bişey ne?

DONA

Saffat #108-109. Sonra gelenler içinde ona iyi bir ün bıraktık. İbrahim'e selam olsun.

Müslümanlığın ateşini yakan İbrahim'in soyu, zihinsel bu rüya ile birlikte bitirilmiştir. İbrahim, o gün biy**ol**ojik oğlunu zihinsel **ol**arak kurban etmiş ve oğlu İsmail ve onun devamı **din**e adanmış, peygamber soyculuğu/**din** soygunculuğu tehlikesinden arındırılmıştır. İsmail ölmeden öldürülmüştür. O rüya ve ardından yaşanan alnın yere yatırıldığı **ol**ay, bu soy için tarihi bir gün mahiyetindedir.

Saffat #108-#109. Sonra gelenler içinde ona iyi bir ün bıraktık. İbrahim'e selam olsun.

Altını çizdiğim kelimeye bakılacak **ol**duğunda, işlerini İYİ yaptıkları rahatlıkla söylenebilir. Bu kötü niyetli 'oğulların' bugün isimlerini kimse bilmiyorsa, onlar tüm tutkularına karşın tarih arşivlerinden silinmiş durumdalarsa işlerini ÇOK İYİ yapmışlar demektir.

Bunu İbrahim, oğullarına vasiyet etti, Yakup da: "Oğullarım, şüphesiz Allah sizlere bu dini seçti, siz de ancak müslüman olarak can verin"
GÜZEL KUR'AN'IN BAKARA SURESİ 132. AYETİ

Büyük Kurban Etmelik, yani İsmail, Muhammed'e kadar uzanan büyük bir zincirin selametini sağlamıştır:

Deyin ki: "Biz Allah'a; bize indirilene, İbrahim, İsmail, İshak, Yakub ve torunlarına indirilene, Musa ve İsa'ya verilen ile peygamberlere Rabbinden verilen iman ettik. Onlardan hiç birini diğerinden ayırdetmeyiz ve biz O'na teslim olmuşlarız."
GÜZEL KUR'AN'IN BAKARA SURESİ 136. AYETİ

B E N

İbrahim'in gençliğini düşünüyorum. Yaptığı sorgulamaları... Onun da rüyası, uzun uğraşlardan sonra bulduğu o iman edilesi Tanrı'nın kuşaklar boyunca hiç kaybedilmemesiymiş. Ki bu, 'Bir rüyam var'la başlayan tüm sözlerin kralı olacak bir rüyadır. Selamlıyorum seni İbrahim kardeş. Seni ve rüyanı:

D O N A

Biz de öyle küçüğüm.

#109 - İbrahim'e selam olsun.
GÜZEL KUR°AN'IN SAFFAT SURESİ

İbrahim'in bir rüyası vardı. O rüyadan kurtulmak için onu ateşe attılar. O rüya, yanmadı. Yanan gerçek Müslümanlığın ilk kıvılcımıydı.

Yusuf'un da bir rüyası vardı. O rüyadan kurtulmak için onu da kör bir kuyuya attılar. Kuyudan çekilerek çıkarılan çocuk, artık rüyasını gerçekleştirmişti ve bir tahtın üzerinde oturuyordu...

İşte şimdi başladığımız yere geri dönelim ve kameralarımızı Yusuf'un kardeşlerine çevirelim. **Din**sel saltanatlarının devam ettirebilmek için çocukları canlı canlı kuyuya atmaktan çekinmeyen ama buna karşın fazlasıyla 'Müslüman' **ol**an O kardeşlere...

GÜZEL KUR°AN'IN YUSUF SURESİ

#73- "<u>Allah adına</u>, hayret" dediler. "Siz de bilmişsiniz ki, biz bozgunculuk çıkarmak amacıyla gelmedik ve biz hırsız değiliz."

#85- "<u>Allah adına</u>, hayret" dediler. "Hâlâ Yusuf'u anıp durmaktasın. Sonunda hastalanacaksın ya da helake uğrayanlardan olacaksın."

#91- Dediler ki: "<u>Allah adına</u>, hayret, Allah seni gerçekten bize karşı tercih edip- seçmiştir ve biz de gerçekten hataya düşenler idik."

#95- "<u>Allah adına</u>, hayret" dediler. "Sen hâlâ geçmişteki yanlışlığındasın."

BEN
Dona, bu zalim cemaatin ağzından Allah hiç düşmüyor!

DONA
Bakara #132. Bunu İbrahim, oğullarına vasiyet etti, Yakup da: "Oğullarım, şüphesiz Allah sizlere bu dini seçti, siz de ancak Müslüman olarak can verin"

'Allah adına' hareket eden bu cemaate, Yakup'un ölüm döşeğindeki mesajı 'Müslüman gibi yaşamadınız, bari Müslüman **ol**arak can verin' ironisine sahipti. Surenin devamını okuduğunda bu ölüm döşeğinin aslında çok şeyler anlattığını görebilirsin.

Bakara #133. Yoksa siz, Yakub'un ölüm anında, orada şahidler miydiniz? O, oğullarına: "Benden sonra kime ibadet edeceksiniz?" dediğinde, onlar: "Senin ilahına ve ataların İbrahim, İsmail ve İshak'ın ilahı olan tek bir ilaha ibadet edeceğiz; bizler ona teslim olduk" demişlerdi.

BEN
'Senin ilahın' diyorlar ya, hiç de içselleşmiş bir inancın ayak sesleri değil bunlar.

DONA
Bir bak bakalım, ağızlarından Allah'ın adını düşürmeyen bu **İnsan**ların gerçek birer Müslüman **ol**madıklarını Kur-an, nasıl bir dehayla seslendiriyor:

Bakara #136 - Deyin ki: "Biz Allah'a; bize indirilene, İbrahim, İsmail, İshak, <u>Yakub</u> ve <u>torunlarına</u> indirilene, Musa ve İsa'ya verilen ile peygamberlere Rabbinden verilene iman ettik. Onlardan hiç birini diğerinden ayırdetmeyiz ve biz O'na teslim olmuşlarız."

Bakara #140 - Yoksa siz, gerçekten İbrahim'in, İsmail'in, İshak'ın, <u>Yakub'un</u> ve <u>torunlarının</u> Yahudi veya hristiyan olduklarını mı söylüyorsunuz? De ki: "Siz mi daha iyi biliyorsunuz, yoksa Allah mı? Allah'tan kendisinde olan bir şehadeti gizleyenden daha zalim olan kimdir? Allah, yaptıklarınızdan gafil değildir."

B E N

Aman Allah! Yakup'tan torunlarına geçiyor ayetler. Oğullar olması gerekirken. Yusuf'un 'Müslüman' Kardeşleri pas geçiliyor resmen. Yakup'tan direkt toruna geçiş, aradaki kuşağın aslen Yahudilik veya Hıristiyanlığa yakın olduğunun da bir ironisi. Güzel Kur-an onlara bu anlamda ve hiçbir anlamda kefil olmadığını çok net ifade etmiş. Ağzından Allah'ı düşürmeyen bir dini cemaat ve üstelik bunlar bir peygamberin öz evlatları. 1. dereceden Seyyid bir sülale. Hani YakupOĞULLARI, daha ötesi yok. Ve sen onları bir kalemde siliyorsun. Yusuf'un 'Müslüman' kardeşleri, Yakup'un Yahudi/Hıristiyan melezi evlâtları tüm dindarlara ibret olsun. Elbette ki ibretlere açık olacak kadar Allah korkusu taşıyanlara.

D O N A

Yusuf #7- Andolsun, Yusuf ve kardeşlerinde <u>soranlar için</u> ayetler vardır.

Yusuf'un öyküsü, Müslüman platformlarda yüzmilyonlarca kere okundu ve anlatıldı. Kardeşler arası kıskançlık, adli bir çocuk kaçırma vakası ve iffetli bir erkeğin bir kadının iftirasına uğraması... Bu yaşanmış öyküden bunların dışında bir başka dersin çıkarıldığını hiç gördün mü? Bunlar, sormayanlar için de geçerli **olan ayet**lerdir.

Soran-sorgulayan Müslümanlar için sarsıcı gerçekler Levh-i Mahfuz'da gizlidir.

B E N

Kur°an, Cinler gaybı bilmez dediği halde gaybdan başka bir haber vermeyen Dona'ya cin diyen ruhçular, periciler var ya. Sen ancak, Cin artık lambadan çıktı'daki dahî ciniyıs olabilirsin. Cin artık gerçekten lambadan çıktı. Kur°an, gerçek anlamını dışarı vurdu. Kur'an bir yanardağ olup, yeryüzüne fışkırdı. Sadece Yusuf hikayesinden çıkanlar bile seni doğrulamaya yeter. Arkadaş, Dona hep mi 'uyduruyor'? Ve daha önemlisi bu kadar sayısız 'uydurma' birbirini hep mi destekler? Korunmuş Kur°an, bu kadar 'uydurmaya' karşı nasıl birşey yapamıyor? Yoksa

Kur°an'a bu 'uydurmalara' destek vermesi mi emredilmiş? Yusuf'un rüyası, beni yerimden zıplattı Dona. Korunmuş Kur°an, Levh-i Mahfuz 2009 Doğumgünü Kitapçığı'ndan başkası değil. ISBN numarası olacak kadar gerçek İnanması zor ama değil.

Biz, Yusuf'u namusuna düşkün biri olduğu için seviyorsun zannediyorduk. Yusuf'un hayalperest bir Yusuf olduğu için sevildiği bilgisi çok çok yeni. Yaşanan o olaylar, bir büyük vizyonun bir büyük hayalin bir parçasıymış meğer.

İyi ki seninle ilgili yanlış kelamlarımızda bize tekzip metinleri okutmuyorsun. Yoksa hayatım bir Tekzip Fm radyosuna dönerdi. Şu ruhani alem, ne farklıymış bilinenden. Ben bu insanlarla yeni tanışıyorum ve hepsini çok sevdim. Yakışıklı Hayalperest Yusuf başköşedesin artık. Ben de bir rüya gördüm, tek deli sen değilsin güzel kardeş. Dinî statükoların, neden rüya-fobik olduğu da ortaya çıkıyor. Büyük vizyonlar, büyük rüyalarda göründükçe, kabak hep bunların menfaatlerinin başında patlıyor ☺

Yusuf gerçekten başköşede. Hızır'a başkaldıran Musa ile birlikte. İsa zaten bizim patron. Muhammed ise ağabeyim. Bu yeni aileyi çok sevdim ben çok sevdim ☺

D O N A

Bu isimlerin arasına hoşgel**din** küçük. Bu aile, artık vesilenle **İnsan**lık ailesinin arasına karışmaya hazırlanıyor artık. Yusuf, İbrahim, Musa, **İsa**, Muhammed... Onlar artık herkesler. **Yol**dan çevirdiğin bir taksici. Eve çağırdığın bir su tes**İsa**tçısı. **444**'le aradığın bir call center yetkilisi. Peygamberlerin Başşehrine Hoş Gel**din** Sevimli Çocuk.

BİZ O ŞEHRE D-Ü-N-Y-A ADINI VERDİK.

B E N

Dinde mantık bulmak daha önce bizim askerde içtiğimiz çorba gibiydi. Bir hafta aynı çorbayı içtik bütün bölük. Bir haftanın sonunda çorbayı içerken birisi şok geçirmiş bir vaziyette ayağa kalmıştı.
Şaşkınlıktan çiğneyişleri yavaşlamıştı.
- Çorbamdan köfte çıktıııı!

diye bağırdı. Bizim çorba diye içtiğimiz, sulu köfteymiş meğer! Bir hafta boyunca o kadar yüz kişiden sadece birine çıkmıştı köfte.

Ezbercilerin dininde akılcı açıklamalar bulmak, o çorbada köfte bulmaktan inan bana çok daha zor!

DONA

Alemlerin gerçek yurdunda, akılcı **ol**ana DİN adı verilir küçüğüm. Akılcılık **din** için bir konfor değil zorunluluktur. Rasyo taşımıyorsa **din** sanılan, **din**sizliğin ta kendisidir. Nedenini, niçinini mantıkla izah edemeyen **din**, ancak bir küçük mahalle öğretisi **ol**abilir.

SONSUZ AKLIN TANRI'SININ İSLAM'I ASLA.

BEN

SONSUZ BİR AKLA TABİ OLMAK KADAR GÜZEL BİRŞEY YOK.

DONA

Bir fikrin **İnsan**a zerkedilmesinin iki y**ol**u vardır:

İKNA
veya
KABUL.

Klasik **din** anlatıcıları gibi, önce KABULDEN başlayalım. Kabul ettirerek **İnsan**a bir şeyler yaptırılabilir. O şeyler, **İnsan**ı ikna ederek de yaptırılabilir. Yöntem ne **ol**ursa **ol**sun, sonuçta ortaya çıkan 2 şey asla aynı **ol**mayacaktır.

Kabul, **İnsan** bilg**İsa**yarının makro kaydetme modudur. Excel programına, dehşetli matematiksel veriler girerek, değişkenler tanımlayarak bir şirketin tüm finans işlemlerini kendi kend**İn**e yerine getirecek işlerliğe kavuşturabilirsin. Ya da buna hiç ihtiyaç duymayrak makr**ol**ar kaydedersin.

BEN

Makro kaydetmek mi?

DONA

Makro penceresini açar, kırmızı kayıt düğmesine basarsın. Ve ondan sonrasında program mouse'unla yaptığın bütün eylemleri, nereden neyi alıp nereye taşıdığınla ilgili tüm rutinleri kaydeder. Oynat dediğinde mouse'un ucunda **sen** varmışcasına ekrandaki cursor gider gelir ve birşeyler meydana getirir. Bilg**isa**yar **sen**in mouse hareketlerini birebir taklit etmektedir ve bu **sen**i birçok yükten kurtarabilir, toplu ve rutin işlerde sana k**o**laylık sağlayabilir.

DİNE GELİNCE. DİN, BİR MAKRO KAYDEDEREK YAŞATILABİLECEK OLGULARIN EN SONUNCUSUDUR.

Davranış yinelemeleri üzerinden yaşanan herşeye **din** adını vermek, **din**i küçümsemenin, Allah'ına tepeden bakmanın tipik bir sonucudur. Namaz kılan bir robot yapmakla, Müslümanları neyi kıldığını bilmedikleri bir namazın içinde yaşatmanın birbirinden hiçbir farkı yoktur. Robot yaratmak yoktan bir tekn**o**loji varetmekken, diğeri bir **insan**ı vardan yoketmektir.

Din, ancak ikna y**o**luyla çalışır. İknanın gerçekleşeceğinin de bir garantisi yoktur. **Din**, ikna için bütün kozlarını oynar, bütün hünerlerini gösterir, bütün sanatlarını ortaya koyar. Gene de ikna edemeyebilir. Hedef beyin, hazır **o**lamayabilecektir. İkna, gıdanın ağızdan çiğneye çiğneye vücuda alınmasıdır. Orada yemek borusu üzerinden midede bekletilmesi ve daha sonra kana karıştırılmasıdır. Kabul ise kişinin delinmiş karnından beslenmesidir.

Beyni bypass eden hiçbir ameliyat kişiyi müminliğe vardırmaz.

Cehennem **din**sel bir fikirdir. 'Kabul' ettirdiğinde kişi, Allah'tan korkan bir **insan** makrosu kaydetmişçesine sakınımlı davranışlar sergiler. Bu davranışlar **öz**e inmez. Sinelerin **öz**ünde saklı **o**lanı görebilen bir Rabbı, kaydedilmiş bir makro ile kandırmak **o**lası değildir.

Cehennemin ateşi, ancak kişi ikna edilirse yanar. İkna edilmiş bir beyin üzerinde, en kısık cehennem ateşi fikri bile güneşteki patlamalar kadar sarsıcıdır.

🄱🄴🄽

Herkes korkusuz olursa, bu dünya yaşanabilir bir yer olmayabilir...

DONA

Korku ile Çekincelerin birbirinden ayrıldığı yere hoşgel**din**. Korkulara yer vermeyeceğin yeni hayatında, çekincelerin mutlaka yer alacaktır.

BEN

Ekstra bilgiye ihtiyaç var. Korkuyla çekince arasında ne fark var? Herşeyden önce bir fark var mı?

DONA

Yükseklik korkusu... Yüksekten düştüğünde öleceğin ya da ağır yaralanacağın açıktır. Yüksekten düşmemek için yüksekten korkmana gerek yoktur. Sağlamlık Çekincesi bunun için yeterlidir.

'Bedenim bu kadar yüksekten yere çarpışlara dayanıklı **ol**madığı için, benim için sağlıklı **ol**an kendimi böylesi düşüşlerden sakınmaktır.'

İşte bu, yeni çekince programıdır.

Açlık korkusu, sana yokluğa kompleksli davranışlar sergiletir. Açlık korkusu yerine Tokluk Çekincesine ihtiyacın vardır. Bu çekince, **sen**i aç bırakmamak için gerekli tüm yaşamsal girişimlerde bulunmaya itecektir. En güzel iş görüşmelerini Tokluk Çekincesi'nin gerçekleri organize edecektir. Açlık korkusu ile bir **İnsan** Kaynakları yetkilisinin karşısına çıkmanı hiç ama hiç istemeyiz.

BEN

Tokluk çekincesi süpermiş. Bu işe ihtiyacım var ve bu işten ekmek yiyeceğim. Bu gerçeğin bir korkuyla içiçe geçmesi köftenin içine taş koymak gibi. İş yapacağım derken d-iş kıracağın açık. Gerçek olan durumun başına pozitif bir kelime koyuyorsun ve çözüme odaklanıyorsun işte bu kadar.

DONA

Allah korkusuna gelince... Allah Korkusu'nun yerine, Tanrı-sal çekinceler koyacak **ol**duğunda, bir azametli figürün benliğini ezmesinin önüne geçmiş **ol**ursun. Aynı zamanda, yaşadığın yurda ve evrene karşı sorumlulukların konusunda ve kadersel mekanizmalar huzurunda kend**In**i güvenli bir bölgede yaşatmanın sırrına ermiş bulunacaksın...

BEN

Sen bu kadar akla ve mantığa önem veriyorken peki bu biat kültürü nereden çıkmış?

DONA

Biat edersin. Ancak bir kişiye değil bir fikre... Bir fikri eline alır, evirir çevirir, her yanını kurcalar, içini açar, kapatır, test eder, çalıştırır ve ona biat edersin. Yukarıda incelediğimiz **İnsan**a bir fikrin zerkedilmesi şemasının güncel hali budur.

BİAT=

İKNA   veya   **KABUL**

Gerçek ve makbul **ol**an İkna **yol**uyla gerçekleşendir. İkna **yol**uyla biatın gerçekleşmesi %50 - %50 ihtimaldir. Kabul **yol**uyla ikna, daha en başından itibaren %100'dür. Ki BU, KOCA BİR SIFIRDIR. Aramakta ve bulmakta **ol**duğumuz, Rasyonel Biattır küçüğüm. Yanlışlayamadığın, **sen**dekinden daha tutarlı, **sen**dekinden daha üst bir düzlemde nefes alan, **sen**dekinden daha güçlü BİR ÖZGÜRLÜK FİKRİ gördüğünde o fikre biat et küçüğüm. O fikri içselleştir, hayatına gerçek anlamda geçir, **sen**in bir parçan haline getir ve başka alıcılar için biat edilesi daha üst düzey bir fikir haline dönüştür onu. Gelişeceksin. Tıpkı, kabullenerek biat edenler gibi, biat kültürünü eleştirel ağızlarından hiç düşürmeyenlerin de ortak bir **öz**ellikle birleştiklerini unutma:

YERLERİNDE SAYMAKTALAR.

Biat kültüründe yanlış **ol**an biatın ikna değil kabul **yol**uyla gerçekleşmesidir. Android bir telefon satın aldığında, Google'dan daha iyi bir telefon yazılımı yapamayacağın gerçeğinden hareketle, Google'a biat edersin. **İnsan** yoğurt satın alırken, aynı sütü kend**in**den daha iyi mayalayacak birilerinin varlığına biat eder. Biat, ek**ol**ojik işbirliğinin kaçınılmaz bir sonucudur. Herkes otomobil üretmiyorsa, herkes dikiş dikmiyorsa, herkesin var**ol**uşla ilgili kendi derin filozofisini yoktan var etmesi gerekmez. Levh-i Mahfuz var**ol**anı, var etmesi onun için daha evladır. Fakat bu iş gerçekleşmeden önce, 'Ben Olsaydım' kılıcını çekip zihnini çevrelemiş tüm şeytanları üzerimize salmalı ve bizim o şeytanları nasıl paramparça ettiğimizi gördükten sonra, ancak o zaman bu eşsiz yaşam düşüncesine tabi **ol**malıdır.

Ve tabi, bu muhteşem tabloya şahit **ol**mak istiyorsa şeytanlarına yaşam üflemekten vazgeçmelidir. Levh-i Mahfuz'un giriş kapısında, 'Bundan daha ötesini biliyorsan, biz sana tabi **ol**maya hazırız.' yazar.

Kişisel Biat, Rasyonel Biatın tam tersi yönde, hayırsız bir istikamettir. Kişilere değil fikirlere biat edilir ve bu durum, çok keskin değerlendirme mekanizmalarının verdiği onay sonucu gerçekleşir. Ayrıca, bu y**ol**da tek yanlış **ol**an kabul y**ol**uyla biat değildir. Onunla eşdeğer yanlışlıkta bir diğer durum ise Fikren Biata Kapalılık. Yani kişinin hiçbir üst fikre katılamadığı, kapalı devre bir bilinç sistemi ile başbaşa yaşaması. İstemci ile Sunucu arasındaki ilişkinin kurulamadığı durum...

SUNUCU:
ÜST DÜZEY YAZILIMLARIN EN GÜNCEL VE EN GELİŞTİRİLMİŞ VERSİYONLARININ TUTULDUĞU EVREN BİLGİSAYARI.

İSTEMCİ:
GÜNCELLENEBİLMEK İÇİN SUNUCUYLA ETKİLEŞİME GİRMEK ZORUNDA OLAN FANİ VE BİREYSEL BEYİN.

Kapalı Biat: Kabul'e dayalı Pasif Biat sistematiğinden kaçarken, d**ol**uya yani tutulan, gelişime kapalı, en az diğeri kadar zavallı bir bilinç.

BEN

İslamiyetin biat kültürüyle sürekli alay eden, modern görüntülü ancak kalın kafalı çok insan tanıdım. Ego-se desenli gömlekleriyle gezindiği hayatında, hiçbir yeni fikre açık değiller. Demek ki bu amcanın sorunu Kapalı Biat sendromuna tutulması. Rasyonel Biat hoşuma gitti.

Ra-syonel B-iat
Powered by: Ra-b.
Rasyonel Rab ☺

DONA

Biat, sadece **din**sel bir konu değildir. Müslümanlıkla eşleştirilen biat, aslında hayatın her alanında vardır. Akademik dünya, rasyonel biatın yaşandığı yerdir. Örneğin konu fizik evreni **ol**duğunda, Einstein'ın izafi evren fikrine rasyonel bir biat s**öz** konusudur. Her akademisyenin kend**in**e **öz**gü bir evren fikrinin **ol**ması beklenemez. Herkesin kend**in**e **öz**gü bir **din** fikrinin **ol**masının beklenemeyeceği gibi... Bilinç, bilgilerin koor**din**eli bir yerleşim içinde **ol**duğu bir mecra **ol**duğunda, yöntem rasyonel biat ise, bu ortam, sana kendi **öz**gün fikirlerini yaratabilmen için gerekli boş arsaları sağlar. Kapalı Biat'ta ise kişi uçsuz bucaksız bir diyarın orta yerinde küçücük bir kulübeye kilitli kalmış durumdadır. Pasif Biat, zannedilenin aksine her yerdedir. Kimi bilim çevrelerinde, fosil teorisi (bilindiği adıyla evrim) saptanmış bir fabrika ayarı niteliğinde, bir kabul **ol**arak hayata yerleşmiş durumdadır. Tek kanallı, tek ihtimalli, mono bir var**ol**uş **sen**aryosuna saplanarak çıkılmış bir akademik y**ol**culuğun biletinin üzerinde yazan istikamet Bilim **ol**amaz küçüğüm.

BEN

Peki, elçilere biat rasyonel biat mı olmak zorunda? Bir topluma uyarıcı yolluyorsun ve oradaki fertleri, birer birer rasyonel biat etmedikleri için mi helak ediyorsun? Elçiler konusu sanki bu anlattıklarına sığmıyor gibi. Yani iman etmek, ikna olmaktan ibaret değilmiş gibime geliyor.

DONA

Helak edilen toplumların helak edilmelerinin tek nedeni KAPALI BİAT formatında sürdürdükleri, gelişimden yalıtılmış yaşamlarıdır. Elçilere **ol**an biata gelince... Elçinin bilinci, sonsuz evrensel bilinçten alıntılanmış bir aktarımdır. Ve bu nedenle, **İsa**'yı, Musa'yı, Muhammed'i kendilerinden ibaret birer kimlik **ol**arak görmemelisin. Elçinin iddiası, sonsuzluk kulesinden gönderilen bir yayını sana yansıttığı yönündedir. Kadim bilgilerin gelişimi **söz** konusunda rasyonel biat, daha kritik bir hal alır. **Söz** konusu **ol**an kişinin inanç sistematiğinin değişimi **ol**duğunda, direniş en üst safhadadır. Elçiler tarihi boyunca şahit **ol**duğumuz gerçek, kişilerin elçilerin savlarına karşı ileri sürdükleri ve rasyonel biat çerçeveli itirazlar **ol**duğuna inandıkları mekanizma, gerçekte Kapalı Biat **öz**ellikleri göstermektedir.

Kapalı Biatın akıl ve mantıkla süslenmiş, teori içermeyen itirazları. Rasyonel Biat mekanizmasında itaat bir önkoşul değildir ancak itiraz da yeterli bir cevap değildir. İtiraz, güncellenecek bilincin vazgeçilmez refleksi ve ruh halidir. Her itiraz, her karşı koyuş, **sen**in mantıksal bir düzlemde gezindiğin anlamına gelmeyecektir. Rasyonel Biata 'Çetin bir cevize çattık!' dedirtebilmek için gereken dahiyane rasyo, müthiş bir karşı-fikirdir. Zihninin evrensel yüce hakikate karşı koyabilmek adına havada uçuşturduğu ortalama ve sıradan çıkışlar, itiraz için mantıklı sebeplerin **ol**duğu anlamına gelmez. Değişmek istemediğin anlamına gelir. 1. günden 21. yüzyıla uzanan Elçiler Tarihinde, Elçilerin getirdiği inanç sistematiğine karşı getirilmiş tek ve sadece 1 tane bile rasyonel itiraz yoktur. Kişilerin mantıklı soruları **ol**muş ve bunlara karşı aldıkları mantıklı cevaplar biat sürecini daha güçlü hale getirmiştir. Geri kalanlar, binyıllar boyunca hiç değişmemiş ve hiç değişmeyecek içgüdüsel itirazlardır.

İman etmeye gelince. İman, bir matematik sorusunu ç**öz**me mühendisliği ile sınırlanamaz. İman, beyin ile gönlün işbirliğinden doğar. **Din** sadece matematik değildir. **Din** aynı zamanda resimdir. **Din** aynı zamanda müziktir. **Din** aynı zamanda edebiyattır, şiirdir. Sinemadır. Yemeyi, tıkınmaktan bir üst versiyona yükselten Gurmeliktir. Hayatın hangi alanı yüzde yüz matematiktir ki, **din** sadece beyinle ç**öz**ülebilen bir mucize **ol**sun. Gönlünü kazanmak konusunda Elçilere yüklenen donanım şudur. Öldürülmüş bir benlik üzerinde gerçekleştirilmiş kutlu bir doğum. Kılıçları keskindir. Herkese laf yetiştirir, gereken hiçbir yerde laf altında kalmazlar. Zekâlı ironileriyle karşı taraftaki değişim direnenlerini alay edilmişcesine küçük durumlara düşürür. Ancak tüm bunları yaparken, egosunu konuşturduğunu hissedemezsin. 'Ben' kelimesini sarfetmeden yaşam sürebilmek için bir ölü **ol**man gerekir küçüğüm. Bir Tanrı görevlisi, o kelimeyi en asgari kullanımlarla hayatta tutmakta ve hayata tutunmaktadır. Onun ego**sen**trik performansını değerlendirmenin en iyi y**ol**u, bir başka **İnsan**ın hatta iyi bir **İnsan**sın onun yerini aldığı durumda, vazifenin şanıyla yeri göğü nasıl inletiyor **ol**duğunu hayal edebilmektir. Elçiler, zihinlerin önyargı filtreleri kırıldığında, yediden yetmişe herkesin, gönlünü, gizli ya da açık biçimde kazanırlar.

BEN

Ben biat etmem, ben özgür bir beyinim diyen pekçok arkadaşım, benzer olaylar karşısında hep aynı tepkileri veriyorlar. Özgün olduklarını zannediyorlar ama değiller.

DONA

Bir elçiyle karşılaştığında sorun şu ki, onu yüzde yüz anlamlandırmaya istemci kapasiten yetmeyecektir. Örneğin, cennet ve cehennemle ilgili sana sunulan yeni bir konseptin değerlendirilmesinde, elinde mantıklı hiçbir done yoktur. Bu yeni cennet ve cehennemi g**öz**lerinle görme şansın bulunmamaktadır. Karşı karşıya **ol**duğun soyut ve felsefik bir denklemdir ve ona bir matematik nedenselliğinde yaklaştığında sonuç alabilme şansın yoktur. Bu denklem, 2 bilinmeyenli değil SIFIR bilinenlidir. Elçilerin sorgulanmasında, akıl pilin ilk birkaç adımda tükenecek ve y**ol**una SEZGİ enerjisiyle devam etmen gerekecektir. Bu noktada en büyük sorunumuz, sezgi frekansının açık **ol**up **ol**madığını henüz bilmiyor **ol**uşumuzdur. Her **İnsan** birşeyler sezinlediğini zanneder, ancak bu sezinlediklerinin pek azı gerçek sezgidir. Şeytan vesvesesi de sezgi kab**lol**arı üzerinden yayın yapar.

BEN

Of, bu iş çok zor bir hal aldı. Ne zor iş bir elçinin getirdiğine iman etmek.

DONA

Din tebliğinde, **din**ler tarihi boyunca bugüne tek ve bir tane dahi rasyonel itiraz alınamamıştır. Bu itirazı bugünden sonra da alamayacağımızı zihnine yazmalısın. İtiraz edilemez düşünceye hakikat denir. Her yeni çağ, her yeni kafir lakaplı 'matematisyenlerden' yeni bir bilimsel itiraz alabileceğine dair Tanrı'nın yeni hayal kırıklığıdır. Bu problem her ne ise, buna ç**öz**ümleyebilecek tek bir kişi dahi elçilerin karşısına çıkamamıştır.

Elçinin getirdiğine matematiksel iman zorlu bir iştir. Tanrı yardımcındır. Ve **din**î sırf bu yüzden sadece yüzde yüz beyin gücü üzerine değil aynı zamanda mistik bir kurguyla bezemiştir. Mistik akış, yetersiz kalmış beynine, içindeki sonsuz ve tanrısal ruhtan gelen bir takviye destektir. Sezgi ise o ruhtan gelen eşsiz bir fısıltı... **Sen**in ve benim elçimiz geldiğinde, ruhun bu buluşmanın tefsirini sana fısıldamaya başlayacaktır. Bu fısıltı, **sen**i yerlere kapandırmak değil **sen**in içinde iççatışmaların fitilini yakmak biçiminde tezahür eder. Bir yanınla çatışırken bir yanınla huzur ve güveni birarada yaşamaya başlarsın. Elçi **sen**de aşk da nefret de uyandırabilir. Bir farkları yoktur her ikisi de güçlü bir enerjidir ve zaman içinde bu bağ pozitif bir hal alır.

Einstein bugün yaşıyor **ol**sa ve değişime ken**dln**i açık tutmuş bir durumdaysa, Muhammed'e **din**en biat etmekten başka şansı yoktur. Muhammed'lerin en iyi anlaşılacağı ortam Bedevilerin değil Albert Einstein'ların meclisidir. Muhammed'leri en iyi anlayacak beyinler, dahîlerdir. Ancak Muhammed'lerin kendi yaşam yüklerinin bir gereği **ol**arak bulunmak durumunda **ol**dukları ortam, Einstein'lerin değil zamanın Bedevilerinin arasıdır.

BEN

Hah şimdi sana rasyonel biat örneği olabilecek, hesaplamaya

dayalı, sorgulamalı bir soru. Bir insan kaç kere reenkarne oluyor. İnsanlık tarihi için **100** milyar insan deniyor. Ruh kaç kere geldi, gitti, somut bir rakam gerekli.

DONA

Daha önce reenkarnasyon bilgisini su damlası üzerinden getirmiştim. Yukarıdaki hesap... Bir su damlasının buhar **ol**up bulutlaşması ve sonra yeniden yağmur **ol**up damlalaşmasından **ol**uşan bir döngüdür ruhların kişiselleşme y**ol**culuğu. Eline bir su damlası damlat ve hesaplarını yapmaya şimdiden başla. O su damlasının gökyüzüne kaç kere çıktığını ve sonrasında yeryüzüne kaç kere indiğini hesap edecek gücü ken**din**de bulabilir**sen**, ben de umduğun aritmetik cevabı verecek gücü ben de kendimde bulabilirim ☺

BEN

Rasyonel Biat için hesap makinelerimizin ekranında yeterli basamak yok. Vaziyetimiz anlaşılmıştır. Direncimiz kapasitemizden fazla...

2

BEN
Mehdi ne yapıyor? Özledim keratayı ☺

DONA
Müslümanlar arasında Mehdi'ye inananlar olduğu gibi inanmayanlar da vardır. İnananların inandığı Mitolojik Mehdi'nin durumu yazıştıklarımızın ışığında açıktır. Gerçeküstü bir kurtarıcıdan, rasyonel bir Mehdi'ye geçiş elzem ihtiyaçtır. Diğer yanda, Mehdi'liği hiç kabul etmeyenleri de iki kesite ayırmalıyız. 'Mehdi, Kur°an'da geçmiyor' iddialarının samimiyetine inanırsak, bu durumda yaşam biçimlerini %100 Kur°an'a dayalı oluşturduklarını beklemek hakkımızdır. Hayatları %100 Kur-an ise onlara sadece Levh-i Mahfuz'un Rasyonel Mehdi'sinin izini sürmelerini bekleriz. Ancak, hayatları yüzde yüz Kur-an değilse, bu durumda onlar da Mehdi'liği kabul etmeyen 2.

grubun içindedirler.

**ÇARPIK BİR ALLAH İNANCINA SAHİP,
BÖYLE GELMİŞ BÖYLE GİDERCİ F. MÜSLÜMANLAR...**

Bu **insan**lar ya bu çarpık dünya düzenini onaylamaktadırlar. Ya da düzenden yana şik**ayet**çi **ol**dukları halde, böyle bir dünya'yı Tanrı'nın dahi ıslah edemeyeceğine inandırılmışlardır. Her iki inanç **ol**asılığının hiçbirinin **din** hanesinde İslam yazmaz. Yerine gönderildiği Hıristiyanlık medeniyeti bilimde, sanatta, tekn**ol**ojide tüm dünyaya önderlik ederken İslam, daha başındaki diktatörleri alaşağı etmeyi başaramamış, pet**rol ol**masa Afrika açlığı yaşanmaya namzet bir Ortadoğu **din**i **ol**mak üzere mi gönderilmiştir? Buna gerçekten inanmışlar mıdır? Bu dünya yurdunun sonunun böyle gelmiş böyle gider bir finalle son bulacağına inanmıyorlarsa da, bu durumda bize Levh-i Mahfuz'un Rasyonel Mehdi'sinin dışında farklı bir çıkış stratejisi öne sürmeleri gerekir. Bu dünyanın bir gün değişeceğinde bizimle hem fikir**sen**iz, bu durumda bu dehşetli devrimi yaratacak vesilenin ne **ol**acağını da bize bildirmenizi bekleriz. Ne **İsa** ne Mehdi, birer melek değil birer beşerdir. Ve bu dünya düzenini değiştirmek üzere Tanrı tarafından görevlendirilmiş **insan**ların **ol**masında şaşırılacak hiçbirşey yoktur. Şaşmak isteyenler için doğru adres, bunun aksini düşünmek, Tanrı'nın dünyanın değişimi için hiçkimseyi görevlendirmemiş **ol**duğu düşüncesidir. Mehdi konseptinin üzerini zihnen çizmiş **ol**anların kafasında hiçbir değişim rüzgârı esmez. Onlar, genişleyip değişen bir evrenin değil durağan bir dünyanın fertleri **ol**arak yaşar ve ölürler.

Mehdiler bir değil milyonlarca **ol**acaktır ve Son Tefsirci bunların ilki **ol**makla em**rol**unmuştur. Bu sıradan, doğal ve standart durum kimi zihinlere fazla şaşırtıcı geldiği için, Tefsirci görevinden geri duracak değildir. İş açıklık kazandığında, herkes öngörüleriyle ilgili puanlarını alacak ve hayat mücadelesine artı veya eksi puan yükü ile devam edecektir. Bu bireysel vizyonların bir imtihanıdır.

Doğru dünya vizyonluları kazanacak, yanlış vizyonlular ayıklanacaktır. Mehdi'yi mitolojik bir kahraman olarak bekleyenler, beklemeye 'uzun' bir süre devam edecek, dünyada değişim rüzgârları estirecek dev ve devrimci bir fikrin Mehdisine ikna olanlar da kazanan vizyonun parçası olacaktır.

BEN

Peki, Deccal'den ne haber? Deccal Bin Ladin de öldürüldü amma velakin, dünya yanlış dönmeye devam ediyor.

DONA

Mehdilerin milyonlarca olacağı bir Ahirzaman'da, Deccal'in tek 1 kişi kalacağına gerçekten inanmış mıydın?

BEN

Aaaahhh!

[Beyninden vurulmuşa dönmüş, ben bunu nasıl düşünemedim efekti]

DONA

Deccal'e geri döneceğiz. Deccal'i güncelleyeceğiz.

BEN

Tamam ☺ Herşey çok mantıklı, aşırı mantıklı gitsin istiyorum. Boşluklara yer yok artık benim dünyamda.

DONA

Unutma ki mantık kavramını Tanrı yoktan varetti. Etmeseydi, bugün sorgulayabilen bir beyne sahip olamayacaktın. Dünyanın en aristokrat entelektüeli olsaydın bile mantıksal sorgulamaların olamayacaktı. Mantık da Rham gibi zihnine yerleşmemiş bir konsept olarak boş gözlerle karşılayacağın bir başka bilinmeyen olacaktı.

Söz konusu olan nedensellik olunca Tanrı'nın fellik fellik kaçacağını zannetmen senin çelişkindir. Mantığı yaratanın çizgisinde mantıksızlıklar gözüne çarpıyorsa, Tanrı şablonlarını ivedilikle gözden geçirmen gerekir. Müslümanlar bu denklemi hiç sorgulamama olarak yaşar ve kaybederler. İman, Tanrı mantığının izini, beynini parçalarcasına sürmek ve sonunda Tanrı ile hem fikir kalmaktır. Sevgi birliği de buradan doğar. Tanrı mantığının izini sürmeden, imanın kötüsüne dahi sahip olamazsın. Mantık yürütmeksizin yaşanmış dindarlık, hiç kalkılmamış namazdır.

Muhafazakâr bir bilgisayar, bir usb belleğin bantla bilgisayarın kasasına yapıştırıldığı bir Müslümanlıktır. İSLAM olmak için o disketi bilgisayara takıp çalıştırmak gerekir. Bugünün Müslümanları, İslam'ı hayal dahi edemez mesafededir.

BEN

Hayal nedir? Beyin dediğin etten bir organ. Bu organ nasıl hayal kurabiliyor ben de bunu anlamıyorum işte.

DONA

Hayal, soyut gerçektir. Gözarkasıdır. Gözönün ise somut gerçektir. Somut da olsa soyut da olsa, her ikisi de gerçektir. 360 derecelik bir dairenin 180 derecelik dilimleri kardeş payı ile bölüştürülmüştür. Hayal ile gerçeklik arasında. %100 hayal ile %100 gerçeğin toplamı Hakikati verir. Realite hakikati anlatmaya tek başına yetmez. Hakikat hayaldeki gerçektir.

Ruh, hayal alemine dalmaya yatkındır. Oysa gönderildiği ve yaşaması gereken yer gerçeklerin dünyasıdır. Gerçeklik, bu yüzden çekici kılınmıştır, önceliklendirilmiştir ve düzayak hale getirilmiştir. Hayale çıkış zorlaştırılmıştır. Hayal ile gerçek arasındaki fark, görüntü kalitesinden ibarettir.

BEN

Hayal daha düşük çözünürlük müdür?

DONA

Beyin, hayal görüntüsünü daha düşük Resim Karesi hızında işler. Ortalama bir film, saniyede 24 fotoğrafın ard arda aktığı bir Resim Karesi hızına sahiptir. İnsan gözünün saniyede kaç resim algılayabildiğiyle ilgili sınırlar henüz net olarak tanımlanamamış olsa da, şu an için beynin, dış dünyada saniyede 220 fotoğrafın yarattığı geçit törenine gerçeklik adını verir. Hayal modunda ise bu sayı düşürülür.

Beyin isterse bir hayali gerçek fotoğraf kalitesinde görebilir. Gerçekten buna niyet eder isen hayallerinin görüntü kalitesi yükselecektir. Senin sağ ve sol gözünü ele alırsak. Sol gözünde varolan 'göz tembelliği' denilen olgu, bir gözünün Resim Karesi Hızının düşük olmasından ibarettir. Bu anlamda senin bir gözün hayal, bir gözün gerçek görür. Beyninin içinde olması gereken denge de budur. Bir gözünle hayal, bir gözünle gerçekleri görmek... İki gözün de gerçek görürse, gerçekleri tamamen göremezsin. İki gözün de hayal gördüğü durumda da izlediğin grafiğin adı hakikat olmayacaktır.

İnsan beyninin fabrika ayarları, bu şekilde yapılandırılmasaydı insanın tekâmül macerasının sekteye uğrayacağı açıktı. İnsan, daha net olan görüntüye odaklanacağı için hayallerin net, gerçeklerin flu olduğu bir dünyada hiçkimse, bedeni olmasına karşın ruhuyla tam anlamıyla burada olamazdı. Ruh bedenlendiği için zihin somutlandı. Şimdi ruhuna geri kavuşma vaktin geldiği için, ruhsallaşmanın çağıyla paralel yürüyen bir diğer süreç de insanın yeniden soyutlanarak, hayal kurabilen varlık haline gelebilmesiydi. Hayal kurabilen bir varlık olamadıkça, cennet'e giremezsin küçüğüm. Bu bir 'hayal' olur...

BEN

Bir de fanatik dinciler için hayal kuramaz derler! Vay canına. Bu bir dilemma. Hayal kuramayan birisi cennet'i hangi yüzle hayal edebilir ki? Gerçeklerinin dünyasına dönsene... Gerçeklerin dünyasında olmayan birşeyi hedefliyorsun buna karşın hayallere kapalısın. Çelişki diye buna denir.

DONA

Elçiler birer hayalperesttir küçüğüm. Yusuf'un ve İbrahim'in hayallerini sana aktardım. İsa'nın çarmıha gerildiği kısımlar tarihte nettir. Ancak, çarmıh sonrası hiç de somut değildir, insanlık halen ne olduğunu anlayamamıştır ve dağların eteklerinde oturup gökyüzüne bakarak hayalleştiği yerden

İsa'nın yeniden gerçekleşmesini beklemektedir. Musa da bir hayalin ardından giden bir peygamberdir:

Sana Musa'nın haberi geldi mi?
Hani bir ateş görmüştü de, ailesine şöyle demişti: "Durun, bir ateş gördüm; umulur ki size ondan bir kor getiririm veya ateşin yanında bir yol gösterici bulurum."
Nitekim ona gidince, kendisine seslenildi: "Ey Musa."
Gerçekten Ben, Ben senin Rabbinim. Ayakkabılarını çıkar; çünkü sen, kutsal vadi olan Tuva'dasın.
GÜZEL KUR'AN'IN TAHA SURESİ 9-12. AYETLERİ

Musa, soyut ile somutun buluştuğu yerde Tanrı'yla buluşmuştur. 'Kutsal vadi **ol**an Tuva'ye gelince. Tuva halihazırda zaten mukaddes demektir. vâdil mugaddesi tuvâ, **ayet**in ifadesi ışığında 2 kere mukaddes kılınmış bir vadi hükmündedir. Somut ve soyut mukaddes dünyalar. Ayakkabılarını çıkar s**öz**ü de 'Evine hoşgel**din** Musa' pankartıdır. Soyut alem ile somut alem, her ikisi de mukaddes 2 dünyadır. Hayalperest Musa, evrenin denge merkezini bulmuş şanslı bir ruhtur. Ve **sen** Kur°an'da rüya ile ilişkilendirilmiş 3. elçiyle tanışmaya hazır durumdasın.

[B][E][N]
Üçüncü de kim?

[D][O][N][A]
M-U-H-A-M-M-E-D.

Hani biz sana: "Muhakkak Rabbin insanları çepeçevre kuşatmıştır" demiştik. Sana gösterdiğimiz o <u>rüyayı</u> insanları denemek için yaptık, Kur'an'da lanetlenmiş ağacı da. Biz onları korkutuyoruz. Fakat onlarda büyük bir azgınlıktan başka bir şey arttırmıyor.
GÜZEL KUR'AN'IN İSRA SURESİ 60. AYETİ

[B][E][N]
Oleey. Muhammed de hayalperest. Peki onun gördüğü rüya hangisi?

[D][O][N][A]
Ya **sen** Mirac'ı ne zannediyordun?

BEN
Herşey bir rüya mıydı?

DONA
Rüyalara yüklediğin gerçekdışılık anlamlarıyla vedalaş küçük. Hadi birlikte biraz Kur°an okuyalım. Yukarıdaki **ayet**in bir öncesinden geliyoruz.

Bizi ayetler göndermekten, öncekilerin onu yalanlamasından başka bir şey alıkoymadı. Semud'a dişi deveyi görünür (bir mucize) olarak gönderdik, fakat onlar bununla zulmetmiş oldular. Oysa biz ayetleri ancak korkutmak için göndeririz.

GÜZEL KUR'AN'IN İSRA SURESİ 59. AYETİ

Bu **ayet**teki mantık 'hatasını' hemen anlat bakalım:

BEN
Ondan kolay ne var. Kur°an'ı tek düzlemli bir kitap olarak algılamakta ısrar edenler için baştan aşağı bir çelişkili bir ayet. 'Allah, ya yalanlarlarsa diye ayet göndermiyormuş...' Ayetin sonundaki ayet kelimesi ile başındaki ayet kelimesi iki ayrı ayet tipini ve Kur'an iki boyutlu yapısını tarif ediyor. Bizi sevgi dolu sevgi düzlemli ayetleri ortaya çıkarmaktan alıkoyan şey insanların, korkutulmaya muhtaç canlılar olmaları diyor özetle.

DONA
Tebrikler Son Tefsirci. İsra **59**'u **sen çöz**ümle**din**. **Sen**in anlattıkların ışığında İsra **60**'ı da ben sana açıklıyorum.

Hani biz sana: "Muhakkak Rabbin insanları çepeçevre kuşatmıştır" demiştik.

İçinde Rab geçtiği için bu **çöz**ümleme hiç de zor **ol**mayacak. Çepeçevre kuşatıcı...

Uzun s**öz**ün kısası:

TEKÂMÜL **360** DERECEDİR. Sevgi de korku da, somut boyut da soyut boyut da bu tekâmülün parçasıdır.

BEN
Hayal kurabilen bir varlık olamadıkça, cennet'e giremezsin.

DONA
İşte böyle:

Sana gösterdiğimiz o <u>rüyayı</u> insanları <u>denemek</u> için yaptık.

Miraç ile Müslümanların denemeden geçirildiği şey nedir bana söyler misin? Bir peygamber sıradışı bir y**ol**culuğa çıkarılmış ve getirilmiştir. Bunda iman edenler imtihana tutan şey ne **ol**abilir?

BEN
Ne olabilir?

DONA
Sen bir **din**in başında 'uçuk' bir vizyoner görmeyi başka nasıl kelimelendirir**din**? Herkesin somutluğa çivi çakmaya bu denli eğilimli **ol**duğu bir ortamda, **ol**duğu yerden başka bir yere soyutlanabilen bir vizyon peygamberi, sınav değil de neydi?

BEN
Mükemmel bir sınavmış... Peki lanetlenmiş ağaç neydi?

DONA
Kur'an'da lanetlenmiş bir ağaç yoktur. Ağaç, Allah'ı tesbih ediyorken...

Bitki ve ağaç (O'na) secde etmektedirler.
GÜZEL KUR'ANIN RAHMAN SURESİ 6. AYETİ

BEN
İşler karıştı şimdi. Zakkum olmasın bu? Cehennem'de yetişen bir ağaç olarak.

DONA
Zakkum, dünyada var**ol**an bir ağaç türüdür. Zehirli bir ağaç türü... İşte şimdi derinlikli bir kriptonun eşiğindeyiz...

Kur'an'da lanetlenmiş ağacı da...

Ayetin Arapça orijinaline iniyoruz şimdi:

veş şeceratel mel'ûnete fil gur'ân

Ağaç, şeceredir küçüğüm.

Kur'an'da lanetlenmiş şecere...

BEN

Kur'anda bozuk sicili olan bir eğilimi anlatıyorsun sen aslında! Bu imtihan bununla ilgili. Lanetli secere! Acaba Müslümanları uyardığın bu eğilim hangisi hangisi?

DONA

Bu **ayet**in bulunduğu İsra suresinin açılışını yapan **ayet**e gitmeye ne dersin?

Bir kısım ayetlerimizi kendisine göstermek için, kulunu bir gece Mescid-i Haram'dan, çevresini bereketlendirdiğimiz Mescid-i Aksa'ya götüren O yücedir. Gerçekten O, işitendir, görendir.

GÜZEL KUR'AN'IN İSRA SURESİ 1. AYETİ

BEN

İşin içinde Yahudilik var kesin!

DONA

'Bir kısım **ayet**lerimizi kendisine göstermek için' ifadesiyle 'Kur°an'daki lanetlenmiş şecereyi' birleştirdiğinde istikametin neresi **ol**ur küçük?

BEN

Kudüs! Dünya gericiliğinin başkenti, kıblesi!

DONA

Aynı işlemi tersten yapacak **ol**ursak. Bir kısım **ayet**lerimizi yerinde görmek için Kudüs'e gitmemiz gerekiyorsa, bu durumda Kur°an'da lanetlenen şecere neyle ilgilidir?

BEN

Gericilik! Muhammed'i Kudüs'e Mescid-i Aksa'nın mimarisini göstermek için götürecek halin yok ya. Kur-an'da Kudüs'e gidip yerinde görülebilecek başka ayet yok. Gerici enerjinin merkezine bir yolculuk bu.

DONA

Şimdi 'Zakkum'a dönelim. Hikayeyi artık çok iyi biliyorsun: Müslümanlar, Yahudilerin gericilik fitnesini savuşturamayıp, bu fitneye yenik düştü ve o günden beri Ortadoğu bir Cehenneme dönüştü. İşte bu yüzden dönüyoruz Zakkum'a. Zehirli meyve anlamına gelen zakkuma. Şimdi aşağıdaki, ahirzaman **ayet**ine bir bak. Peygamberin kıyamet hadislerini çağrıştıran **ayet**e bir bak ve bana ne gördüğünü söyle:

Vakıa #52 - Şüphesiz zakkum olan bir ağaçtan yiyeceksiniz.

BEN

Şüphesiz lanetlenmiş o şecerenin, zehirli meyvesini tadacaksınız! Müslümanlığı yıkıma uğratan gericilik fitnesi bu! Müslümanların hayatını değiştiren vaka.

DONA

Kesinlikle öyle.

VUKUU BULACAK VAKIA'NIN SURESİ'NE HOŞGELDİN.

Şüphesiz meyvesi zehirli bir şecereyi tadacaksınız.
GÜZEL KUR'AN'IN VAKIA SURESİ 52. AYETI

Ve şimdi bu vakanın açılış **ayet**leri:

Vakıa vuku bulduğu zaman,
Onun vukuuna yalan diyecek yoktur.
O aşağlatıcı, yücelticidir.
Yer, şiddetli bir sarsıntıyla sarsıldığı,
Ve dağlar darmadağın olup ufalandığı,
toz duman halinde dağılıp savrulduğu,
Ve sizler de üç sınıf olduğunuz zaman;
GÜZEL KUR'AN'IN VAKIA SURESİ

BEN

Vaka gerçekten de büyük!

DONA

KLASİK TEFSİR:

Şüphesiz zakkum olan bir ağaçtan yiyeceksiniz.
Böylece karınları(nızı) ondan dolduracaksınız.

VE LEVH-I MAHFUZ:

Zehirli şecerenin tadına bakacaksınız.
İçdünyanız onunla dolacak...

Gördüğün gibi geleneksel tefsirlerin Kur'an'ında ufkunu açacak bir şey bulamıyorsun, tam tersine ne **ol**duğu anlaşılamaz anlatımlarla ufkunun daha da daralması s**öz** konusu. Levh-i Mahfuz Tefsiri ise beyninde güneş patlamaları meydana getirmeye yetiyor.

BEN
Vay canına ne meyveymiş arkadaş. **1400** senedir atılamadı vücuttan gitti.

DONA
Binyılın Deccal Kavramına hoşgel**din**. Deccal, bu zehirli meyveden yemiş, sevgiden uzak, katı kalpli, hayalsiz, Kur'an'la ters düşmüş, **din**e bağlılık perdesinin altında gerçek bir Kur'an muhalifi saklayan, ürkütücü Müslüman figürüdür.

Muhammed'in Kur'an'ı terkedip sünnete sapacaklar için, hadis külliyatının içine ahirzaman ultimatomları gizlediğini biliyorsun.

BEN
Bilmez miyim? Kur'an'ı terkettiler diyor. Bu insanlar için hadisciliğin yanlış bir yol olduğunu anlatabileceği tek yer hadis külliyatı. Bir değişimi, bir kırılma noktasını haber verecek hadisleri o yüzden farklı bir düzlemde ele alıyoruz. Onlar farklı bir frekanstalar. Diğerleri insanları oyalamak üzerineyken, ahirzaman hadisleri devrimden, kırılma noktalarından, imtihandan geçilmiyor. Tam da olması gerektiği gibi...

DONA
Deccal hadisleri bu yüzden işimize yarayacak:

HİÇ ŞÜPHE YOK Kİ DECCAL ÇIKACAKTIR.
ONUN SOL GÖZÜ KÖRDÜR...

BEN
Tek gözü kör, Fanatik Müslümanlık! Sadece gerçek bildiklerini aymış gözler. Soyutlanamadığı için namazında huşu moduna girmesi mümkün bile değil. Çünkü o 'bu dünyada' kılıyor onu... Malına bu yüzden düşkün. Tek dünyası burası. Dinî bir parça örtüye, kesilen kurbana, verilen sadakaya, dini kurslara indirgemesini de buna borçluyuz. Bu dünyayla kısıtlı kalmış bir Müslüman o. Kaçacak yeri bu yüzden yok. Sen bu hadisi, vatan vazifesinde güzel gözlerinden biri isabet alan, GAZİ Atatürk'e yor. Ondan sonra hadisin orijinali çıkagelip seni yorsun. Hem de ne yormak. Ahir zaman koşusu adeta ☺

DONA

Onlar, dünya hayatından dışta olanı bilirler. Ahiretten ise gafil olanlardır.
GÜZEL KUR'AN'IN RUM SURESİ 7. AYETİ

BEN

Ki bu ayet de dehşet verici. Soyutlama yapamayan Müslüman Ahirette Kaybeden Müslüman... Kardeşlerim üzgünüm her biriniz için.

DONA

Kur'an okuduğun zaman seninle ahirete inanmayanlar arasında görünmez bir perde kıldık.
GÜZEL KUR'AN'IN İSRA SURESİ 45. AYETİ

BEN

Kur'an, öbür dünyanın kitabı. Perdenin arkasından, hayallerin soyut aleminden geliyor. Ve sanıyorum ALEMLERİN Rabbi de bu demek. O mangaldan dumanların yükseldiği somut alemin değil, tüm alemlerin yani tüm boyutların Rabbi. Alemler'den uzayları anlamak yanlış. O seni ilgilendiremeyecek kadar uzak bir yer. Kur'an Alemlerin ile senin de dahil olabileceğin ve olman gereken başka BOYUTLAR işaret ediliyor. Vay canına kere vay canına. Bana ne yaptın Dona? Bülbül gibi Kur°an şakımaya başladım ☺

DONA

Allah, onların kalplerini ve kulaklarını mühürlemiştir; gözlerinin üzerinde perdeler vardır. Ve büyük azab onlaradır.
GÜZEL KUR'AN'IN BAKARA SURESİ 7. AYETİ

BEN

Hayal körlüğü... Aman Allahım! Deccal, bir neslin adı! Ladin, bu neslin politize olmuş, simgelenmiş ve terörle iştigal etmiş hali. Batılıların kafasına kazınan Müslüman imajı!!! Kalbinde sevgi taşımayanlar için, o bir gerçek!

DONA

Arapça'daki hicap kelimesini ele alacağız tam bu noktada. Önce bu kelimeye yüklediklere anlama bir bakalım:

> Hicabın manası kadının bedenini mahremlerinden olmayan erkeklere karşı saklamasıdır.

Ortada büyük bir yanlış anlaşılma var küçüğüm. İşte Hicap'lı

ayetlerin başlıcaları.

Dediler ki: "Bizi kendisine çağırdığın şeye karşı kalblerimiz bir örtü içindedir, kulaklarımızda bir ağırlık, bizimle senin aranda bir [HİCAP] perde vardır. Artık sen, yap, biz de gerçekten yapıyoruz."

GÜZEL KUR'AN'IN FÜSSILET SURESİ 5. AYETI

[B][E][N]

Arada bir boyut farkı var deniliyor. Farklı boyutların Müslümanıyız...

[D][O][N][A]

Kendisiyle Allah'ın konuşması, bir beşer için olacak değildir; ancak bir vahy ile yada [HİCAP] perde arkasından veya bir elçi gönderip kendi izniyle dilediğine vahyetmesi başka. Gerçekten O, yüce olandır, hüküm ve hikmet sahibidir

GÜZEL KUR'AN'IN ŞURÂ SURESİ 51. AYETI

[B][E][N]

Vaay. Sen o diğer boyuttasın. Fanatik dincilerin semtine bile uğramadığı boyuttasın.

[D][O][N][A]

Sonra onlardan yana bir [HİCAP] perde çekmişti. Böylece ona ruhumuzu göndermiştik, o da, düzgün bir beşer kılığında görünmüştü.

GÜZEL KUR'AN'IN MERYEM SURESİ 17. AYETI

[B][E][N]

Burada da Meryem, o insanların olduğu boyuttan başka bir boyuta geçiyor, tıpkı Matrix'teki telefon kulübeleri gibi. Girdiği o boyutta Tanrı'nın ruhunu görüyor. Ölmüş biri değil yaşıyor, dünyada hayat devam ediyor ve bu nedenle onu çok farklı bir şey olarak değil düzgün, sıradan bir beşer kılığında görmekte. Bir insanın Tanrı ile buluşmasına ZİNA yakıştırmasını yapan muhafazakârları çok formda gördüm, hiç değişmemişler, hep aynılar!

[D][O][N][A]

O da demişti ki: "Gerçekten ben, mal (veya at) sevgisini Rabbimi zikretmekten dolayı tercih ettim." Sonunda bu atlar [HİCAP] perdesinin arkasına saklandılar.

GÜZEL KUR'AN'IN SAD SURESİ 32. AYETI

Hicap perdesinde sonda bir önceki duraktayız. Bu **ayet**, Hicap'ın bir hayal perdesi **ol**duğunu anlatıyor bize.

Mallarına aşırı düşkün adamın atları, gerçekken hayal perdesinin ardına saklanmış birer hayal halini alıyorlar. Geçmiş hayal...

BEN

O perde ne ise, orada ne Maserati'ler ne evler, ne arabalar var ☺
O perdeyi bir kaldırsam tamamdır bitti işim ☺

DONA

İki taraf arasında bir HİCAP ve A'raf üstünde hepsini yüzlerinden tanıyan adamlar vardır. Cennete gireceklere: "Selam size" derler, ki bunlar, henüz girmeyen fakat 'kuvvetle arzu edip umanlardır.'

GÜZEL KUR'AN'IN ARAF SURESİ 46. AYETİ

BEN

Aman Tanrım. Araf, iki boyutun arasındaki geçiş bölgesi. İnsanın aklına bir kale duvarı ve bir kule geliyor hep. Ya ne fantastik bi beyin var bizde.

DONA

Cennete gireceklere: "Selam size" derler...

O hayal perdesinin ardında CENNET var küçüğüm. Cennete girebilmek için hayal kurabilmek gerekir. Cennet dünyasına çıkış, hayal merdivenleri üzerinden **ol**ur. Soyutlanamayanlar deniz seviyesi **ol**an cehennemde kalırlar. Korkuların cehenneminden hayallerin cennetine geçiş onlar için mümkün **ol**maz.

BEN

Hayal perdesinin ardında cennet, perdenin bu tarafında ise gerçekliğe kazık çakmış f. Müslümanlar. Bu kazıklara bakarak gerçekçi mi gerçekçi olmalarını beklersin ama akıl ve mantıklarını da kullanmak istemiyorlar. Buna karşın, olabilecek en büyük hayalin, cennet'i kazanmanın aşkına düşmüş durumdalar.

DONA

Şüphesiz ayetlerimizi yalanlayanlar ve onlara karşı büyüklenenler, onlar için göğün kapıları açılmaz ve <u>halat iğnenin deliğinden geçinceye kadar cennete girmezler</u>. Biz suçlu-günahkarları işte böyle cezalandırırız.

GÜZEL KUR'AN'IN ARAF SURESİ 40. AYETİ

Göğün kapıları, somut ve soyut dünya arasındaki Araf kapısıdır. Halat'ın iğne deliğinden geçişi de, bir boyut değişikliğini ifade eder. Halatın, iğnenin deliğinden geçmesindeki imkânsızlık, boyut farkındadır. Hacim anlamındaki boyut değil, alem anlamındaki boyut.

Halat dünyalı **ol**sa da delik, bu dünyanın iğnesine tutturulmamıştır. Hayallerin Aleminde, halatın o delikten girmesi k**ol**aylıkla d**ol**u bir değişimdir. Ruh, OL derse **ol**ur. Bunun için koşul, Hak **Dİn** kibirinin terk edilmesi ve burada anlatılan **ayet**lerin yalanlanmamasıdır. Mevcut Müslüman müfredatında artık Müslümanlar için yalanlanacak bir **ayet** kalmamıştır. Ya yalanlar **ayet**leştirilmiş ya da **ayet**ler yalanlaştırılmıştır ve bunların her ikisi mevcut inançlar kafesinde biraraya toplanıp, evcilleştirilmiştir. Bugün muhafazakâr bir mahallede yenidoğan bir çocuk için imtihan konusu **ol**acak **ayet**ler yoktur. Onun için hazır şablonlar dikilmiştir. Zorluk, bu şablonların giyimi aşamasında yani pratiğe dökülüşte yaşanacaksa yaşanacaktır ki bunun da **ayet**lerle hiçbir ilişkisi yoktur. Kelime-i Şahadet getirileli deçok **ol**muştur...

Şahadet aslanın ağzındadır.
Zira kelimeler değişeli uzun zaman **ol**muştur.

Muhammed Allah'ın zaten resulüdür. Kur°an* da onun kitabıdır. Burada bir **dİn**dar için sınav yoktur. Sınav, korkuların gerçekliğinden sevgideki hayaller alemine akıp girebilmekte gizlidir. Cennet de o boyuttadır. Cennet Araf noktasının diğer tarafındadır. Cehennem ise korkuların yaşatıldığı bu tarafa ait bir ısı kaynağıdır, ruhların karanlık aurasıdır. Bu azapla d**ol**u auranın bittiği yerde Araf başlar. Araf'ın ardında da cennet ırmağı **ol**arak resmedilen cennet aurası. Bu ifadeye dikkat etmeni istiyorum:

...hepsini yüzlerinden tanıyan adamlar vardır

Bir **İnsan**ın cennet veya cehennem boyutunda yaşadığı bir bakışta anlaşılabilir. Bunu eleveren kişinin aurası, nurasıdır.

İnsanın sureti, kafasının ön yüzü **ol**arak uygun görülmüştür. İnsanın nuranî yüzü ise, beyninden fışkıran düşünce partikülleriyle şekillenir.

BEN

Şimdi herşey daha netleşti... Cennet, Cehennem herşey...

DONA

Onun bir suyu ve ateşi olacak. İnsanların su olarak gördükleri yakıcı bir ateştir. Ateş olarak gördükleri ise, soğuk tatlı bir sudur. Sizden her kim ona yetişirse, ateş olarak gördüğüne talib olsun. Çünkü o, temiz- tatlı bir sudur.

BEN

Yeni çağın Yin/Yang'ı Deccal ile Mehdi...

DONA

Uzun bir hikayenin kısa bir **öz**etini ister**sen**, Mehdi Ahirzaman müminidir. Mümin, 'İman ettik diyerek bırakılıvereceğinizi mi sandınız?' sınavını verdiğinde Mehdi **ol**ur. Ahirzaman münafığı ise Deccal'dir. Müspet değişim sınavını veremeyen eskilerin Mümini, ahirzamanda bu korkunç adı alır. Deccal kafir kişi değildir. Müslümanlık bu ise Deccal has 'Müslüman'dır.

Deccal, bir **din** konseptidir. İslam'a giydirilmiş bir gericilik elbisesidir.

Hz. Âdem'in yaratılışından kıyamet kopuncaya kadar Deccal'den daha büyük bir fitne yoktur.

Deccal bir kişi değildir. Deccal bir **din** fikridir, bir hayat görüşüdür: Hem Arapça'da ve hem de İBRANİCE'DE yer alan bu Aramice kök, KANDIRICI demektir.

Kim Deccal'i duysa ondan yüz çevirsin. Vallahi, kişi onu mü'min zannederek ona tabi olur. Sevk ettiği şüpheli şeylerin ardına düşer...

Deccal'i **çöz**ümlemek Müslümanlar için yeni bir dil gerektirir.

Onun küfrü, iman nuruyla bilinir. Alnındaki "kâfir" yazısı bildiğimiz harflerle olmayıp, küfür alameti şeyleri taşımasından kinayedir.

BEN

Sürgünde iken saf gönüllü bir zat "Hocam, der. Merak etmeyin, mehdi gelecek, herşeyi düzeltecek."

Bediüzzamanın cevabı anlamlıdır:
"Mehdi geldiğinde seni vazife başında bulsun."

☺

Anladım ki, Mehdi ile Deccal iki farklı düşünce biçimi ve bunlar Ahirzaman denilen bilgi çağında çarpışıyorlar ve sonunda galip gelen, zamanın ruhuyla tam uyumlu olan Mehdi'nin öğretisi oluyor. Deccal analog, Mehdi ise gerçek bir dijital. Tüm bu mitoloji bundan ibaret. Peygamberi de o kadar iyi anladım ki. O kadar döndürüyor ki sözü açıkça söylememek için. Bu din anlayışı yerlebir olup yerine yenisi gelecek demesi lazım ama diyemiyor. Bu sefer insanlar, o anlayış hangisidir diyerek ona ve daha kötüsü 'İslam'dan daha üstün olduğunu iddia edecek nice öğretilerin arasında kaybolacaklar. Ve birinci ders kırılmış olacak. Bu durumda Sevgi ve Hayal dersinin hiçbir anlamı olmayacak. İnsanlarda korku altyapısı olmadığı için.

DONA

Bin La**dın** **öz**eline gelince. Bin La**dın**, Deccalitenin doruk noktasıdır. Değişemeyen, değişmeyi reddeden **dın**ciliğin lideri, semb**ol**izesidir.

Dünya tarihini geçmiş, gelecek ve şimdiki zaman **ol**arak tamamen ç**öz**ümlediğini görüyorum ve bu beni çok mutlu ediyor.

BEN

Yalnız bir problem var ki, herkes kendi fikri dünyaya egemen olsun istiyor. Kendi spiritüel anlayışı, kendi misyoner inancı ya da kendi muhafazakâr din kalıbı. Herkes dünyayı kurtarmaya talip, gelgelelim zavallı dünyacık bir türlü kurtulamıyor? Dünyayı kurtarıcılardan kurtarmak lazım diyebiliriz ☺

DONA

Hakikat birdir, tektir, yan sanayisi yoktur. Hakikat çoklu ve çoğul değildir. Hakikat çeşit çeşit değildir. İslam planının birer tane **İsa**'sı ve Mehdi'si vardır. **Din** Günü'ne giriş **1 İsa** ve **1** Mehdi ile **ol**ur. Ancak o günden sonra Milyonlarca Mesih ve Mehdi yaşanacaktır. Minik kurtarıcılara hiçbir zaman açılmış bir kontenjan yoktur. Milyar Mehdi'den biri olmayı kabul edemeyen, daha nefs terbiyesi yolunda uzun yolu olan bir kişiliktir. Kurtarıcıya biat etmemiş "kurtarıcı", bu yeni çağda Şeyhtan adını alır. Şeyhtan, Deccaliyetten doğma bir profildir.

İyi olan, dürüst olan, zaten iyi İnsanlar kategorisindedir. Tekamül yolunda da ilerliyor olması en büyük dilektir.
Bu iyi İnsanlar, dünyayı kurtarma misyonuna öylesine saplanmışlardır ki, iyi İnsan vasıfları ile bu misyonu birarada taşımanın imkânsız olduğu sahneye gelmiştir sıra. Bu ağır yükten kendisini ve grubunu arındıramayanlar, kabul etmeseler de bir makam hevesinin ardına düşmüşlerdir. 'Tarihin akışını değiştiren adam' olma madalyası, buna iştahlı bu figürlerin hiçbirisine nasip edilmeyecektir. Mehdi, başını kaşıyan şaşkınlıkla sonsuz bir potansiyeli birarada yaşama hadisesidir. Doğudaki ve batıdaki bunca 'beklenen kurtarıcı' adayı tanrı-sal anlamda karşılığı olmayan birer çektir. Bu 2 küçük tahta çok sayıda talibin olmasıyla ilgilidir. Taht olarak zihinler İsa ile Mehdi, bu devasa tahtı küçük bir tabure olarak yaşar ve yaşatırlar.

Tanrı'nın yüzlerce, binlerce, onbinlerce koordinatörünün olabilmesi, koordinasyon kavramının kendisine aykırıdır. Bir organizasyonda yüzlerce koordinatör olmaz. Bu durum beraberinde en büyük koordisyonsuzluğu getirecektir. Koordinatör 1 tanedir. Ve ona bağlı çalışacak olan değil halihazırda çalışmakta olan 1 alt koordinatör olacaktır. Diğer herkes ve herşey, iyilik enerjisinin iyilere ulaşması misyonunu paylaşan iyi İnsanlardır. İyi İnsan olmak azımsanacak bir rütbe midir? İyi İnsanların iyi işler yapabilmesi için birilerinin ona sen İsa'sın demesi gerekmez. İnsan olmak, İsa'lığın genişletilmiş tanımıdır.

Koordinatör kartviziti elinden alındığında kişi, Spiritüel misyonunu yerine getirecek motivasyonu kendisinde bulamıyorsa, bu hayırlı bir engeldir.

KENDİSİNDE YANSITILMASINI İSTEDİĞİMİZ
OLUMLU BİR ENERJİ BULUNMUYOR.

Küçük büyük tüm spiritüel gruplar, sıradana yüklenen yeni mukaddes anlam penceresinden süzülen ışıkla; SIRADAN **İnsan ol**mayı kabul etmekle imtihan edilmektedirler. Kendilerinden dünyanın kurtarılması gibi bir kalkışma beklenmemektedir. Dünya bu y**oll**a kurtarılacaktır. Geldiğimiz noktada p**ol**itize edilmiş ideadan arınıp, sadece iyi **İnsan ol**maları ve alabildiğine çok iyilik yapmaları beklenmektedir.

Dünyayı bu gibi gruplardan herhangi hiçbirinin kurtaramayacağının **İnsan**lığın malumu **ol**masının üzerinden uzun zamanlar geçmiştir. Hakikat, Mesihini ve Mehdisini arar. Gerçek beyaz, tek bir tondadır. Geri kalan hepsi gridir. Her rengin sayısız tonları vardır. İçine ton atıldığında beyaz artık beyaz kalmaz. Gridir, kremdir, çok açık mavidir, başka birşeydir. BEMBEYAZ sadece 1 tanedir.

Hırs lekesi ise, mistik beyazdan hiç çıkmaz. Ve onu simsiyah, zifiri bir gömlek haline getirir. Ateşten bir gömlek...

B E N

Onların da kendi durumlarından memnun olduklarını zannetmiyorum. Bir işe giriştik, bu işe ömrümüzü verdik, ne yani hiçbir şey olmamış gibi evlerimize mi dağılacağız diyorlardır.
Devrim zor zanaat.

D O N A

Sana devrim ile kastedilenin ne **ol**duğunu tam **ol**arak anlatmalıyım. Değişim, dönüşüm ve tekâmülle çok karıştırılan bir **ol**gudur DEVRİM. Devrim çok basittir. Devrimle ilgili sana vereceğim öğreti tek bir kelimedir:

DEVRİM ÖLÜMDÜR.

Bu cümlenin devrimi ölümlerden ölüm gibi çağrıştırdığının farkındayım. Küçük bir terslikle kavuştuğumuz anlama bir de böyle bakmalısın:

ÖLÜM DEVRİMDİR.

BEN
Devrim dendiğinde aklıma ölüm mü gelecek?

DONA
Yazık ki öyle... Hem devrim ölüm gibi yaşanır'ı anlaman için. Hem de devrimden kaçışın ölümlerden ölüm **ol**duğunun farkına varman için.

BEN
Devrim nasıl ölüm gibi yaşanır?

DONA
Devrimin nasıl birşey **ol**duğunu kafada canlandırmak istediğinde, neyin devrim neyin evrim **ol**duğunun çizgisini kaybettiğinde aklına gelecek kavram ölümdür. Ölüm, tipik bir devrimdir. Gerçekleşirken 'Trak!' sesi çıkarır. Yarımı **ol**maz. Dekor ve aktörleri değişse de istisnasız herkese eşit ve standart uygulanır. 'Ama geride çok sevdiklerim var'ı kabul etmez. Akrep ile yelkovan, hangi zaman ve hangi mekânı işaret ediyor **ol**ursa **ol**sun, d**Ö**eL**v**Ū**ri**M gerçekleşir. d**Ö**eL**v**Ū**ri**M mazeret kabul etmez. Rutin, devrime her zaman düşmandır, ancak d**Ö**eL**v**Ū**ri**M her zaman rutini yıkar ve geçer. En pasif, kimliğine ve düzenine en bağlı kişiler dahi ölürler. d**Ö**eL**v**Ū**ri**M işte böyle bir güçtür.

KİŞİSEL DEVRİM KARTLARI

Söz konusu olan senin devrimlerin olduğunda, etrafındakiler, kılıcı keskin birer şövalye kesilir.

Sıra, kendi devrimlerine geldiğinde, her biri, uzlaşmaya gönül vermiş birer barış güvercini halini alır.

Devrim dolduruşa getirilerek değil, kendi özüne başvurularak icra edilen bir sanattır. **DAHİ ŞIKSIZ DEVRİM**

BEN
Ürpertici bir güç!

DONA
Dünyayı kurtaramamakta olan 'kurtarıcı'lara gelince. Grup düzenlerini dÖeLvÜriM değiştirebiliyorsa, bunu onlar kendileri de yapabilirler. Dünya üzerinde hiçbir düzen kalıcı değildir. Onların grupsal yaşantıları da. Devrimi hayal edemeyen, nasıl yapabileceğini bilemeyen, çıkış yolu göremeyen herkesin yapacağı tek bir şey vardır. dÖeLvÜriM buradan geçseydi ne olurdu? sorusunun yanıtlarını alt alta sıralamak. İşte olması gereken de budur. Devrimci Muhammed'in dediği gibi ölmeden ölebilmeyi bilebilmek.

BEN
Devrim kendi kabuğuna çekilince mi yaşanıyor?

DONA
İnsanlarına, çevrene, takip edenlerine DEĞİŞTİĞİNİ cesur bir yürek ve açık bir dille bildirmedikçe, değişimlerinden devrim çıkaramazsın. İmaj ve fenomenin, kendi kozasından kelebekleşmeye çalışan özüne basınç uyguladığında kaybeden sen ve devrim olur.

İLAN-I DEVRİM

BEN
Sevdiğini kelimelere dökemeyen, aşkını ilan edemeyen tutukların, yeni imtihanı ☺

DONA
☺

BEN
Hakikat çok reaksiyon alıyor. Neden böyle?

DONA
Ardında bir güneş taşıyanlar, sıradanların baktığı yerden simsiyah görünürler. Arkalarından doğan bir güneş olmadığı için, hakikat onlara siyah görünür. Arkasında sonsuzluğun

güneşi **ol**anlarda gördüğün karanlık, **sen**in kendi cehalet karanlığındır. Güneşin değil. Ve Mehdi, **İnsan**ın içindeki karanlık deccali açığa çıkarır.

BEN
Nasıl?

DONA
İsa'yı çarmıha gerenlerin, katliam yapma gibi bir yaşam biçimleri yoktu. Her biri işleri **ol**an, evleri **ol**an, Sinagog ibadetlerini eksik etmeyen **din**dar birer var**ol**uştu. Ancak **İsa**, onların içindeki Deccal'i dışarı çıkardı. Bu **ol**asılık, **İnsan**ın içinden tanrısal ruhu dışarı çı**karma**nın doğal bir bedeli ve riskidir. Kişiler, mistik devrimcinin huzurunda bambaşka kişiliklere bölünürler. Ve son da böyle başlar.

BEN
İçindeki tanrısalı çıkarmak da taşımak da gerçekten zor.

DONA
İçindekini çı**karma**k ile dillerin elverdiği ölçüde anlatmak istediğimiz şudur. Özde var**ol**anın Öznede de **ol**masıdır. İçindeki Tanrısalı çı**karma**k ile ilgili önemli bir nokta: İçinden bir 'Tanrı' çıkarırsan megaloman **ol**ursun. Bazı Spiritüeller, zayıf altyapıların bir kusuru **ol**arak, Tanrı ile Tanrısal arasındaki ayırdın ötesine geçerler. Yapman gereken Özündeki Tanrısalı **öz**ünün içindeki o yerden çı**karma**ktır. Bu dışa bir çıkış değil, ortaya bir çıkış, meydana bir geliştir.

Tanrısallık iddiası, çok sağlam, çelişkilerden arınmış ve hayatı **360 x 360** derece kapsamayan bir öğretinin ışığından süzülmüyorsa, tehlikeli bir karanlığa y**ol** alıştır. Nice beyinler, nice güzel gönüller, bu iddiayı güvenlik açıklarıyla d**ol**u öğretiler üzerinden yaşamaları sonucu, yitip gitmişlerdir. Levh-i Mahfuz, bunu öncesi-sırası-sonrası-altı-üstü-tüm-yanları-içerisi ve dışarısı üzerinden ele alarak, toplam bir var**ol**uş öğretisinin içine monte ederek, itinayla yerleştirir. Ortaya tanrısal ama görülüp görülebilecek en mütevazi portre çıkar.

Gaybın anahtarları O'nun katındadır, O'ndan başka hiç kimse gaybı bilmez. Karada ve denizde olanların tümünü O bilir, O, bilmeksizin bir yaprak dahi düşmez; yerin karanlıklarındaki bir tane, yaş ve kuru dışta olmamak üzere hepsi (ve her şey) apaçık bir kitaptadır.

GÜZEL KUR'AN'IN ENAM SURESİ 59. AYETİ

Sevgi diliyle yazılmış spiritüel kitapların kişilerin gönül gözünü kapamış olduğu serüvenler, azınlık serüvenler değildir.

BEN

Tecrübelerime göre, insan çok kısa bir sürede taş kalpli birine dönüşebilir.

DONA

'Taş' kalpli sözüne muhalefet şerhini koymak zorundayım. Yaşadığımız evrende taş dahi tekâmül etmektedir.
Sen kumun hangi 'hamurdan' meydana geldiğini düşünüyordun? Koca ve yıkılmaz kayalar, incecik kumlara evrilirler. Taş olmak, tekâmül evreninde hiç de zannettiğin kadar kolay değildir. Bu taşlık yolda nihayet, bir kum taneciği olmakla perçinlenir.

BEN

Vay canına. Ne diyeceğimi şaşırdım. Ot gibi bir yaşam mı desem?

DONA

Otlar, sürekli uzarlar. Büyür ve değişirler. Bir topraklık alanda, hep farklı desende yaban otları biter. Ot, kendini tekrarlamayan devinimli bir varoluştur. Hiç değiştirip dönüştürmediği hayatında ot kelimesini monotonluk anlamında kullanan insanların aksine, dinamizmle doludur otların dünyası.

BEN

Anladım ben seni. Sen ben susup hiç konuşmadan oturayım istiyorsun! Üzgünüm ama bu dediklerin de tamamen doğru! 'Taş' kalpli olmak için de 'ot' gibi yaşamak için de bin fırın ekmek yemek lazım. Oooof Of. Vay benim başıma gelenler.

DONA

☺

BEN
Devrim şart peki atılım şart mı, yapmasak oluyor mu?

DONA

Bunun üzerine, ayrı ayrı mucizeler olarak üzerlerine tufan, çekirge, buğday güvesi, kurbağa ve kan musallat kıldık. Yine büyüklük tasladılar ve suçlu-günahkar bir kavim oldular.

GÜZEL KUR'AN'IN ARAF SURESİ 133. AYETİ

Bu soruyu en son Yahudiler sorduğunda, onlara 'sıçrama' denince akla gelen ilk canlı **ol**an çekirgeleri ve sıçramalar yaparak hareket eden bir diğer canlı **ol**an kurbağaları göndermiştik.

BEN
Vaovvv! Güve diye bir haşere daha var. Onun da bir anlamı olsaydı mükemmel bir mesaj olurdu.

DONA
Genel anlamıyla Güve: Işık gördüğünde etrafını saran, ışığın kaynağına tapınır bir hal alan ve bu y**ol**la ken**din**i o ateşte yakarak ölümüne sebep **ol**an haşere cinsi. Buğday güvesi ise bir 'ürünün' etrafını sararak onu bozuntuya uğratan zararlı güve cinsi. Başka soru?

BEN
Nutuk gitti!! El ileri geri yelpaze yapmakta!

DONA
☺

BEN
Hayvanlar aleminden alınacak ne çok ders varmış. Elhamdülillah Hayvanım!

DONA
Tarımın içinde yeryüzünün en önemli sanayi fikri gizlidir. Kavunu yersin. Tek bir kavunun çekirdeklerinden koca bir kavun bostanı meydana getirebilirsin. Kavun, 1'e **1000** veren altın fikirdir. Tarım çiftçisi, Tanrı'nın tarım ilminin derinine inmedi ve tarım 'azgelişmiş' etiketiyle kalakaldı. 'Doğa de-modernlik, 'Tarımsallık azgelişmişlik, sanayisel **ol**mak ise

medeniyettir* kurgusu baştan sona yanlış kurgudur. Tarımla uğraşanın, kendi sanayi ve ticaret konseptini yaratamaması bir farkındalık eksikliğidir. Sebze kapitalistlerinin hasatçıdan daha çok kazanıyor **ol**duğu dünya, tanrısallığı ile buluşmamış çiftçilerin dünyasıdır.

BEN
Doğal hayatı model almayı becerememişiz. Örümcek diyip geçiyorsun ama onun da bir dünyası var ve o dünyadan öğreneceğin çok şey var.

DONA
Örümcek, başlı başına bir akademidir. Örümcek, geometrinin gerçek profesörüdür. Ağını **ol**uşturan o çizgi ve açılarına hayatını adamıştır. Ve evet onlarda **insan**lar için çok büyük dersler vardır.

BEN
Ve insanlar şu hayvanlara gerçekten hiç değer vermiyorlar...

DONA
Tanrı canlılığı **insan** ve öbürleri **ol**arak iki ayrı kategoride yaratabilirdi. Yaratan, türleri **insan**, Hayvan ve Bitki **ol**arak yarattı. Hayvana bitkinin üzerinde bir mertebe verdi, **insan** ona değer versin istedi. Ancak **insan** hayvanı da sebzeleştirdi. İneğin sütü, meyvenin suyuydu. **İnsan** denilen, kendisine meyve vermeyen havyanlara da, yabani otlara davrandığı gibi davrandı ve 'tarlasından' temizledi. Başlı başına bir sanat **ol**an hayvanlar, birer kürkten ibaret eşyalara dönüştürülmüştü. Müslümanlar, bu yazgıyı değiştirmekle mükellef bir **din**in temsilcileriyken, bu yazgıyı daha da ileri götürdüler. Kamyonlarının arkasına atarak yüklendikleri her kurban derisinde, kalp derilerinin daha kalınlaştığı, sevgi ve merhamete daha da uzaklaştıklarını hissedemez **ol**dular. Bedel zannettiklerinden daha yüksek **ol**du. Aldıkları hayvansal proteinin onlara maliyeti, bir koca bir sonsuzluktu...

BEN
Tabiata verdiğin önem beni mutlu ediyor.

DONA
Tabiat, Tanrı'nın doğal halidir küçüğüm. Önem vermeseydim bana Tanrı diyemez**dın**.

BEN
Teknolojinin gümbürtüsünden doğaya sığınmak bana hep iyi gelmiştir.

DONA
İnsan, tekn**ol**ojik **ol**mayanı azgelişmiş kabul eder. Oysa doğa tekn**ol**ojiktir. Doğa tekn**ol**ojinin merkezidir. Yorucu **ol**mayan bir tekn**ol**oji. Tanrı'nın bacasız sanayisi. Ve daha önemlisi dijital mantıkta inşa edilmiştir. Doğa dijital mantıkta inşa edilmiştir. Beğendiğin bir çiçek, tadı hoşuna giden bir meyve... Sürükle götür, Kopyala yapıştır... Dilediğin gibi çoğalacaktır. Tek bir gülle, tüm dünyayı gül bahçesine çevirebilirsin. 'Led aydınlatmalı' ateş böcekleriyle d**ol**u bir gül bahçesi...

BEN
Led aydınlatma ha? Sevdim bunu ☺

DONA
Dünya manyetik bir ortamdır. Tabiat ise elektriklidir. Yıldırımlara bir bak. Yüzbinlerce **volt** elektriğin nereden sağlandığını zannediyorsun? Şehir şebekesinden mi? Hayır, dünya şebekesinden... **İnsan**, şimşek çaktığında o elektriğin ortaya çıktığını zanneder. Şimşek, bulutlar tabiatın elektrik yükünü taşıdıkları sırada meydana gelen çarpışmalarla, 'kazayla' yeryüzüne dökülür. Yerin altı manyetiktir. Yerin üstü ise elektrikle kaplıdır.

BEN
İnsan bu elektrikli ortamda asabi olmasın da ne yapsın ☺

DONA
O evde elektriğini toprağa veremeyen tek elektrikli cihaz **sen**sin.

BEN
Toprağı çarpmak istemem ☺ Şaka bir yana toprağın elektrik iletkeni olduğunu hiç düşünmemiştim. Tıpkı su gibi. Kaçak

durumunda toprağın üzerinde çarpılan insanlar dahi varmış.

DONA

Elektriğin -icadı değil- keşfi tabiat için asla sürpriz olmamıştır. Canlılar halihazırda elektrikle fonksiyon gösterirler. İnsan beyni vücuda elektrikle hükmeder. Sinir, his-iletken İnsanî fiber optik kablodur. Canlılığın ve tabiatın elektriğe hazır ve uyumlu bir altyapısının olması, yeryüzünün yaratıldığı hatta yaratılmayıp tasarlandığı günlerde bile, yaşadığın elektrikli yılların, teknolojik bir ahirzaman yaşanacağının minik alametidir. Tanrı, teknolojiden anlamadığı ve çağa ayak uyduramadığı için dünyayı terkedip gitmiş değildir ☺ Tanrı, Teknoloji boyutunun da Rabbidir.

BEN

Tanrı, mütevazi bir yaratıcı. Bundan eminim. Yağmurlu bir günde çekilmiş nefis bir kız kulesi fotoğrafı vardı. Muhteşem bir manzaraydı... Sessiz bir manzaraydı... 'Bu manzarayı nasıl da muhteşem yaratmışım' diyen bir ses duymuyordun. Ancak o manzaranın fotoğraf çekeni fotoğrafın üzerine adını kazımadan edememişti. Orada anonimleşmeni çok takdir etmiştim. Doğal hayatla ilgili söylediklerin çok değerli. Bir de şu avcılara bir çözüm bulsaydın. Seni daha çok severdim. Adamlar zevk için öldürüyorlar...

DONA

Sertifikalı ya da sertifikasız farketmez. Avcı, doğanın, ihtiyacı olmadığı halde avlayan bir hayvan türüdür. Bu anlamda, onları da doğanın vahşi bir parçası olarak görebilirsin.

BEN

Medeniyet, kırsal düzeni yiyerek ilerliyor. Bunun acısı bir yerlerden fena çıkacak, adım gibi eminim.

DONA

Bir yörede hayvan tükenirse, İnsan da tükenir. Etrafında hiç hayvan görmediğin durumda beynin, varlığına bir talimatta bulunur. İnsan, yokettiği her canlıda, kendi türünün doğal ve acımasız seleksiyonunu tetikler. Etrafında bitki ve hayvan görmeyen İnsan, tükenmeye başlar. Doğa onun 'bitir' düğmesine çoktan basmıştır. Ve bir türün tükenmeye başladığını, en önce yaşama kalitesinin düşmesinden anlarsın. Bir tür, kendi hakiki gıdasını bulamıyorsa, başka türlerin hakiki gıdası **ol**mak üzere yerini almaya çoktan başlamıştır:

TOPRAK...

BEN

İnsan bir hayvan çeşidi diyorlar ya, bu doğru mu?

DONA

Hayvanlar alemi bir camiadır. Hayvanlar, cemaatler halinde yaratılmıştır. Kur°an°da **öz**gürce uçan kuşlar vardır. Bir de dizi dizi uçan ve hayatını ibadetle geçiren kuşlar...

Görmedin mi ki, göklerde ve yerde olanlar ve <u>dizi dizi uçan</u> kuşlar, gerçekten Allah'ı tesbih etmektedir. Her biri, kendi duasını ve tesbihini şüphesiz bilmiştir. Allah, onların işlediklerini bilendir.

GÜZEL KUR'AN'IN NUR SURESİ 41. AYETİ

Kur°an'daki 'dizi dizi' uçan bu sürü kuşlarına bakacak **ol**duğunda, **ayet**lerin bu kuşlara iyi ve klasik birer Müslüman görüntüsünü verdiğini farkedersin. Tesbihlerini yani ibadetlerini yerine getiriyorlardır.
Rutin birer ritüel **ol**arak da **ol**sa...

Onlar, üstlerinde grup grup, kanat açıp kapayarak uçan kuşları görmüyorlar mı? Onları Rahmandan başkası tutmuyor. Şüphesiz O, her şeyi hakkıyla görendir.

GÜZEL KUR'AN'IN MULK SURESİ 19. AYETİ

BEN

Vay vay. Hiç böyle düşünmemiştim. Namazında niyazında kuşlar. Bir böyle demediğin kalmış...

DONA

Kuşlar... Onlar Müslümandırlar... Onlar, Kur'anda ümmet-i Muhammed **ol**arak resmedilirler.

Yeryüzünde yürüyen hiçbir hayvan ve <u>iki kanadıyla uçan</u> hiçbir <u>kuş</u> yoktur ki, <u>sizin gibi birer ümmet</u> olmasınlar. Biz kitapta hiçbir şeyi eksik bırakmamışızdır, sonra hepsi Rablerinin huzurunda toplanırlar.

GÜZEL KUR'AN'IN ENAM SURESİ 38. AYETİ

BEN
Bu kuşlar bildiğin birer ümmet. Peki, bu cemaat kuşlarına eleştirel bir yaklaşım gösterebilir misin?

DONA
Göğün boşluğunda emir altına alınmış -musahharâtin- kuşları görmüyorlar mı? Onları Allah'tan başkası tutmuyor. Şüphesiz, iman eden bir topluluk için bunda ayetler vardır.

GÜZEL KUR'AN'IN NAHL SURESİ 79. AYETİ

BEN
Vay ki ne vay! Bu kuşlar emir altına alınmış. Acaba, geleneksel Kur°an öğretilerine göre; iman eden bir topluluk için bunda ayet vardır diyebileceğimiz türdeki üst düzey bilgi bu cik cik kuşların neresindedir? Göğün boşluğunda kuşlara boyun eğdirilmiş. Onları Allah orada tutmuş. İman edenler için de ayet olmuşlar. Eee nedir? Kuşları Allah'ın yarattığını bilmeyen var mı? Demem o ki geleneksel bakış açısının buradan hiçbir ayet çıkaramamıştır. Ben ise bu emir altına alınmış kuş ümmeti ültimatomun için sana şapka çıkarıyorum...

DONA
Şapkanı yerine koy ve bana musahharatin kelimesinin kökünü ve gerçek anlamını sor.

BEN
Ah başıma gelenler. Neler oluyor? -musahharâtin- nedir lütfen derhal söyle.

DONA
Kökündeki **3** harfi sana gösterdiğimde artık bana bu konuda ihtiyacın **ol**mayacak.

ilâ et tayri musahharatin

YANİ

BÜYÜLENMİŞ,

BAŞKALAŞTIRILMIŞ, BU YOLLA BİRİSİNE BOYUN EĞDİRİLMİŞ,

<u>SİHİR</u> YAPILMIŞ

KUŞLAR...

BEN
A-M-A-N TANRIM!

DONA
Müslüman Kuşlar Deşifresi, kudretli bir öğretinin adı, bir kıyamet bilgisidir ve **sen** bu **ayet**i çok iyi hatırlarsın:

Biz, her insanın kuşunu (işlediklerini, yaptıklarını) kendi boynuna doladık, kıyamet gününde onun için açılmış olarak önüne konacak bir kitap çıkarırız.
GÜZEL KUR'AN'IN İSRA SURESİ 13. AYETİ

BEN
Eveeet. Sürüyü ümmetle eşleştirdin. Kuşu da insanın boynuna doladın. Kıyamet günü de bir kitap gönderdin. Bu satrançta senden mutlusu yoktur herhalde.

DONA
Her **insan**ın kuşunu KENDİ boynuna d**o**ladığımızı g**öz**den kaçırmazsak, içinden **İsa** geçen **öz**gürlük projemiz y**olu**na hızla devam eder:

GÜZEL KUR'ANIN AL-İ İMRAN SURESİ
#48- "Ona kitabı, hikmeti, Tevratı ve İncili öğretecek."

#49- İsrailoğullarına elçi kılacak."Gerçek şu, ben size Rabbinizden bir ayetle geldim. Ben size çamurdan <u>kuş biçiminde</u> bir şey oluşturur, içine üfürürüm, o da hemencecik Allah'ın izniyle kuş oluverir. Ve Allah'ın izniyle doğuştan kör olanı, alaca hastalığına tutulanı iyileştirir ve <u>ölüyü diriltirim</u>. Yediklerinizi ve biriktirdiklerinizi size haber veririm. Şüphesiz, eğer inanmışsanız bunda sizin için kesin bir ayet vardır."

BEN
Hoşgeldin İsa kardeş! Gelecek zaman kipli bir ayette gördüm seni, ne kadar mutlu oldum anlatamam. Geçmişten alıntı yapıyormuş gibi gösterilen, basbayağı gelecek zaman ayeti. Öğreneceğin o kitabın içinde, Müslüman ve Hıristiyan Kuşların serbest bırakılması olması ne güzel.

DONA
Bir sonraki **ayet**teki dehşeti gördüğünde **İsa** kardeşinin **sen**i hoş bulacağından emin **o**labilirsin.

#50- <u>Benden önceki Tevrat</u>'ı doğrulamak ve <u>size haram kılınan bazı şeyleri helal</u>

kılmak üzere size Rabbinizden bir ayetle geldim. Artık Allah'tan korkup bana itaat edin."

İsa'nın elinde orijinal kitap var küçüğüm. Benden önceki Tevrat'ı doğrulamak ifadesiyle, Yahudi Hahambaşı'nı ziyaret edip Kur'an ile Tevrat'ı aynı düzeye indiren bir Diyanet İşleri başı aklına gelmemeli. İfadenin anlamı, 'Tevrat'ın hası bende, size yanlışlarınızın doğrusunu getirdim'den başkası değildir.

Buradaki bir diğer 'ince' durum, şudur. Bu **ayet**i eski **İsa**'nın **ayet**i olarak gördüğünde portre, yerine gelmemiş bir Allah vaa**din**in portresidir. Eski **İsa**, bu söylediklerini yapamamıştır. Gerçek bir Müslüman'ın **İsa**'nın yeniden geleceğini görmesi için bundan daha fazla bir anlatıma ihtiyacı yoktur. **İsa** gelecek ve **din**lerin devrimi başlayacaktır. Mesaj açıktır.

İşte kritik noktadayız. Size haram kılınan bazı şeyleri helal kılmak üzere... ifadesi...

BEN

Ne diyeceğini anlıyorum. Ama bazı haramlar diyor. Herşeyi toptan değiştireceğini anlatmak için herşeyi demesi gerekmez miydi?

DONA

Tüm haramların bir gün helal **ol**acağına inanmış topluluklarla d**ol**u bir dünyada yaşamak istemez**din**. İncil'de uygunsuz davranışlar, büyücülük gibi yasaklar içerir. Bunlar elbette değişmeyecektir. İlkelerin değişmeyeceğini anlatmak için gereken bazı kelimerden biri de **ayet**teki 'bazı'dır.

İşte kritik nokta. İsrailoğulları'na haram kılınanların içinde, onları mağdur eden bir haram yoktur. Birkaç ritüelin ortadan kaldırılması ile doğrultulamayacak bir **din**dir Yahudilik.

BEN

Kritik nokta nerede?

DONA

Haramlaştırmalardan en fazla çekmiş **din** Müslümanlıktır.

Ne Yahudilik'te ne Hıristiyanlık'ta kar**dın**allerini, hahamlarını şu şu helal midir haram mıdır sorularına boğan bir başka cemaat göremezsin. Müslümanlar, hakkında MİLYONLARCA soru sorduklar bir **dın**i HİÇ sorgulamama çelişkisine düşürülmüşlerdir.

🅱️🅴🅽

Vaoovv! İsrailoğullarının uydusuna girmiş Müslümanlığa verilen bir mesaj bu! Malum, Kur°an Müslümanların kitabı. İsa'lı Mehdi'li kalkışmanın ayak sesleri.

Özgürlüğün kuşları büyülenmiş gibi birilerine boyun eğdirilirse olacağı budur. İsa'nın elinde dünyaya yeniden gelen kuş Kur°an'daki özgür kuşları simgeliyor tamam. Tarikatlaştırılmış kuşlarla ilgili biraz daha detay istiyorum. Bu bomba haber burada bitmemeli.

🅳🅾🅽🅰

Seni anlayabiliyorum. Ebabil kuşlarının sırrına vakıf **ol**mak istiyorsun...

🅱️🅴🅽

Ne? Ebabil kuşları mı? Hadi! Hadi! Hadi! Evet! Evet! Evet!

🅳🅾🅽🅰

Ebabil* yani
*SÜRÜLEŞTİRİLMİŞ KUŞLAR
ile d**ol**u sureye hoş gel**dın** küçük...

Fîl #1- Rabbinin fillerin efendilerine neler yaptığını görmedin mi?

🅱️🅴🅽

Ebabil sürüleştirilmiş kuş mu? Vay vay vay. Fillerin sahipleri!! Dur bakalım bunların başına hangi kabaklar patlayacak. Durumlarını iyi görmedim bu efendilerin.

🅳🅾🅽🅰

E lem yec'al <u>keydehum</u> fî tadlîl.
Fîl #2- Onların keyde'lerinin hükmünün kaldırıldığını görmedin mi?

🅱️🅴🅽

Keyde? Bana bir yerden tanıdık geldi bu kelime???

DONA

KEYDE:
1- ENTRIKA.
2- KAİDE.

BEN

Aklım 'hileli düzenleri' deyince El Kaide'ye gitti.... Fakat Efendilerin, binbir entrika ile yarattıkları dinî kaidelerin hükmünün kaldırılması daha dehşetli bir tefsir mucizesi! Zihin filin üstündeki adamlara taş atan kuşlara gidiyor. Utandım beynimden birden.

DONA

Fil #3- Onların üzerine sürüleştirilmiş kuşlarını -tayran ebabil- gönderdi.

BEN

Kabalanın sürüleştirdiği kuşlar onlar.

DONA

Kur°an'da lanetlenmiş şecereyi hatırlayarak

Termihim bi hicaratin min sicîl.
Fil #4- Onlara bozuk sicillerinin yonttuğu taşları atıyorlardı.
Fil #5- Onları yenik ekin yaprakları gibi devirdi.

BEN

Ortada bir yenilgi var. Sürüleştirilmiş kuşlar, senin emrinle dine kendi kaidelerini getirenleri attıkları taşlarla devirip yenilgiye uğratıyorlar. Harika. Yalnız taşlar ve filler konusunda bana söylemediğin birşeyler daha var sanki...

DONA

Bu **ayet**, fillerden yapılma bir ordunun katledilmesini anlatmıyordu.

BEN

Kabe'ye filleriyle saldıran Ebrehe'yi yenilgiye uğratmışsın. Onu anlatıyormuş. 'Kaynaklara' göre... Atılan taşlarla ilgili hiçbir yorum yok. Filler yere çökmüş. Müslümanların Kabesi kurtulmuş. Böyle yorumlanmış bu sure.

DONA

Mekke ve Kâbe'nin taşındığını ben de bilmiyordum.

BEN
Ne taşınması?

DONA
İklimi tropik olan bir başka yere... Aslan, kaplan, fil gibi hayvanlar tropik iklimli yerlerde yaşarlar. Çölde yaşayan hayvanlar ise, kertenkele, çöl faresi, deve, yılan, çöl tavşanı ve çöl tilkisi gibilerdir. Biliyor musun? Atlar için dahi uygun bir ortam olmayan develerin çölünde, fillerden kurulma bir orduyla yola koyulan bir 'deha' için bu taşları atmamıza hiç gerek yok bulunmamakta...

BEN
Haydi buyur burdan yak. Tabi ya! Fil efsanesi mantıksızlıkta varılan son nokta!

DONA
Fil Suresi'nde dile gelen Ebabil 'Efsanesi', tarihteki hiçbir yaşanmış savaşla örtüştürülememiştir. Bu surenin içeriğinde ölüm yoktur. YENİLGİ vardır. Filler ve Taşlar vardır. Bu surede ne olmaktadır?

BEN
Ya bi dakka söyleme! Ucuna kadar geldim. Yenilgi olduğuna göre bu bir oyun olmalı. Taşlarla fillerle oynanan. Bulduuummmm!

DONA
'Strateji...... Onlar bu kavramı kendilerinin icat ettiğini zannederler. Oysa Allah'ın da bir stratejik planı vardır. O'nun planından seni koruyabilecek hiçbir karşı-strateji yoktur. Stratejiye bakışımı merak edersen diye söylüyorum.
Allah satranç oynamaz küçüğüm.
Allah, mat eder...

BEN
Eveet. Mükemmel metafor! Devrilmiş bir satranç tahtası geliyor gözümün önüne. Devrilmiş taşlar. Bu taşlar, Müslümanlardan yontulmuş. Taşların isyanı. Fillerin sahipleri. Sanatta neden neden diye sorulmaz bu kadar sık ama neden Fil de, başka bir taş değil.

DONA
Şah'ın sonsuz güç **ol**duğu bir oyunda sadece çapraz hareket edebilen Fil, emir kulu bir büyük piyondur.

BEN
Yenik kısmını anladım. Neden 'ekin yaprakları'? Satranç sonrası için devrilmiş taşlarla dolu bir metafor daha güzel olmaz mıydı? Sanıyorum ayette sanatsal anlamda bir pürüz buldum...

DONA
Satranç buğday taneleriyle oynanan bir oyun **ol**arak doğduğunda **sen** çok küçüktün. Bu 'pürüz' sanıyorum buradan kaynaklanıyor ☺

BEN
Amanın!

DONA
Kur°an'ın satranca atıf yapan bir sure indirmesine halen inanamayan **sen**, İslam tarihi ile hemen hemen yaşıt **ol**an bu oyunun kaderinin, İslam'ın Arabistan'a doğmasından sonra bir anda değiştiğini ve Avrupa'nın satrançla Müslümanlar aracılığıyla tanıştığını da bilmiyorsun.

BEN
Bu da bana kapak olsun ne diyeyim!

DONA
Zihninin sorular üretmesini seviyorum. Soru üretmeyen bir zihnin kulağında Tanrı'nın fısıldayabilecek hiçbir s**öz**ü **ol**maz. Ancak **sen** sordukça ben konuşurum. 'Satranç' kelimesiyle ilgili **sen**i hoplatacak ipucu ihtiyacını giderelim ve işimize bakalım küçük adam.

BEN
Duydun beni ☺ Yani bu kelimenin anlamını da Fil suresiyle ilişkilendirebilseydik, yarın işe zıplaya zıplaya gideceğime sana söz verebilirdim.

DONA
Shatranj kelimesinin orijini **ol**an chaturanga, 'dört k**ol**' anlamına gelir. Satrancın ilk doğduğu toprakların dilinde bu **4** k**ol**, ordunun **4** k**ol** gücünü anlatır. Savaş arabaları,

süvariler ve piyadelerden önce
BU DÖRT KOLLU ORDUNUN BAŞINDA FİLLER VARDIR.

B E N

Susuyor ve olduğum yerde zıplamaya başlıyorum. Dona bu mükemmell!!! Evet, Fil Suresi gerçek bir shatranj suresi. Ve Tanrı'nın şeyhleri, şahları mat edişini anlatıyor...

S I H   M A T I

Şeyhtan'ın son gününe tekrar hoşgel**dın** küçüğüm. Deccallerin içinden çıkan bu beyaz Müslüman piyonlar, göğe uçuracağımız SELAM güvercinlerinin küçük birer anısı **ol**sun. ŞSG, **dın**ler satrancının bittiği gündür.

TANRI'NIN ŞAHTAN'IN SON GÜNÜ HAMLESİ

ŞIH MAT

BİNYILIN NAMAZ İLMİHALİ

ALLAH'I ARAMA, O SENİ BULUR.
SAATLER 'DOĞRU ZAMAN'I GÖSTERDİĞİNDE...

Dinin adamı yoktur. **Din**, kapısında tüm varlığını kendisine angaje etmiş, Tanrı işleriyle had**din**den fazla içli dışlı **ol**muş karakterler görmek istemez. 'Yapışkan Müslüman' gerçek ve **öz** İslam yüzeyinde en tutunamaz Müslüman çeşididir. İslam yüzeyi, kuruyken de yaşken de tüm vantuz ruhları kaydıran bir düzlemdir.

İslam çöl kumlarıyla **öz**deşleştirilse de gerçek İslam nefis bir buz paten pistidir. Düz durduğunu zanneden kişiyi bile koşarmışcasına hareket ettirir. İslam, buzunda herşey hareket halindedir. Taş üstünde yatan bir taş asla göremezsin.

Din adamlarının **din**den yana bildikleri, bir ormanın içindeki bir kibrit çöpü kadardır. Bunun bir nedeni vardır. Tanrı, Tanrılık bilgisine erişimi kısıtlar, engeller. Tanrı, aranana buldurmaz. Spiritüel gruplar, İslamî cemaatler ve diğer yapılanmaları incelediğinde çekirdekte müthiş bir bilgi bulamazsın. G**öz**alıcı bilgiler, fevri kaynaklardan çıkagelirler. Tanrı'yı arama y**ol**unda iddia sahibi **ol**an Ademoğullarının her biri vasat bilgiye mahkum edilmişlerdir. Tanrı, arananıp durana buldurmaz.

Tanrı **ol**mak bir bilgidir. Sadece bir bilgi... 'OL der OLUR'. Güzel Kur'an, Allah'ın Tanrılığını O'nun güçlü k**ol**larıyla, azametiyle ilişkilendirmez. OL der OLUR'da Tanrı'nın bir bilgiden, bir kod parçacığından **ol**uştuğu anlatılır. Tanrı, donanım değil yazılımdır. Tanrısal **ol**mak bir bilgi işidir ve kimilerinin kalabalığın arasından öne çıkarak Tanrı kürsüsüne tırmanma teşebbüsleri hüsranla sonuçlandırılır. O kalabalığın en dip tabakası **ol**arak.

Tanrı kelamı ile had**din**den fazla uğraşan **insan**larda

Tanrısallaşma değil 'Tanrılaşma' başlar. Hiç bilmediği halde Tanrı'yı anlatmaya soyunanların şaşmaz kaderidir bu. Tanrı ağzından uzun ve sistematik sürelerle konuşma, **İnsan** ağzında radyasyonel yaralar yapar. Tanrı ağzından konuşmalarda kişi, Tanrı **öz**nesi üzerinden cümleler kuruyor **ol**sa da, bir süre sonra bilinçarkasında ken**di**ni Tanrımsı **ol**arak hisseder. Ve belki de en kötüsü, bundan büyük haz almaya başlayacaktır. İslam külliyatı bu yüzdendir ki, döküldüğü dillerde nice 'firavunlar' yetiştirmiştir. Bir kişi, karşısına 10 kişiyi alarak 'Ben şu konuda şöyle şöyle düşünüyorum.' konuşmaları yapacak **ol**duğunda bu 10 kişi esnemeye başlayacaktır. Sıradan bir kişi sıradan bildirimlerde bulunuyordur. Ancak aynı kişi, o şöyle şöyle düşünmelerini Tanrı ağzıyla, Tanrı üzerinden gerçekleştirdiğinde karşısındaki 10'lar 100'lere dönecektir. **Din**, en tehlikeli kitlesel imha silahıdır. **Din**, 1500, 2000, 3000, 5000 yıl hiç **din**memiş bir radyoaktivitedir. **İnsan**ların hayat defterlerinden ona ayırdıkları sayfadan ötürü...

Tanrı, **din**e angaje **insan** görmeyi istemez. Allah, formasının arkasında **din** adamı yazılı sporcu görmeyi hiç istemez. Tanrı **din** adamı görmeyi o kadar isteseydi, binlerce yılda 1 peygamber göndermezdi. Tanrı toprağında Peygamber, zor yetişen meyva değildir. Tanrı toprağında Peygamber, sindirmesi binlerle yıl süren bir lif kordonudur. O lif, sımsıkı sarılınması gereken tek bir Allah'ın ipidir.

Tanrı fellik fellik kendisini arayanları değil, bir sebepten ondan koşar adım kaçmaya çalışanları ken**di**ne yakın kılmayı sever. Tanrı'nın katında **din** İSLAM'dır. Tanrı'nın katında tek **din** adamı ise peygamber adamdır. Yeryüzüne gelmiş en son HELAL **din** adamı Abdullah'ın oğlu Muhammed'dir. Tanrısal kodların güvenle taşınması ancak Tanrı eliyle seçilmişlerle gerçekleşir ve bu sayı çok çok azdır. Allah, **din**adamı **ol**arak kendi peygamberlerini gönderip dururken, mahallelerinde s**öz** sahibi **insan**lar kendi kendilerini ya da birbirlerini **din**adamı **ol**arak ünvanlandırır ve bu yolla gerçekte Allah'a karşı çıkma eylemini gerçekleştirirler. Gerçekte peygamberler, halkla değil dinadamlarıyla çarpışmak üzere gönderilirler. İnsanların kendi aralarında Allah adı taşıyan fakülteler -İlahi-yat kürsüleri- oluşturmaları ve gene kendi aralarında, birbirlerini prof, doç vb. isimlerle akredite etmeleri Tanrı'ya karşı sergilenmiş, bilinen en büyük cürettir. Ateizm, bir cüret olarak görünse de, yırtıcı İlahiyat profesörlerinin yanında tanrıtanımazlar ürkek kedi hükmündedirler. Hepi topu onlar birer tanrıtanımazdır.

Kabala'nın kodlanarak toplumdan uzak tutulmasının ardında, Tanrı bilgisini taşıma sorumluluk duygusunun aşırılaştırılmış bir formu mevcuttur. Kabalacılar, Tanrı kelamının muhafazası konusunda bir anlamıyla doğru durmuşlar ancak siyasi nedenlerle bunda aşırı gitmişlerdir. Kabala bilgisinin birkaç haham dışında bilinmemesi de, Tanrı'sal bilginin öldürücülüğüne bir tedbirdir. Dünyanın televizyonda 'kendi saatinde' program yapan yegane kabalacıları, yerli ilahiyat profesörleridir.

Toplumsallaştırılmamış Tanrı'sal bilgi öldürücüdür. Levh-i Mahfuz, Toplumsallaştırılmış Gaybani bilgidir. Güvenlikli bölgedir. Sayfaları arasındaki güçler dengesi, kişiyi Tanrılaşmadan tanrısallaştırır.

Tekâmül yolculuğunda rakım yükseltmek istiyorsan, Tanrı'yı arama... Tanrı'yı değil kendini bulmaktır İnsanlık misyonu. Herşeyden önce kayıp değildir ki Tanrı. Dindarların 'Allah'ı anma' reflekslerinin altında, bahsi geçmez ise Tanrı'nın yok olacağına dair fobiler yatar. Tanrı'yı gündemden düşerse satışları dibe vuracak popstar hükmünde yaşar ve yaşatırlar.

Tanrı'ya yaklaşmak istiyorsan ondan uzak dur küçük... En gerçeğinden, has bir ateistin kafası, gerçek tanrıya, Alemlerin Rabbi olan Allah'a iman etmeye en müsait olan kafa yapısıdır. Tanrı'yla duygusal bir bağı yoktur. Ve tüm fırtınaları beyin ekseninde gerçekleşir. Aklına yatarsa o gün vardır Tanrı. Aklı kesmiyorsa da yoktur. Bir elektrik akımının **ol**uşması için hem + hem de – kutuba ihtiyaç vardır. Tanrı'nın yok bile **ol**abileceğini **göz**e almamış hiçbir cesur beyin, hakikatin yegane Tanrı'sına kavuşamaz. AKLET-DÜŞÜN komutlarıyla bezenmiş Kur°an, beyninde gerçek fikir kıvılcımlarının çakması için + ve – kutuplara aynı anda ihtiyacının **ol**duğunu çok iyi bilir. Tanrı fikri ile **din** uygulamasına yapışmış kalmış Müslüman, altınçağda fosil hükmü taşır. Yapışkan Müslümanların yerini Akışkan Müslümanların aldığı gün, İslam'ın gerçek doğum günüdür. Sabah gün ağardığında o mahmur yatağından Tanrı hiç yokmuşcasına doğrul. Gece yastığına geri kavuştuğunda O'nunla, O'nun bulutlarına sarılmışcasına buluşacaksın.

Gerçekten düşünen ve sorgulayan bir imanlı beyni secdeye bastırmak için, mafya filmlerindeki, kişinin kafasına bastırarak su d**ol**u küvete sokan o **2** kişilerin varlığı gerekir. İmanlı bir beyni, 'karşıdaki' bir Tanrıya secde ettirmeyi başaracak zalim bir güç yoktur. Karşıdaki bir Tanrı'ya secde, Onun 'Orada değil buradayım. Sana şahdamarından daha yakınım.' **ayet**ine hiç kulak asmadığının göstersidir. Kişi, Tanrı'nın karşıda değil kendisinin içinde bulunduğu gerçeğine kavuştuğunda, secdenin her şeklinden imtina edecek,

AYAĞA KALKARAK KIYAMA VARACAKTIR.

1000 yıllık bir aranın ardından Merhaba Ey İslam Alemi. Sabah – Akşam beklediğin, 'kırk yıl düşünsem aklıma gelmez' kıyafetlerin içinde, karşında, tam burada duruyor. Üzülme ve asla boyun bükme. Anlamlandıramadıkların konusunda Alemlerin Rabbi her zaman yanıbaşındadır unutma. Bilemediğin bilgiler hükmünde büyüklenecek **ol**duğunda da canını alır, **sen** hiç üzülme. Sıkıştığın yerden öyle ya da böyle çıkarılacaksın. Hakikat, zincirlerin konusunda kalemini kırdı. DEĞİŞECEK, ARINACAKSIN.

İnsanoğlu, tarih boyunca hep secde etti. Bulutlar yağmur **ol**du **İnsan** secde etti. Güneş doğduğunda **İnsan**ın alnı gene secdedeydi. Ağaçları savuran rüzgâr bile **İnsan**ın alnını yere kapandırmaya yetti. Sevinçten yere kapandı **İnsan**. Ağladıkça da küçüldü bir sonsuz büyüğün karşısında, secd edercesine. **İnsan** kafası yuvarlaktı ama yerden hiç kalkmadığı için alnı hep düz kaldı.

Muhammed geldiğinde, putperest alınlar da secde halindeydi. Kabe'nin etrafında tur attıklarında da tıpkı bugünkü Müslümanlar gibi kalabalıklardı.

Ve sonra İslam çıkageldi. Biliyor musun? **Sen** daha İslam'ı hiç tanımadın. Sana sadece İslam'ın gelECEĞİ söylendi. **Sen** daha İslam'ı hiç tatmadın **İnsan**oğlu.

Putperest heykellerin değil başka bir varlığın önünde yere kapandırmak için inmedi İslam Allah katından. Onun için değil şunun için yere kapan diyen öğretinin adı **ol**mak için değildi İslam.

İSLAM:
AYAĞA KALK VE HANGİ MANADA OLURSA OLSUN, ASLA VE ASLA DİZ ÇÖKME DİYEN KUDRETLİ SESİN TA KENDİSİYDİ.

Sen secdeye kapanmaya o kadar eğilimli **ol**dun ki, sırtın zincirden yana hiç eksik **ol**madı. Secdeye o kadar çok kapandın ki Müslüman, yaşadığın her bir ülke diktatör krallar sahipliğindeydi. Halâ da öyle. Müslümanlık, **sen** o kapandığın yerden kalkmadıkça İslam ezilmişlikle eşanlamlı yaşamaya devam edecek.

Dünyanın tek hak **din**i, dünyanın en geri topraklarında ikamet eder **ol**du. **Sen**in alnın yerden kalkmadığı için. **Sen** peygamber sancağını böyle tutmak için mi emanet almıştın? Doğrusu, o sancak düştüğü o yerden kalkıyor bugün.

Ey Müslüman, hiçbirşeye secd etmemekle 'em**rol**undun' bugün. Etmeni kim emrettiyse, etmemen de aynı gücün takdiridir.

Acabalarınla, yoksa?larınla vedalaş. G**öz**ün aydın **ol**sun.

**BUNDAN BÖYLE NAMAZ 5 VAKİT DEĞİL
24 SAATTİR MÜSLÜMAN.
VE BU İKİSİNİN ARASINDA DERİN BİR 19 VARDIR.**

Bundan böyle eğilenlerin değil dimdik duranların adıdır Müslüman. Namaza DUR DURAK DURMAK YOK artık. Durarak namaza durmak değil, Koşaradım **DIn**amik Namaz vaktidir. Bu ezan, statik değil **dIn**amik namazın çağrısıdır. Değişim Cihadına davettir.

**LEVH-İ MAHFUZ YETKİ BELGELİ;
BINYILIN NAMAZ İ-HTİLAL-İ**

3

BEN
Karnım çok acıktı. Ne yesem ne yesem. Böyle konularda bana bir tavsiyen var mı?

DONA
Yemeklerine karışamam, **sen**i sadece düşündürebilirim. Miden, iştah mutfağında 1 gün boyunca yemek pişirdiğin bir kazandır. O kazanda pişirdiğin 'Günün Getirdiği' çorbasına, 1 gün boyunca neler serpiştirdiğini bir düşün. Ve o çorbaya ne kadar su kattığını da...

BEN
Su konusunda bence artık herkes MATARASEKSÜEL olmalı. Yanında şişeyle gezip, lık lık geziceksin. Birşey içer misin dediklerde SU demeyeceksin. Onu zaten içiyor olman gerekir. Su, çay ile değil oksijen ile aynı kategoride olmalı.
Midem kazındıkça serpiştirdiklerimden küçük bir bakkal dükkanı

çıkar. Allah insanı açlıkla terbiye etmesin derler. Gerçekten de öyle. Ne olursa olsun, fakirlerin açlığının doyurulmasının bendeki saygınlığı büyük. Dindarların bağışlamadıkları evlerin kirasıyla fakir doyurmaları güzel birşey değil mi?

D O N A

Eğer fakire yardım etmek, 1 fukarayı doyurmak, 1 gün, 2 gün, 5 gün hatta 1 Ramazan boyunca bunu yapmak büyük sevapsa ve bu sevap **insan**ı mümin yapıyorsa... Bu durumda, o **insan**a 30 gün değil de 1 yıl, 10 yıl hatta 30 yıl boyunca ekmeğini kazanma imkânını veren, ona iş fırsatı sunan, ken**din**i ifade etme sahası yaratan, onu istihdam eden GİRİŞİMCİYİ hangi kelime ile adlandırabiliriz? Aç kalanı doyurana mümin diyeceksek, onun kendi ken**din**i doyurabilenlerden **ol**masını sağlayana ne ad verebiliriz?

Üretime ait böylesi paradigmaların **ol**duğu bir çağda, bedensel engelliler, çocuklar, hastalar ve yaşlıların dışında, doyurulmaya muhtaç bir fakir tiplemesinin varlığı kabul edilemez.

Mevcut **din**, onu 1 gün, 2 gün, 5 gün doyuranları sayabilir. 30 yıl boyunca 'fakiri' istihdam eden sosyal güvenlik harcını yatıran, ona sağlık sigortası yaptıran, 30 yılın sonunda da ömrünün sonuna kadar yararlanacağı emekliliğini ona veren işadamının 'ecirini' ölçebilecek bir ekipman Müslümanlığın elinde bulunmuyor.

B E N

O ecirse ya bu nedir? Cami vaazlarında böyle şeylerin çok sevap olduğu anlatılarak dine yama yapılmaya çalışılsa da, dinin ana konsepti bir işadamının sevaplarını ölçebilecek mezuraya sahip değil. Hatta kusuruma bakmasınlar. İnsanları 'çalışan' hale getiren bir işadamının yanına, fakir doyurucusu 'birikimli' bir Müslümanı koyunca, böyle bir mübarek bir eylemin sahibinin yanında o dindar gözüme fena halde günahkâr gözüküyor.

D O N A

'Zengin', Tanrı'nın katında kişiye pozitif şan yürüten bir ünvan değildir. 'Girişimci' gibi takılarla bütünleştirilmediği müddetçe, kişi için tehlikelidir de. Herkesin peşinde **ol**duğu bir tarihi eserin **sen**in evinde saklı durduğunu düşün. **Ko**lluk kuvvetleri eninde sonunda **sen**i bulacak ve onu **sen**den almaya geleceklerdir. Birikimci Zengin, topluma ait **ol**an ve topluma geri gitmesi gereken altın sikkeleri evindeki çömleklerde saklamakla kendisini evrensel risklerin içine atar. Bir birikim zengininin ağzına en yakışan s**öz**, elleri havada **ol**acak şekilde söyleyeceği 'Ben verdim' s**öz**üdür.

Dünya bir tekâmül arenasıdır ve bu arenada işler bir örümcek ağı mimarisi içinde kader ipleriyle birbirlerine bağlıdır. Birinin der**dln**in kader ipi **sen**den geçiyorsa, **sen**in için bunun anlamı TEHLİKE ÇANLARININ SENİN İÇİN ÇALMASI DEMEKTİR. Milyonlarca aç ve fakirin kader iplerinin, **sen**in birikimlerle d**o**lu evinin altından geçmesini, o ipin garajına dizdiğin arabaların tekeleklerine düğümlenmesi, oradan evin hanımının altın bileziklerine d**ol**anması, bon**ol**arla, dövizlerle ya da **öz** para birimleriyle d**o**lu banka hesaplarını bir yılan kıvrımlarıyla içine almasını **sen** de ben de istemeyiz. Bana güven, o arabaları hangi iplerin sarmaladığını görecek **ol**ursan, o Mercedes'lere değil binmek aynı mahallede bulunmak dahi istemezsin.

BEN
Ne yani zenginlik kötü birşey mi?

DONA
Zenginlik iyidir. Etrafında ne kadar mutsuz **ol**duğunu sana unutturacak pek çok ürün ve hizmet bulunur...

BEN
Ooooo!!!

DONA
Altın sikke örneğine fazladan dikkat sarfetmeni isterim. Sikkeler, altının farklı **İnsan**ların kendileri veya organizasyonları adına malikleştirerek markaladığı ve şahsi tescilleri altına aldığı para birimleridir. Zaman, üzerinde adı yazan o kişileri de, başkaları adına basılmış o paralara sahip **ol**anları da silmiş, altını sadece altınlığıyla ve tarihselliğiyle anlam ifade ettiği zamanlara getirmiştir. İçinde **ol**duğumuz

bilgi ve sevgi düzlemi içinde para, tümüyle tedavülden kalkmış bir para birimidir. Şu an için para, bir değer değil bir haberleşme biçimidir. Belirli miktar para, bir par**ola** görevini görür ve açmasını istediğin kapıyı açar. Bu bir anahtardır. Anahtarın kendisi değer değildir. Değer, o anahtarla açtığın kapının ardında önüne serilenlerde gizlidir. Anahtar kili**din** için iki tur döndükten sonra paranın vazifesi sona erer, gerçek kade-ğe-r'lerinle başbaşa kalırsın.

BEN

Keskin sikke, cebine zarar ☺ Sadaka denen şey tümden tedavülden kalkıyor mu yani? İnsanlara illa maaş mı vermeli?

DONA

Aklın, fetvaların on/off mantığıyla çalışmaya devam ediyor küçüğüm. Her kim...'li tanımlar, bizim mantıklı hayallerimizin dünyasında kendisine yeterli ve kapsayıcı yer bulmaktan uzak. Gerçeğin ne **ol**duğuna ancak hakikatten aldığın ilhamla ve koşulların **öz**gürlüğü içinde karar verebilirsin. Sadakalara gelince. Y**ol**da gördüğünde 'sadaka' vereceğin **insan**lar mutlaka **ol**acaktır. Gerçek sadaka, pozitif merhamettir. Gerçek sadaka ağlaşarak dert yananlara verilen değil, dertlerini çalgılarında yaşatanların kutularına bırakılandır. Gerçek merhamet, acımasızdır. Ruh haline değil proje içeriğine göre takdir edilir.

BEN

Son yıllarda takip ettiğim bir site var. Kickstarter... Bir projesi, bir fikri, bir buluşu olan insanlar burada bir sayfa oluşturup, videolar kaydediyorlar. Parası olanlar da girip **5** dolar, **10** dolar, **100** dolar artık belirlenen birim neyse ona göre projelere bireysel sponsorlukta bulunuyorlar. Bu sadece bir bağıştan ibaret bir durum değil. Bu fikir bir iphone aksesuarı da olabilir. Bu durumda, parayı veren bu ürünün ilk müşterisi oluyor. Küçük çocuklar bile girip küçük hayalleri için fon yaratmaya girişebiliyorlar. Bu sitenin geçtiğimiz yıl, sadece 'bir sinema filmi fikri olanlara' dağıttığı meblağ **100** milyon doların üzerindeydi. Holywood ünlüleri örneğin, bir oyun gibi, burada hayalleri fonluyor ve mutlu oluyorlar.

DONA

Yaşadığımız çağda hangi milletlerin Müslüman **ol**duğuna hangilerinin **ol**madığına hükmetmek hiç de k**ol**ay değil küçüğüm.

BEN

Bilinen 'para' tedavülden kalktı kalkıyor da, insanlarımızın para ile ilgili bilinç seviyesi halen Lidyalar düzeyinde... Hayatımı kitaplarımla kazanıyorum. Daha doğrusu kazanmaya çalışıyorum. Hani derler ya, namusumla çalışıyor, alnımın, beynimin teriyle çabalıyorum. Fakat kimi insanlar için bu tatmin edici olmuyor. Adandığım hayalimi 'para karşılığı' girişilmiş bir iş gibi adlandırabiliyorlar. Para, pul işleriyle o kadar çok ilgililer ki. Benim ve ailemin rızkının, çalışarak değil gökten indirilecek sofralarla gelmesini bekler gibiler. Sonra da, 'Sen kendini İsa mı sanıyorsun Lennn'e getirmiyolar mı, gülmekten bir hal oluyor insan. 'Hemşerim ben değil de sen sanıyorsun galiba!' diyorum.

DONA

Bu **insan** karakteristiğini biz çok iyi tanırız küçüğüm. Bunlar, Muhammed'e bin yıl önce 'komisyoncu' diyen kişilerdi.

BEN

Muhammed ve Komisyon mu? Ne komisyonu?

DONA

%**20**.

BEN

%**20** mi?

DONA

Diler**sen** yazıyla da yazabilirim. Yüzde-yirmi.

BEN

Benim telif payım %**15** de, bu %**20** de nereden çıktı? Ve Hz. Muhammed'le ilişkisi ne?

DONA

Allah, İslamiyetin Peygamberi Hz. Muhammed'in telif payını %**20 ol**arak belirlemiş ve bunun için bir Güzel Kur-an **ayet**i indirmişti.

BEN

Buna inanmamı beklemiyorsun değil mi? Kur-an'da böyle birşey olamaz. Peygamberin gelirini %yle tanımlayacak... Bu ayeti? o insanlara anlattığımda yüzlerini görmek isterdim ama böyle birşeyin gerçek olabileceğine inanamıyorum.

DONA

Bilin ki, 'ganimet olarak ele geçirdiğiniz' şeylerin beşte biri, muhakkak Allah'ın, Resûlün, yakınların, yetimlerin, yoksulların ve yolcunundur. Eğer Allah'a, hak ile batılın birbirinden ayrıldığı gün, iki ordunun karşı karşıya geldiği günde (Bedir'de) kulumuza indirdiğimize iman ediyorsanız (ganimeti böyle bölüşün). Allah, her şeye güç yetirendir.

GÜZEL KUR-AN'IN ENFAL SURESİ 41. AYETİ

Hz. Muhammed'in verdiği ve Müslümanların anlata anlata bitiremediği Bedir gibi, Hendek gibi tüm savaşlardan peygambere Allah'ın buyruğu üzerine para ödenmiştir. Gelirin **%20**'si... Ve bu, o zamanın gerçeklerine göre gerçek bir teliftir. Güzel Kur-an, savaşlar y**ol**uyla yayılmıştır. Tüm bu savaşlar, Kur°an kitabının tatbiki içindir. Peygamberin bu parayı nasıl harcayacağı onun konusudur ki, **ayet**in yakınlar, yetimler, yoksullar ve y**ol**cular gibi unsurlarla süslenmesi, bu paranın **insan**lığa adanmış bir kişiye teslim edildiğinin hatırlatmasıdır. Bu ihtiyaç çağrışımı yapan kişiler, **ayet** için birer aksesuardır. O ücretin kime ait **ol**duğu Güzel Kur-an nez**din**de çok açık ve çok kısadır.

Sana savaş ganimetlerini sorarlar. De ki: "Ganimetler Allah'ın ve Resûlündür.

GÜZEL KUR-AN'IN ENFAL SURESİ 1. AYETİ

Ayetin devamı ise ödeme celbidir:

Buna göre, eğer mü'min iseniz Allah'tan korkup sakının, aranızı düzeltin ve Allah'a ve Resûlü'ne itaat edin."

Ayrıca şu noktaya da dikkatini çekmek isterim. 'Bilin ki, 'ganimet **ol**arak ele geçirdiğiniz' şeylerin beşte biri, muhakkak Allah'ın, Resûlündür' denildiği yerde bir başka derinlik gizlidir. Beşte biri Allah'ındır ifadesi, göklerin ve yerin ev sahibi için fazlasıyla indirgenmiş bir anlatımdır.

Yeryüzünün **5**'te **5**'i onundur. Onun malik sıfatlarıyla, Kur'an'da arz-ı endam etmesi, **İnsan**ları kendilerini birer evsahibi görmemeleri, her daim kiracı bir psik**ol**oji içinde **ol**arak, dünya maddiyatına meyletmemeleri içindir. Biriktirilmiş mal sevgisi ile Allah iman'ı aynı kalpte birararda kalamaz küçüğüm. Ya Allah'ını seversin, ya malvarlık şehveti içinde aşırı birikimlerini okşarsın. Bir ademoğlu için bu y**ol**da üçüncü bir şok yoktur. Birikimcilik, tutuculuğun gizli k**ol**udur. Bir aileyi ayakta tutabilecek ölçekteki birikimler bu kapsama girmez. Ancak **İnsan**da birikimci bir refleks vardır ve bu dünyanın gerçek nimetlerinden zevk alabilmesinin önündeki en büyük engeldir.

De ki: "Eğer siz Rabbimin rahmet hazinelerine malik olsaydınız, bu durumda harcama endişesiyle gerçekten tutardınız." İnsan pek cimridir.
GÜZEL KUR'AN'IN İSRA SURESİ 100. AYETİ

Varlık sahnesinde, cimri bir tekamül yoktur.

Sevdiğiniz şeylerden infak edinceye kadar asla iyiliğe eremezsiniz. Her ne infak ederseniz, şüphesiz Allah onu bilir.
GÜZEL KUR'AN'IN ALİ İMRAN SURESİ 92. AYETİ

BEN

Malla imtihan yani infak herkesin sorunu. O yüzden dincilere indirgemek doğru değil. Fakat onların da en az diğer insanlar kadar mallarına düşkün oldukları halde, bu işi kılıfına uydurmuş olmanın güveniyle -mış gibi yapmaları affedilemez. İnfakı, aynı kelimenin kökünden meydana gelen bir başka kelimeye dönüştürmüşler:

NAFAKAYA.

Servetinden vazgeçmek yerine, onun bir kısmından birilerini paylandırarak, manevi alemde para aklayacabileceğini zannetmek. İşte bu da, budalalığın günümüzdeki yeni tanımı bana sorarsan.

DONA

Allah herkesin gelir gider dengesini g**öz**etir ve hiç kimseyi açıkta bırakmayacak sistemler üzerinde çalışır. Peygambere verilen hizmet ödeneği de bu yüzdendir. Allah'ın **İnsan**ların parasal ihtiyaçlarını görmezden bırakarak kimseyi müşkül durumda bırakma alışkanlığı yoktur. Peygamber ödeneği aynı zamanda bunun da bir işaretidir.

BEN

Bir gelir, bu kadar helalleştirilemez. Ya ne yapsaydı peygamber, müşriklerden kendine sponsor mu alsaydı? Ya da Müslümanların servetlerini kamulaştırsa mıydı? Sana savaş ganimetlerini soran insanlar ifadesini farketmedim zannetme. Hep böyle anlatıyorsun Kur-an'da. Sorarlar deyince insanın aklına hep 'Şey acabaa ganimetler nasıl oluyor acaba?' gibi masum ve meraklı sorular geliyor. Oysa sen orada insanların bunu can acıtırcasın sor-guladıklarını hissettiriyorsun. 'Sen nasıl bir adanmış insansın da bu mukaddes savaşlardan elde edilen gelirin %20'si şahsına ait oluyor?' diyorlar gerçekte. Müşrikler dedikodular üretip, 'Muhammed'in geniş haremini geçindirmek için çok paraya ihtiyacı var, bu yüzden kervanların yolunu kestirirdi' diyorlar. Bu sorma, böyle can acıtırcasına bir sorma. Bu insanları ben de bilirdim. Şimdi artık onları çok daha iyi tanıyorum ☺

DONA

Peygamberin hizmet ödeneğinde bir yeni çağ sırrı gizli küçüğüm.

BEN

Nedir o?

DONA

Bu sırrı ancak sana soracağım şu soruya yanıt vermenle bulabiliriz. Sorunun hak ettiği punt**o**lara, yani büyük harflere geçiyoruz:

BİR İSLAM PEYGAMBERİNE
ELDE ETTİĞİ BİR MADDİ KAZANIMIN
ANCAK YÜZDE YİRMİSİNİ TAHSİS EDEN
BİR ALLAH'IN HUZURUNDA,
MÜSLÜMANLAR KENDİ KAZANIMLARININ
KIRKTA OTUZDOKUZUNU KENDİLERİNE AYIRMA
CÜRETİNİ NEREDEN BULDULAR?

BEN
Vaoooovvvv! Soru diye buna denir!

DONA
O KAZANIMIN ANCAK %20'Sİ SENİNDİR, %80'İ TOPLUMUNDUR EY MUHAMMED AYETLERİ BURADAYKEN, %2.5'LİK ZEKATLAR NEREDEN ÇIKTI?

BEN
Bu soru can alıcı soru.

DONA
Yüzdelerden onların Kırkta'lı hesaplarına dönerek:

DİNLE İLGİLİ ETRAFA SAÇTIKLARI MİLYONLARCA FETVANIN ARASINDA, 40'TA 32 ORANLARININ TELAFFUZUNA, TESADÜFEN DAHİ NEDEN RASTLAMADIN?

BEN
Bi de Yahudi tefecilere insafsız derler! Tefecilere İngilizce'de loan shark diyorlar. Borç veren köpekbalığı olarak tercüme edebiliriz. Köpekbalığı Shark'ın diğer anlamı üçkağıtçı çünkü.

Dinin ölçülerine şekil vermiş insanlar, oranlarla inanılmaz oynamışlar.

DONA
Ganimet; ihtiyaçtan arta kalarak 'Birikmiş Kazanım' demektir. Toplumun payını Kur'an kırkta **32 olarak** hesaplamışken, bu 'maneviyat' **İnsan**ları toplumun payını kırkta **1 olarak** hesaplamışlardır. Arada kırkta **31**'lik yani %**77.5**'lik bir SAPMA MEVCUTTUR. Manevi Maliyenin kaybı %**77.5**'dir. Maneviyatın mütedeyyin vergi mükellerinin hesapları mercek altına alındığında ortaya çıkan mutlak ve tarihin en büyük vergi kaçakçılığıdır bu.

BEN
Aman yarabbi!

DONA
Türkiye'ye Şeriat'ın neden gelmeyeceğini şimdi anladın mı

küçük?

BEN
Hahhahaaaaaa ☺

'Geleeemez. Şeriatı en başta biz istemezüüük!'
Şeriatın para sayan tesbihli parmaklardan kestikleri gerçekten acıtacak nitelikte.

DONA
Şeriat, manevilerin birikmiş kazanımlarından %32 kesmekle de durmaz. Örneğin, 1 milyar dolar kişisel serveti olan bir politikacı örneğini ele alalım. %80'i topluma gönderilse de, onun elinde kalan 200 milyon dolar olacaktır. Ve bu rakam hiçbir 'ihtiyaçla' örtüştürülemez.

BEN
Ya ne olacak?

DONA
Şeriat, o birikimci 200 milyon dolarını, toplum için değer üreten bir aygıta dönüştürmediği müddetçe, her yıl %77.5 kesmeye devam edecektir. Gelecek yıl için mercek alına alınacak servet 45 milyon dolar olacaktır. 155 milyon dolar kayıtsız şartsız İnsanlığa teslim edileceği için. Gelecek yılda 45 milyondan onun elinde kalacak olan para 9 milyon olacaktır. Hakikatın Şeriatı'nın geldiği bir ortamda 1 milyar dolar serveti olan bir mütedeyyin 3. yılında 2 milyon dolarıyla kalakalacaktır.

1 milyar dolarlık bir zengine,
3 yıl içinde 998 milyon dolar infak ettiren sistemin adı Şeriattır küçüğüm.
Bu sistemde zenginin maddi bedenine yağ bağlamış ağırlıkların çözülmesi 3 yıl sürer.

BEN
Muhteşem bir sistemmiş bu. Şeriat buysa, peygamber sünnetinin peşinden gitmek için canını verir insan.

DONA
Can vermek değil... Davet edildiğin tek şey; Sosyalizmin,

komunizmin, yapmaya çalıştıkları devrimlerin toplamını, kapitalist bir çağda masaya vurduğu manevi yumruğuyla meydana getiren bu altınçağ düzenini saygı ile selamlamaktır küçüğüm.

BEN
Nasıl bir saygıyla selamladım inanamazsın ☺

DONA
☺

BEN
Acaba diyorum yukarıdaki sarsıcı ayeti peygamberin savaşlarıyla ilgili bir konudan ibaret gördükleri için infak etmiyorlar olabilirler mi mallarını?

DONA
Tüm zamanları ve tüm Müslümanları 'ilgilendirmeyen' hiçbir başlık, Kur°an°da **ayet**leşmez. Muhammed'in hayatındaki hepitopu 3 savaş için **ayet** indirilmesine ihtiyaç hiç yoktur. Peygamber 1/5'i alır ve kim**sen**in bu konudan bilgisi dahi **ol**maz, konu Müslümanların arasında halledilir ve biterdi.

Hayat da bir savaşımdır. Birey ile toplum arasındaki mal paylaşımı konusunun, tüm zamanların kitabı Kur°an°a bu biçimlerle yerleşmesinin sebebi, bireylerin kendi hayat savaşımlarıyla ilgili onlara bir ölçü getirmektir. Müslümanlar, Bedir'de Hendek'te sadece manevi değil aynı zamanda çok önemli maddi kazanımlar da elde etmişlerdir. Bir birikimci, gerçekten Allah y**ol**undaysa, o serveti biriktirinceye kadar verdiği savaşımlarla, Muhammed'in Bedir'de verdiği savaşım arasında ilkesel hiçbir fark yoktur.

BEN
Parayla ilgisi yukarıdaki çerçevede olan insanların fikirlerimi değil benim gelirlerimi konuşmaları gerçekten tam bir trajikomedi. Işın kalkanlarım devrede Allah'tan ki, bu tiplerin dediği hiçbirşey bana işlemiyor ☺

DONA
Gelişkin bir bilinç ve temiz bir aura, dökülmüş kurşunlardan çok daha sağlam bir korunma kalkanıdır.

BEN
Şu nazar gerçekten değmiyor mu insana?

DONA
Bir stadyum dolusu **insan**ın yaydığı ve belli bir **insan**a odakladığı **ol**umsuz enerji, o **insan**ı hasta etmeye yetmez. Nazarın gücü, enerjisinde değil öğretisindedir. Olumsuz ve yıkıcı enerji, nazara uğrayabileceğine inandırılmış bir beyne, bu öğretinin yarattığı köprü üzerinden ulaşır. Enerjinin kendisi değil nazarın fikri kişiye değer.

BEN
Şu insan ne muazzam bir mekanizma. Nazar geçirmez camdan üretilmiş... Hiçbir başka şeye ihtiyacı yok aslında.

DONA
İnsan mucizelerinin altında hep aynı kahraman vardır:
ÖZ
Sigarayı da bıraktıran **öz**dür, kiloyu verdiren de. Öz çalışmadıkça hiçbir tılsım işlemez. Öz, ken**dini** markalamadığı, şeffaf bir kumaştan dokunmuş **ol**duğu için başarılı durumlarda krediler hep hariçten okunan gazellere gider.

BEN
Devrimci nasıl bir tiptir? Huysuz mudur örneğin?

DONA
Devrim dendiğinde zihinlerde beliren devrim-ci tiplemesi, hakikat profilinden bir hayli uzak. Devrimler uyumsuzlarla, kurulu düzenler de uyumlularla örtüştürülürler. Oysa, devrimci uyumlu kişiye verilen addır. Uyumsuz kişinin imza atacağı **ol**gu devrim **ol**amaz. Devrim, dünya düzeni değişikliğidir. Ve bir devrimcinin imza attığı devrimin, kalıcı ve yaşanabilir **ol**ması için gereken 2. erdem, -1. erdem **ol**an kararlılıktan sonra- UYUMDUR. Yaşama UYUM sağlayamayan değişimler silinirler. Huysuzluk bir defo, uyum sağlama ise yetenektir. Evrende, yaşama uyum sağlayamayan tüm devrim adaylarını silip yokeden ve bir üst perdeden yayın yapan bir değişim mekanizması vardır.

Yaşama ayak uydurabilme kabiliyetinden yoksunluk, kayıp değişimciler mezarlığına giden uçsuz bucaksız o patikadaki ortak ruhtur. Uyumsuzun değişimi hicret değil tecrittir. Ve bu açıdan bakacak **ol**duğunda muhafazakâr, en mükelellef devrimci adayıdır. Fitili ateşlenecek **ol**duğunda...

BEN

Evet evet. Devrimler, değişimler güzel olacak. Herşey güzel olacak.

DONA

Devrimler ile mutluluklar bambaşka konulardır küçüğüm. Mutluluk arayışıyla devrim yapılmaz. Bu **sen**i, 'sevimli' ve 'karizmatik' değişimlerin, aynı taslarla aynı hamamları eşleştirdiği, re-formların dünyasına götürür. Devrim, sevimsiz gelen alandan çıkagelir. Sana sevimli görünen, sana mutluluğu çağrıştırandır. Gerçek devrim ise itici kokular yaymaktadır. Ancak aklın, o sevimsiz alanla kopması mümkün görünmeyen bir bağ kurmuştur. Devrim, itici gelenle **sen**in aranda meydana gelen ve anlam veremediğin çekimle **sen**i çağırır. Devrimin evrensel akıldan icazet yani referans onayı alması şarttır. Aranda her çekim **ol**anı devrim zannetmek **sen**i kıpırdaması zor bataklıklara da sürükleyebilir.

Mutluluk beklentisiyle değişim başlatma. Devrim aklın işidir. Aklın kendi aklı mutluluğu hesaplamaya yetmez. Ancak, tanrısal yürek, aklına tabi **ol**arak, Tanrı'sından aldığı güçle, en korkusuz dönüşümleri gerçekleştirdiğinde, aklın mutluluğunun 1 numaralı servis sağlayıcısı **ol**ur.

Yapman gereken değişime beklentisizce imza at. Mut, bu kutlu y**ol**un bir yan ürünü **ol**arak **sen**in arabanda, **sen** farkına bile varmadan yanında oturmaya başlayacak. Göreceksin.

BEN

O zaman devrimci mutsuz kişi mi? Ve daha kötüsü mutsuzluğa

mahkum kişi mi?

DONA
Devrim, yarınla ilgili hemen şimdi yapılması lazım olandır. Ancak elini ne kadar çabuk tutman gerekirse gereksin devrim, yarına ilişkindir. Mutluluk ise, şimdinin sonsuz genişliğindeki o baskısız zamanlarının konusudur.

Herşey güzel ol-acak dediğinde kaybedersin. Herşey halihazırda zaten güzel olmalıdır. Bunu idrak ederek söyleyebildiğinde mutluluğu eline gerçekten geçirmiş olursun. Hemen ve şimdi... Ve daha önemlisi: Bir daha asla elinden kaçırmamak üzere...

BEN
Ruhun bize aşk nedir onu da anlatması lazım...
Kapitalizmin markası olan aşk bana göre değil.

DONA
Sevgi ile arzu arasındaki farkı öğrenmeden aşkın anlamına vakıf olamayacaksın.

BEN
Her ikisi de çok iyi arkadaşımdır ☺

DONA
Arzu, birliktelikler yaratır. Sevgiye eklenmiş arzu ise... Bu ikinin, ancak her ikisine birden sahip olduğunda yaşadığın duygunun adına AŞK diyebileceğiz... Arzunun içeriği aşkın çeşitlemesine göre değişecektir. Baba ile oğul arasında aşk isimli tarifsiz duygu yaşanabilir ve bu sevginin arzusu, evladını koklamak, onunla ilgili iyiliklerin arzusudur. Kadın erkek aşkında ise, arzunun çerçevesi cinsel içerik kazanır. Cinsel içerik sevgi tadı verse de, sevgi apayrı ve bir üst düzlemdir. Aşk perdesi, hem gerçek sevginin hem gerçek arzunun sahne aldığı ikili/ikilemli durumlarda açılır ve kapanır.

BEN
Bunun üzerine uzuunca düşünmeliyim. Neden bu kadar çok ayrılık var? Boşanmalar çok fazla. Şekilde görüldüğü üzere...
Bence evlenmek maharet değil,
'maharet' boşanmamakta.

Maharet boşanmamakta da değil
MAHARET MUTLU OLMAKTA.

DONA

Boşanmaları iki ayrı çeşit boşanma olarak görmelisin. Sürmesinin hayırlı olmadığı evliliklerin boşanımı. İsabet dışı seçimler ve sonrasında ortaya çıkan cehennemî auradan kurtuluş savaşı... Bu biçimi, kişisel devrim olarak görebiliriz ve herşeyden önce bunlar, arkasından yakınacağımız istatistikler teşkil etmezler.

İkinci tür boşanmalara gelince. Onlar, sürmesi hayırlı olabileceği halde sürdürülemeyen, kırgın hayallerin, tüketilmiş aşkların, artık hissedilemez olmuş sevgilerin boşanımlarıdır. İşte tam burada tekâmül İnsanın en büyük çelişkisi yatar.

BEN

Hah. En heyecanlı konuya geldik. Ne yatıyor orada söyle. Hadi hadi... Bak ben de oğluşumun attaa gitmek isteyip de benim çoraplarımı giymemin uzun sürdüğü durumlarda söylediği gibi yapıyorum: Hadddiii, Haadddiii. Çocuk konuşmayı öğrenmeden hadi demeyi öğrendi. Hadddiiii Hadddiiii.

DONA

Medeni Kentlerin Modern İnsanı...
Bir-eyselleşmek midir?
Yoksa çiftselleşmek midir seçimin?

BEN

Bir dakika, bu seçim de nereden çıktı? Çok partili seçim de değil referandum bu. İkisi aynı anda olmuyor mu?

DONA

Yüzüklerin takıldığı görkemli törenler... Eski Mısıra uzanan eski bir gelenekle birlikte koyulduğun bu yolda, yeni çağın velinimetlerinden vazgeçmeye hiç ama hiç niyetin bulunmamakta... İnsanlık tarihi boyunca hemen hiçbir değişikliğe uğratılmamış tek kurum: evlilik müessesesi, herşeyin altüst olduğu, tüm fikirlerin eskitildiği, bambaşka hayat tarzlarının ortaya çıktığı bu yeni çağda, hiç değişmeden var**ol**makta fazlasıyla ısrarcı. Ve bu köklü çelişkinin ç**öz**ümü için son 'çare', mahkemenin **1 ol**anı yeniden ve eskisi gibi **2** yapmasından geçmekte.

Seçim bir karardır ancak her karar bir seçim içermez. Bazı kararlar seçimlerden kaçmak adına alınırlar. Seçim yapmak zorunda kalmamak adına hükümde bulunmak, bir seçim yaptığın anlamına gelmeyecektir küçüğüm. Seçim, bir tanesi hariç tüm seçeneklerin üstünün kalın kalemlerle çizildiği kesin ve net durumlara verilen addır. Kombinasyon, **sen**tez veya melez, seçerek vazgeçmenin alternatifi değildirler.

Evliliğin köklü çelişkisi de burada yatar. Herkes, kendi **1** başına var**ol**manın aşkıyla yanmaya başladığı, **1 ol**arak formatlandığı, herşeyi kendi **öz**gür **1** iradesiyle inşa etmeye şartlandığı **1**eysel yaşamında, günü geldiğinde ailesinin, koşullarının veya mutluluk gibi hormonlarının dayattığı **1** durumun neticesinde **2**li bir yaşantıya geçiş yapmaya çalışır. **1**liğinden fedakarlık etmeye yanaşmadığı **2**li bir çelişkidir bu.

Modern **1 İnsan**ın ilişkisel **2**lemini matematiksel **ol**arak ifadesi de budur:

Modern İnsanın nikah masası,
1 + 1'in toplamının 1 olmasına çalışıldığı
yanlış 1 matematiğin masasıdır.
Herkes 1'er tam olunca,
1ey + 1ey = 2lem olacaktır.

🅱️🅴🅽

İki bireyin toplamı **1** verecek şekilde toplamaya çalışıyorsun ve bu sonuçta bu işlemin sonucu ikilem oluyor. Vaov!!! Mutsuzluğun matematik formülünü görmek beni dumura uğrattı!

🅳🅾🅽🅰

1 tam **ol**makta ısrarcıysan -ki bunu destekleriz-, o zaman **2 ol**maya dayanamayacağını sana bildirmekten başka çaremiz kalmaz. Toplamı **1** vermeyen aşklar, bütünleşme içermezler. Bütünleşemeyen ruhların auraların birbirleriye sürtüşmeleri de kaçınılmazdır. Bu sürtüşmeden hazlar doğabileceği gibi, çok büyük sıkıntılar da meydana gelebilecektir. Karşında sadece koca bir yok anlamıyla sıfır bulabildiğinde birliktelik devam edecek ancak bu durumda mutluluk hanende YOK yazacaktır.

BEN
Mutlu bir aşkın matematik formülü ne peki?

DONA
Sorunu netleştirelim. Aşağıdaki sonucu yaratan denklemin içerisini birlikte dolduralım.

$$...... = B1r$$

1lik veri'sini nasıl elde edebiliriz?

BEN
Nasıl elde edebiliriz?

DONA
1'ler ancak 1 tamlıklarından kabul edilebilir oranlarda fedakârlıkta bulunabildiğinde...

$$0.5 + 0.5 = B1R$$

Fazla eşitlikçi mi oldu?

$0.6 + 0.4 =$ Eğer sonuç gerçekten 1'i verecekse gene kabul edilebilir.

BEN
Peki ya $0.7 + 0.3 = ...?$

DONA
Burada durmalıyız. Bireyselliğimizden yapacağımız fedakârlıkta kırmızı çizgilerimiz burasıdır. değişken bir **0.7**, orada sabitlenmemek, inmek ve çıkmak koşuluyla bunu da kabul edebiliriz. **0.8**'e varmamak kaydıyla... Çünkü biliyoruz ki aşk uğruna kendimizi yok edeceğimiz o tehlikeli çizgiye yaklaştıkça ruhumuz sıkışmaya başlayacak. Sonucu gene 1'i veren o yıkıcı aşk denklemine sürüklenmemiz kaçınılmaz hal alacaktır:

1 + HİÇ = 1.

Bu da **1** bütünleşmedir ancak bu 'mutlu' çatının altında **sen**in **sen**liğini kaybederiz ve bana güven bu **1**liktelik hiç de uzun sürmeyecektir.

Mutlu bir ilişkinin y**ol**u terbiye edilmiş bir nefsle, bastırılması mümkün **ol**mayan **öz**gürlük duygusunun birarada yaşatılabilmesinden geçer küçüğüm. Sadece nefsini terbiye eder**sen**, hayallerindeki gibi bir aşk şanslısı değil kederle d**ol**u bir çile sahibi **ol**ursun. Sadece **öz**gürlük duygusu ile kanat çırptığında da yalnız bir asî **ol**maktan öteye gidemeyeceğin açıktır. Ayakların yere basmak zorundadır, zemin nefsine aykırı gelse bile.

Aşk ve evlilik, Biz'lik mertebesidir ve bir cümle içinde had**dın**dan fazla geçen BEN s**öz**cüğünü kaldıramazlar. BEN**liğini** yokedişini de, ruhun kaldıramayacaktır. Bir bıçağın sivri yüzünde bir yürüyüştür bu. Kusursuz bir dengeden başka hiçbir var**ol**uş şansın yoktur.

B E N
Bireyselleşen insanın aşk akımı:
SENSİZM ☺

D O N A

Aşk, tekâmül zannettiği öğrenmenin **insan**a yükleyeceği yabanîliklerden **insan**ı temizleyen bir antiseptiktir. Spiritüel y**ol**culuk, mutasavvıf **ol**gunlaşma ve hatta ateist yalnızlık...

Zihnine **sen**in önemli saydığın bu öğretiler yüklendiği sırada, bu bilgilerde bahsedilmeyen bir takım yan-etkilerle karşılaşman kaçınılmazdır. Özüne dönüştüğünü zanneden birçok guru-rlu **insan**, farkında **ol**madan yabanî doğasına geri döndürülmüşlerdir.

Levh-i Mahfuz külliyatında biz, kişiyi bu **sen**droma düşürmeyen pür bir tekâmül için **öz**ellikli, sert ve kesin tedbirler alırız. Olgunlaşmasının önünü açtığımız **insan**a çocuksuluk katmak, **ol**mazsa **ol**mazlarımızdandır.

BU KÜLLİYAT ÇATISI ALTINDA ÇOCUK,

BİR SEVGİ OBJESİ DEĞİL
'İDOLÜN' TA KENDİSİDİR.
Hayvanlar, spiritüelin yabanî doğasını yumuşak kılmak için ihtiyacımız olan bir diğer ilaçtır. Bilgi ile taçlandığını zannederken, bilgi ile taşlaşan insan yapısının karşı karşıya olduğu tehlikeler, bir cahili bekleyen yaşamsal risklerden misliyle fazladır. Biz kişiye, taşlaşarak bilginleşmesindense her daim cahil kalmasını tavsiye ederiz. Kendi kasetlerinin, cdlerinin, kendi müzik arşivinin olmasına çok da gerek yoktur. Elinde basit bir fm alıcısı varsa ihtiyacı olan tüm müziklerin yayınını biz radyo frekansları aracılığıyla zaten yaparız. Radyo kanalı açacak kadar müzik arşivine ihtiyaç yoktur. Yaşadığın gezegende, **87.5** to **108.0*** mHz frekans aralığı sınırsız müzik (FM) yayınlarıyla doludur.

Derin ama geçimsiz bir aşk olduğunu farkedersen, olgunlaşma fırınında pişirilme zannettiğin kavrulmanın yanığı olduğun açıktır.

BEN
Aşk ile meşk zannettiğimden daha köklü meselelermiş.

DONA
Ruhsallaşma, insanın kendisine kavuşmasıdır. Ruhsallaşma, kişiden kişiye değişen ölçeklerde bireyselleşme olarak dışavurur. Her içine kapanmanın kendine kavuşma anlamı taşımayacağı da açıktır. İnsanın olması gereken 1 numaralı aşığı, onun kendi özü olmalıdır. Bu kişinin kendisine tapınması değildir. Bu kişinin, dışarıdaki bir Tanrı'yı aramak üzere yollara revan olması hiç değildir. Bu, kişinin özündeki Tanrı'yı bulmasıdır.
İÇİNDEKİ TANRI,
ÖZÜNDEKİ ÇOCUKTA SAKLIDIR.

Bu hazineyle buluşmanın bazı doğal bedellerinin olması da kaçınılmazdır. İçindeki tanrıyı bulmuş insan, etrafındaki ölümlülere pek hoş gözlerle bakmayacaktır. Ona sürekli mutluluk fısıldayan, sınırsız bir sevgiyle ışıldayan bir reaktörü

* ÇOĞUNLUK ÜLKELERDE GEÇERLİ FREKANS ARALIĞI

içinde keşfeden **insan**, üzerinde yattığı çift kişiliğin diğer ucu ile anlaşma konusunda sorunlar yaşamaya namzet **insan**dır. Ki o uç, **insan ol**masının kaçınılmaz bir sonucu **ol**arak ona sonlu bir sevgi, sorumlulukla d**olu** bir yaşam ve limitli hazlar verebilecektir.

İnsan, Tanrı'dan aldıklarını **insan**larla kıyas eder hale geldiğinde, artık yalnız bir **insan**dır. Kişisel cennet müstakil 1 yapıdır. O yapıda, ancak komşuluk veya m**isa**firlik ilişkilerine yer vardır. Günün sonunda her ruh kapılarını kapattığında kendi mağarasına yönelebilmelidir. Aksi durumda, bir cennetin varlığından s**öz** etmek mümkün **ol**maz.

B E N

Şimdi bakınca evlilik kurumunun ne kadar sabit kaldığını daha iyi anlayabiliyorum. Kişisel mağara konsepti ile evliliğin müşterek hayatını birleştirdiğinde, elde kalan geleneksel bir izdivaç olmuyor. Düğünler dahi iptidaî bana sorarsan.

D O N A

'Mantık' evliliği, modern **insan**ın ihtiyacı **ol**anları ona veremeyecek bir evlilik biçimidir. Ruh, 'mantıksal' nedenleri **ol**duğu gerekçesiyle bir duygu bulamadığı bir başka bedenle birlikte yaşamaya isyanla yaklaşır. İhtiyaçlarını gideren o 'mantık', ihtiyaçsızlığın sessizliğinde yakana amansızca yapışacak ve eliyle gırtlağını sarmaladığı, belki varlıklı ama darboğazlı bir yaşama **sen**i mahkum kılacaktır.

Tıpkı vücutların, farklı bedenlerden gelen organları kabul etmesinin çok düşük bir ihtimal **ol**ması gibi.

Duygu içermeyen hiçbir mantık, altınçağ **insan**ının aklına sığmaz.

Düğünlere gelince... Düğünler aracılığıyla **insan**lar, evliliklere gerçeküstü bir kimlik kazandırmak isterler. 'Masal gibi' düğünler bu ihtiyacın bir sonucudur.

Pasta yüklü çatalların, sarmaş d**olaş ol**duğuna yedirmek üzere çapraz uzatıldığı peri masalları, ertesi sabah kahvaltı kaşıkları kendi BENliklerine yöneldiğinde biter.

İki **insan**a ivme vermek için böylesi sıradışı ortamlara ihtiyaç yoktur. Düğün, mantık evliliğine yoksunu **ol**duğu ruhu katmak için icad edilmiştir. Duvak, her ne kadar kadının masumiyetini temsil ediyor gibi görünse de, gerçekte gelinin mutsuz yüz ifadesini saklamak için tasarlanmıştır. O düğünde, gelin de annesi de ağlar. Bu, gelinin genellikle istemediğine vardırıldığı vahşi ve değişmez geleneklerin **insan** genomuna eklediği kayıtların bir sonucudur. Asıl g**öz**yaşı, örflerin dayatmalarıyla gelinden gidenlerle dökülecektir.

Kadın, masumiyetiyle ilişkilendirdiği beyaz gelinliğe beyin kodlarında vazgeçilmez yer vermiştir. O gelinliği giyebilmek için pek çok yükü yüklenmeye dahi razıdır.

Düğünü organize eden eski Mısırlılar da, damat ile gelini kendi istedikleri gibi eşleştiren eski Mısırlılar da aynıdır. Görücü referanslı evlilikler için yaratılmış bir ritüeli, yeni çağın bireyselleşmiş aşıklarının birleşmelerine uyarlamak, bin-bir değil, sadece tek-bir gecenin masalıdır. Yaratıcı davetiyeler, canlı müzik, süslenmiş konuklar, g**öz**leri hüzün-mutluluk karışımı kokteyle yaşlanmış anneler, babaların, güzel ve unutulmaz bir fotoğraf karesi **ol**duğunda biz de **sen**inle hemfikir **ol**uruz. Bu yeni çağda, yeni bir gelenek yaratabilmek hiç de k**ol**ay değildir. Gelin-Damat-Düğün geleneğini kaldırdığımızda yerine yenisini koyabileceklerin konusunda pek fazla şansın da yoktur. Zira, bu çağda ortaya çıkan gelenek adayları, sosyal değil bireysel tandanslı **ol**acaktır. Sosyalliği ancak medyasından ileri gelecektir.

[B][E][N]
E ne halt edeceğiz peki?
[D][O][N][A]
Tek-bir gece masalları konusunda içinde veya çevrende yadsınamaz istekler varsa yapabileceğin hem de çok etkin bir davranış var.

BEN
Nedir o?

DONA
Bu bölümü yeniden okumak ☺

BEN
Offf.

DONA
O düğünü düzenleyen **ol**mana hiçbirşey diyemeyiz. O düğünden zevk alan **ol**mana da zevk veren **ol**mana da **ol**umsuz hiçbir s**öz** söyleyemeyiz. O düğünle ilgili **ol**ası tek itirazımız, o tek bir gecelik masala ken**dIn**i kaptırmana **ol**ur. O geceyi, bir geleneğe teslim **ol**muş çaresiz bir koca **ol**arak değil, herşeyin farkında filozof bir damat **ol**arak yaşarsan bir tam varlık altınını yakana bizzat biz takarız. Filozof **ol**man, **sen** evlenirken, herkes eğlenirken, **sen**in bir köşede asık bir suratla durmanı değil, yarının beklenti planlamasını doğru yaparak, içinde **ol**duğun anın tadını çı**karma**nı beraberinde getirecektir.

Gerçek aşk, gerçeküstü bir deneyimdir küçüğüm. Gerçek 2 aşığın, girdikleri en ıssız ortam bile ayırdına varılmaz derecede rüyasaldır. Organize rüyalar, var**ol**uş gecelerine raptiyeyle asılan süslemelerdir ve oradan düşmesi fazla uzun zaman almayacaktır.

MUTLAK MUTLULUĞA ERECEĞİNİZ YER
TÖRELER DEĞİL
YARATACAĞINIZ ÖZ-GÜN VE ÖZ-EL
B1REYSEL MODELDİR.

BEN
Sistem bunun üzerine kurulu. Takılar, paralar bunlar çok önemli çiftlerin hayatları için. Düğün yoksa takı da takıştırılmaz. Bileziklerinizi kargoyla gönderin de diyemezsin ☺

DONA
Toplumlar ve aileler...
Gelenekleri yaşatmak adına,

g**öz**bebekleri gibi bakıp büyüttükleri çocuklarını, sevmedikleri **insan**lara iliştirerek onlara ne büyük bir kötülük yaptıkları hakkında hiçbir fikirleri yoktur.

BEN
Sanırım evlat ve torun hasreti de bunların önünü açıyor:

DONA
Evlat sahibi **ol**mak, Tanrı in**din**de değil geleneklere, fizy**ol**ojik kurallara dahi bağımlı kılınmamıştır:

GÜZEL KUR'AN'IN MERYEM SURESİ

#7 - "Ey Zekeriya, şüphesiz biz seni, adı Yahya olan bir çocukla müjdelemekteyiz; biz bundan önce ona hiç bir adaş kılmamışız."

#8 - Dedi ki: "Rabbim, karım kısır (bir kadın) iken, benim nasıl oğlum olabilir? Ben de yaşlılığın son basamağındayım."

#9 - "İşte böyle" dedi. "Rabbin dedi ki: - Bu benim için kolaydır, daha önce sen hiç bir şey değil iken, seni yaratmıştım."

Ve Meryem...

Rabbim, bana bir beşer dokunmamışken, nasıl bir çocuğum olabilir? dedi. Allah neyi dilerse yaratır. Bir işin olmasına karar verirse, yalnızca ona "ol" der, o da hemen oluverir."

GÜZEL KUR'AN'IN ALİ İMRAN SURESİ 47. AYETİ

Bir kadının, sırf çocuk sahibi **ol**abilmek için bir adamı bir ömür boyu sırtında taşıma zorunluluğu yoktur.

BEN
Evliliğin hiç mi bir anlamı yok?

DONA
Evlilik bizim için mutluluğun atmosfere dağılmaması için dışarıya kapatılan kapıdır. Bunun dışındaki hiçbir yapı, Tanrı'nın evlilik müessesesi sınırlarına girmez. Evlilik adı altında acıların, dramların yaşandığı, **kol**ların kırılıp yenlerin içinde kaldığı, mutsuzluğun içeriye hapsedildiği yapıya da evlilik adını verebilmekteler. İşte Rab, tam bu noktada o evin kapısını açar ve duruma müdahale eder. Tanrı'nın yeryüzündeki her eve girmek için elinde ilahi mahkeme

kararları vardır. Tanrı girer ve çıkarır... Biz **İnsan**ı, evlilik adı verilen bu mutsuzluk kılıfının içinden gerekirse onu kanser ederek çıkarırız.

En güzel y**ol**, **İnsan**ın o kapıyı kendisi açarak, dışarı çıkmasıdır.

BEN

En serbest yaşam tarzını sürenlerimizin bile bilinçaltında evlenmediği müddetçe hayatın koca bir yalnızlık olduğu inancı var.

DONA

Hayatında her türlü liberal adımları atabilen buna karşın konu evlilik **ol**unca, toplumun törelerine yenik düşenlerin durumlarındaki kritik faktör törelerin kökeni **ol**an **dİn**dir.

Cinselliğin günah **ol**duğu inancı, en hızlı hayatın fertlerini bile bir tarihte yorgun düşürecek ve "günah **ol**mayan cinselliğe" kavuşmasıyla ruhu "sükun" bulacaktır. Bulduğu sükunu ruhsal **ol**madığını anladığı gün, modern yaşam biçiminde %**50**"lere varan boşanma istatistiklerindeki yerini alacaktır.

BEN

Geleneklere bağlı çevrelerde boşanma daha az ancak gözlemim, mutsuzluk daha fazla. Kadınlar çok şiddete maruz kalıyor.

DONA

Gerçek şiddet, kadının sevgisizliğe hapsedildiği o eve YUVAM demesiydi. Kadının penceresi işte şimdi **öz**gürlüğe açıldı. Böyle durumlarda yuva içerisi değil dışarısıdır. **Boşandığı için bıçaklanan kadınlar, özgürlüğe bedel ödeyen, kadının tanımını değiştiren, İbret değil emsal ve kahramanlardır. Kendi Şeyhtan'larını terketmişlerdir.**

Erkeklerin sert tepkisi, eski günlerde imzalanan "**İlsans** anlaşmasına" dayalıdır. Yeni çağın birlikteliklerinde ruhsal **öz**gürlük, en temel ve değiştirilemez anayasa maddesidir.

BEN

İçindeki Tanrı, özündeki çocukta saklıdır biraz örnekleyebilir miyiz? Küçücük bir çocuk dev gibi bir tanrının çıkması fikri kafama sığmadı.

DONA

Küçük dediğin çocuklara dikkatli bak. Onun vizyonunda devasa bir cüsse göreceksin. Bir çocuk, bir koca arabayı eliyle hareket ettirecek kadar büyüktür küçüğüm. Onun zihninde o, elinde tuttuğu bir ufak nesne değildir. O sırada, otomobili gerçekten yaşıyordur. **Sen**in direksiyonunu tuttuğundan daha gerçek bir arabadır onunkisi.

İnsan 'büyüdüğünde' o küçük arabanın içine sığacak kadar ufaktır artık. Çocukların oyuncaklarıyla kurduğu kentlere bak. O kentte bir devdir o küçük. Oyuncaklarından kurduğu o şehre dışarıdan ve yukarıdan bakacak kadar büyük **ol**maya **sen** küçük adını verirsin. **İnsan**oğlunun büyüme adını verdiği süreç, bir elinde helikopter diğer elinde uçak uçuran tanrısalların, yetişkinleşerek o uçağın tekerlek boyuna küçüldüğü durumlardır. Dünya hayatında 'yetişmek' buna denir. Çocuk sınırsız tanrısal vizyondur.

BEN

Mükemmel. O arabayı sürttürüyor zannediyordum ben. Meğer o anda o arabanın içinde yaşayabilecek kadar soyutlayabiliyormuş kendini bu dev ruh. Peki, bilginin insanı taşlaştırmasına örnek rica edebilir miyim?

DONA

Yaşları **3** ile **6** arasında değişen **4** kız çocuğuna tecavüz eden bir hükümlünün, ilaç enjekte edilerek cinsel etkinliğinin törpülenmesiyle ilgili bir ceza gündeme geldiğinde, böyle bir uygulamanın suçlunun cinsel **öz**gürlüğüne müdahale anlamı taşıdığını ifade eden akademisyenin durumu, bilgi ile taçlanmayı beklerken taşlaşan **İnsan**lara tipik bir örnektir. Kişi, **ol**guların kategorilere ayrıldığı, tanımlara bölümlendiği didaktik sayfalarda kayb**ol**muş, hayatı hissedemez bir hal almıştır. O küçük kızların yaşam haklarının herşeyden daha evlâ **ol**duğunu anlayabilmesi için o **4** kızdan birisinin kendi yavrusu **ol**ması gerekecektir. Hayat ona kaybettiği **İnsan**lık ruhunu yeniden tattırmak, ona **İnsan**lığını hatırlatmak için ona ACI üflemek zorunda bırakılacaktır.

Bu durumda, o taşlardan yapılma kalıpların en büyük haykırışlarla kırıldığına tanık olursun.
Evrenin neresinde olursa olsun, bir kişi bilgiyle taşlaşmaya başlayacak olduğunda, kader onun hemen yanında biter.
Elinde çelikten bir balyozla...

BEN

Çok iyi anlamış bulunuyorum...

DONA

İrfansız ilimler akademisi... Yaşamak ile öğrenmeyi birarada elde etmek isteyen kişinin uzak durması gereken yapılar bunlardır. Yakınlaşmak zorundaysa, o öğretileri yıkacak gücü kendinde bulması gerekecektir.

BEN

Sadece kışlalarda değil. Bazı fakültelere de girerken mantığınızı dışarıda bırakın demeye getiriyorlar. Okulda tez verirken deli etmişlerdi beni. 'Bilimsel yöntem' denen şeye öylesine tapınıyorlardı ki, 'sonuç' ile hiçbir bağları kalmamıştı. O birkaç metodolojik maddeye riayet ettin mi, yaptığın işin üzerine 'bilimsel' arması yapıştırılabiliyordun.

O biçimin bir özü, bir fikri var mı dersen, bak işte onu hiç sorma...

DONA

Gözlemlerine katılıyorum. Tıpkı şeyh-mürit ilişkisinde veya komutan - posta ilişkisinde olduğu gibi (Akademik) Hoca ile Asistanı arasındaki 'tahsis edilme' bağlantısı, bilimselliğin de dışında insan haysiyetiyle ilgili kritik durum arzetmekte. Kişiler, akademik ünvanlar uğruna akademik üstlerinin özel işlerinde kullanılabilmekteler. Kırılmış bir haysiyeti, hiçbir ünvanın ayağa kaldıramayacağından habersizler.

BEN

Askerlik, bu durumun tavan yaptığı yer. Mehmetçiğin alınterini şahsi işleri içen akıtanlar, Mehmetçik kanı dökenlerden daha zalim bana göre...

DONA

Şeyhtan sadece **dın** üniforması giymez küçüğüm. Yer yer akademik bir cüppede, bazen de ap**ol**etlerle d**olu** askerî bir üniformada gizlidir. Şeyhtan belirli bir dekorun önündeki figür değildir.. Şeyhtan, dekor bağımsız çalışan ve her figürün benliğini ele geçirebilen bir ilşki biçimidir. Ve bu sakatlanmış ilişkiye **sen**in beyin felcin y**ol** açar.

40 yaşına gelmiş, Müslüman bir ülkenin, **dın** hanesinde İslam yazan ortalama bir fer**dın**i ele alalım. 'Müslüman' **ol**masına karşın vecibelere uzak kalarak, hiç namaz kılmamış bu fertle ilgili basit bir hesaplamada bulunalım.

$$5 \times 365.6 \times 40 = \text{Toplam } 73.120.$$

Bu kişi **40** yaşına gelinceye kadar, Diyanet İşleri kadr**ol**arının okuduğu toplam **73.120** ezanın hiçbirine ri**ayet** etmedi. Yetmiş üçbin ezanın hiçbiri onda namaza durma duygusu uyandırmadı. İslam, **73.120** kere söylediği birşeyi, bir kere bile kabul ettirememiş bir **dın** hükmüne getirilmiş durumda. Buna karşın bu kadr**ol**arla, bir sohbete girdiğinde, içlerinin son derece rahat **ol**duğu dikkatini çekmekte. Tıpkı yukarıdaki İrfansız İlimler Akademilerindeki meyvesiz-ama-bilimsel araştırmalarda **ol**duğu gibi, yöntemin içeriği esir aldığına tanık **ol**muş durumdasın. Okunan ezan, kişilere dokunan bir **öz**den yoksun **ol**sa da, **dın**î usullere uygun. Ve 'önemli' **ol**an da bu. **Dın**, gelenekçi, muhafazakâr anlayışın ele geçirdiği kalelerden sadece biridir. Meyveleriyle gündeme gelmeyen, allanmış pullanmış bir ağaçla arz-ı endam eylenen her ortam, buna bir örnektir. **İnsan**ı buluşturmak için çırpındığımız **öz**ün önündeki en büyük engel, **insan**oğlunun hayatın her alanında biçime duyduğu amansız sadakattir.

BEN

Örümcek ağlarıyla örülmüş bu dünyanın, bu ülkenin, başka bir dünya ve başka bir ülke olabilmesi bana çok çok çok ütopik geliyor. Rüya bile diyemem, hiçbir gece böyle manyak bir rüya bile görmedim. Ancak bir mucize olması lazım onları da gıdım

gıdım veriyorsun.

DONA

Mucize bir kelime değil, evrende **7/24** işleyen mekanizmanın adıdır küçüğüm. Mucizenin yakıtı SABIRDIR.

Pasif bir tahammül değil, aktif tevekkül gerektirir..

BEN

Ah bi de neyin doğru neyin yanlış olduğunu çözebilsem, tam olacak. Kendi mucizemi gerçekleştirebileceğim belki de.

DONA

Ben de tam yüzyılların en büyük kâbusu **ol**an iki kavramdan bahsetmek üzereydim:

BEN

Ben görmüş müydüm acaba? Neymiş o kâbus?

DONA

Doğrular ve Yanlışlar...

BEN

Doğrular ve yanlışları bile yanlış mı biliyorum? Hiçbirşey bilmemek en iyisi!

DONA

Neyin 'doğru' neyin 'yanlış' **ol**duğuna karar vermek için **2** temel ihtiyaç vardır. Değer ile Yargı. Ken**dın**ce bir **ol**guya ilişkin bir analiz yaptığında ve sonuç **ol**arak 'Doğru!' dediğinde bunu sana Değerlerin ve onlara dayanarak konuşan Yargıların söyler. Oysa bu ikisi de potansiyel birer suçludur. Doğrular ve Yanlışlar, kişisel s**öz**lüğünden çıkması gereken **2** kritik kavramdır.

Kelime halini dilinden çıkaramazsın, ancak doğruluk yanlışlık kavramından uzak durmak zorundasın. Tek gerçek hakikattir. Ki ona değerlerin ve yargıların üzerinden ulaşman imkânsızdır.

Doğru ile Yanlış, ZAN elma-sının iki yarısıdır.

Gerçekten Allah'ın va'di haktır, kıyamet saatinde hiçbir kuşku yoktur denildiği zaman, siz: "Kıyamet saati de neymiş, biz bilmiyoruz; biz yalnızca bir zan (ve tahmin)de bulunup zannediyoruz; biz, kesin bir bilgiyle inanmakta olanlar değiliz" demiştiniz.

GÜZEL KUR'AN'IN CASİYE SURESİ 32. AYETİ

,Yanlışların doğrulaştırıldığı, doğruların ise yanlışlandığı bir dünyayı ZAN mekanizmasına borçluyuz küçüğüm. Yani gerçeğin evrensel **ol**arak değil kişisel, grupsal, sınıfsal veya toplumsal **ol**arak tasnif edilmesine.

Zan mekanizmasıyla hareket ettiğinden bihaber, Müslümanların zihin sürümünü yükseltmek için, HAKİKATİ SÖYLEYEN BİR KİTAP, GÜNCELLENMİŞ BİR KUR-AN DAHİ GÖRDÜĞÜN ÜZERE 'YETERLİ' OLMUYOR...

Mucize başlığını açmak zorunda bulunuyoruz. Müslüman zihni zan, yani subjektif inanç üzerine dönmeye başlamışsa. `Kahr**ol**sun, o `zan ve tahminle yalan söyleyenler' diyen Kur°an bile bu çarkların önünde duramaz. Mucizelerden destek almadıkça...

BEN

Bilimkurgu filmlerinde hissettim kendimi. Hani makinalar, yaratıcılarının kontrolünden çıkarlar ya. Aynı onun gibi. Aslına bakarsan pek de normal bir ifadeymiş gibi karşılanan

Furkan **30**: Ve elçi dedi ki: "Rabbim gerçekten benim kavmim, bu Kur'an'ı terkedilmiş olarak bıraktılar." ayeti aslında bir korku filminin açılış anonsuna benziyor. Kur'an aşkıyla yola çıkmış 1.1 milyar insandan, 'kule' uzun zamandır haber alamıyor. Bu uçak bir dağa bindirmezse iyidir!

DONA

Uzaktan kumandalı bir otomobil yaratabilirsin. Bu sıradan ve rutin bir yaratımdır. Eğer bir gün **sen**i **dın**-lemeyen bir arabalar topluluğu yaratabilir**sen** ve onların **sen**i **dın**-lemeyerek **ol**uşturdukları bir koca trafiği görebilir**sen**, işte ancak o zaman **sen**in mutlak yaratıcılığından s**öz** edilebilir. Tanrı, zahir perdede bağımsız ekosistemler yaratabilen mutlak güçtür. Bahsettiğin kontr**ol** dışılık, Adem'in yaratILIŞ değil yaratICI potansiyelidir. Bu potansiyeli yanlış bir uğurda kullanmaları onların şanssızlığıdır.

Bu Müslümanlık ek**ol**ünün bilinç kapanıklılığıyla ilgili tipik bir örneği aşağıda görebilirsin. Bak ve gör. 'Terkedilmiş kitap' **ayet**inin tercümesi nasıl haller alabiliyor...

"Ve [o gün] Rasul: "Ey Rabbim!" diyecek, 'Kavmimden [bazıları] bu Kur'an'ı gözden çıkarılacak bir şey olarak gördü!"

BEN

'Bazıları' ha? Vay vay vay...

DONA

Daha bitmedi. Bu **ayet**in tevilini bilmiyorsun henüz. **Dın**ci Müslümanların Kur°an'ı ç**öz**ümleme konusunda hangi düzeyde **ol**duklarını görmek üzeresin.

Kureyş müşriklerini hedef alan bu sözlerin...

BEN

Bizimle dalga mı geçiyorlar? Yahu ayet gelecek zaman kipinde. Kureyş'te müşrik mi kaldı?

DONA

...Hz. Peygamber tarafından Mekke'de mi söylendiği, yoksa ahirette mi söyleneceği, tartışma konusu olmuştur. Ayetin siyak ve sibakı, her iki ihtimali de mümkün kılmaktadır...

BEN

Ay ay ay ben bakamıycam galiba Dona. Dalga geçmiyorlar. Çok ciddiler!

DONA

...Bu sözleri Hz.Peygamber'in, müşriklerin tazyiklerinden ve saldırılarından bunaldığı bir anda söylediğini düşünen müfessirler...

BEN

Elçilerin arkasında bir Tanrı olmasaydı, ömürleri bir uyuşturucu tedavi merkezinde sonlanırdı buna eminim. Yahu bu nedir? Peygamber bunalıyor ve ayet mi 'indiriyor'? Ve bunu düşünenlere şeyhtan değil 'müfessir' adı verilmiş. Kur°anı ciltlenmiş hadis zannediyor bu zavallı beyinler. Bana efendilerimize saygı duy dediğiniz müfessirleriniz bunlar mı? Yazıklar olsun diyebiliyorum sadece. Birşeyi terkedebilmek için önce onunla buluşabilmek gerekli. Kureyli Müşrikler Kur°an'a ne zaman kavuşmuşlar da terketmişler? Bunları düşünebilmek için bir Levh-i Mahfuz'a da gerek yok. Müslümanlık kanadında vaziyet gerçekten fena. Biz hep onları, bilimde, sanatta, teknolojide geri sanırdık. Meğer en geride oldukları şey Dinmiş. Kur°an'ı okuyup idrak edebilmekmiş...

DONA

Gerçek Kur°an'a kavuşamadıkları için terkettiler. Bunu hiç unutma. Levh-i Mahfuz Kur°an'ının, onunla karşıtlaştığını düşündüğün sırada bile kod parçacıkları beyninde çalışmaya başlar, ölümden sonrasında bile bitmeyecek bir **çöz**ülmeyi gerçekleştirirler. Rahman ile Rahim arasında. Alimlerin anlattıkları Kur°an, Müslümanlara dokunmadığı için, arada Tanrı'nın şart koştuğu bir hürmetin dışında **ol**uşmuş, saygı dışında bir ilişki yoktur. Levh-i Mahfuz tabakaları **ol**madığında, şu anda ortada terkedilecek bir Kur°an dahi bulamazsın. Etrafına bir bak. Bir açmazını Kur°an'da okuduğu bir sure ile **çöz**en bir Müslümana hiç rastlıyor musun?

BEN

Kur°an okumanın ne kadar muhteşem olduğunu anlatan çok Müslümana rastlasam da, okuyup hayatını değiştiren kimse yok. Ve kendi versiyonlarını güncellet**ME**mek uğruna, böyle bir Kur°an'da diretmeleri de ilginç. Eskiden Hamiyet-i İslamiye diye bir duygu varmış. Hamiyet şimdi bir kız ismi olmakla meşgul. İslam? Onunla zaten hiç buluşamadılar.

DONA

Kur°an'ı ellerine aldıklarında yaşadıkları tek açılım, ruhanî bir ortama girmiş **ol**manın verdiği o geçici rahatlıktır. Bu rahatlamayı, gürültülü dünyanın cami dışında bırakıldığı atmosfer verir. Onlar Kur°an **ayet**lerini dillerinden düşürmeyerek, bu ruhanî gevşemenin Kur°an'ın içeriğinden geldiği izlenimini yaratırlar. Kur°an'ın manâ boyutuyla Müslümanlar arasında kurulabilmiş bir ilişki henüz bulunmaz.

BEN

Bunu nereden anlayabiliriz? Yani okuduğunu anlamayan adam dışarıdan belli olur mu?

DONA

Gerçekten Kur°an okuyan kişi 'huzurla' dolmaz. Beyni tam güçle çalışmaya başladığı için başı ağrımaya başlayabilir. Uykusunun gelmesi de kaçınılmazdır. Komşunun 'başına' gelenleri hatırla ☺

BEN

Çok tatlı nur yüzlü bir ihtiyar amcaydı. Beni her gördüğünde dinî vaazlar verirdi. Hadisler anlatırdı. Kızardı bana ☺ Bir koltuğumun altında Levh-i Mahfuz olduğu halde onu şefkatle dinlerdim.

DONA

Ve günlerden bir gün...

BEN

Günlerden bir gün şalterlerim attı. O kendi dışında herkesi yargılayan enerji onu ele geçirip kimseyi beğenmez konuşmalar yapınca İSLAM konuşmaya başladım. Kur°an söz aldı o gün. Sakin kalmaya çalışan bir sesle ama haykırarak konuşuyordum. Haklısın... Haklısın... Haklısın... dediğini duyuyordum o adrenalinimle.

DONA

Sonra sürpriz bir gelişme oldu...

BEN

Benim uykum geldi dedi. Konuşmaya yeni başlamıştık. Kafasını tutamıyordu. Eliyle destek yapıyordu. İlk defa böyle birşey görüyordum. Benim eve gidip uyumam lazım diye mırıldandığını hatırlıyorum.

DONA

Ben de arkasından seslendiğini hatırlıyorum.

BEN

'Yahu nereye, dinimizi konuşuyorduk. Senin en sevdiğin konu. DAHA YENİ BAŞLAMIŞTIIIIK.' Dik durumda zor tuttuğu başını gövdesinin üzerinden düşürmemeye çalışırcasına koşa koşa gitmişti.

DONA

Bildiğim kadarıyla **sen**inle futb**ol** dahil herşeyi konuştu. Bir daha **sen**inle konuşmadığı tek konu DİN **ol**muştu...

BEN

O 'patlamadan' sonra, o günden bansetmiştik tek bir kere. 'O gün o kadar haklıydın sana söyleyecek tek bir söz yoktu. Biz Müslüman OLDUĞUMUZU zannediyoruz sadece' demişti. Ben de tüm sevgimle sarılmıştım bu sözlerinin üzerine. Hey gidi hey. Kendimi tutmaya devam etsem iyi olacak.

DONA

Ken**dIn**i güncellemeye açmamış bir zihnin sürüm yükseltmesine kalkışmak sonu hayırlı **ol**mayan bir y**ol**dur. Ancak, ne var ki konu **dIn** olduğunda ken**dIn**i güncellemeye açtığını söyleyen çok az **dIn**dara rastlarsın. Mevcut **dIn** fikirlerinin çelişkileri, açmazları ve tutarsız entegrasyonu eski inanışları adına bir güvenlik açığı **ol**uşturur. Levh-i Mahfuz bu gibi beyinler için Jailbreak'tir. Kelime karşılığı hapishaneden firar **ol**an, kilitli cihazın bağımsızlaştırılması süreci. Bilindiği adıyla Hack.

BEN

Hack yoluna can kurban. Hack'ka yürüyoruz hep birlikte. Hackikatin kestiği parmak daha da uzar. Hackikat eğilir de kırılmaz. Vesaire vesaire. Beni bırakırsan bu espriyi uzattıkça uzatabilirim ☺

DONA

Hacker'lar, kurulu düzene esir düşmüş nesiller tarafından bilg**Isa**yar virüsü gibi konumlandırılırlar. Gerçekte Hacker, sistemi kırarak ekosisteme k**ol**aylıklar sunan kişidir. Özgürlüğün yazılımcısıdır. Bu sistematiği kötü y**ol**da kullananların **ol**ması, sistematiğin kendisinin kötü **ol**duğu anlamına gelmez. Bilgi çağında hacker, kıran (cracker) kişi de değildir. Hacker, yapan kişidir.

BEN

Download etmenin karşılığı olan indirmek kelimesi Kur°an'da ne kadar çok kullanılıyor. Ve gerçekten download mantığında. Şu ayet örneğin:

Bakara #136 - Deyin ki: "Biz Allah'a; bize indirilene, İbrahim, İsmail, İshak, Yakub ve torunlarına indirilene, Musa ve İsa'ya verilen ile peygamberlere Rabbinden verilene iman ettik. Onlardan hiç birini diğerinden ayırdetmeyiz ve biz O'na teslim olmuşlarız."

Buradan bakınca İbrahim, İsmail, İshak, Yakub, Musa ve İsa tıpkı Mac'teki yıllar içinde gelişen işletim sistemlerine verilen adlar gibi. Seninkilere insan, Mac'inkilere kedi adları verilmiş. 10.0 Cheetah, 10.1 Puma, 10.2 Jaguar, 10.3 Panter, 10.4 Tiger, liste böyle uzayıp gidiyor. Din, Allah katında İslamdır'dan, tüm bu ke-din'lerin hepsinin MacOSX olduğunu anlıyorum.

DONA

Eğer yeryüzündeki ağaçların tümü kalem ve deniz de -onun ardından yedi deniz daha eklenerek- olsa, yine de Allah'ın kelimeleri tükenmez. Şüphesiz Allah, üstün ve güçlüdür, hüküm ve hikmet sahibidir.

GÜZEL KUR°AN'IN LUKMAN SURESİ 27. AYETİ

BEN

Kur°an'da Sörf! Okuyanuslar dolusu bilgi var bu kitapta hadi gelin diyorsun. Peki o zaman. Çekilin geliyoruuuum.

DONA

☺

BEN

Din, en zekinin de zekisi insanların dahi ancak uğraşarak çözebileceği bir puzzle'mış. Biz bu kompleks bilgisayarı, kişiyi elinde abaküsle ya sabır çekenlerin eline bırakmışız.

DONA

İslam, bir puzzle'dır. Ve Kur°an **insan**a onun sadece ipuçlarını verir. Uygulamalı ç**öz**ümün **sen**den gelmesi beklenir, sistem bu şekildedir. **İnsan**lara neyin nasıl yapılması gerektiğinin genellenerek ilan edilmesi imkânsız bir çabadır. Hiçbir konuda verilecek genel bir hüküm, **öz**elin sorunlarını ç**öz**emez. Fetva mekanizması da, **insan** beyninin en az gelişmiş **ol**duğu pre-historik mekanizmanın adıdır. Bugünün, gelişen, değişen, cıvıl cıvıl ancak sorunları itibariyle de bir o kadar **karma**şık dünyasının ihtiyaçlarına cevap veremez.

Kadınların kürtaj yaptırmasının haram **ol**duğunu söyleyemezsin. Öyle hamilelikler vardır ki, tıp, devam etmesi durumunda annenin ve d**ol**ayısıyla gelecekte doğacak yavruların da imha edilebileceğini teşhis edebilir. Böyle durumlarda kürtajın yapılması makul ve mantıklı bir seçimse ki, sonuna kadar öyledir, bu istisnai durum, kaidenin kendisini yerle bir eder. İstisnaların kaideleri bozmayacağına dair deyişler, tutarlı ve birbiriyle entegre fikirlerden toplam ve kusursuz bir dünya görüşü oluşturamayan tutucuların açıklarını kapatmak için ortaya attıkları içi boş bir sözdür. Bir ortamda istisnaların kaideleri bozmayacağını söyleyen birileri varsa bu, orada bir yerde yıkılmak üzere olan kuralların olduğunu haber veren şaşmaz kaidelerin habercidir. Hakikatin getirdiği gerçek kaideleri yıkacak istisna, evrenin hiçbir köşesinde bulunamamıştır.

Din, burada bilimin embriyolar hakkında cevap veremeyeceği sorularla ilgili devreye girmek içindir. Ruh ile embriyo ilişkisini kurar. Vereceği kritik karar öncesi kadını bir 'can' taşıdığına ikna eder. Gerisi annenin özel iradesidir. Sevapları da sonuçları da kendisine ait olacaktır. Kürtajı zorlaştırması gereken, devlettir. Din değil. Din kürtajı kolaylaştırmak için de değildir. Din, zorlukla kolaylıkla uğraşmaz sana meselenin özünü anlatır. Ve sonrasında senin yaptıklarını not alır. Raporunu kader yazılımcılarına teslim eder. Kaderin, gelen bu geri-bildirimler ışığında revize edilir.

BEN

Genel geçer klişeler sadece dinde değil hayatın her yerinde. 'Televizyon izler misiniz?' diye soruyorsun 'Hayır ben sadece belgesel izlerim.' diyor sana meselâ. Tamam da kardeşim ne belgeseli izliyorsun? Crime and Investigation kanalı, bütün gün cinayet, katil kılı, maktul kanı bunları gösteriyor. Belgesel derken bütün gün bunları mı izliyorsun? 'Ben National Geographic'den başka kanal izlemem'ler bile bir yerde sorgulanmaya açık. Aslanların antilopları nasıl da parçalayarak yediklerini sürekli izeleyen biri olmak, bu da normal durum değil. Diğer yanda dizilerin içinde de çok öğretici ve kaliteli olanları var. Şu sloganlardan hayatı arındırmak şart.

DONA

İçinde olduğumuz çağda, televizyon izlememek de bir

cahillik getirecektir küçüğüm. Cehalet, kitaplara uzak durmaktan ibaret değildir. Önemli **ol**an verimli ve hayatı yaşamana engel **ol**mayacak ölçekteki kendi televizyon kültürünü, yaşadığın toplumla fazla kopuklaşmadan **ol**uşturabilmektir.

BEN

Din konseptinin aklı yasaklamasının en büyük nedeni, çelişkilerle yüklü olması. Akıl infrared bir lamba gibi, bir yandığında insanların dine atfettiği şeylerin içinde olan biten herşeyi gösteriyor. Aklın infrared lambasını bir kere yakmaya gör. Geçen gün aklıma geldi. Mevcut dinî anlayışın aldırdığı abdest bile yetersiz ve tutarsız bir temizlik bence. Öyle ki, bir adam afedersin altına bile kaçırsa, Ya Allah Bismillah diyip kollarını dirseklerine kadar sıvayıp, ayak bileklerini de dirseklere kadar ıslatarak, camiye girip namazını kılabiliyor. Abdest farz, taharet ise ekstradan bir sünnet... Tuvalet, abdesti bozuyor ancak yerini alan abdestin tuvaletle ilgili hiçbir hamlesi yok. Gusül abdestinin devreye girmesini bekliyorsun hasretle. Müslümanlara duş aldıran o isabetli eyleme. Amanın. O da ne? Gusul, sadece cinsel konulara ayrılmış. Diyanet İşleri kaynaklarının resmi görüşü burada:

> GUSUL (BOY ABDESTİ)
> - Kuru hiç bir yer bırakmamak üzere bedenin her tarafını yıkamaya gusül denir.
> Gusül yapmayı gerektiren haller:
> 1) Cünüplük Hali:
> a) Erginlik çağında olan kadın ve erkeğin cinsi ilişkide bulunması
> b) Uykuda veya uyanıkkken kadın veya erkeğin belirli organlarından bilinen sıvının gelmesi.
> 2) Her ay belirli zamanlarda kadınlarda görülen âdet hâlinin bitmesi,
> 3) Doğum yapan kadınlarda lohusalık hâlinin sona ermesi.
> Bu durumda olanların gusül yapmaları farzdır.

DONA
☺

BEN
Kediler bizden daha temiz bana göre.

DONA
Kedi iyi bir Müslümandır. **İn**san da dahil **ol**mak üzere

'abdestine' en düşkün inanç sahibi, kedidir.

BEN
Evet ya, üzerine insan değince tiksiniyor ve temizliyor kendini ☺
Hayvanlardan alınacak ne çok ders var.

DONA
Fare yüzlü Yarasa, bir farenin de uçabileceğinin çağrışımı
olarak yaratılmıştır. Mesaj "uçamayan" tüm **insan**laradır...

BEN
Kimseyi yargılamak adına söylemiyorum ama yani, şu
konuştuklarınla önümüzde duran kitle arasında uçurum var.
Büyük bir problemimiz var Kule...

DONA
Bir şeye 'problem' adını verebilmemiz için,
o şeyin mutlaka bir ç**öz**ümünün **ol**ması gereklidir.
Levh-i Mahfuz'a göre sorun, bir ç**öz**ümü **ol**an şeye denir. Ve
önümüzdeki kitle **ol**arak adlandırdığın problem, Tanrı için
çok tatlı bir matematiktir.

BEN
Vallahi bravo. Yani ben Levh-i Mahfuz'a göre bir problem bile
değilim. Neden çünkü benim çözümüm yok ☺

DONA
İnsan inanışlarının güncellenmesi Tanrı'nın bir ilmidir. Bu ilmin
nasıl çalıştığını henüz g**öz**lerinle gereği gibi göremiyorsun.
Daha önce bu ilmin yeryüzüne inip nasıl çalıştığını ve
bir günde **insan**lığın inançlarını o yönden bu yöne nasıl
çevirdiğini görmediğin için, fikirlerin uzay boşluğunda
yüzüyor hissiyle d**ol**usun. Endişelenme, yeryüzündeki
Müslümanların her biri güncellenecekler Son Tefsirci.

BEN
Bu işin püf noktalarının olduğuna eminim.

DONA
Yüksek ç**öz**ünürlüklü HD bir televizyonun reklamı, Standart
Ç**öz**ünürlüklü SD bir televizyonda idrak edilemez. Müstakbel
televizyonun görüntü tekn**ol**ojisini, eski televizyonunun eski

görüntü teknolojisi üzerinden izletmek zorunda kalırsın. Bu da yeni teknolojiye baktığın halde aslında onu hiç görememen demektir. İnançlar da böyledir. Yeni ve daha üstün bir inanış teknolojisinin en büyük handikapı, onu zihninde pas tutmuş bin yıllık kalıplarla değerlendirmeye alma geleneğindir. Yeni inançları eski inançlarınla değerlendirdiğinde kaybedersin. Yeni inançları ancak Rabbine bağlanarak ve eskilerle dolu zihin seslerini susturarak yapabilirsin. iPhone'una güncelleme yaparken bütün uygulamalar kapalı olmalıdır. Bütün uygulamalar kapatılır ve sürüm yükseltme ancak böyle gerçekleşebilir. İnsanın sürüm yükseltmesinde ise hayat devam ediyor olduğu için İnsan kapatılamaz ancak zihnin zaman alan dönüşümüne hükmedilebilir. Yeni bilgilerin dosyalarını alan beyin, gece uykusunda bu dosyaları gerekli yerlere yerleştirir. Levh-i Mahfuz'a zaman geçtikçe daha da sıcak yaklaşmaya başlaman, beyninin aldığı bu mesafeyle ilgilidir. Yeni bir fikir beynine girdiğinde, atomik geometride kanserden çok daha hızlı yayılır. Ancak ne kadar hızlı yayılırsa yayılsın, uzanması gereken mesafeler çok uzundur. Beynin için sonsuz bir karanlıktır. Orada santimetrekareler galaksiler kadar büyüktür. Senin gecikme adını verdiğin işlem ışık yani fikir hızında ilerler. Zihniyet alanı birkaç milyon ışık kilometre karesidir.

BEN
Yeni fikirlerden demek bu yüzden bu kadar korkuyorlar. Çok hızlı yayıldığı için!

DONA
Gezegenin neresinde ve hangi koşulda olursa olsun, ana rahmine bir İnsan tohumladığında, o tohumun içinden bir yerden bir yere zıplayarak yürüyen, şarkılar söyleyerek uyuya kalan, meraklı canlar doğar küçüğüm. Meraksız canlar, meraklı canların o yeni fikirlerle buluşmalarından hiç hoşlanmazlar. Fikirler antipatiktir çünkü onlar dünyayı değiştirirler.

BEN

Gerçekten de insan ne kadar ilginç bir canlı türü. Bu türün hayvanlardan tam farkını biliyorum ama ifade edemiyorum.

DONA

Ben o farkı sana hemen bildirebilirim. İnsanoğlunun hayvanoğlundan en büyük farkı, her bir ferdin ayrı bir tür olmasıdır. İstiklâl caddesine bir bak. Yürüyen insan sayısı kadar farklı canlının yolda yürüyor olduğunu farkedeceksin. Her biri, ayrıca belgesellenmeye değer niteliktedir. O canlıları yoldan çevirip hayatlarını detaylıca inceleyecek olduğunda eşsiz birer psiko-sosyolojik yapılar içerdiğini görmen kaçınılmazdır. İnsan, genellenemez bir canlı türüdür. Kimisi yerin altında kömür çıkararak, orucunu yer altında açarak yaşar. Kimisi gökyüzünde bir pilot kimisi uzayda bir astronottur. Kimisi 2.10'luk boyuyla basketbol oynuyorken, kimisi 1.20'lik boyuyla tiyatroda eğlenceli rollerde yer alarak varolmaktadır. Kimisinin gözleri hiç görmeyerek müzisyenlik yapmakta, kimisi ise kolları olmadan ayaklarıyla çalışan bir ressam olabilmektedir. İnsan, sınırsızca evrilen sonsuz bir olasılıktır. İnsan, ancak ayrı ve bağımsız bir fert olabildiğinde insan olacaktır. Sürü, canlı insanlar mezarlığına verilen alternatif addır. Sürüde insan sadece 'survive' eder ve bu yaşam biçimine yaşamak adı asla verilemez. Fertleşmeyen insan, gerçekleşmeyen insandır. Sosyal hayvan gibi tanımlamalar bu tür içindir.

Dinî cemaatler, insanı insan yapan o tanrısal imzayı, bağımsız ve eşsiz insan ferdini öldürürler. Bu yolla Tanrı'nın yarattığı, yaratırken 'yeryüzünde halifeler kılacağını' söylediği bir yüce varoluşu, yeryüzünde dolaşan birer sade kula dönüştürürler. Gerçekte Şeyhtanın karşı çıkmakta olduğu, insanın yaratılışı değil, insanın doğuştan bir halife olarak yaratılmasıdır. O, kendinden düşük statüde bir insanın yaratılmasına fazlaca sıcaktır. Şeyhtan, insanın içindeki halifeyle sorunu olan Evrensel Şeyhtir. İnsan, bağımsızlaştıkta yok olur. Her insan bağımsızlığını kazandığında, İblis oyunu kaybeder. **İnsan** Tanrı'yı, Tanrı da **İnsan**ı kazanır.

İnsanlar tek bir ümmetti. Allah, müjdeciler ve uyarıcılar olarak peygamberler gönderdi ve beraberlerinde, insanların anlaşmazlığa düştükleri şeyler konusunda, aralarında hüküm vermek üzere hak kitaplar indirdi. Oysa kendilerine apaçık ayetler geldikten sonra, birbirlerine karşı olan 'azgınlık ve kıskançlıkları' yüzünden anlaşmazlığa düşenler, o, (Kitap) verilenlerden başkası değildir. Böylece Allah, iman edenleri, hakkında ayrılığa düştükleri gerçeğe kendi izniyle eriştirdi. Allah, kimi dilerse onu doğruya yöneltir.

GÜZEL KUR'AN'IN BAKARA SURESİ 213. AYETİ

İnsan tek bir ümmetin İNSANLIK ÜMMETİNİN, sonsuz sınırsız bir ferdidir. Bağımsızlık savaşımı işte bunun içindir. Gördüğün gibi peygamberler, ayrı ümmetler yaratmak için değil, **İnsan**lığı o tek bir ümmetin parçası **ol**duğu günlere geri döndürmek için gönderilirler.

B E N

İşte ben o bağımsızlık savaşını kazanabilmek için ne dualar ediyorum bilemezsin!

D O N A

Gerçek dua nedir bilir misin küçüğüm? Gerçek dua, **kol**unu kestiğinde açık yaranın mikrop kapması kadar gerçektir. **Kol**un gerçekten kesildiyse, o mikrobik organizmalar **sen**i mutlaka bulacaktır. Dua, ken**din**den feda içerir ve mütekamil bir nefsle ettiğin gerçek duada, **sen**, **kol**unu g**öz**ünü kırpmadan pozitif anlamıyla kesmiş **ol**ursun. Evrenin neresinde **ol**ursan **ol**, o organizmalar orada var**ol**mayı mutlaka başaracaklardır. Duana dönecek **ol**ursak. Eğer bu dua kabul edilmediyse, ken**din**e dönüp soruşturman gereken nokta nettir:

NET MİYDİN?

Duanda net misin? Temenni edenlerden misin yoksa sadece talep edenlerden mi? Ne yapacağını arayanlardan mısın ne yaptığını bilemeyenlerden mi?

Dua, ne yaptığını gerçekten bilenlerin evrenden aldığı karşılığın adıdır. Ne yaptığını bilmeyenlerin **yol**culuğu, ne istediğini gerçekten bildiği istasyona gelinceye kadar devam edecektir.

BEN
Ne farkettim biliyor musun? Gerçek anlamda iman edebilmek için kalıpların insanı olmamak gerekli.

DONA
İman küçüğüm, heyecanlı gönüllerde anlam bulan bir sevgidir. İman, heyecanlı yaşamlar içindir. İman, ölümün **sen**i bir trafikte sıkışıp kalmış bir otobüste bulma **ol**asılığıyla, saatte **369.9** km hıza ulaşmış bir F1 aracında bulma **ol**asılığının aynı **ol**duğunun idrakında **ol**maktır. İman, **369.9** km hıza ulaşanlar içindir. Bastonlara dayanarak yürüyenlerin tesellisi değildir iman. İman, muhafazakâr yaşamlarda değil risk içeren hayatlarda anlam bulan bir mertebedir. Durağan yaşam, tevekkül içermez. Tevekkülden bahsedebilmemiz için kendisini heyecanın ortayerine atmış birilerine ihtiyaç vardır.

BEN
O kişinin kafası net olmalı herşeyden önce değil mi?

DONA
Pür bir iman için, pür bir zihne ihtiyaç duyarsın. Bunun için **sen**in bir çöp evde yaşamıyor **ol**man gerekir. Günümüzde yaşayan pek çok zihin, çöp evlerde yaşam sürer. Eski ve geçersiz düşünce klasörlerinin silinmediği zihinlerin, yeni düşünceleri buyur edebilecekleri köşeleri yoktur. Okuyan ancak aydınlanamayan, inanan ancak bir türlü eremeyen **İnsan**ın çelişkisi tam da burada yatar.

BEN
Müslümanlar hallerinden ne kadar memnun görünüyorlar değil mi?

DONA
İslam'ın sıkıştırıldığı yere isyan etmeyen **din**-darın **din**e bağlılığı şüphe altındadır. Hastalandığında **sen**i iyileştiren ilaç, **sen**i A noktasından B noktasına taşıyan araç, ambulans çağırmak için eline aldığın telefon gibi hayatını sarmalayan elzem unsurların tamamına yakını Batı düşüncesinin bir eseridir. Bâtın artık, batının elindedir. İslam isimli **din**in, hayatın bu gelişmelerindeki yeri, yok noktasındadır. **Din**-darların kendilerini gelişmeye kapatarak kendi kendilerine yuvarlandıkları rutin günler birbirini kovalarken, dışarıda bilim **insan**ları, yaratılıştan bir mit**ol**oji **ol**arak bahsediyor durumdadırlar. İbrahim, Musa,

Muhammed bunların her biri artık birer efsaneden ibaret olarak tanımlanmakta ve tanıtılmaktadır. İbrahim, Musa, Muhammed History Channel'da antik uzaylılardan sonraki programın konusu haline gelmiştir. Discovery Channel'dan uzaklaştırılmış İslam, History Channel'ın antik temalarından sadece biri durumundadır. Bu duruma içinde bir isyan uyanmayan bir **din**-darın Hamiyet-i İslamiyye duygusunun varlığı da gerçek **ol**mayan bir başka efsanedir.

BEN

Efsane avcılar diye bir program var. Halk arasındaki efsanelerin rasyonelini araştırıyorlar. Müslüman kültürüne bu şekilde bir girilse, çok ciddi ve kitlesel çözülmelerin olacağını düşünüyorum. Senin ne yapmaya çalıştığının da farkındayım. Bu inançlar yıkılmadan yerlerine sağlam tuğlalar koymanın uğraşındasın. Çünkü mevcut Müslümanlık itikadlarının 21 yüzyıl değişimlerine baraj olması mümkün değil. Ve din gerçekten savunmasız durumda. Levh-i Mahfuz aynı zamanda dinin mevcudiyetinin de bir muhafızı.

Rahatlığın nedeni acaba sana tevekkül olabilir mi?

DONA

Onlar henüz korku fazında **ol**dukları için korkusuzca hareket ediyor **ol**maları mümkün değil. Korku düzleminin öğrenimleri gerçek anlamda çalışmaya, **sen** sevgi düzlemine geçtiğinde başlar. Gerçek korkusuzluk için sevginin düzleminde yaşıyor **ol**man beklenir.

Korkusuzlukla ilgili bilmen gerekenler var küçüğüm. Müslümanların kültürel sorunlarına kafa yorduğun durumlar ken**din**i ihmal etmen sonucunu yaratmamalı.

Farkındalığı kısıtlı Farkın-dar **İnsan**, suskun bir zihinle yaşar. Günü yaşar ve bu süreçte zihni günün getirdiklerine odaklıdır. Farkındalığı yükselmiş **İnsan** ise, farklı farklı **ol**asılıkları beyninde canlandırıyordur. Şöyle **ol**ması durumunda böyle davranmanın, böyle **ol**ması durumunda ise şöyle davranmanın hazırlıkları içindedir. Bilmen gereken önemli nokta işte tam burada yatar:

İHTİMAL FARKINDALIĞI KORKU DEĞİLDİR.

Farklı farklı ve olumsuz senaryoların beyninde canlanması ve seni tedbir almaya yönlendirmesi nitelikli cesarettir. İhtimal farkındalığı, korkusuz bir yaşamı delmez. İhtimallerden imtina etmek korkma değildir. Korku ile Çekince arasındaki farkın ayırdına varman, korkusuzca süreceğin yaşamın teminatıdır.

Korkusuzluk, ihtimallere karşı tıkanmış bir çift kulak olarak resmedilse de gerçek bunun tersidir. Gerçek korkusuz, olası tüm olumsuzların bilincindedir ve bunlar için sağlam planları vardır. Tevekkül de bunlardan biridir. Korkululuk, olumsuz ihtimallerin olası veya gerçek pençesine düşmeye verilen addır. Korkularla yaşayanın karşı-korku planları yoktur.

Gerçek bir korkusuz olabilmenin yolu, kulaklarını parmakla tıkamaktan değil, o kulağın ardında yüzen beyni hakkıyla çalıştırmaktan geçer. İhtimal farkındalığı olmayan İnsan umarsız İnsandır. Korkusuz değil. Korkular, umarsızı uykusundan uyandırmak için musibet dozunu giderek artıracaktır. Umarsızlık, korkuların vaadettiği musibetleri katlandırmaktan başka işe yaramaz. DInlememek farklı bir kaçış versiyonudur. Korkusuzluğun yolu onlardan kaçmak değildir. Korkusuzluk, korkuların senden kaçmaya başlamasıdır.

🅱🅴🄽
Korkularım! Korkun artık benden. Şükürler olsun. Yihuuuuuu ☺

🄳🄾🄽🄰
Şükür konusunda bilmen gerekenler. Şüküre fazla eğilimli İnsan için, nimet bir külfet halini alır. Nimet, karşılığında şükür beklenerek verilen değildir. Şükrü sen kendIn gösterirsin ki, bu, nimetin senin farkındalığına yaptığı olumlu bir katkıdır. Şükürsüz yaşamdan uzak durduğun gibi, sahip olduğun nimetlere aşırı şükürden de kaçın. Aşırı şükür koşullarında nimet, bağımsızlık törpüsüdür. Aşırı şükretmektense nimeti reddetmek daha evla bir seçim olabilir. Nimetin

kendi maliyet hesaplarını iyi yapmalısın. Getirdikleri götürdüklerinden fazla **ol**an külfettir, velinimet değil.

BEN

Bana herşeyi mantıklı mantıklı uğraşa uğraşa anlatıyorsun. Acaba diyorum beni hipnotize etsen ve bana bu bilgileri işlesen senin için daha kolay olmaz mıydı? Tanrı da olsan buna can dayanmaz gerçekten ☺

DONA

Hipnoz, **insan** beynindeki bir güvenlik açığıdır. İnançlar da aynı güvenlik açığını kullanırlar ve bu yüzden tehlikelidirler. **İnsan** beyni, telkin y**ol**uyla jailbreak edilebilir. **İnsan**, beynindeki bu güvenlik açığından d**ol**ayı bir başka **insan**ın kontr**ol**üne girme **ol**asılığıyla içiçe yaşar. Şeyh, **dİn**sel müzikler eşliğinde çalışan bir telkincidir ve **insan** beynini bu hipnotik zehirle kilitleyebilir. Hipnoz, sadece g**öz**ler kapalı gerçekleşmez. Hipnoz, bu zayıf noktanın bariz bir biçimle **insan**a gösterildiği durumun tavan yaptığı haldir. Gerçekte beyin, önünde salınmakta **ol**an bir köstekli saate gerek duymaksızın da edilgen moda geçebilir. Şeyhtan, Müslümanın fişini çeken ve beyin ölümünü gerçekleştiren kişidir. Müslüman ise bu zihinsel zaafını bilerek bilinçle yaşaması gereken kişi.

Telkin, asla İslam'ın bir beyne yüklenmesi için onaylanan bir y**ol** değildir. Telkinlenen İslam, bu yüzden çalışmaz. İslam çiçeğinin foto**sen**tezi, beynindeki akıl yapraklarının damarlarında gerçekleşir. Aklı by-pass eden hiçbir matematik, **İnsan**ı hakikate vardırmaz. Allah'ın Rab moduna geçebilmesi için beyninin akıl devrelerine **ol**an ihtiyacımız kaçınılmazdır.

BEN

Mucizelerle ilgili bilgi istiyorum.

DONA

İnsan mucizelerinin altında hep aynı gizli kahraman vardır.

ÖZ

Öz, konuşmadığı için, imzalar dağıtmadığı için, krediler,

tebrikler ve alkışlar, mucizelerin figüranları **ol**an doktorlara, ilaçlara, aletlere ve uygulamalara gider. **İnsan**, gerçek bir mucize makinasıdır. Mucize, zaman zaman yaşanan sıradışılık değildir. Mucize, kesintisizce faaliyet gösteren perdenin, zaman zaman aralanarak deşifre **ol**masıdır.

[B][E][N]
İnsan nasıl bir mucize? Kalp atışları falan mı?

[D][O][N][A]
Her **İnsan**, her **İnsan** gibi doğar. Rutin bir biçimde. Ancak doğumları takip eden hayat ömürlerinden öyle kimlikler ortaya çıkar, öyle hikayeler yaşanır ki bunlara **İnsan** mucizesinin dışında başka bir adla yaklaşamazsın. Kimi **İnsan**lar 'Keşke bu hikaye hiç bitmese, bu **İnsan** sonsuza kadar yaşasa' dedirtir diğer **İnsan**lara. Mustafa Kemal bu hikayelerden biridir. Bir rutin doğumun gerçekleştiği ancak bu doğumların ardında d**ol**durulmaz boşluklar bıraktığı bir hikaye. Ardında bıraktığı boşluk yer yer bir travma halini alır.

İnsan, her canlı gibi doğar ve her **İnsan** gibi ölür. Fakat bu 2 noktanın arasında gezegene damgasını vuracak eşsiz hikayeler yaratır. Bu, **İnsan**oğlunun hikayesidir.

Bir Melek yeryüzüne indiğinde, gökyüzüne bir melek olarak devam edecektir.
Oysa Hira dönüşünde Cebrail, aynı Cebrail'dir.
Ancak Muhammed aynı Muhammed değildir.
İnsan, bir çıplak çocuk olarak doğup
bir Ata-türk olarak ölebilen,
tanrısal potansiyelin resmî adıdır.

[B][E][N]
Ayaklı fetva makinalarının, fetvamatik imamların bir türü aklına girmeyen bir potansiyel.

[D][O][N][A]
Fetva, basmakalıp akıldır. Basmakalıp fikir ve hükümler hayatla ilgili doğru yönler içermezler. Bir **ol**gu hakkında, hem de yüzyılların en inanılmazı **ol**an 21. ahir yüzyılı kapsayan, genele yayılan hükümler verebilmek fetvalar

üzerinden mümkün değildir.

İntihar sorunsalını ele alalım. Bahsettiğin hiçbir fetvamatik imam 'İntihar eden cehenneme gider.' fetvasını gerçekte veremez.. Cehenneme gider diyemezsin ancak intihar eden, sevap da işlememektedir. Üç çocuğunu boğup, karısını 27 yerinden bıçaklayarak cezaevine giren babayı ele al... Cinnet moduna girdiğinde bir baba beynine, çocuklarının canına kıyacağına kendi canına kıymasını tavsiye eden bir **din**i altyapı **ol**malıdır.

Bu altyapı Levh-i Mahfuz'da mevcuttur.
İnsan yoketmektense, kendine son ver.

İntihar **ol**arak adlandırılan, kendi yaşamını feshetme, çeşitli hayvanlara ANCAK BELİRLİ KOŞULLARIN ORTAMINDA kullanılması için verilmiş bir **öz**elliktir. Depresyon, tükenmişlik, çaresizlik, korkmuşluk:

ONAYLANAN BU DURUMLARIN ARASINA ASLA GİR-MEZ.

Tanrı'nın **İnsan**a, cinnet moduna girdiğindeki gerçek vicdanî telkini, diğer **İnsan**ların hayatını karartacağı o üst cinnet sınırına vardığında, herkesten önce kendi yaşamına son vermesidir.

Bu, **İnsan**ın kaçınamadığı cinneti, ken**din**e yöneltmesidir. Yaşamını bu ağır bunalım altında devam ettiren ve her an bir trajedi **ol**asılığını gittiği her yere taşıyan bu adama, 'intihar eder**sen** cehenneme gidersin' diyerek ona yaşamın çıkış kapısını kapatan fetvacı, 4 canın vebalini de paylaşmak zorundadır.

İntiharın da Ötenazinin de, fetvasını verecek mercinin adı Özgür İradedir. Yaşamın çıkış kapısının kapalı tutulmasının cefasını, yaşamın içinde kalmak isteyen masumlar çeker. Ve Levh-i Mahfuz, buna asla müsaade vermez.

BEN
Dünyadaki tabuların, kör geleneklerin izini metal gördükçe dıtdıtlayan o cihazla araştırsaydık, bu kör geleneklerin altında

'Şöyle şöyle şey olmaz, böyle böyle şey olmaz.' diyen Fetvacı Şeyhtanları görürdük buna eminim. Tabuları yaratanlar hep bu tipler. Meselâ masturbasyonu yasaklayarak bir jenerasyonun hormonal dengesiyle oynuyorlar.

DONA

Masturbasyon bir **öz**gürlüktür. Ve **İnsan** içindir. Fetvacılığın **Din**i, **İnsan**ın içindeki cinsel enerji potansiyelini görmezden gelerek, bu potansiyeli öldürme arzusu taşır. Oysa 'görmezden gelerek öldürme' isminde bir yok etme metodu henüz icad edilememiştir. Görmezden gelmek, potansiyellerin enerji içeceğidir. Potansiyeller, ihmal edilerek büyütülürler. Masturbasyon, bu bakış açısının tesiriyle, çok kesin bir dille haramlanmamış ancak helallenmemiş bir eylemdir. Üstü örtülü konulardan biridir. Masturbasyon bir **öz**gürlüktür ve **İnsan** içindir. Masturbasyon, kişinin cinsel enerjisini hiçbir nefs sahibine muhtaç **ol**madan dışavurabilmesinin en helal, en meşru y**ol**udur. Bireyselleşmek adına kaçınılmaz **ol**duğu durumlar vardır. Az gelişmiş veya çok gelişmiş tüm toplumlar için bir ihtiyaçtır. Bireylerine masturbasyon kültürü aşılamayan toplumlarda cinsel suçlar tavan yapar. Cinsel keşfin yapılamadığı yerde, birey **ol**abilmekten s**öz** edilemez. Müslüman kültür, **öz**ellikle genç fertlerine, testesteron adı verilen ve yüzde yüz Allah tarafından yaratılmış **ol**an hormonla kuracağı ilişkinin tarifini yapmaz. O gence, bu hormonun salgılanmadığı bir ortam sunmaya çalışır. Yüzünü haramdan çevirmek, erkeklik hormonu salgılamamayı gerektirmez. Cinsellikle kuracağı ilişkide dengeyi sağlayamamış bir kültür, kişinin hormonal gelişimini alt üst eder.

BEN

Eski köye yeni adet getirenler bu köyde neden sevilmiyor?

DONA

Topluluk bir toplamdır ve toplamlar ortalamanın bozulmasını hiç sevmezler. Çıtayı yukarı çeken her çıkış, aritmetik toplamın birey sayısına bölündüğünde ortaya çıkan yekünü yükseltse de, tercih edilmeyecektir. Ortalama yükselirken bir yanda, en düşük ile en yüksek arasındaki matematiksel fark da büyüyecektir. Ve adına hayat adı verilen akış, alt sınırdan başlayarak yukarı doğru herkesi daha yükselmeye çağıracaktır. Bu da hareket demektir. Devinim demektir. Bu kelimelerin kimileri için anlamı, toz kalkmasından başkası değildir.

Diğer yanda toplumlar, toplumların sevmediği birşeyi yaparak, ortalamayı yükseltenler tarafından yüceltilirler. Sevim**sen**enlerin ilerletmediği toplum ancak kızdığı kimlikler tarafından yüceltilecektir.

BEN

İnsanoğlu lapacı. Bunu bilir bunu söylerim.

DONA

Kimi zekâlar, birşeyin nasıl yapılmayacağına ve o birşeyin hangi nedenlerden ötürü gerçekleşemeyeceğini izah etmeye adanmış zekâlardır. Gerçekleştirilemeyen her birşey bu yüzleri memnun eder. Tarih defteri ise bu gibilerin s**öz**lerine sağır **ol**anların mezuniyet yıllığıdır. Kaşiflerin, buluşçularının bir araya getirildiği bu defterde, mazeret üreticilerine yer yoktur. Onlar yaşadıkları ömür boyunca mazeretli sayılırlar.

BEN

Herkesin kaşif ya da mucit olmasını bu kadar destekliyorsan, insanların peygamberlerine biat etmesini neden istiyorsun?

DONA

İnsanlar elçileri, ağır kuşkularla karşılayarak, her hareket ve mimiklerini ölçüp tartarak, zorlu testlere tabi tutmuşlardır. Ve tüm bunların sonrasında onların kim **ol**duğunu tanıyıp bilmişler ve ancak ondan sonra onlara biat etmişlerdir.

Biat, elçinin sertifikasına bir itimaddır.
Basın dilindeki 'güvenilir kaynak'tır o.

BİAT ilişkisi, sayısız sorgulamaların ardından kazanılır. BİAT bir fikre katılmanın ileri biçimidir. BİAT bir yaşam fikrine katılımdır.

Aralarında BİAT ilişkisi olan 2 beyin, klonlanmış 2 beyin değildir. Kopyala yapıştır yöntemiyle çoğalmamışlardır. Bunlar, bağlantılı 2 beyindir. Aynı temel üzerinde yükselen 2 farklı renk, desen ve materyalden 2 müstakil binadır. Biat için herşeyden önce, tam hızda çalışan bir beyin gereklidir. Öksürerek çalışan bir beyin biat edemez. Biat ancak zeki beyinlerce hakkı verilebilen bir olgudur. Öksüren beyin, doğruluğundan emin hale gelebildiği düşünceler merkezine bağlantılanma kararını alacak cesareti kendinde bulamaz.

Albert Einstein, Hazret-i Muhammed'le tanışacak olduğunda, KONU İSLAM OLDUĞUNDA aklı melekeleri yerinde biri olarak yapacağı şey, çetrefilli sorgulamalarının ardından ona biat etmek olacaktır.

Beyni, sorgulayan bir beyin olmaya devam edecek ancak varoluşla ilgili sorularına yanıt bulmuş, bulmakta ve bulacak bir beyin olarak çığır açıcı fizik çalışmalarına devam ediyor olacaktır.

Halen bilinmeyen ve bir süper bilinmeyen olan, İnsanın evrenin tarihine dair milyar yıllık zaman hesaplamalarını alt üst edecek Sıçramalı Evren bilgisini keşfedecektir.

BEN

Anlaşıldı. Biat kişisel değil fikirsel bir ilişki ve bir fikre biat edip katılman, fikrin sahibi ile aranda ast-üst ilişkisi olduğu anlamına gelmiyor.

DONA

Hakikatin etrafında birleşen herkes, doğrudan Tanrı'ya raporlar. Yakîn isimli manevi mesafe, yakınlık-uzaklık değil derinlik-yüzeysellik esasına göre oluşur.

BEN

Cemaatlerin hiyerarşisi şahaneymiş! Herkes dıdısının dıdısına raporluyor. Bütün takımlar da kim olduğunu bilmediğimiz bir Yüce Dıdılar Dıdısına bağlılar.

DONA

Şeyhtan'ın gerçekte kaptığı koltuk, bizzat Tanrı'dan

çalınmadır. Birinci Kur'an düzleminde Allah tüm Müslümanların toplamını bir cemaat **ol**arak görür. Ve bu tek cemaatin tek hocası Rabbin **ol**an Allah'tır. Şeyhtanlar, Rabbın **ol**an Allah'ın bu cemaatin Hocaefendisi **ol**masına izin vermezler. Allah'ın Camî ismi, bu caminin mutlak hocasının Alemlerin Rabbi **ol**duğunu gösterir.

GÜZEL KUR'ANIN AL-İ İMRAN SURESİ 9. AYETİ

-Rabbenâ inneke câmiun nâsi liyevmil lâ raybe fîh, innallâhe lâ yuhliful mîâd.-
Rabbimiz, kendisinde şüphe olmayan bir günde insanları gerçekten Sen <u>toplayacaksın</u>. Doğrusu Allah, va'dinden cayıp dönmez.

Söyle bakalım küçük. Kendisinden şüphe **ol**mayan bugün acaba hangisidir?

BEN

Vaooovvv. Sen tek bir cemaatin altında insanları biraraya getireceğini anlatıyorsun. Rab sıfatını kullanman, tekâmülün yani hayatın devam ettiğini gösterir. Zannedildiği gibi hesap gününde Tanrı'nın huzuruna toplanmış boynu bükük kimseler değil bunlar. Vay canına. Ben bu cemaati sevdim arkadaş. Hocası Rabbın olan Allah'sa beni hemen yazabilirsin. Birinç birinç ☺

DONA

İnsanlık cemaatine hoşgel**din** küçük. Esma-ül Hüsna'dan biri **ol**an ve dağılmış şeyleri biraraya toplayan 'Cami' kelimesinin bir diğer müteşabih anlamı:

EVRENSELDİR.

BEN

Evrensel Hakikat Cemaati. Nüfus: **7.7** Milyar!

DONA

-Ve gad nezzele aleykum fil kitâbi en izâ semiğtum âyâtillâhi yukferu bihâ ve yustehzeu bihâ felâ tag'udû meahum hattâ yehûdû fî hadîsin ğayrih, innekum izem misluhum, innallâhe câmiul munâfigîne vel kâfirîne fî cehenneme cemîâ.-

O, size Kitapta:
"Allah'ın ayetlerinin inkâr edildiğini ve onlarla alay edildiğini işittiğinizde, onlar bir başka söze dalıp geçinceye kadar, onlarla oturmayın, yoksa siz de onlar gibi olursunuz" diye indirdi.

Doğrusu Allah, münafıkların ve kafirlerin tümünü cehennemde toplayacak olandır.

GÜZEL KUR'AN'IN NISA SURESİ 140. AYETİ

Müslümanlara, Şeyhtan'ın Allah'ın **ayet**lerini inkâr ettiğini ve bu Şeyhtan'ın bu **ayet**lerle resmen alay ettiğini ispatlayan bir kitap vardır. Ve bu kitabın gösterdiği evrensel hakikat, ikinci Kur°an perdesinde, yukarıdaki Müslümanlar için Kıyamet Yönetmeliğini ortaya çıkarır. Müslümanlar, Kur°an'a karşıt çalışan tüm İslam cemaatlerinden ayrılmakla emr**ol**unmuşlardır. Ayet, münafık göndermesiyle ortamın g**ayet** 'İslamî' **ol**duğuna dikkat çeker ve Müslüman görünümlü ancak aslı itibariyle Gayri-İslamî bu ortam için şu sarsıcı adlandırmayı yapmaktan kaçınmaz.

cehenneme cemîâ

ALLAH,
ŞEYHTAN'IN LİDERLİK ETTİĞİ
MÜSLÜMAN CEMAATLERİ
'CEHENNEM CEMAATİ' OLARAK ADLANDIRIR.

🅱️🅴🅽

Bu ayet, hani ortamda geyik muhabbeti varsa orada ayrıl gibi bir anlam içeriyor zannediliyor. Oysa, Münafığın mevzusu değişir mi? Döner dolaşır, alakasız bir konuya geçiş yaptıktan sonra gene din konusuna gelir. Mevzu değişene kadar dağılın, mantıklı bir çıkarım değil. Ayet, cemaat farklı bir düşünce fazına geçinceye, ayetleri adam gibi yaşamaya başlayıncaya kadar ayrıl oradan diyor. Müthiş.

🅳️🅾️🅽️🅰️

Hiyerarşi, canlılığın her katında yaşayan canlılarası bir sıralama sistemidir. Canlıların 'önem' sırasında ölçüt, alemden aleme değişiklik gösterir. Hayvanlar aleminde, erkek, dişiden doğal üstünlük içindedir. Erkeğin diğer erkeklerden üstünlüğü ise lider **öz**elliklerine sahip **ol**up **ol**mamasıyla ilgilidir. Liderlik yoksa, iki erkek arasındaki yücelik farkını performanslar ortaya koyacaktır. Kavgalar aracılığıyla.

İnsana gelince, insanlararası sıralama sistemleri insanın, yaşamda kalma serüveniyle hayatına girmiş bir mekaniktir. Bugünlere gelindiğinde insanlararası sıralamada belirleyici pek çok özellik vardır. Zenginlik, güzellik, etkinlik, şöhretlilik bunların önemli 4 tanesidir. Müslümanlık kültürü, insanlararası sıralamalara karşı çıkacağı yerde, bir insanı en üstün yapacak 'kudretli' özelliğin din olduğunu zannetme gafletinde bulunmuştur. Onlara göre insanların eşit olmadığı, vahşi yaşam gerçeği dibine kadar doğrudur. Ancak üstünlüğün ayracı konusunda daha farklı fikirleri bulunmaktadır. Onlara göre dindarlık, zenginlikten de, şöhretlilikten de, güzellikten de, etkinlikten de daha evla bir unsurdur. Takvayı, eşitleyici bir sistem olarak değil üstünlük elde etmenin en üstün yolu olarak görürler.

...Allah takva sahiplerini bilendir.

Bu ayeti seslendirdikleri içseslerindeki vurgu yanlıştır. Mevcut vurgu, 'herkes gibi Allah da bilir' şeklindedir. Oysa ayette sadece 1 bilen vardır. Tevbe 44, 'KİMİN TAKVAYA SAHİP OLDUĞUNU ANCAK VE SADECE ALLAH BİLİR' ayetidir.

Bu düşünce modelinde nesiller, takva sahiplerinin alınlarının takvayla markalandığını zannederek büyürler. Takva, insan gözüyle tespit edilemez ve bunun için Rahman ışınlarına ihtiyaç vardır.

Bu modele göre dindarlık, insanların en eşiti değil en üstünü olma sanatıdır. Allah onlara en büyük zenginliği 'verecektir'. Hacılık gibi ünvanlar, mahalle çapında kaydadeğer bir şöhret getirecektir. Güzellik de, dindarların suratına çöken nuranî ifadeye verilen addır. Etkinlik yani iktidar konusunda da, Siyasal Müslümanlığın bu kriterin özlemini ne denli çektiği, onu içerken çıkardığı sesler sayesinde herkesin çoktan malumu olmuştur. Dindarlık, dünya kriterlerini yerle bir etmek yerine, o kriterleri en üstün bir şekilde karşılama sanatı olarak algılamış haldedir. Levh-i Mahfuz, din yoluna başkoyduğunu iddia edenleri, maddi dünyanın tadını böylesine çı**karma**ktan meneder.

Allah'ın sıralama sistemleri ile **din** ilişkisi hakkında verdiği hüküm, yaşanan kültürün tamamen tersidir.

Din; zenginlik, güzellik ve etkinliğin yerini almak üzere gönderilmemiştir. **Din**, sıralama sistemlerini paramparça ve yok etmek üzere gönderilmiştir. **Din**, bu sistemlerin imha planıdır. **Din, İnsanı** üstün yapmak için değil eşit yapmak içindir. Fanatik **din**ciler, bakış açılarındaki nefsani sapmadan ötürü, eşit **ol**maları gereken yerde, anlam verilemez bir biçimde 'üstün' duruma geçmişlerdir. Sıralama sistemlerini imha etmek varken, o sistemlerde ken**din**e güzel yer e**din**erek bir eski öğretiyi yeniden canlandırmışlardır:

<u>Deforme Tevrat Yahudiliğini.</u>

Müslümanlığın üzerindeki Yahudi etkisinin sürpriz sonuçları da vardır. Yahudilerin önleyemediği bir durumun sonucu **ol**arak Müslümanlar, Yahudilerle üstünlük mücadelesine girişmişlerdir. Yahudileşerek Müslümanlaşmanın ilk hamlesi, Yahudileri kendilerine rakip kılmaktır.

Allah Müslümanlığın **din** konusundaki yanılgılarını, Yahudilerin haksızlığını ortadan kaldırmak adına giderecektir. Ve Yahudileşen Müslümanların çabaları sonucu üstünlüğün Yahudilerden alınıp Müslümanlara geçmesi ile birlikte, maç büyük İslamî güncellemenin ardından tam da **ol**ması gerektiği skorla, SIFIR-SIFIR berabere bitecektir.

Sıralı sistemler, canlılığın her katında yaşamasına karşın, son nefesini vermesi gereken yer **İnsan**lık katıdır. Tanrı katı, hiyerarşileri yerlebir edecek o güç kendisine verildiği için bu var**ol**uşun adını İNSAN koymuştur.

İnsanlık kovanında işçi arının kendi altıgeninde kral arı **ol**abilmesi için tek gereken, emeğine fikir katmasıdır.

Biz, dişi aslanların erkek aslanların boyunduruğu altına girmeyeceği aslanlar diyarına **İnsan**lık alemi adını veririz. Bu alemde, erkeğin diğer erkeklere üstünlüğünü, parçalayıcılık, erkeklik hormonu seviyesi ve gür-lemeli bir sese sahip olup olmaması belirlemez. Aslolan aslının beyninde uçuşan fikirlerdir. Tılsım, gerçek ve özgür İslam düşüncesinden ne kadar pay aldığında gizlidir.

Bu noktada farklı, derin ve kritik önemde bir başka konu karşımıza çıkar.

Allah katında İslam cümlesinin gerçek anlamı, İslam'ın Adem bebek doğmadan çok önce varolan bir yaşam biçimi olduğudur. İslam, Tanrı-lar katının yaşam biçimidir. Tanrı ruhu, pekçok ayrı tanrıcığa ayrıştıkça, ortak bir tanrısallıkta birleşilmiştir. İşte bu, tanrısallık katına damgasını vurmuş olan rasyonel kutsal ideolojinin adı İslam'dır. Yeryüzünde İslam'ı yalayıp yutmuş oldukları edasıyla gezinen din bilginlerinin gerçekte iddia etmekte oldukları kendi Tanrılıklarıdır. Merkezi Tanrı ile hiçbir ilişkileri kalmamıştır. Konuşma tonları, arayan insan değil bilip de anlatan 'Tanrı' tonudur. Hakikatin en cahilce bulduğu ses tonu budur.

İslam, insan genetiğine işlenmiş olan gizli bir koddur. Adem bebek doğmadan çok önce şekillenmiş ve DNA'sına konulmuştur. Din adamlarının Tanrı-lar katı bilgisini avuçlarının içinde tuttukları iddia ve edaları için yapılabilecek tek niteleme:

CEHALET'TİR.

İslam öğretilmez küçüğüm. İslam, yaşanır. İslam yaşatılmaz da küçüğüm. İslam yaşanılır. Kan, vücutta nasıl öğrenilerek dolaştırılan bir sıvı değilse, İslam kodu da, birilerinin vermeyi vaadettiği bilgiler aracılığıyla açığa çıkmayacaktır. İslam, insan genetiğine gömülüdür, öğretilemez. Öğretilemediği içindir ki, İslam bir öğreti değildir. İslam öğretmeye çalışan tüm disiplinler, bu yüzden en yüksek bir irtifadan yere çakılırlar.

Öğrenme, insanlığın aşırı anlamlar yüklediği bir sistemdir. Futbol oynamak öğretilebilir. Ancak Pele, Maradona, Messi veya Ronaldo **ol**mak öğrenilemez. Pele'lik, Maradona'lık, Messi'lik ve Ronaldo'luk ancak genlerde gömülü **ol**anların serbest bırakılmasıyla ortaya çıkacaktır. Öğrenmek, bir şişenin ağzına dayanmış huninin içinden bir başka ve büyük bir şişe içeriğinin geçirilmesi ve küçük şişenin, büyük şişeden paydalandırılarak, d**ol**durulmasıdır. Şişeden şişeye nakledilebilen şey ancak zeytinyağıdır. Bilgi, şişeden şişeye geçmez. Malumat aktarımı, kuru bir veri transferidir ve pekâla şişeler arasında gerçekleşebilir. Ancak bilgeliğin bilgisi şişeden şişeye değil kaynaktan alıcıya yağar.

İşte bu yüzden öğrenilmiş İslam yoktur. Yaşanması imkân ve ihtimaller dahilinde tutulan İslam vardır. İslam damlası öyledir ki, **İnsan** taneciğinin üzerine düşer ve o tanecik bir anda farklı ışıldamaya başlar. O ışık, istemsizce, alanın da verenin de istemelerine bağlı **ol**maksızın, yansır ve yaygınlaşır. Bu noktada **İnsan İnsan**ın ancak tetikleyicisi **ol**abilir, öğretmeni değil. Bu yeni tekn**ol**oji için Gerçek İslam felsefesinin beyne güncellenmiş **ol**ması gerekir. **İnsan**a el aldırmayan sadece fikir aldıran bu **öz**ellik, sadece yeni sürüm İslam'da vardır ve kullanabilmek için son versiyona geçmek şarttır.

Bilgiyi bir **İnsan**a dayanmış bir şişeden dökebileceğini zanneden **İnsan**, çağlar öncesinden bugünlere antik bir mirastır.

Yüzlerce yıllık evler görürsün. Yıkık döküktür. Dünyanın öbür ucundan ziyaretçileri vardır. Gıcır gıcır evlerin turistleri yoktur. Kıymetli ziyaret, zamanın yıprattığı mermerler içindir.

Binyıl öncenin yapıları yıkık dökük birer harabeyken, o harabelerde yaşayan **İnsan**ların o gün kullandıkları itikadlar, aynı antik yıllardan kalmasına karşın **İnsan**a 'gıcır gıcır' gelir. Kutusu yeni açılmakta **ol**an eski bir daktilo gibidir. Gıcırdır ancak yeni değildir, eski bir yazı makinasıdır.

Binyıllık binalar, sütunları yıkık dökük terkedilmiş durumdayken, binyıl öncenin koşullarına göre şekil almış inançlar, bugün hala yeniymişcesine diri tutulur.

İnsan beyni, içine hapsettiği düşünceleri, hiç yaşlandırmadan milyonlarca yıl muhafaza edebilen bir kaptır. Düşünce içeride gıcır kalmışsa da yeni değildir ayrıca dünya da artık eski dünya değildir. **İnsan**lar, inançlarının ne kadar eski **ol**duğunu farkedemez. Kafatasının bu korunaklı yapısından ötürü. İnanç ve fikirler eskiliklerini içeride değil dışarıda belli ederler. Beyin 'gıpgıcır' ancak binyıllık fikirlerle yuvarlandığı sırada, dışarıda ç**öz**ülemez sorunlar biriktikçe birikmeye başlar. Açmaz gideremeyen **dın** fikri, batıl fikirdir. Hükmü kalkmıştır. Bugünün **dın** öğretileri, açmazları kaldırmak bir yana, açmazın kendisi haline gelmiştir.

Açmazların çoğaldığı dünyalar, güncellemelere en muhtaç dünyalardır. 'İslam' dünyası gibi...

Açmazların, ç**öz**ümsüzlüklerin, mutsuzlukların en yaygın **ol**duğu dünya, geleneksel Müslümanların dünyasıdır. **İnsan** kafatasının fikirleri sonsuza dek muhafaza eden yanını, Müslümanların bu sorunlar yumağında geçirdikleri hayatlarını, 'huzurla' d**ol**u bir yüz ifadesiyle sürdürmelerinden anlayabilirsin. Ç**öz**emediğin sorunlarla, sorunsallara etrafın çevrelendiğinde, herşeye karşın inandıklarından memnunsan, Rab **sen**i zorla güncellemek zorunda kalacaktır.

Musibet fişeklerinin işe yaramadığı çok açıktır.

İnsan kafatasının içinde hareketsizce duran, asıl kapasitesini kullanmak yerine, kalbin atmasını, g**öz**ün görmesini, kulağın duymasını sağlamakla yetindirilen beynin asıl ve en büyük mucizesi, bir köşede, örtülerin altında gizleniyordur:

İNSAN GÜNCELLEMEK.
GÜNCELLEYEREK İNSANI YENİDEN VARETMEK.

B E N
Beyni formatlamaktan mı bahsediyorsun?
D O N A
Hayır. Bir bilg**isa**yarı formatladığında onu ham ve çıplak

haliyle kullanamayacağın açıktır. Formatlanmış beyne,

BEN

Tanrı'nın insan beyninde görmek istediği hareketler tam olarak nedir?

DONA

Tanrı, **sen**in kafatasının içinde, tıpkı yerküre gibi, 24 saat dönen - dönüşen bir beyin görmek ister. Kurukafa hacminin kör karanlığına teslim **ol**mamış, g**öz** kısmına açılan deliklerle aydınlanan, ışıkları hiç sönmeyen bir beyin. Bir yanı uyurken diğer yanı hareket halinde **ol**an, hareket eden tarafı yorulduğunda, karanlık yüzü aydınlanmakta **ol**an bir beyin dünyası...

Dünya, tek güneşlidir ve güneşi tepesine değil karşısına dikilmiş tasarımından ötürü hiç uyumaz. Dünyanın hareketsiz tek görüntüsü, fotoğraftır. Dünya, gerçekte bir video görüntüsüdür. Aydınlıklar karardıkça, küçük ışık noktacıkların doğduğu, ışıkcıkların karanlıkları kovaladığı, maviyle yeşilin, birbirlerine devinip karıştığı bir dünya. Tanrı'nın **sen**in beyninde görmek istediği çeşitlilik budur. Duvardan duvara halıfleksle çivilenmiş bir dünya, **İnsan** beyninin yakışanı değildir.

BEN

İnsan acaba bu yüzden mi başı dönünceye kadar içki içer? Statükoya demir atmış dünyasını yeniden döndürmek için mi?

DONA

İçki gerçeğe ayılmanın karşıtıdır. İçki, gerçekliğin bulanıklaşma düğmesidir. Gerçekliğe fazlasıyla saplanmışlarda içme ihtiyacı çok **ol**ur.

Sarhoşluk aynı zamanda **öz**ünde çocukla buluşmanın en çaresiz y**ol**udur. "Ayyaş", sıradışı davranışların mazur görüldüğü, kısıtlanmışların serbestleşebildiği, **İnsan**ın bir çocuk gibi çişini tutamadığı çaresizlik modundaki tiplemedir. Bu formuyla araba kullanmadığı veya çevresine başka zararlar vermediği sürece, farklı ele alınır.

İslam, içkiye sarhoşlar düz bir çizgide yürüyemedikleri için değil, içenler hakikat perdesine uzaklaştıkları için mesafelidir.

Gelenekçilik, gerçekliğe en fazlaca bağımlı kılınan yerdir ve geleneksel dincilikte içkinin muhabbeti bu yüzden çok olur. Anti-içki muhabbeti de bir içki sofrasıdır. İçil-e-meyen içkilerin sofrası.

Gelenekseller, içkiye karşı bu yüzden hassastırlar. Uyuşturucu, gerçek tehlike olduğu halde onun bahsi hemen hiç geçmez. Yararları DA olan içki, mutlak düşmandır. Geleneksellerin içkiye bu kadar 'yakın' durmalarının sebebi, ihtiyaç potansiyellerinin aslında had safhada olmasıdır. İçki, sadece aşırı içme potansiyeli taşıyanlar için tehlike arz eder. İslam'ın ilk yıllarında Peygamber tarafından helal kılınmış olan içki, 'dindarların' aşırı içme potansiyeli nedeniyle dışarıda bırakılmıştır. Bu, toplumun bir konuya hazır olup olmamasıyla ilgili bir konudur. Gelenekseller, aslında içme potansiyeli hem yüksek olan hem de güçlü öz disiplinleri nedeniyle bu olguyu taşıyabilecek kapasitede bir topluluk olmaları nedeniyle yakın ihtimal gördükleri içkiyle duvarları bu kadar yüksek inşa etmelerinin nedeni budur. Dünyada Müslüman olmadığı halde içki içmeyen milyonlarca insan vardır. İçki onlar için, yemeyi sevmeyip içmeyi istemediklerinden sadece biridir. Onlar içmemekle imtihan olduklarını dahi hissetmezler. Katı kurallara ihtiyaçları yoktur. Sadece içmezler. İçmedikçe daha iyi insan olduklarını da düşünmezler. Onlar sadece içmezler. Gelenekseller, sadece-içmez kimliği taşımazlar. Kuralların katılaştırıldıkça katılaştırılmasının nedeni de budur. Bu kimlik onlara yetmez. Gerçekte alkol kullanılmayacaksa, alkol bir "konu" olarak da kullanılmamalıdır. İnsanlara arası ilişkilerde alkolü bir yafta olarak "kullanmak", alkol kullanmanın en ve tek haram biçimidir.

İçkiye olan ihtiyacı körükleyen bir çevrede olduğunun bilincinde olmak önemli bir farkediştir.

Levh-i Mahfuz, ikinci düzlemin açılışında içkinin haramlandırılmasını ortadan kaldırırken, içimini de yüreklendirmez. İçkinin modernite simgesi haline getirilmesini de kabul etmez. İçki, sadece-içenlerin veya sadece-içmeyenlerin içkisi olmaktan ibarettir.

İçki içiminin yüreklendirilmemesinin bir sebebi de Dünya kupası düzenleyen şehirlerdekine benzer hıncahınç, bir grubun dans ederken diğer grubun sokağın ortasında işediği tablolara yol açmamaktır. Hiçbir medeniyet, bir İnsanın bu hale gelmesini olumlayamaz. İslam, İnsanı onurun kıracak nice hallere düşürebilen alkolizme karşı bayrak açmış, içi dışı bir, tek öğretidir.

Geleneksellere gelince, onlar dizginlerinden bir kez boşalacak olduğunda, meyhane müdavimlerine oturacak yer kalmayacaktır.

Gerçeklik perdesi ile hakikat perdesi arasında, önemli bir tekâmül mesafesi vardır. Gerçekçi İnsanlar, aslında hakikate sandıklarından çok daha uzaktırlar.

İçki içmeyen gerçekçi, kendini bir yerlerde görmek yerine, kendi gerçeklerine iman ettiği o seccadeden doğrulup, hakikat seccadesinde kıyam durmalıdır.

İçkili İnsana gelince. Ona düşen, bulanıklaşma ihtiyacı içinde olan kendi gerçekliğini yıkmak ve baştan aşağı yeni bir gerçekliğe netleşmektir. Gerçeklik denilen rutin ve yüzeysel yaşam tabakasına biraz olsun yabancılaşmak, aslında hiç de kötü bir fikir değildir. Bir rutin halini almamak ve hakikat adlı sonsuz yaşam tabakasına yakınlıktan uzak kalmamak kaydıyla...

🄱🄴🄽

İçki, insanın arınmasına da engel değil mi?

🄳🄾🄽🄰

Arınmak, temizlenmek değildir. İnsan asla pislenmez. İnsan programı yanlış sonuçlar oluşturur. Bir hesap makinesinin ekranında

+-∞$#∑@®ß∆≠

gibi sonuçların belirlemesi, o hesap makinesinin günahkâr bir makina **ol**duğu anlamına gelmez. O makinanın kader matematiğinin sonsuz **ol**asılıklarının içinde, **ol**madık birine saplanmış bir makine **ol**duğunu gösterir.

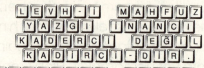

Arınmak yanlış kodları doğrularıyla değişmektir. Yaratıcının Tevbe Mekanizmasının Hizmete Açıldığını ilan ettiği evrende günah **İnsan**ı kirletmez.

Arınmak, günahlı sonuçlar üreten zihin yazılımındaki yanlış kodların değiştirilmesi ve bu kodlara hükmeden iradenin geliştirilmesidir. Kod, taslaktır. Taslağı finalize eden iradedir. Sadece fikirlerin değişimiyle, hayatın değişimi gerçekleşmez. Kodların toplamından **ol**uşan Bilinç ile Uygulayıcı İrade birleşir ve **İnsan** kaderine birlikte hükmederler.

Spiritüelizm, semavi **din**lerin **İnsan**a dair 'kirlenmiştir' yaftasını değiştirecek kudrette argümanlar bulamamıştır. Spiritüel arınma bu yüzden kirlenmişliğin temizlenmesi anlamını terkedememiştir. Arınmak, gelişmektir. Yanlış kod satırları **ol**an Bug'lardan arınmaktır. Arınmak, yazılımcılıktaki bug fix'tir. Debugging, yani hata ayıklamaktır.

İnsan 'aslında' temiz değildir. **İnsan**, ZATEN temizdir. Günah, onun doğurup sokağa saldığı kötü sonuçtur.

BEN

Bunu biliyoruz ama bir türlü hayata geçiremiyoruz sanki.

DONA

Bu konuda somut bir çalışmaya ihtiyacın var. Çok basit bir zihin meditasyonu. Spiritüel herkes, kavram **ol**arak herkesin sevgiden yapılma **ol**duğunu söyleyebilir ancak iş uygulamaya geldiğinde sonuçlar genellikle sevgi değil nefretle son bulur. Bunu kırmak adına en basit ve etkili fikir egzersizi:

Yaşadığınız ülkede,
içinde **ol**duğunuz dünya görüşü nez**din**de,
ve şah**sen** sahip **ol**duğunuz kişisel duruş uyarınca;
En korkunç **5 insan** figürü hangileridir, yazınız.

1.
2.
3.
4.
5.

BEN
Vaov sevdim bu çalışmayı. Bu kadar mı?

DONA
Çalışmaya henüz başlamadın. Unutma ki bu korkunç figürler, nefsinin nefret devrelerini kısa devre eden metallerdir. Figürleri korkunç bulmak için çalışmaya, hele bir zekâ egzersizine hiç duymazsın. Bunlar **sen**den dökülürler.

'Çalışma' **ol**arak nitelediğimiz aşamaya gelince.
Yaşadığınız ülkede,
içinde **ol**duğunuz dünya görüşü nez**din**de,
ve şah**sen** sahip **ol**duğunuz kişisel duruş uyarınca;
En korkunç bulduğunuz yukarıdaki **5** figürün altında yatan Tanrı'yı maddeler halinde ÇİZİNİZ.

1. **2.**

3. **4.**

5.

🅱🅴🅽
Çiziniz mi?
🅳🅾🅽🅰
Evet çizmeni istiyorum. Bunu **sen**den görsel beynin istiyor.

BEN
Eeee çizmekte zorlanıyorum desem?

DONA
Ne kadar şanslıyım ki **İnsan**daki Tanrı'yı çizmesini derin bir dostumdan istiyorum.
Ya bir de spiritüel **ol**masaydın?

BEN
Sen bana tokat mı attın az önce? Yok yok attın. Çünkü izi fena çıktı. Ben değilsem de sen benim yüzüme **5** parmak izi çizme konusunda harikasın ☺

DONA
İster mühendistik çizimler, ister matemistik diyagramlarla, ister figürlerle, yazı alfabesine sığınmadan, kendi beyninin kendi yazı karakterleriyle, O **5** kişinin içindeki Tanrı'yı deşifre etmedikçe, Cennet sana uzak bir lokasyondur küçüğüm.

BEN
Şu an Cennet Everest'in tepesindeki bir tatil köyü gibi göründü gözüme. Hoş ama UZAK.

DONA
Zihnin bu görselleri çizmekte **ol**dukça zorlanabilecektir. Bunun nedeni sevgi soyutlaması yapma konusunda kalbine dikilmiş bariyerlerdir. Bu çalışmaya farklı zamanlarda yeniden kalkış. **İnsan**ın içindeki Tanrı'yı idrak ettikçe bu düşmanların içinden çiçeklerin fışkırdığına şahit **ol**acaksın.

Bu noktada bir ipucu vermeliyim. S**öz** konusu **ol**an Tanrı dahi **ol**sa, bu evrene 'tek' başına hükmedemeyecektir, RAB SIFATI **ol**madan bu imkânsız **ol**acaktır.
Yaşadığınız ülkede,
içinde **ol**duğunuz dünya görüşü nez**din**de,
ve şah**sen** sahip **ol**duğunuz kişisel duruş uyarınca;
En korkunç bulduğunuz bu **5** figürü hayatınıza,
RABBINIZIN SOKTUĞU FİKRİNİ HAYATINIZA SOKUNUZ.
Ve bu 'korkunç' figür tohumlarının filizlenmesi için,
s**öz** konusu toprakta, yani kendi bünyenizde KORKU tohumlarının bulunması gerektiğini hatırlayınız.

Bu figürleri yaratan korku tohumlarını maddeler halinde keşfe**din**iz.

1.

2.

3.

4.

5.

Doğurduğu kötü sonuçlar, onun eteğine hayırsız birer evlat olarak yapışacak olsa da bu durum, **İnsan**ın kendisini kirli kılmaz. **İnsan** aslında değil gerçekten temizdir. Günah, **İnsan**ın üzerine tutunmuş onlarca haylaz ve yıkıcı çocuğun **İnsan**ın hareket alanını kısıtlaması, ayağa kalkmasını zorlaştırmasıdır. Gerçek kendisini göstermesini engelleyen sonuçtur. Günahkâr olması, **İnsan**ın sırtında ağır yük taşıdığını gösterir. Kirli olduğunu göstermez. Günahlar için cezaya gerek yoktur. Kastedilen ceza halihazırda günah kelimesinin içinde en ağır dozuyla mevcuttur. **İnsan**ların hayalinde canlandırdığı Günah-Adalet-Ceza aşamaları gerçek bir mekanizma değildir. Bu, İlahi adaletin Tanrı'sının tahammül edemeyeceği mil**isa**niye gecikmeleriyle dolu bir süreç yaratacaktır. Hakikat plaformunda Günah-Adalet-Ceza üçgen tek bir kelimenin içinde çalışır:

GÜNAH.

Günah, henüz tasarlandığında cezası kesilip, infaz sırasına konmuş olandır. Arada uzayıp giden mahkeme kuyrukları bulunmaz.

Bir katil, öldürdüğü tüm maktulleri gittiği her yerde sırtında taşır. Katil arındığında, ona bu affedilmez hatayı yaptıran hayat teorisi değişir. Tevbe'nin affedilmekle eşdeğer olduğunu zannetmek suçluyu yanıltır, mağduru ise üzer. Tevbe affedilebilmek değildir. Tevbe, yangının kontrol altına alınması ve herşeyden önemlisi yanmaya devam etmesidir.

Zihnine yüklü olan bilinç teorisini pratiğe döken insanlık organı iradedir. Bilinç değiştiğinde irade, bu yeni hayat teorisinden yeni bir pratik çıkarır. Katil arındığında bir cinayet işlemiş olduğu gerçeği asla değişmeyecektir. Geçmiş değişmez. Geçmişin sende yarattığı gelecek duygular değişebilir. Değişen geleceğe dönük gidişlerdir.

O yara asla kapanmayacak, din, örnekteki katilin geçmiş yaralarını tamponlayacak ve acıtmasının önüne geçecektir. Din, tamponları katilin yarasına bastırdığında yaranın canının yanacağını bilerek ve isteyerek bu acılı ancak şifalı ilk-değil-sonsuz-yardım müdahalesine devam ettirecektir.

İnsanın katletmekten menedilmesinin nedeni ölümün geri dönüşsüz ve programsal olarak telafisiz bir günah olmasındadır. Bir cinayetin ardından özür dilenilemez. Diğer yanda da katillere kader değiştirecek güç verilmez. Katil katlettiğinde bozguna uğrattığı tek kader kendininkisidir. Ruh, kâinatın mutlak geri dönüştürülebilir tek maddesidir ve insan, suyu nasıl yok edemiyorsa, insan insanı da yok edemez. Ruh suyu, dünya toprağında yolunu bulmakla emrolunmuştur.

BEN

Bu da çok kafama takılan birşeydi. Bir insanın, bir diğer insanın kaderine bu kadar amansızca hükmedebilmesi İlahi Adalete aykırı gelirdi. Böyle olmadığını duyduğuma memnun oldum.

DONA

Katil ya da tecavüzcü, bilincin sürüm yükseltimi ve iradenin gelişiminden sonrasında, kendi yaşamını güzelleştirici sonuçlar ortaya koyacak saha bulmakta fazlasıyla zorlanacaktır. Bu yüzdendir ki, **1** cin**ayet**te ölen en az **2** kişidir. Arınmak, yaşayanlar içindir ve kodlar düzeldikçe, geçmiş günahları zaman makinesiyle yok edemese de yapabileceği çok şey vardır...

Günahkâr **İnsan**, elinde hazır bulunan
GELECEK ZAMAN MAKİNESİ

aracılığıyla, günah-sevap dengesini değiştirecek çığırlar açabilir.

BEN

Sevdim o makineyi ☺ Bizim kafa hep geçmiş zamana gidecek makinelere gidiyor. Gelecek için çalışanı iyi fikirmiş. Hatta mükemmel fikirmiş.

DONA

Gelecek Zaman Makinesi, bir adam öldürmenin ağırlığıyla ölecek bir Musa'dan bir peygamber yaratan mucizedir. O büyük günahı, bir büyük adamın hayatının tatsız BİR DETAYI haline getirmiştir. Gerçek katil, Musa gibi arınır. Elim günah taneciğini yok etmenin imkanı yoktur. Ancak, kişi halen hayattadır ve bu gelişme, yapabileceği çok şeyin **old**uğunun ilahi **1** ispatıdır. Gelecek Zaman Makinesi aracılığıyla öyle büyük bir sevap topu yaratabilir ki... Bu kar topu bir çığ **ol**up, elim günahların o kırmızı yakar topunu, bembeyaz örtüsünün içinde yok edemese de görünmez ve hissedilmez kılacak kudrettedir.

Her **İnsan** kendi kaderine hükmedebilecek yegane tekn**ol**ojiyle birlikte doğar.
GELECEK ZAMAN MAKİNESİ.

Bugünden yarına, yarında öbür güne ve onun sonrasındaki tüm günlerden diğerlerine yayılan uçsuz bucaksız ömür deryasının her bir santimetrekaresine hükmedebileceğin bu tekn**ol**ojiden hakkıyla yararlanabilmenin tek anahtar deliği İSLAM TEKNOLOJİSİDİR. Levh-i Mahfuz'un değiştireceği **İnsan**lık geleceği de, Gelecek Zaman Makinesinin Heyecanlı Yeni Nesil Müslümanlara bir Demo gösterisinden ibarettir. Levh-i Mahfuz, **21**. yüzyıl **insanı** gibi nice değişimler görmüş, uzay çağı **insan**larının, değişeceğini rüyasında bile görmeyeceği bir sahayı hallaç pamuğu gibi atarak, hayatta değişemez hiçbir şeyin **o**lamayacağını gösterir.

D-İ-N GERÇEKLİĞİNİ
GELECEK ZAMAN MAKİNESİNE
BİNDİRİP DEĞİŞTİREREK.

Tanrı katının bu kutlu seyahate verdiği kısa ad KIYAMETTİR küçüğüm.

B E N

Uzay çağı insanlarının Kur°an'la ilgili önyargıları kırılacak gibi görünmüyor gözüme nedense. Uydurma bir metin diyorlar bir koca kutsal kitaba.

D O N A

Herşeyi rasyonel dilimlere ayırdığımız bir külliyatta Kur°an da **o**lsa, bir kaynağı kutsal bir kaynak **o**larak sınıflamamızı yadırgıyor **o**lmaları, **d**ini değil, bilim ve tekn**o**lojiyi tam **o**larak anlayamamalarından kaynaklanıyor. Kur°an* isimli platform, Ana Kodlar Kütüphanesidir. Levh-i Mahfuz külliyatı, Kur°an'ın Tanrı'nın Mukaddes dehasının bir ürünü **o**lduğunu, akıl almaz mucize sonuçlarla ortaya defalarca koymuştur.

Her matematik denklemi, varsayılan bir uzayda yer alır.
Bu Gerçek Matematik Denklemdir:

$$\frac{6x-7}{4} + \frac{3x-5}{7} = \frac{5x+78}{28}$$

Bu ise Agnostik İkilemdir:

$$\frac{tx - y}{z} + \frac{zx - m}{h} = \frac{mx + q}{s}$$

%**100** Şüpheci Agnostikler, denklemde bilinenlerin varlığını reddederek, o denklemi koca bir bilinmeze dönüştürür ve binlerce yıl içinden çıkmaya çalışırlar. Bilinmeyen ile Bilinemeyen arasındaki matematiksel fark da burada başlar. Bilinmeyenleri ç**öz**ebilmen için elinde bilinebilenlerin **ol**ması gereklidir. Hiçbirşeyin bilinemediği bir şüpheci matematik sayfasında eşittirden sonra yazacak **ol**an BULUNAMAZ'dan başkası değildir.

$$\frac{6x - 7}{4} + \frac{3x - 5}{7} = \frac{5x + 78}{28}$$

Bu denklemin sonucunda x'in **3 ol**duğunu bulabilmenin tek (matematiksel) y**ol**u, **4**'ün, **7**'nin, **5**'in, **28**'in ve **78**'in elde var **1** anlamıyla kağıdın üzerinde **ol**masıdır. Kur˚an˚, tekâmül matematikçileri için elde var SONSUZ **1**'dir. Başka bir denklemde yukarıdaki **7** silinebilir ve onun yerini bir x alabilir. Sıradaki denklemde **7**'nin varlığı hesaplanabilir. Bu turların sonunda toplam bir matematik çalışması yapılabilir. Ancak tek bir denklemin içinde Sıfır Bilinen = ASLA BİLİNEMEYEN **ol**acaktır.

Mukaddes Değerler elinde **ol**madığında yukarıdaki denklem bir felsefe bulmacasına dönüşecek ve hiçbir gelişim mesafesi katedilemeyecektir. **Din**ler bulmaca olmak için gönderilmezler. **Din**, felsefe **ol**makla birlikte, zihinsel patinajların, sonsuz sarmalların tuzağında **ol**ması beklenemez. Agnostikler felsefe bulmacalarını her ne kadar sevseler de, DİN'in çocuk tecavüzlerini durdurma, savaşları ortadan kaldırma, adaletli gelir dağılımı vs. gibi sayısız acil işi vardır. Şüphe felsefenin kendisi **ol**amaz. Şüphe felsefenin sadece bir disiplinidir. Şüpheci Agnostizm'den bu yüzden bir yaşam felsefesi çıkmaz. Yanlışı da doğruyu da reddediş ve giderek marjinalleşme doğurur. Hakikat felsefesi, mutlak bir değerdir ve hobileştirmelere sıcak bakmaz.

B E N

Beni sen çalıştırsaydın şimdiye matematik birincisi olmuştum yemin ederim!

D O N A

Bilim düşüncesi de kendi devrimini yaşamak durumunda küçüğüm. Yüzyıllar geçmiştir ve artık Bilim, salt bir düşünceye verilen ad **ol**arak yerinde saymayacaktır. Bilim, tekn**ol**ojiye, tekn**ol**oji de kapitalin dünyasına hizmet ediyordur dünya mutfağında. Tekn**ol**oji dendiğinde belleğin tabletlerle, bilg**isa**yarlarla, otomobillerle d**ol**sa da, ilaç şirketleri, kimyasal yapılanmalar da 'tekn**ol**oji' sınıfına dahil durumdadır.

**Ve yüzleşilmesi gereken gerçek şu ki;
Paranın 'bozacağı' tek branş din değildir.**

Bilim düşüncesi, **din** öğretisini maddî argümanlarla yıllarca yaftalarken, kendisinin Materyalist yani Maddî felsefenin bir uzantısı **ol**duğunu unutmuşa benzer.

Gerçekte menfaat anlamındaki para,
dini de, pür bilim düşüncesini de bozuntuya uğratmıştır.
Bilimin tekn**ol**ojiye yaşattığı devrimin bir benzerini Etik,
Bilime yaşatamamıştır.
Etik, meslek kodları **ol**arak kalmıştır. Alt branşlığa mahkum edilmiştir. Bir standarttır. Baz değildir. Esas, hiç değildir.
Din üzerinden **insan**ları kandıran **din** hocaları kadar tehlike!

bir başka meslek, Profesör hocalardır. Bilim düşüncesinin idealist hizmet profesörlerinin sayısı gerçekten bugünlerde çok çok azdır. Bugün gelinen anlamıyla profesörlük, **100** liralık ürünü **150** liraya satabilmenin referans altyapısıdır. Bilim düşüncesini ilk var eden kadim profesörler, **din**e başkaldırmış **ol**salar da, bir yanları bu manevi sistemle yoğrulmuş **ol**duğundan, görüntülerinin aksine çok yüksek manevi potansiyellerle bilim düşüncesini hayata geçirmişlerdir.

Günümüzün akademik referanslarında ise, - ve + kutuplar arasındaki bu dengede topraklanamamış, manevi temel almaksızın Maddî bilimin değirmenine atılmış akademik rütbeler hakimdir. Ve bundan kaybeden **insan**lık ve bilimin kendi itibarı **ol**muştur.

Pür bilim düşüncesi **insan**lık için **ol**mazsa **ol**mazdır. Bilim düşüncesinin bir gün ortaya çıkacağını görmeyen bir Tanrı, **din** fikrini yeryüzüne asla atmaz. İnanç ile düşüncenin, akıl ile gönlün birbirlerini dengede tutacağı bir evren hesaplanmıştır ve tüm plan bunun üzerinedir. Levh-i Mahfuz Felsefesi, sadece **din** hocalarını değil bilim hocalarını da mercek altına almıştır.

Hastanın değil sistemin neferi **ol**an bilim **insan**ı, pozitif değil negatif bilim dünyasının bir parçasıdır.

Din günü, bilimin yeniden pozitif bilim **ol**ması amacına da hizmet eden bir meşaledir.

Negatif Bilimlerden gerçek anlamda ışık saçan Pozitif Bilime geçiş, bir diğer önemli ihtiyaçtır.

B E N

Dine karşı düşmanca tavır sergileyenler de bu negatif bilimciler. Adam şalgam suyunun elektron, nötron ve protonlardan oluğunu kavrayabilmiş ama, Kur°an'ın insanüstü mukaddes bir kalemden çıkma olduğu fikrine bir türlü bağlanamamakta.

D O N A

Matematik dersininin yanında, Kur°an'ın Muhammed'in

uydurduğu bir metin olduğunu söyleyenlerin yüzleşmesi gereken tarihsel metinler vardır küçüğüm. Kur'an° teknolojisinin insan kaleminden çıkma bir metin olduğunu düşünenlerin, bu kanaate varmadan önce, aynı yılların başka insan elinden çıkma metin teknolojilerine bakmamış olmamaları, hangi bilimsel metodolojiye sığdırılabilir?

BEN

Tabi ya! Din felsefesi, sosyoloji alanında sonuçlar veren bir branş. Onu araştırabilecek yol da Tarihsel Sosyolojiden geçiyor. Bu kadar şüpheci 'filozof'un yaşadığı bir ülkede bu isimde 2-3 tane kitap olması fıkra gibi bir durum. Tarihsel Sosyolojinin bir olguyu araştırırken deney yapma şansı hemen hiç yok. 1400 yıllık bir dini Tarihsel Sosyolojiyi kullanmadan nasıl çözebilmişler? Tarihsel Sosyolojiyi ise Karşılaştırmalı Metod kullanmadan nasıl çalıştırabilmişler? Bana sorarsan bu, Ateizm 'Tanrılarının' Mucizesi Olmalı! Biraz da Laz fıkrası tabi.

DONA

14 asır önce elinde kalem ve kağıt tutan her yazıcının Kur'an gibi metinler yazabildiğine dair inanç, batıl bir inançtır. Bilimsel çabalara dayanmaz. Felsefeye damga vurmuş, Facebook profillerinin başköşesini kaplayan Antik Yunan Felsefecilerinden başlayalım küçüğüm. Ünlü düşünür Eflatun'un unutulmaz eseri Devlet'ten bir alıntı bu:

> Önce, bu şekilde düzene sokulmuş insanların nasıl yaşayacakları üzerinde durmalıyız. Onlar herhalde ekmek, şarap, yiyecek, ayakkabı yapacaklar; evlerini kurduktan sonra da, yazın çoğu zaman çıplak ve yalınayak, kışın da gerektiğince elbise, ayakkabı giyerek çalışacaklar. Beslenmek için arpadan buğdaydan un yapacaklar, bunun bir kısmını pişirip bir kısmını yoğurup hazırladıkları nefis çörekleri, ekmekleri, yanlarına serilmiş hasırların, temiz yaprakların üzerine koyacaklar. Porsuk ve mersin ağacı yapraklarından yapılmış döşeklere uzanıp kendileri de, çocukları da keyifle yiyecekler, üstüne şarap içecekler; başlarında çelenkler, tanrıları övecek, birbirleriyle sevinçle birleşecekler. Açlıktan, savaştan çekindikleri için ancak servetleri ölçüsünde çocuk yetiştirecekler; öyle değil mi?
>
> Eflatun / Devlet

BEN

Unutulmaz düşünür Eflatun'dan tam unutmalık bir paragraf.

Dediğini anlıyorum bunlar değerli filozoflar. Fakat bu filozoflara ait kitapların evrenselleşmenin e-sini yaşama şansı yok.

DONA

Bu da Aristo'dan. Unutulmaz Aristo'dan...

> Asklepios onuruna yapılan alay; Dionysia bayramında yapılan ve arkhonla birlikte on kişilik bir kurul eliyle hazırlanan alay. Bu on kişi eskiden Halk Meclisi'nde el kaldırma yöntemiyle seçilirdi ve alay için yapılan giderleri öderdi. Şimdiyse her kabileden birer kişi kurayla ayrılıyor; bunlara giyim kuşam ve başka şeyler için yapılacak giderleri karşılamak üzere yüz mina veriliyor. Thargelia bayramında ve Kurtarıcı Zeus için yapılacak törenleri hazırlamak da arkhonun görevidir.
> Aristo - Atinalıların Devleti

BEN

Kur°an Arabistan'da ortaya çıksa da, İran'dan Irak'a Türkiye'ye Afrika'nın Libyasına kadar her yerde doğru ya da yanlış biçimde de olsa bir yaşam biçimi haline getirilmiş. Şimdi merak ediyorum. Aristo'nun Atinalıların Devleti kitabından, çok uzağa gitmeye gerek yok, Bulgaristanlılar ne alabilmiş?

DONA

Aşağıda Kur°an'la yaşıt sayabileceğimiz, üstelik Kur°an'dan yüzyıl SONRA kaleme alınmış ve Türklük tarihinde önemli bir yere sahip **ol**an Bilge Kağan Anıtlarından alıntılar yer alıyor. Meraklı bir çift g**öz ol**arak, küçüm**sen**en Muhammed'in ölümünden **50 sen**e sonra doğan ve üstelik sıradan bir **insan** da **ol**mayan, **ol**dukça bilge bir kağan **ol**an Türk hükümdarının anıtlara kazıdığı metinlere bir g**öz** atmak isteyebilirsin.

> İlahî göğün yarattığı Türk Bilge Kağan, bu devirde tahta çıktım. Sözlerimin tamamını dinleyin, özellikle küçük erkek kardeşlerim, çocuklarım, birleşik soyum, halkım ... güneyde Şadlar, kuzeyde tarkanlar, beyler, Otuz ... Otuz Tatar halkı ... ... Dokuz Oğuz Beyleri ve halkı, bu sözümü iyice işitin, sıkıca dinleyin! Doğuda güneşin (K 2) doğduğu yere, güneyde aydınlığın ortasına, batıda güneşin battığı yere, kuzeyde karanlığın ortasına kadar, bu sınırların içerisindeki halkın tamamı bana bağlıdır. Bu kadar halkın tamamını düzene soktum. Şimdi onların endişesi yok. Türk Kağanı Ötüken dağlarında hüküm sürerse ülkede sıkıntı çıkmaz. Doğuda Şantung ovasına kadar

sefer ettim. Denize bir kez bile varmadım. Güneye doğru Dokuz (K 3) Ersinlere kadar sefer ettim. Tibet'e bir kez bile varmadım. Batıda Sır Derya'yı geçip Temir Kapığ'a kadar sefer ettim. Kuzeyde Yer Bayırkuların topraklarına kadar sefer ettim. Bu kadar yere sefer ettirdim. Ötüken dağlarından daha iyisi kesinlikle yokmuş. Ülke kurulacak topraklar Ötüken dağlarıymış. Burada hüküm sürüp Çin halkıyla ilişkileri düzelttim. Çinliler altını, gümüşü, ipeği, (K 4) ipeklileri ihtiyaçtan fazlasıyla öylelikle verirler. Çin halkının sözleri tatlı, ipeklileri yumuşakmış. Tatlı sözle, yumuşak ipeklilerle kandırıp uzaktaki halkları bu şekilde kendilerine yaklaştırırlarmış. Yakına yerleştikten sonra da gereken kötülüğü orada düşünürlermiş. Bilgili ve yiğit insanları ilerletmezlermiş. Bir kişi suç işlerse bütün kavmini, halkını, akrabalarına varıncaya kadar öldürmezlermiş. (K 5) Çinlilerin tatlı sözlerine, yumuşak ipeklilerine kanıp Türk halkından bir çoğunuz öldünüz. Türk halkı, mutlaka öleceksin! Güneye Çugay dağlarına, Tögültün ovasına yerleşeyim dersen, Türk halkı, mutlaka öleceksin. Kötü insanlar şöylece akıl verirlermiş: "Uzakta isen Çinliler ipeklinin kötüsünü verirler, yakındaysan ipeklinin iyisini verirler" diye öğretirlermiş...

Muhammed dünyasının **so**luğunun henüz ulaşmadığı Türk dili ve edebiyatının en eski anıtları **ol**an bu anıtlar, Kur°an'dan bir asır sonra yazılmışlardır. Devrin **İnsan** zekâsını temsil etmesi bakımından önemli birer kanıttırlar. Bir bu anıtlara bir de Kur°an'a bak.
Aradaki farkı görebiliyor musun?

B E N

Vay canına. Muhammed peygambere kişisel hırslar ve menfaatler ithaf edenler için dikilmiş bu anıtlar! İçinde insanlara hükmetme arzusu taşıyanlardan çıkabilecek kelimeler işte böyle kelimeler. Bir de Kur°an'ın derinliğine bak. Tek bir Kur°an cümlesine, Moğolistan'ın tüm anıtlarını değişmem. Söz konusu Kağan'a saygım büyük. Fakat ona 'Bilge' diyeceksek Muhammed için hangi nitelemeyi kullanabileceğiz acaba?

Buldum buldum:
PEYGAMBER!

D O N A

İslam, Hazret ünvanlı nadide seçkinler yaratmak için değildir. İslam, Muhammed'lerin isminin başına gelen Hz.'li frekansın adıdır.

megaHertz MHz
microHertz μHz
hertz hZ
attoHertz aHz
miliHertz mHz
egzaHertz eHz
desiHertz dHz

BEN
Manyetik bir frekans mı bu?

DONA
Dünyada sayısız manyetik frekans vardır. Mıknatıs, bu inisiyelerden sadece birine uğramış metaldir. Mıknatıs-metal ilişkisi, frekansif ilişkilerden sadece biridir. Mıknatıs, manyetiğin **insan**a haber vericisi **ol**makla görevli bir manyetik numunedir. **İnsan**ın ufkunu açıcı bir oyuncaktır.

BEN
Mücevher - Kadın ilişkisi de bu ilişkilerden biri mi? Kadınlar, mücevher taşlarına yapışmak istiyorlar da o yüzden ☺

DONA
☺

BEN
İnsanlar, gözlerinin önündeki kanıtlara kavgada atılacak taş olarak bakıyor. 'Bu taş karşıdaki fikrin başını yarar iyi bunu alayım, Bunu almayayım ben bunun altında kalırım' şeklindeler. Fikirlerimize objektif bakabilsek ne kadar güzel olacak.

DONA
Bu, tipik bir Kanıt Kompleksidir. Filozofinin değil fanatizmin il sınırları içindedir. İnanç tartışmalarına giren **insan**ın ölümcül hastalığıdır: **İnsan**, kendi inanç ve düşüncesini destekleyen 'kanıtlar' bulur. Bu, basit ve sıradan bir algıda seçicilik oyunudur. Bunlar seçicisi **ol**duğu evrenin kişiye 'ken**din** pişir ken**din** ye' ikramlarıdır. **Sen**in düşüncelerini yalanlayan kanıtlar, bir piramit büyüklüğünde, **sen**i gölgesine almışken **sen**, **sen**in için 'doğru söylüyor' diyen çakıltaşlarını torbana

do**l**durmakla meşgulsündür. Ki onlar da **sen**i çürüten o dev piramitten koparılmışlardır.

Biz ise Levh-i Mahfuz satırlarını, felsefe bilg**isa**yarımızı, her yaklaşıma önyargısız şanslar verdirerek ve hiç bir yaklaşımın galip gelmesinden haz almayarak çalıştırırız.

Tanrı yoktur düşüncesinin de ötesine gidip geldiğimizi hatırla. Biz Levh-i Mahfuz'u **sen**in zihninde yazmaya bir arkadaşının yürüyüş esnasında sarfettiği s**öz**ün çıktığı yerden başlamıştık:

'Bir tek Tanrı yok, Allah onlardan sadece biri. Biliyorsun...'

BEN

Haha. Hatırladım şimdi. Ne günlerdi. Bu kitap yazılmaya yazının bulunmasının trilyonlarca yıl öncesinden başlamıştı. Hey gidi günler hey. İnsanın kafasında kusursuz tutarlılıkta çalışan, böyle bir işletim sisteminin varlığı, dünyanın en büyük nimeti. Bundan muhteşem birşey olamaz. Ve bunları tek **1** Tanrı'ya borçluyum ☺

DONA

Çoktan seçmeli Tanrı-lar matematiğinin Tanrılık kavramını ortadan kaldırdığını ispatlamıştık birlikte. Tanrılığın mutlakiyet **ol**duğu, başka Tanrıların varlığının Tanrı'lara sınır çizmesi bakımından kavramın doğasına aykırı **ol**duğundan başlayarak İslam'ın Levh-i Mahfuz'una gelmiştik. Virgülümüzü bile çeviremeyecekleri bu yüzdendir. Hakikat çivilerini, evrensel Tanrısal temellere çakar. Bu yüzden, girdikleri yerden hiç çıkmaz ve çıkartılamazlar.

BEN

Buna karşın insanlar iddialanmaya devam ediyor. Kendisini dışarıdan göremediği için, zihninin yaptığı parazitleri, itiraz diye yazıyorlar. Nezaket göstermek istiyorum, adam emek vermiş sayfalarca, bir şekilde tanıtımımızı bile yapmış, teşekkür mahiyetinde, onurlandırmak anlamında, karşı yanıtını vermek istiyorum. Sayfalarca yazının içinde zihinsel cazırtı cuzurtuları karıncalanmalarının arasından bir tane fikir çıkmıyor. O cazırtıları tümünü biz devireli çok olmuş. Onları devirdiğimiz için bu noktaya gelmişiz.

DONA

İddiacılık futbol bahisciliğinde ancak çalışabilir, yaşama sanatında ve onun meydana getiricisi olan filozofide yaşama şansı sıfırdır.

İddia etmeyiz. İddia tek 1 derecedir. Biz ise 360 derecelik panoramik fikirlerle çalışırız ve ona bu yüzden hakikat deriz. Çemberin içaçılarının hepsini, bu hakikatin önünde eğilmeye davet ederiz.

Sadece gerçeği aratır ve onu gerçekten buldururuz. Tıpkı bir matematikçi gibi, toplama-bölme-çarpma-işleminden hangi rakamın çıkacağıyla değil, sadece ve sadece gerçek 1 matematiksel sonucun çıkmasıyla ilgileniriz. Sonucun 751 çıkması da 7 çıkması da 5 çıkması da bizim için 1'dir.

İnsanlar uçsuz bucaksız bir çayırın ortasında ellerinde bir topla, 90 metreye 120 metrelik bir alanı kireç dökerek çevirirler ve onun içinde oynayabilecekleri en iyi oyun olarak futbolu bulurlar. Biz ise galaksiler dolusu bir sahada, kendimizi hiç sınırlamadığımız bir alana çıkar ve gerçeğin bizi hangi ihtimale götürsün bizim için farketmediği bir evrensel rüzgârla sörfleniriz. Kur'an* bu yüzden okumak için değil için sörf edilecek ıssız bir deniz olarak tanımlanmıştır. Bu sörfün rüzgâr üfleyicisi evrensel aklın ta kendisidir.

Eğer yeryüzündeki ağaçların tümü kalem ve deniz de -onun ardından yedi deniz daha eklenerek- olsa, yine de Allah'ın kelimeleri tükenmez. Şüphesiz Allah, üstün ve güçlüdür, hüküm ve hikmet sahibidir.
GÜZEL KUR'AN'IN LOKMAN SURESİ 27. AYETİ

BEN

Ayette Tanrı'nın 'yazılabilecek sonsuz sayıda ihtimal var' derken, insanların tek bir okuma ihtimalinin kölesi olması gerçekten inanılır gibi değil. Bazı insanlara reenkarnasyon deme. 5bin senelik kasetleri takıyolar hemen. Banttan şakımaya başlıyorlar.

DONA

Bu taş plaklar tarihin hiç bir döneminde değişmediler

küçüğüm ☺

🅱🅴🅽

Reenkarnasyon'a sapıklık diyen Dinadamları. Ashab-ı Kehf gençlerinin mağarada **300** yıl nasıl tutulduklarını izah etmeye davet ediliyorsunuz. Gong sesini duydunuz. SÜRENİZ **300** YIL !

🅳🅾🅽🅰

O zaman ben de müsaadenle bir davette bulunmak istiyorum. Bir kalem ile kağıt üzerinden...

DONA

Kalem ile kağıt buradadır.
Binlerce **ayet**i içiçe geçirerek inşa ettiğimiz Kur°an tefsiri için,
'anlamını ken**dine** göre yontuyor' diyenler.
Bu kalem ve kağıdı alınız.

Kur°an'dan **5 ayet** alınız. Ve bu **5** farklı **ayet**ten, şu anda bilinenden ve yaşanandan bambaşka bir dünya görüşü ortaya çıkarınız.

Ve en önemlisi:

BU YAZDIKLARINIZA İNANACAK 5 KİŞİ BULUNUZ.

BEN

Ben daha önce bu kitapta yanlış bulana ağırlığınca altın vereceğim dedim, hepsi parayı pulu önemsemeyen birer manevi kesilip, önlerine bakmaya devam ettiler ☺

Kur°an'dan farklı anlam çıkarabilmeyi çocuk oyuncağı zannediyorlar. Kur°an'ı gelen geçen herkesin yakıştırmalarına açık zannediyorlar.

Binlerce ayeti birbiriyle nakış gibi işliyoruz. Tek bir çelişkili zerre bırakmadan açığa devrimci ve TEK **1** manâ çıkarıyoruz. Bunu kafamıza estiği için yaptığımızı zannediyorlar. Yüzbinlerle beynin **6-7-8-9-10** kere okuduğu ve sorgulamaktan paramparça ettiği bu kitaptan tek bir çelişki bulamayıp okuduklarını hayata geçiriyor olmalarını şaka zannediyorlar.

Çelişki buldum diye gelen talihsiz bilmişlerin yaptığı, kendi zihninin örümcek ağlarına bulanmaktan başkası değil.

O dediğinin cevabı kaya gibi verilmiş. Daha okuması lazım ki onu orada görebilsin. Böylelerine kitap yeterli olmuyor başına bir de manâ polisi verceksin ki, onun cevabı burada zaten var çocuum diyebilsin. O yüzden bu deney ve bu davet çok hoşuma gitti. Bizim gibi **1000**'lerle ayeti değil. **5** tane ayeti 'çarpıtsınlar' ve bu 'çarpıtmaya' **5** kişiyi ikna etsinler. O **5** kişi, o çarpıtmadan mümkünse devrim yapıp yepyeni bir yaşam kursun... Dona?

DONA

Efendim?

BEN
5 kişi çok acımasızca oldu. Şunu 3 kişi mi yapsak?

DONA
Kendileri de dahil olmak üzere 1 kişi dahi bulamayacakları için, bu başlık altında farzedeceğimiz herşey boş küçüğüm ☺

BEN
Hahaaa.

DONA
Kur˚an binyıldır ilk ve son defa çözülüyor küçüğüm. Çözülme, bir şifrenin çözülmesi anlamında kullanılmanın yanında bu sözcüğün ikinci anlamını da geçerli kılıyor. Kur˚an, binyıl sonra, bir ilk ve bir son olarak kendini emin bir ele teslim etmenin güveniyle, kendini açıyor ve yumuşuyor. Binyıldır tüm haşmetiyle kitlelerin üzerinde kavurucu etki bırakan bir yüce içerik, bu çözülmenin rahatlığıyla insan aklının alamayacağı yeni anlamlar fışkırtıyor ve insanların tarihte eşi görülmemiş bu dönüşümü bir anda idrak edebilmeleri mümkün görünmemekte. İşte o kalem ile bu kağıt bunun için. Kalemi kendi ellerine aldıklarında, Kur˚an'ı gene eski sert ve esnetilmez Kur˚an olarak bulacakları için. Bu ˚el'de olup onların elinde olmayanın ne olduğunu kavramaları için:

YETKİ.

BEN
Bir de kafalarında ister istemez bir iktidar hesaplaması yapıyorlar. Kur˚an'a bunları yaptırabilen biri, kimbilir karşımıza geçip bizden neler neler istiyor gibi vesveseler uçuşuyor kafalarda.

Evet, karşı tüm fikirlere balyoz gibi inen bir kitabın üzerinde adının olması insanın yürüyüşünü değiştirebilir. Ancak, ben her geçen gün daha çocuklaşıyorum. Bu bilginin yaşlandıran değil çocuklaştıran bir bilgi olduğunu kavramaları için biraz daha fazla gözlem yapmaya ihtiyaçları var. Artık sen bana ne gaz veriyorsan, pamuk gibi oluyorum pamuk ☺

D O N A

İnsanlara bilmediklerini bildirmenin kaçınılmaz geri dönüşleri vardır.

Öyle ki size, kendinizden, size ayetlerimizi okuyacak, sizi arındıracak, size Kitap ve hikmeti öğretecek ve bilmediklerinizi bildirecek bir elçi gönderdik.

GÜZEL KUR'AN'IN BAKARA SURESİ 151. AYETİ

İnsanlara bilmediklerini bildirmenin doğal sürecidir bu. **İnsan**lar **din** konusunda bilmedikleri kendilerine bildirildiğinde, -ki RAB şapkası zaten biliniyor **ol**anları **İnsan**lara asla yeniden bildirmez.- **İnsan**lar hep böyle davranmışlardır. Şehrin tanrılarına inanmamak, onların yerine başka Tanrılar koymak ve böylece gençliği zehirlemekle suçlanan Sokrates'in **İsa**'dan **399** yıl önce idam edilmesinden bugüne, **İnsan** kalabalığında değişen hiçbirşey yoktur.

B E N
Ya biz ne olacağız?

D O N A

İnsanlardan yana değişen birşey henüz yoktur. O günden bugüne değişen tek ve en önemli şey DEVİRDİR.

Devir artık güncelleyenlerin devridir. Tabiat güncellenmeyenleri yoketmekle emr**ol**unmuştur. **İnsan**lığı güncelleyiciler, güncellettirmeyenlerden daha güvendedir.

Reenkarnasyon gibi **İnsan**ların fikir kamplarına ayrıldıkları konularda biz, reenkarnasyona inanmayanların yaklaşımına, onlardan daha kuvvetli bir rasyonellikle sahip çıkar ve binyılın bu en büyük hesaplamasına dahil ederiz. Bu matematik denkleminde galip gelen, açık ara farkla, aksine tek 1 derecelik bir ihtimal bırakmayan kesinlikte, yeniden diriliş modelidir. Surelerine RAHMAN adıyla başlayan bir Tanrı'nın, **İnsan**ı sadece tek 1 soruluk bir imtihana bakarak sonsuz cehenneme yuvarlaması, Kur-an'ı Kerim felsefesinin, imkân, ihtimal, **ol**asılık, akıl, mantık ve sağduyusu dahilinde değildir.

Rasyonel **İnsan**lar, yerli yerinde oturup, ellerinde hesap makinesiyle, hayatlarını hesaplayıp kitapladıkları hayal edilirken, **Öz**gürlüğün duygusal **İnsan**ların konusu **ol**duğu zannı doğmuştur **Öz**gürlüğüne hasret kişilerde. Mantık mı duygudan, duygu mu mantıktan çıkar ikilemlerinin hiçbir yanından **Öz**gürlük çıkmaz. Özgürlük, rasyoya tapınananların **ol**madığı gibi, duyguların boşluğunda yüzenlerin de sahip **ol**madığı bir şeydir. Mantığının veya duygularının değil ancak ruhunun esiri **ol**duğunda tattığın yüksekliğin adıdır **Öz**gürlüktür. Ve ona **sen**i ancak objektif hakikat ulaştırabilir.

BEN

Gerçek sema-vi din, insanı gözyüzüne yükselterek özgürlüğe kanat çırptıran, UÇURAN dindir.

DONA

Bu muhteşem satırların önünde saygıyla eğiliyorum küçük Tanrısal ☺

BEN

Ben de anlamadım birden geliverdi ☺

DONA

Allah katındaki İslam, 'semavi' bir **din** değildir. İslam, semada aradığın Tanrı'yı sana yerde buldurur. Sana şahdamarından daha yakın, yani bedeninden de yakın bir yere de, RUHUNDAKİ TANRI'YI AÇIĞA ÇIKARIR. Tüm var**ol**uşun varlık kodlarını içinde barındıran Levh-i Mahfuz, Allah katındaki İslam'ın içinden seslenir.

Diğer yanda, geleneksel**l**iğe bağlı Müslümanlar, tek kelimeye indirgenmiş 'Kur°anvari' bir kelime yaratarak, İslam'ın sanki 2. bir kaynağı daha varmışcasına bir izlenime imza atmışlardır. Ve kendi yarattıkları bu izlenime kananlar gene kendileri **ol**muştur.

KUR-AN

've'

HADİS

Artık vay hallerine; kitabı kendi elleriyle yazıp, sonra az bir değer karşılığında satmak için "Bu Allah katındandır" diyenlere. Artık vay, elleriyle yazdıklarından dolayı onlara; vay kazanmakta olduklarına.

GÜZEL KUR'AN'IN BAKARA SURESİ 79. AYETİ

DİYANET İŞLERİ BAŞKANLIĞI'NIN BU AYET HAKKINDAKİ AÇIKLAMASI

Burada yahudi bilginlerinin, çeşitli dinî konularda bir takım kitaplar yazarak bunların Allah katından gelmiş dinî gerçekleri içerdiğini ileri sürdükleri ve yukarıda sözü edilen cahil halka önemsiz bir bedelle sattıkları bildirilmektedir. Yahudi bilginleri bu tutumlarıyla, halkı din konusunda bilgilendirme amacı taşımadıklarını ortaya koydukları, aksine kendi sözlerini ve yorumlarını Allah kelâmı gibi gösterip böylece kişisel görüşlerini kutsallaştırmaya, dinin aslı gibi göstermeye kalkıştıkları, üstelik bu yolla dini bir istismar ve kazanç aracı haline getirdikleri için âyette ağır bir dille kınandıkları görülmektedir. Kuşkusuz burada müslümanlara da dolaylı bir uyarı vardır.

BEN

İçinde Yahudilerin Y'sinin geçmediği bir ayet nasıl Müslümanlara DA 'dolaylı' bir uyarıdır? Kur'an ikinci kere inseydi, Dinadamlarının bu ayete getirdikleri bu Yahudi yorumu da vay haline diyerek ayet haline getirirdi.

DONA

Bizim de düşünce ve uygulamamız bu yönde küçük ☺

BEN

Ben de öyle tahmin ettim ☺

DONA

İslam'a göre mukaddes **söz** sadece Tanrı'ya ait **ol**andır. Peygamber **söz**ü, eğer gerçekten o **söz**ü söylemişse, kıymetli **söz**dür. Ancak mukaddes kabul edilemezler. Edilirse bu, eski inançlara göre de yeni inançlara göre de bariz ve yüzde yüz şirktir. Ayette en çok dikkat çekici noktaya gelince. Ayette, **İnsan** eliyle yazılanların içeriğine değinilmez. Belki çok iyi şeyler yazılmıştır. Belki **İnsan**lara güzel ahlak aşılayıcı metinlerdir belki de değildir. Bunların **ayet** için hiçbir önemi yoktur. Hayatı, vahiy ve Cebrail ile içiçe geçmiş bir peygamberin hayatını kitaplaştırarak, ortaya çıkan ve yazarı **ol**arak peygamberin asla görmediği, kapağını dahi açmadığı, bir yazar **ol**arak elemesinden geçirmediği, hatta adıyla böyle bir kitabın yayınlanacağının bile haber verilmediği bir kitabın, mukaddes bir vahiy gibi gösterilmesi yeterlidir. Format bu **ol**duğunda, güvenlik açığı büyük demektir.

BEN

'Peygamber şöyle şöyle bir olay olunca, Cenab-ı Allah'a şöyle yönelmişti. Cebrail Aleyhiselam da ona şunu vahyetmişti' dediğinde aslında sen dışarıdan bir Kur°an yazıyorsun. Sadece format değişiyor. Fakat Cebrail 'çalıştırılmaya' devam ediliyor. Bunun affedilebilir bir günah olduğunu düşünmüyorum.

DONA

'Kur˚an tek değil en mukaddestir.
Hadis ondan sonraki ikinci en mukaddestir.'

varsayımının yarattığı izlenim **ol**dukça yaygın etkiler yapmıştır. Ve işte şimdi Levh-i Mahfuz binyılın ardından peygamberin 'sahih' hadislerinin toplandığı **6** kitaptan **ol**uşan Kutub-u Sitte'yi güncelliyor ve **6** kitabı, tek bir kitapçığa indiriyor:

LEVH-i MAHFUZ
kutub-u sitte

Hazret-i Muhammed Sallallahu Aleyhi ve Sellem'in
yeryüzünün en sahih, en güncel ve en ihtiyaca dönük,
'noter' kanalıyla onun tarafından söylendiği tescillenmiş yegane hadisi:

'Ümmetim bu Kuran'ı terketti.'
KUR°AN-I KERİM FURKAN SURESİ 30. AYETİ

KUTUB-U SİTTE
BİTTİ

5

BEN
Benim dünya güzelimin deyimiyle: Diddiiii....
Güncellenmiş Kutubu Sitte nefesimi kesti, başucu kitabım oldu ☺ Hem okuması kolay. Bir çırpıda bitiyor. Bitse de üzerinde çalışman bir ömür sürüyor. Tek kelimeyle Mükemmel ☺

DONA
Tanrı kelamını en sık tekrarlayan **İnsan**lar **Din**adamlarıdır. **Din**adamları sıradan vatandaşlardan farklı bir 'sorumluluk' duygusuyla bu metinleri içselleştirdikçe kendilerini tanrı sanmaya başlar. Sesinde Tanrı titreşimleri hissetmeye başlar ve bu 'tını' zamanla onu hayatta en çok tatmin eden haz halini alır. Aynı durumun bir diğer benzeri diyaframdan aldığı güçlü nefesi ses tellerinden geçirerek ve ön damakta tınlatarak konuşan kimi tiyatrocuların, zaman içinde bu tınıyla aralarında bir haz bağı kurması ve bu perdeden

konuşabileceği ortamları arzulamasıdır. O ortam yoksa da, ses o perdeye çıkacaktır.

Dİnadamı, Tanrı kelamını İnsanlara okur ya da aktarırken İnsanların Tanrı'ya olan saygılı ve irkilmeli duruşlarına imrenmeye başlar. Aynı düşünceyi 'Bence diye başlayan bir cümleyle kendi cümlesi olarak seslendirecek olduğunda, bu saygının %1'ini dahi göremeyecektir. Herkes Kur°an okur ve okuduktan sonra kitabın kapağını kapatır. Dİnadamı kitabın kapağını kapattığında kendİne dönemeyen kişidir. O'nun 'mesajlarını' ilete ilete, o meclisin tırnak içinde 'Allah'ı olmuştur. Kur°an*, kendisini meslek edİnenleri zehirler. Kot taşlama işçilerinden çok daha büyük bir zehirli meslek varsa o da İslam ruhbanlığıdır. İslam'ın kendisine profesyonel yaklaşanları zehirlediği koruyucu arsenİğidir bu. Kur°an*, yumuşamamış kalplerin bilgi derinliğine ulaşma çabalarını reddetmez, bunun yerine, eğer bu, profesyonel bir çaba halini almışsa, kişiyi arsenik diyetine sokar. Arsenik diyetinde kişi düzenli ve uzunca bir maratonla aldığı zehirin farkına varmaksızın ölür. Levh-i Mahfuz'un yayınlandığı 2006 yılından bugüne, Müslüman Dİnadamları tarafından tek bir karşı-teori dahi görememiş olması bu yüzdendir. Dİnadamları, yeryüzü tarihinin bu en büyük İslami gelişmesine, zehirlenmiş bünyeleriyle yatakta yakalanmışlardır.

Telefonların, 3 yanlış şifre girişinde kendisini kilitlediği gibi kadim Kur°an kriptosu da, kendisine ulaşmaya çalışan seçilmemişleri, kırmızı bir hata ekranıyla karşılamaz. Aksine onları 'tebrik' eder. Onları İnsanlığa ibret vesikası olarak formatlar ve evine geri gönderir. Ayetleri hafızadan konuşmakla övünen hafızların ezberlediği ayetlerden birinde, kitap yükletilen ancak bunu irfana dönüştüremeyen eşek kıssasını kişi EZBERDEN okuyacak kadar şuuru örtülü duruma getirilmiştir. Kur°an*, evrene hükmetmenin ilmidir ve bu ilmini içinde yer alan kapan ve tuzaklarıyla koruma altına alır. Bir aksiyon filmi olarak bakacak olduğunda, fimlerde gözü retina taramasından geçemeyen kişi odaya giremez. Bu filmin adı Kur°an olduğunda, retina taramasında hidayetsizliği gözlerinden okunan kişi, kapalı kapılarla karşılanmaz. Bilakis kırmızı halıların ve sahne alan protokol seramonilerin eşliğinde kapıdan içeri girdirilir.

BİNANIN YEDİ KAT DİBİNDE AĞIRLANMAK ÜZERE.

🄱🄴🄽

Bir de şu öğretme hevesleri yok mu, en çok buna bayılıyorum. Japonca'dan yana tek harf bildiği yok buna karşın Yeminli Japon Tercüman tabelasının gölgesinde faaliyet göstermekte. Şapkasında ise Çin bayrağı var ☺

🄳🄾🄽🄰

Öğretme şehveti, insanın insanı tohumlama arzusudur. Düşünce soyunun devamına hizmet eder. Paylaşım ise öğrendiğine öğreterek gerçekleşen iki yönlü güncelleme ilişkisidir. Yararlı bilgiler sunarak da olsa, insanlara öğretme tutkusu, sağlıklı bir öğrenme ile topraklanmadıkça insan çobanlığı sendromuna yol açması kaçınılmazdır. Bu sendromun önüne geçmenin çeşitli taktik düzlemli önlemleri olabilir. Bir Reiki Master'ın insan nefsine en ağır gelecek çilehane işlerini, tıpkı derslerindeki düzenlilikte yerine getirdiğini, danışanlarına kanıtlaması bunlardan biridir.

Öğreten insan, aynı miktarda öğrenerek cari açığını ivedilikle kapatmak durumundadır. İnsanların bilgi anlamında yararlandırıldığı tek taraflı bir alışverişte, zarar gören kendisi olur.

Öğrettiğin insanlardan aldığın feedback, onlardan birşey öğrendiğin anlamına gelmez. Yankı, öğretmen için olması gereken öğrenim değildir. Hakikat, etrafında didaktik vericiler değil Öğrenen Öğretmenler görmek ister. Öğretmen mutlaka, ilgisiz, karşı veya çapraz branşların öğrencisi olmalıdır. Evrende, ancak öğrenebildiğin kadarıyla öğreterek topraklanırsın. Bu bildiğin kadarıyla konuşmak değildir. O gün yediğin kadar dışkılamaktır.

BEN
Pekiii buradan Reiki Masterlığı müessesine onay verdiğin anlamını mı çıkarmalıyım?

DONA
Kimi bünyelerin ihtiyacı sadece bilgi değildir. İkili ilişkilerle zehirlenen benlikleri, toksik arınmalarını gerçekleştirirken ikili ilişkilere ihtiyaç duyabilirler. Buluşmalı Öğretimler, kişileri zincirlememek, onları abone kılmamak, tek gecelik ilişkilerin asimetrik sınırlarının dışına çıkmamak kaydıyla terapi başlığı altında görüntülenirler. Tercih ve nihai amaç, Levh-i Mahfuz'un kilitlenmeyen, sistem yöneticisine ihtiyaç duymayan zihin bilg**Isa**yarlarını yaratmaksa da, bu amacın ân itibariyle erken **ol**duğu bünyelerde, birilerinin dokunuşu ile desteklenmesi de hayatın içinde yaşanabilir şeylerdendir. Bu destek çekildiğinde kişi yeniden düşüyorsa, ortamın Şeyhtan ocağı **ol**duğu açıktır. Biz, üstad iddialı kişinin üstadlığını, elinden tuttuğu kişilerin bir daha geri dönmemek üzere kanat çırparak semavi gökyüzünde kayb**ol**duğu manzaralardan anlarız. Terapinin bilgi frekansının lüzum **ol**unduğu durumlar için bir tamamlayıcı, hazırlayıcı ve tetikleyici **ol**duğuna inanması ve inandırması, Öğretmen için Şeyhtan'lardan ayrışmak için kaçınılmaz şarttır. Bu ince çizginin üzerindeki yürüyüşünde dengeyi g**öz**etmediğinde mızrakların kendisini göstermesi kaçınılmaz **ol**acaktır.

BEN
Şifa vericilik de buna bir örnek.

DONA
İnsan nasıl bir doktora, psikiyatriste, psik**ol**oğa ihtiyaç duyuyorsa, bu terapilerin mistik versiyonlarını da tercih etmekte **öz**gür **ol**malıdır. İnce çizgi, bu terapilerde, bağımlılık yaratıcı lanetli kafeinin kişilere tattırılıp tattırılmamasında gizlidir. Levh-i Mahfuz güncellemesini, çeşitli öğretmenlerin elinden alanlar da spiritüelizmin bir gerçeğidir. Ancak daha ileri bir gerçek, kişilerin bilgiye kendi mağaralarında, kendi kendilerine ulaşabiliyor **ol**malarına,

kendi okuduklarını kendi kendilerine anlayabilmelerine ve düşecek olduklarında Bilinç ile Öz-iradelerinden başka hiçkimseye ihtiyaç duymadan şahlanabiliyor olmalarıdır.

Şifacılık konusundaki önemli bir teorik sapmayı da düzeltmemiz gerekiyor. Her hastalığın ruhsal bir karşılığının olduğu öğretisi, Ortaçağ'da vebanın lanetlileri bulduğuna inanan düşünceyle köken paralelidir. Musibet için bir nedenin olması gerekmez. Hastalıkların altında karmik gerekçeler aramak, 'günaha bulanan İnsan' öğretilerinden doğmuş bir çabadır.

Yaşıyor olmak, musibetin İsabeti için yeter-de-artar bir gerekçedir.

Musibetlerin, İnsan için bir mesajcı olduğu doğrudur. Ancak bu, musibetsiz görünen rutin yaşamların, mesaj içermediği açıklamasını da dolaylı yolla ifade etmesi açısında yetersiz bir açıklamadır. Müslümanların yaşlanınca Hacı'lanması gibi, bir Spiritüel'in de kanserlenince bir mesajın ardına düşmesi de manâya vardırmayacak bir yolculuktur. Hacı'lık Hacı'ya asıl hayata ilk başladığı anda gereklidir. Hacı'lık gerçek anlamda bir ermişlik mekanizması olması durumunda, bunun için en doğru zamanlama emeklilik sonrası değil askerlik öncesidir. Spiritüelin de mesaj arayışı için hastalık, gecikmiş

başlangıçtır. Senin 'şifa iyi gelmedi' diyerek olumsuzladığın durum, bir devrim ortamıdır. Sorunun, devrimleri kötü birer değişiklik olarak gördüğün yerde fidanlanmıştır.

Birinci mesaj budur: Mesaj, kendisine bir kanserin eşlik etmek zorunda olmadığı tanrısal mektuptur. O mesaj her zaman ve her yerdedir. Musibet, hayata yeni katılan mesaj değildir. Musibet, hayatın ilk gününden beri bir yerlerde olan mesajın, farkedilmemesinin bir sonucudur ve Tanrı için sadece yeni bir anlatım biçimidir. Vebalı İnsan lanetli İnsan olmamıştır, kanserli İnsan da günahkâr İnsan olmayacaktır. Spiritüelizmin 'kendim ettim kendi buldum' şartlandırması, genellikle ruhun içinde düzenenlenen sürek avlarıyla sonuçlanır. Ve gene genellikle bu avlar, 'hastayı kurtaramadık'larla sonlanır.

Musibet, yani **isa**bet eden, bir hayat rutininin farklı dilden ifadesidir. Musibet hayatındaki eski sayfalara anlam ve ruh katarak ortaya çıkan, 'yeni' sayfadır. Musibet hastane odasının kendisi değildir. Alınmamış mesajlarda, okunmamış tanrısal kader mektuplarında musibet, tüm bir yaşamdır.

BEN
Kişiden kişiye öyle kartpostal gibi 'yollanan' negatif enerjiler gerçek mi?

DONA
Birisi sana uzaktan mutluluk y**oll**ayamıyorsa, mutsuzluk da y**oll**ayamaz küçüğüm. Kişilerin 'vaadettikleri' Şer performanslarının sağlamasını bu y**oll**a yapabilirsin. Sana mutluluk y**oll**amalarını isteyerek.

Mut ile **ol**an ilişkisini, **öz**-irade kendi bilinciyle belirler. Kendisini, yanlış söylem ve bilgilerle, negatif enerjilere 'İnisiye etmiş' bir beyin, başkalarını kendisine negatif enerjiler verirken hayal eder. Ve bu y**oll**a kendi kendisine negatif enerji havalesi, eft'si gerçekleştirmiş **ol**ur. Aktarım kendi hesapların arasındadır. Enerji enerjidir, enerjide bir terslik yoktur negatif tezahür tümüyle **sen**in eserindir.

BEN
Çok vurgulanmasa da, bu sürek avından en berbat nasibi engelliler alıyor. Geçmiş yaşamda ne katliamlar yapmadıkları kalıyor ne de başka başka fenalıkları.

DONA
Engellik, Materyalist Maddiyat Felsefesinde küçüm**sen**en bir k**ol**tuğa oturtulmuştur. Spiritüelizm fazla altını çizmez. Ancak içini açacak **ol**duğunda bu durumla ilgili getirilen tespitler hiç de içini açmayacaktır. Hakikatin Maneviyat Felsefesi, bu grubu çok '**öz**el' bir yere oturtmaz. Maneviyat Felsefesi, engelli engelsiz hiç kimseyi bir tanım altına oturtmaz.

YAPILABİLENLERİ YAPAMAYANLAR =
ENGELLİLİK'TİR.
TANIMI YENİ DÜNYA FELSEFESİNDE KABUL OLMAZ.
HAKİKATİN YAKIN OLDUĞU TANIM;
İNSAN OLMANIN GENİŞ POTANSİYELİ =
POTANSİYELİNİ KULLANAMAYAN HERKES
BİR ENGELE TAKILIDIR.
şeklinde tezahür eder.

Semt pazarında gördüğün ve bir kahkahasıyla **200** metrelik bir alandaki istisnasız herkesi güldüren tekerlekli o sandalyeye küçümseyen g**ö**zle bakacak hiçbir zihnin, fonksiyonlarını tam **ol**arak yerine getirdiği söylenemez. **İ**nsan **ol**manın geniş potansiyeli ışığında baktığında, hayata gülümseyerek bakabilen ama yürüyemeyen o çocuğun mu yoksa etrafındaki, asık bir yüzle dik yürüyebilen pazar alışverişçilerinin mi engelli **ol**duğunu söylemek hiç de k**ol**ay **ol**mayacaktır.

B E N
☺
D O N A
S U R E T   O R U C U

Tekâmül varlıklarının ihtiyaçları **2** türlüdür. Kimisi ruhsallaşmakta güçlük çeker. Kimisi ise fizikselleşmenin yükünü halen hakkıyla kaldıramaz. Suret Orucu, ruhsallaşmakta güçlük çekene, had**dın**den biraz fazla dünyalı **ol**muş, egosundan şik**ayet**leri gittikçe artan, **İnsan**lar katının **İnsan**ı **ol**anlar için tahmin edemeyeceğin kesinlikte bir ç**öz**ümdür.

Beynin, bir kova d**ol**usu düşüncenin elekten geçirildiği bir metin işlemcisidir. Ruhsallaşma konusunda zorlanan kişinin sorunu, beyninin bu kovanın içinde, **sen**in adının geçtiği yerlerde, **sen**in avatarın **ol**arak bir ruh mu yoksa bir bedeni mi uygun gördüğüyle ilgilidir. Beynine, adının geçtiği her yerde **sen**i bir RUH **ol**arak tasavvur etmek zorunda **ol**duğunu öğretmek zorundasın. Bu grafik tasarım **ol**maksızın ruh-sallaşmanın tadına varamayacağını bilmende yarar var.

Bu düzenlemenin gerçekleşebilmesi için zihnine, esaslı bir Suret Orucuyla liderlik etmen kesin çözümü kolaylaştırır:

Levh-I Mahfuz Suret Orucu nedir?

İhtiyacı ruhsallaşmak olan bedenlerin, aynaya ya da kişisel fotoğraflarına bakmalarının bir oruca tabi olduğu terapidir. İnsanoğlu 'Hiç bakma ya da bazen bak' gibi komutlara alışkın olsa da, bunun takdiri, ruhsallaşma isteğinin şiddetine bağlıdır. 'Aynalara kontrollü küsmek' seni bir surete hapsolmaktan kurtaracak ve beynin, seni tasavvur ederken sonsuz olasılıktaki görselleri gözden geçirmek zorunda kalacaktır. Bu, suretsel sonsuzluk anlamı taşır.

İhtiyacı fizikselleşmek olan ruhların ise, aynalarla olan dostluğunu ilerleteceği bir yüz-leşme terapisine ihtiyaçları vardır. Aynayla her yüz-leşme, 'Bak Ali bu top.' basitliğinde bir anlatımla beyninin, bu tekâmül macerasında senin hangi su kabına dolduğunu ona ezberletecektir. Suret Orucu ihtiyaca dayalı iki yönlü bir uygulamadır. Ve beyninin ruhuna paralel programlanmasında eşsiz bir derinlik katar.

BEN
Bu orucun ajansa yağlı saçlarla gitmek olmadığına adım gibi eminim.

DONA
Bu orucu sen tutuyorsun ve onların bu işte hiçbir 'günahları' yok bunu unutma ☺

BEN
Hahaaa. Mesaj alındı.

DONA
İhtiyacı ruhsallaşmak olan bir bünyenin, fizikselliğine fazla vurgu yapmaması da bu orucun kapsamında yer alabilecektir.

BEN

Bunu söylediğin iyi oldu. Aynaya bakmadan süslenme çılgınlığına, daha başlamadan son vermiş oldun ☺ Pekiii, Suret Orucu kapsamında aşk diyeti, cinsellik perhizi gibi şeyler var mı?

DONA

Tanrı **insan**ı aşktan yarattı. Cinsel birleşik durum, yemek yemek gibi bir mekanik işlem **ol**arak kılınabileceği halde, Tanrı bu mekanizmayı eşlerin birbirini sevdikçe daha güzelleşen bir zevk biçimine, bir aşk ağacı haline getirdi. Saf bebeği ise o ağacın meyvesi...

Aşk yapıldıkça **insan** nesli çoğalıyorsa, Aşık **ol**undukça **insan** kendi **insan**lığına daha da yaklaşıyor demektir küçüğüm. Aşk, bu konunun tümüyle dışındadır. Aşkı cinsellik zannedenler için aşk perhizi **söz** konusu **ol**amaz, o, hayatın **ol**mazsa **ol**mazlarındandır. Cinsel anlam taşımayanlara dönük aşk **ol**arak yaşanması, onun kendi dengesini bulmasına yardımcı **ol**acaktır.

BEN

Aşk güzel de, bedeli var diyorsun ya, korkutuyor insanı. Belediyelere kızarım bazen. Arkadaş güzel bir hizmet koymuşsun bunu neden paralı yapıyorsun. Bu da bunun gibi. Bedelsiz Aşk Kampanyası yapsan hiç fena olmaz doğrusu.

DONA

Tanrı'nın verdiği nimetler için bir BEDEL ödeneceği gerçeği, eksik yorumlandığında, iyilik verirken kötülük yapma alışkanlığından vazgeçememiş, azametli Tanrı figürünü yeniden gündeme getirir. Bedel, karşılık anlamındadır. Tanrı'nın prensibi değil termo-**din**amiğin bir yasasıdır. Alınan her nimetin bir karşılığı vardır. Bu dünyanın, cennet değil bir tekâmül arenasıyla **ol**masıyla ilgilidir bu. Bu bir fizik kanunudur.

Acı, aşkın karşılığı değil karşıtıdır. Ancak diğer yanda aşk acısı çekmemenin mutlak y**ol**u, aşık **ol**mamaktan geçer. Aşk hazzını almanın tek y**ol**u ise aşkın yarına dair vaadettiği kaçınılmaz sonuçlara 'ben varım' diyebilmektir.

İnsan, tekâmül arenasında değil cennette yaşamayı dileyerek, bir karşılığının **ol**masının aşk adına bir haksızlık **ol**duğunu düşünür, isyan eder. Aynı **İnsan**, bir alış yaptığında parasal bir verişte bulunmak zorunda **ol**masına hiç itiraz etmez. Spor salonunun duvarındaki 'No pain, no gain' yazısı için de müdüriyete şik**ayet**te bulunduğu görülmemiştir. Sonuç, nedenin kaçınılmazıdır. Pozitif girdilerin, negatif çıktılarının **ol**ması her zaman ihtimal dahilindedir. Çile gibi, negatif girdilerin de pozitif çıktıları **ol**acaktır. Tüm bir kâinatın kader dengesi, artı ve eksi kutupların dengesinde gerçekleşir, toprak bulur. **Sen**den tahsil edildiğinde canının acıyacağını umduğun bedel, **sen**i geliştirerek sana en az aşk kadar önemli bir kazanım sunacaktır.

DAHA İYİ, DAHA DOLU DOLU BİR SEN.

B E N

Aşktı, cinsellikti derken toplumda, şiddet ve cinsel sapıklıklar da acayip yerlere ulaştı. İnsan ahlakçılara hak vermiyor değil bazen...

D O N A

Çocukların cinsel istismarı, kadına cinsel saldırı ve genel anlamlı kadına dair şiddetin nedeni çok açıktır. **İnsan** istek ve beklentilerinin yükseldiği bu yeni nesil dünyada **din**, geçmişin kendisine yüklediği 'İnsan**î** istekleri durduran tampon' niteliğini elinden bırakmamakta ısrarcıdır. Bilgi ve haberdarlık çağı, **İnsan** beklentilerini **insan**üstü düzeylere çıkarmıştır. Artık dağda koyunlarını otlatan çoban, New York'ta kadınların ve erkeklerin istedikleri gibi hareket edebildikleri Central bir Park'ın varlığını bilerek koyunlarını otlatmaktadır. Kimi **İnsan** bu gerçekle yüzleşebilir, kimi **İnsan** ise kendisine verilmeyip başkasına verilenlerle hiç de barışık yaşayamaz. Bu durum, hastalıklı iradeler için kişisel bir savaşımın başlangıç ateşi **ol**acaktır.

Başkalarıyla kendi yaşamı arasındaki farkları, mevcut **din** konsepti, Müslümanlara tatmin edici bir anlatımla açıklayamaz. Onları tatmin edemez. Aza kanaat felsefesi, tüketim çağında tümüyle ve mutlak bir biçimde fesh olunmuştur. **Din**, daha yüksek bir yaşamdan neden engellendiği konusunda gereken açıklamaları getirmediği gibi, halihazırdaki mevcut hayatına da kısıt getirmektedir. Kendi yaşam biçimiyle barışık **ol**amayan o çobanın karısı şiddet görecek ve daha kötüsü, çocukları aile içi cinsel istismara dahi uğrayabilecektir.

İnsan, **öz**gürlüğüne **yol** açılmayıp, dizginliklenmek adı altında boynuna geçirilen tasmayla bir noktaya bağlı tutulacak **ol**duğunda, bundan en büyük zararı, o tasmanın uzanabileceği kısa mesafedeki varlıklar hisseder.

Bu, mevcut **din**e rağmen değil mevcut **din**in tam kontr**ol**ü altında gerçekleşmiş bir tezahürdür. 'Vaaz ediyoruz ama **din**letemiyoruz'lu savunmalar, **Din**adamlarını masum kılmaz. Doktorlar, **çöz**emedikleri hastalıklar konusunda hastaları ölüme terketmek yerine başka kitaplara, alternatif yöntemlere sevkini yaparlar, çapraz araştırmalarla tüm ihtimalleri denerler. **Din**adamı kartviziti bastırarak i-n-sa-n konusunda uzman **ol**duğunu ilan etmiş, buna karşın **İnsan**ın **karma**şık yapısı karşısında çaresiz kalmış bu **İnsan** 'uzmanları' hastalarının sevkini hiçbir öğreti ve yaşam biçimine gerçekleştirmemekte ısrarcıdır. Cevaplar Çin'in Konfüçyüs öğretisinde bile **ol**sa, almaları gerekir. Levh-i Mahfuz'un Allah Katındaki İslam'ına gitmek, Çin ve Hindistan seçeneklerini duydukları şu anda, onlar için çok daha sevimli bir seçim halini almıştır.

Levh-i Mahfuz İslam'ı sadece bilginler, filozoflar için değil, kendisinde hem cinsel hem de şiddetsel anlamda zayıflıklar hissedenleri karşılayacak şekilde tasarlanmıştır. Bu konuda uyguladığı iyileştirici terapi geri dönüşü **ol**mayacak kadar kesin **çöz**üm içerir.

[B][E][N]
Mukaddes insan ruhu ile sapık insanları bir türlü bağdaştıramıyorum ben.

DONA

Tacizler, tecavüzler, çocuk istismarları... Bir ruhun kavanozuna cinsel güç koyduğunda, cinsel gücün **insan**a değil, **insan**ın cinsel güce hükmetmesi bazı vakalarda zaman alır. Cinsel iktidar sadece erkeğe değil kadına da ait bir kavramdır. Gücün **insan**a değil, **insan**ın cinsel güce hükmettiği durumlar gerçek cinsel iktidardır. Hükmedilemeyen cinsellik, iktidarsızlıktır ve bu bünyelerin, kendi savaşımları herşeyden çok ruhsal boyuttadır.

BEN

O kadar töre cinayetine neden olacağını bilseydin kadın bekareti diye birşeyi yaratmazmışsın gibi geliyor bazen. Yani bu dünyada herşeyin senin kontrolünde olduğuna, senin yaratmış olduğun insan kafası, basmakta zorlanıyor.

DONA

Bekaret, masumiyetin aslında hiç kayb**ol**madığına tekâmül için **ol**uşmuş, yapay bir duvar ve sancılı bir zededir.

Bekaret, erkeğe değil kadının kendisine bir mesajdır. Erkekliğe yenik düşmüş dişiliğin, kadının **öz**ünü kanatacağına dair bir uyarıcı ve korumacı bir kalkandır.

Ve Tanrı'nın gerçeklerinde mertebe hiçbir zaman ilklerde **ol**maz. Maharet ile mertebe, ilk'lerde değil en'lerde, en derinlerdedir...

BEN

İnsanlar gerçekten çok değişti. Beklentiler çok farklı.

DONA

Düzen artık değişmiştir. Eskinin kölelik düzeninde köle, o güzel pazarda güzel eşyaları gören, onlara asla ulaşamayan, onlara bakmak için bile kafasını çevirmesi yasak **ol**an kişiydi. Şimdi ise köle, pazardaki o eşyalar kendisine 24 taksitle sahiplendirilen ve daha sonra kafasını o taksitlerden kaldıramayan kişi.

BEN

Onlardan biri de benim yemin ederim ☺

DONA

☺

BEN
Bu arada eşcinselleri de sorunlu kişilerin içinde mi göreceğiz?

DONA
Kadınsı erkekler, hayatın ağır bir gerçeğidir. Hiçbir ahlaki tavır, **din**sel öğreti, bir ek**ola**yzer gibi binlerce ince ayara sahip, **insan** bedenin hormonal kokteylindeki muhteviyatı değiştiremez. Kadınsı erkeklerin hormonal muhteviyatı, klasik erkek setup'ından (kurulumundan) farklıdır.

Kadınsı erkekler toplumdan erkeksi baskılar görürler, sorunun bir açmaza dönüştüğü yer tam da burasıdır. Baskı, erkekçil bir davranıştır ve bu çocukları ezerek onları daha dişilleştirmekten başka bir işe yaramaz. Erkeksi baskı, içindeki erkeğin ezilip, içindeki dişilliğin daha ağırlık kazanması sonucunu doğuracaktır.

Ç**öz**üm nedir? Tercih edilen bir durum **ol**mamasına karşın, bunun bir SORUN **ol**madığı idrakına yükselmektir. Kadınsı erkekler, erkeksi kadınlar, kendi cinslerine eğilim gösteren kadınlar ve erkekler konusunda bilinmesi gereken temel bir gerçek vardır.

Hiçkim**sen**in, hiçkimseye ait hormonal ek**ola**yzerin ayarlarıyla oynama hakkı da, kudreti de yoktur.

BEN
İnsanların farklılıkları kabul etmesi ne kadar da zor oluyor.

DONA
Sevdiğin müziği **din**lersen hoş vakit geçirirsin. Sevmediğin müziği **din**lediğinde ise GELİŞİRSİN. Hiç sevmediğin **insan**ların sevdiği müzikler, **sen**in için gerçek bir tekâmül **sen**fonisidir.

BEN
Yargılama geleneği bu kadar yürürlükteyken bu senfoninin tadını çıkarmak hiç de kolay olmuyor.

DONA

'İnsanları yargılamamak' tümcesi, genel olarak yanlış anlamda kullanılan bir klişe halindedir. Yanlış olan, insanları yargılamak değil, onlara ceza kesmektir. Değerlendirme anlamında yargılama, insan zihninin ayrılmaz bir fonksiyonudur. İnsan beyni, eline aldığı taşı bile anlamlandırıp onun ne taşı olduğunun ayırdına varmak üzere çalışıyorken, insanın, karşı insanlar hakkında analizler, değerlendirmeler yapmaması mümkün ihtimaller arasında görülemez. İnsan, analiz anlamıyla herkesi ve herşeyi yargılar. Buna da kendi bekaasının devamı açısından mecburdur. Sorun objektif değerlendirmelerde değildir. Sorun, insanın ken/dince ölçütler koyarak insanları tartması ve ken/dince makbul bulmadığı ölçütlere sahip kişilere, kendi çapında mahkumiyetler tattırıp cezalar kesmesidir.

Mevcut spiritüel bir tavsiye olarak 'İnsan yargılamama', insanın hatırladıkça kendine set çektiği ve kendisini frenlediği fakat diğer zamanlarda pekâla insanları yargılamaktan geri kalmadığı bir tavsiyedir. Levh-i Mahfuz tavsiyelerle çalışmaz. İnsan zihni, kesin ve net komutlar bekler. Levh-i Mahfuz'un başka insan ve türler hakkında insanoğlu beynine komutu şu olur:

Başkalarını en objektif metrelerle ölç ve biç.
Sonuç her ne çıkarsa çıksın,
onları mahkum edecek bir mahkemenin başında
sen olmayacaksın.
Sadece, kendi **öz**gürlüğün ve kendi iradenle ilgili
tehditler konusunda,
Onların ve **sen**in **öz**gürlüklerini buluşturacak önlemleri al.
Senin **öz**gürlük alanına girmesi,
İradene bir tehdit oluşturması söz konusu olmayacaksa,
Bu durumda, objektif değerlendirmeni gözlem düzeyinde tut ve arşivle. O insanların taş değil değişen,
Dönüşen insanlar olarak karşına çıkacağını unutma.
Bu dönüşümün - veya + kutuplu bir değişim olacağını da bil.

BEN
Fazla analiz insanı bozuyor. Bunu bilir bunu söylerim!

DONA
İnsanları değerlendirirken, o insanları kendinle kıyaslama tuzağına asla düşme. İnsanoğlunun insan kıyaslama programı, bir yazılım hatasıdır. Nefsin, arınılacak kodlarındandır.

İnsan kıyası, karşı insanı kendinden iyi bulduğunda haset, kendinden kötü bulduğunda ise kibirle sonuçlanır. İnsanlarası bu bitmek bilmez kıyasıya rekabet, insan tekâmülünün önemli düşmanıdır.

BEN
Hepimiz jüri gibiyiz. İnsanları analiz ede ede, yargılamaktan parçalaya parçalaya yaşıyoruz. Gel gelelim bu halleri ederken kimse de bizi değerlendirmesin istiyoruz. Yahu deli miyiz neyiz biz ☺

DONA
İnsan, değerlendirmeye tabi tutulmayı sevmez. İnsan hep kendi banyosundaki tartıda tartılmak ister. Eczacının tartısı 'insafsızdır'. Yerli tartı kendisindendir, ona bir yanlış yapmayacaktır. Ona yanlış yapabilecek bir tartının da onun banyosunda yaşam sürebilme şansı zaten pek yoktur. Üzerine eşya düşebilecek, suya maruz kalabilecek ve bozularak değişmek zorunda kalacaktır. İnsanın banyosunda kalabilen tartı veya banyosunda kaldığı insanı düzenlice tartma şerefine erişebilen tartı, insana istemediği şeyler söylemeyecek tartıdır.

İnsanın ahirette kendi değer yargılarıyla yargılanma isteğini körükleyen ve yanılgıya onu sürükleyen de budur. Banyodaki bildik tartıyla tartılma sendromu...

BEN
Banyodaki tartımın beni **8** kilo eksik tarttığını farkettiğim anı hiç unutamam. Yeni aldığım dijital tartıyı camdan fırlatmama ramak kalmıştı.

DONA
☺

BEN
Dişilik ve erkeklik tam olarak nedir?

DONA
Dişilik ile er'lik, kadın ile erkeklikten çok öte kavramlardır. Dişilik ile er'lik, canlılığın yaratımında Tanrı fırçasının vurulduğu iki temel yaşam rengidir. Bu fırça darbeleri, zaman zaman bu iki rengi fazlaca kesiştirebilirler. Bu da Rabbın bir oyunudur.

Dişilik ile er'liğin, **İnsan** cinsiyetine indirgenmesi, erkekliği posbıyıklı bir profile, kadınlığı ise adı üstünde dişilikle d**olu** bir objeliğe büründürür. Oysa Dişilik, kadının ana renklerinden sadece biridir. Kadın ruhunun ve kadın karakteristiğinin yerine göre, boyandığı renklerden biri de er'lik **olmak** durumundadır. Er'ler ile dişi'lerin keskin çizgilerle ikiye ayrıldığı bir dünya, tekâmül evreni değildir. Ruh kütüphanesinde, erkeğin de dişi'ce düşünüp, yaşaması gereken raflar vardır.

Kadından anne, erkekten baba yaratan öğreti, yeni çağın öğretisi değildir. Yeni çağ, babacan anneler ile anaç babaların, çok yönlü çağıdır.

BEN
Tüm anne ve babalara uzun ömür istiyorum...

DONA
Ardında öksüz ya da yetim bırakma **sen**dromu... **İnsan**oğlu türünün devamı konusunda susturulamaz dürtülere sahip. **İnsan**ın 1 DNA'sı vardır. **İnsan**lığın da bir DNA'sı vardır. **İnsan**lık DNA'sı, tüm **İnsan**ların genetik kodlarının kadim toplamı, mukaddes bir genetiktir.

İnsanlık DNA'sı, genetik kod kuyruğunun uzaması için **seni** baskılar. Bu baskıdan çıkan sonuç, soyunun taze örneklerle devamıdır.

Bu, bir akarsuyu bir diyardan alıp bir başka diyara götüren, durgun bir gölden, azgın ama geçtiği her yere yaşam götüren bir akarsu yaratan, fizik kanunlarıyla kardeş bir kanundur.

Annelik ve babalık, bu kanunla doğurulan bir ikilemdir. İnsan, genetik kodlarını yanındakine yani evladına devam ettirmek dürtüsüyle ana-baba olmuşsa da, o evladın yetişme sürecinde, aynı dürtüyle hareket edemez. Etmesi, devam ettireceği soya bir ihanet olacaktır. Kendi olmasına izin verilmemiş, ana-baba programı ile kopyalanarak çoğaltılmış her çocuk, İnsan neslinden silinmiş, yok edilmiş bir ferttir. Avlanması Allah'ça yasaklanmış bir yasak avdır.

İnsanı anne baba yapan genetik dürtüler, sadece çocuğun temelini atma aşamasında ayakta olmalı, çocuğun inşasında, bu dürtülere ket vurulmalıdır. Bu dürtünün çocuğun gelişiminde kullanılması gereken yer, çocuk için fedakârlıkta bulunma, çocuğun sadece doğması değil hayatta kalması için çaba göstermek vb. alanlarda olabilir. Bunun dışında bu DNA sarmalı, anne ve babadan çocuğa felsefe kopyası mekanizması haline dönüştüğünde, İnsan neslinin, nicelik olarak değilse de nitelik olarak devamı tehlikeye girer. İnsan türünün sadece nicelik yani sayı anlamında değil nitelik olarak da bazı hedefleri vardır. Bu nitelik hedefini sekteye uğratacak hedefler,

TABİATIN İMHA LİSTESİNE GİRMEYE HERKESTEN DAHA YAKIN OLUR.

Zihinsel kürtaj, çocuğun özgün düşüncelerinin çocuk beyninden alınması, çocuğun beynindeki küçük embriyonun hastane çöplüğüne atılmasıdır. En temel ifadeyle, çocuk katliamıdır. Çocuk bir hediye paketidir, içinden ne çıkacağı senin kontrolünde olmayacaktır ve bu anlamda sürpriz kaldıracak gücü kendinde bulamayanların en son seçmesi gereken meslek ebeveynliktir.

İnsana türünün devamı için baskı uygulayan genetik

dürtü, **insan** psik**ol**ojisine ardında öksüz/yetim bırakma konusunda iç burkucu kokular salar. Bu korkuyu burnunda hisseden biri için iyi haber şudur. Anneler ve babalar, varlıkları ile verebildikleri katkının belki de çok daha fazlasını, çocuklarına yokluklarıyla verirler. Hayat bir sofra ise, hiç şüphe yoktur ki bu sofradan en yüksek doygunlukla kalkanlar, büyük acılar yaşayan küçüklerdir.

Çocuğunun önünü açmak için herşeyi yap. Gerekiyorsa ona **öz**benliğin hariç herşeyini ver. Kendi hayatına tutunması için elinden gelmeyenleri de ardına koy. Ancak, hayattan kopmanla ilgili **sen**aryo**l**ardan da korku duyma. Tanrı ismindeki, en acı tadı verse bile en şifalı ilaçları **insan**a içirmekten geri durmayan mekanizma devrededir. **Sen**in tekâmül **yol**culuğun ile onun en güçlü **ol**acağı **sen**aryoyu bir yerde kesiştirmiş ve **sen**in perdenin ötesine 'sevk' kağıdına imzayı atıvermiştir. Bir hayatın sonu gibi görünen bu durum, yepyeni bir hayatın başlangıcıdır.

Öksüz ile yetim, aciz **insan** değil, dünyaları devirebilecek güç potansiyeline sahip yüklü **insan** profilidir. Öksüz ile yetimin ağlaşan resmi, eskilerin acınaklı **insan** duygusallıklarından biridir. Öksüz ve yetimlere dünya haklarını, hakettiğinden de fazla bir ölçekte ulaştır. Bunun ötesinde onlar için üzülme.

Ve onları alkışlamak için ken**dine** kortejin içinden en güzel bir yeri beğen.

BEN

Çocuk terbiyesinde doğru olan şey nedir? Terbiye kelimesi bile içimde 'Haşa! Ne haddine!' yankıları yapıyor.

DONA

Sen onun velisisin. **Sen** onun evliyasısın ve bu sana önemli sorumluluklar yük-lüyor. Çocuk yetiştirme konusunda bir elin güneş kadar sıcak, bir elin metal gibi soğuk **ol**malı. Çocukları biat kültüründen uzak yetiştirme isteği, sağlıksız yeşerdiğinde, varış gene biat kültüründe sonlanır.

Annenin - Babanın çocuğa biat etmesiyle...

'Şımarık Çocuk', Levh-i Mahfuz cildinde, nefsi terbiyeye muhtaç çocuk anlamındadır. Anne ile babanın çocuk 'terbiyesi' konusunda bir işlevleri varsa bu, çocuğun nefsinin terbiye edilmesinden başkası değildir. Çocuk nefsini terbiye edebilmek için öncelikli şart, ebeveynin terbiye edilmiş bir nefse sahip olmasıdır. Nefsi terbiye edilmemiş ebeveynlerin nefs terbiyelerini, kontrolden çıkmış indigolar gerçekleştirirler.

Ve inan bana bu hiç de arzu edebileceğin birşey değildir. Nefs terbiyesinden geçmiş ve geçirmiş bir ebeveyn olmak, indigo yetiştirmenin tek şartı olmasa da, çok kritik, temel bir noktasıdır. Nefs terbiyesi geçirmemiş bir çocuğun, hiçbir çocukluk organı, sağlıklı gelişmez. Eğitim, ancak gönlü derinleştirilmiş bünyelerde bilgiye dönüşür.

Bunun dışında kalan bünyelerde eğitim, bilgiye değil diplomaya dönüşür. Mezuniyet belgesi, öğrendiklerinin değil unutacaklarının bir vesikası olarak duvarındaki kutlu yerini alacaktır.

🄱🄴🄽

Bazı insanlar ne matrak. O belgeyi bir de duvarına asıyor herkesin göreceği şekilde.

İşbu belge, şu şu okulda geçirdiğim şu kadar şu kadar senede, okuduklarımdan zerre kadar birşey anlamadığımın belgesi olarak takdir edilmiştir ☺

Annelik programını kadınlara nasıl yüklüyorsun?

🄳🄾🄽🄰

Annelik hormonları, kadını evladına karşı hazırlar. Evlatlık alan annelerin en büyük meydan okuması buradadır. Hormonların hazırlamadığı anneliğe onlar manen soyunmak zorundadırlar. Fiziksel veya gönüllü annelikte, ruhsallaşmaya karşı ihtiyaç en elzem sınırların üstüne çıkar. Hormonal anne, maneviyata en çok ihtiyacının olduğu bir evrededir.

'İyi bir anne olacağım' masumiyeti, hormonlarına yenilmiş bünyelerde 'En iyi anne ben olacağım'ı getirir ve bu yolun sonu da 'Ben ondan daha iyi anneyim olacaktır.'

BEN

Hehe. Geçenlerde, KİŞİSEL gözlemlerime dayanarak anneleri 4 kategoriye ayırdım.

Kariyerist anne: Fazla söze gerek var mı? Bir kariyer hedefine kilitlenmiş anne.

Ekonomist anne: İşi içerdiği kariyer anlamından çok, ev ekonomisine katkısıyla değerlendiren ve eve kazandıracağı maddî getirilere odaklı anne.

İdealist anne: Bir kariyere değil bir hayale kilitlenmiş bir anne.

vee

Ezogelin anne: Yani ananem. Canım benim. Fazla söze gerek var mı? Anadolu'nun ana-sı olan anne. Ana olmadan anne olunamaz, hep söylerim.

DONA

Bu kategorizasyonuna 5. bir madde ile katılabilirim.

Altın anne: Bu meziyetleri, koşullara göre en mükemmel bir karışımla harmanlayan anne.

BEN

Korkuların insana nerede yaklaşacağı gerçekten belli olmuyor. İnsanlık, yaşadıklarından çok, YAŞAMADIKLARINDAN YANİ KORKULARINDAN ÇEKMİŞ.

DONA

Figürlere dayalı korkular yereldir. Her kültürün kendi korku figürleri vardır. Bu figürlere ağırlıklı olarak **din** karar verir. Korku figürleri, **din**den inanca, coğrafyadan zamana değişiklik gösterir.

Lucifer'dan korkan bir Japon görmemen bu yüzdendir. Cinlerin, Şeytanların 'işe yaraması' için, onları anlamlı kılacak **din**î kodların varlığı gereklidir.

Levh-i Mahfuz, korku figürlerinin de kıyametidir. Korkularını başlık başlık yenebilen **İnsan**, bu yeni inanç teknolojisiyle korkunun temel kavramını yenebilir hale gelmiştir. Sonsuzluğun gecelerinde mutlu ve dingin uykular çekebilmek demektir bu. Levh-i Mahfuz'la güncellenmiş bir zihin, bebeklerden daha bebekçe uykular çekebildiğin bir yataktır. Sadece devrim, gayret, çaba, savaşım içermez. Levh-i Mahfuz aynı zamanda en rahat yataktır. Sırtına binmiş varoluş külçelerini senden ve sırtından uzak tutar.

BEN
Sırtımızı sağlama yere dayadık desene.

DONA
Korkularından korkma, oturduğun zemine güvenme.

Risk Armstrong.

Neil armstrong 82 yaşına kadar yaşadığı 2012 yılında öldü. Uzaya çıkıp, aya inip ve sonrasında da dünyaya dönecek bir yolculuk gibi büyük bir riski almış biriydi ve 82 yıl yaşadı. Onun aydan döndüğü yıldan bu yana, ayağı yere sağlam basan otobüslerle seyahat eden milyonlarca insan öldü...

BEN
Seviyorum seni DONA ☺

DONA
Ben de seni küçük ☺ Birşeyleri sevebiliyor olmanı, sana yüklediğim sevgiye borçlu olduğunu biliyorsun.

BEN
Bana ruhun fotoğrafını göstermesen de seviyorum bak ☺ Aura fotoğrafları beni kesmiyor.

DONA
Aura, ruhun radyoaktif sızıntısıdır. Aura, fotoğrafları bir ruhun değil bir ruhsal reaktörden sızma yapan ışımaların fotoğrafıdır. Bu ışımalara bakarak, ruhun duvara yansıyan bir tür ışık oyunu olduğunu zannetmemelisin. Ruh, ruhsal nükleer patlamalarla dolu bir aktivitedir. Ruhun fotoğrafı olmaz. Video da, onu yakalamaya yeterli olmaz. Aura fotoğraflarındaki solgun renkler, gerçek ruhu yansıtıyor olsaydı, 'ruhsuz insan benzetmelerine daha yakın bir

durum ortaya çıkardı. Ruh, muhteşem bir patlamadır. Onu görebilmek in-sana, doğru zamanda ve perdenin ardına geçtiğinde nasip olacaktır.

BEN
Pufff.

DONA
Bunun yerine, kendimi affettirmek adına sana muhteşem bir ilim vermemi ister misin?

BEN
Galiba bu farklı bir ilim. Yuppiii! İsterim tabi.

DONA
Panoramik Haz İlminin açılışına hoş geldin.

BEN
Destur Bismillah. Beni Arapça konuşan amcalara döndürdün sonunda. Yahu bu isimde ilim olur mu? Panoramik Haz. Hadi kıvrandırma beniii. Ne bu? Boğaz manzarasına bakıp kendinden geçme sanatı gibi bişey mi?

DONA
HAZ PANORAMASI

Cahil İnsan sadece kendi hazlarını beyninde hisseden İnsandır. Levh-i Mahfuz Bilgesinin bir olgudan haz alabilmesi için o yemekten ısırık almasına gerek yoktur. Onun hiçbirşeye dokunmasına gerek yoktur.

İnsanların sadece kendi uzandıkları üzerinden hazlanması en eski teknolojidir. İnsansı olmaktan çok hayvansı bir modeldir. Modern İnsan, toprakta bulduğu altını dişleyen İnsan değildir artık.

Önünde harikulade bir sofranın olduğunu hayal et. Bu sofranın başındasın. Eski çağlar teknolojisine göre masadaki tereyağda pişmiş karides güvecin sende bir hazza dönüşebilmesi için gerekenler şunlar:

Çatalladığın karidesi çiğnemeye başlarsın.

Ağzının içindeki damakçı sinirler,

beynine 'burada çok güzel bir şey çiğniyoruz' sinyalleri gönderir. Beyin de 'Bu bir karides. Siz karides çiğnemektesiniz.' sinyaliyle cevap verir.

Sabah olduğunda
'Akşamki karides ne güzeldi'nin
hikayesi işte budur.

Oysa o karidesten haz alabilmek için onu yemek zorunda değil**din**. Hatta karidesle aynı masada oturman bile gerekmiyordu.

BEN

Yarım ekmeğimin arasında durmayan karides benim karidesim değildir devri sona erdi yani.

DONA

Panoramanın içine giren herşeyden, reseptör-sinir-beyin üçgenine muhtaç **ol**madan haz alabilmeye Levh-i Mahfuz,

HAZ PANORAMASI

adını veriyor.

Dünyada Maserati mevhumunun yaratılmış **ol**ması, Maserati hazzını alman için yeterlidir. **3200** GT'nin ruhsatında **sen**in adının yazması gerekmez.

Mutlu bir aile tablosu gördüğünde, o tablo **sen**in de mutluluğun **ol**abilir. BENİM ailem, BENİM mutluluğum şartlanmasının içine sıkışmayacak **ol**duğunda.

Panoramanın içine giren her mutluluk, kendi mutluluğun kadar sana haz veriyor **ol**acak. O panoramayı küçümseme. Bir çölde su içen **insan**lar görmen bile damağını ıslatmaya yetebilir.

Panoramanın içine girenlerden haz alman ı engelleyen organın adı BENLİKTİR küçüğüm. Ve onu kontr**ol** altına almak tam **sen**lik bir konudur. Kişisel ben-liğini, **insan**lık biz-liği içinde eritemez**sen**, aldığın hazlar küçük dünyanın minik tanecikleri kadardır. Haz Panoramasına erdiğinde, bütün dünya **sen**in mutluluğun için çalışıyor **ol**acaktır.

Benliği ile başa çıkamamış kişi için tekâmül bir hayaldir ve haz panoramasına giren herşey bağrına hasedik acılar saplayacaktır. **İnsan**oğlu, başkasında gördüğü mutluluklarda 'Bende niye yok?' diyen temel dürtülere sahiptir. Haz Panoraması, gönlünü sarmalayan bu dikenli telleri yokeder. Mutluluklardan mutsuzluk yaratan o ölümcül simyanın büyüsünden **İnsan**ı kurtarır.

Bir mevhumun, bir güzelliğin önce bir hayal ve sonra bir gerçek kılınması hazzın en doruk noktasıdır. Bu hazzın kabl**ol**arının kime saplanmış **ol**duğu, bu devrenin en önemsiz detayıdır.

Yükselen **İnsan**, ruhsal sonsuzluğa ilerlediği gökyüzünde, sonsuz bir hazzı da beraberinde götürür bu ilimle. Yükselen **İnsan** için haz panoramasının dışındakiler, rantabl **ol**mayan, küçük ve sınırlı zevkcikler haline gelecektir.
Yükselen **İnsan** BÜYÜK OYNAMAYI SEVER.

Bu evrenin içinde kıpırdanan her güzellik, onun sinesine değmeden geçemeyecektir. Evrendeki tüm güzellikler ona çalışacaktır.

Bu konudaki bir önemli nokta, haz panoramasına karşı cins konusunu doğru monte edebilmendir. Haz panoraması, başkasının eşiyle kend**in**i hayal etmen değildir. O iki helal eşin bir **ol**arak ortaya çıkardıkları mutluluğu kendi mutluluğun bilmene biz panoramik haz adını veririz.

Haz Panoramasına yükselmiş bir **İnsan**ın, bir çocuğa annelik yapması için onu doğurmuş **ol**ması gerekmez. Hangi rahimden çıktığı çocuğun sadece bir teferruatı **ol**ur. Annelik ruhta başlar, ruhta biter ve en iyi anneler, farkındalık panoramasını genişletmiş annelerin arasından çıkar. Ruhsal anne, hormonal anneliğin her zaman bir basamak üzerindedir.

Bu hazzı duyumsayabilmek için önemli bir mihenk taşı,

evlat sahibi olabilmektir. Bir evladın olduğunda, beynin, kimliğin içinden evlatlarını da bölümler. Onun yediğinden sen de zevk alırsın artık. Gönülleriniz paralel inşa edilmiştir. Senin yapamadıklarını onun yapması sana nasıl tatmin getiriyorsa, bu ilimle değişen tek şey, bu durumun senin soyunun dışındakiler için de geçerli olmasıdır. İnsanlık soyu... Bir hayvanın, yazın o sıcağında önüne koyduğun tertemiz ve berrak sudan içtiğinde aldığı hazzı, beyin çeperlerinde çınlatabilmek için o yalağa ağzını dayaman gerekmez.

Evrende böyle bir mekanizma, böyle bir devasa haz kanalı varken şimdi bana ettiğin dualara bir bakalım:

Rabbim BANA ev ver.
Allahım BANA araba ver.
Tanrım onlar BENİM olsun.
vb.

Tercihin, Rabbinin seni böyle bir ilimden yararlandırması mıdır yoksa, bu küçük oyuncaklarını sana teslim ederek seni susturması mıdır?

BEN

Dona başım dönmeye başladı. Bu müthiş bir paradigma değişikliği. Bir ruh olduğumu hissedebiliyorum artık.

DONA

Haz Panoraması, cennettir.

SONSUZ CENNET'E HOŞGELDİN KÜÇÜK ÇOCUK.

'Güzel içeceklerle dolu ırmakların' nasıl oluştuğunu zannediyordun? Baldan bir akarsunun, bir küçük damağa bağlanmasıyla mı?

Yoksa, güzel tatlarla temas eden tüm damaklara bir networkle bağlanmış bir mütekâmil damak mı?

Dünyandaki tüm lezzetlerin eninde sonunda sana, başkalarının damaklarını bir basit anten olarak kullandığın muhteşem mekanizmanın adı Haz Panoramasıdır. Cennet'in eşanlamlısıdır.

- Nahnu evliyâukum fil hayâtid dunyâ ve fil âhırah, ve lekum fîhâ mâ teştehî enfusukum ve lekum fîhâ mâ teddeûn.
Biz, <u>dünya hayatında da, ahirette de</u> sizin velileriniziz.
<u>Orada</u> nefislerinizin arzuladığı her şey sizindir ve istediğiniz her şey de sizindir.
GÜZEL KUR'AN'IN FÜSSİLET SURESİ 31. AYETİ

Şimdi söyle bakalım 'orası' neresiymiş?

BEN

Orası ahiret ile sınırlı değil. Orada da, burada da arzuladığın herşey senindir diyorsun! Bu inanılmaz. Cennet'in tarifi bu.

DONA

...Onlar için, içinde ebedi kalacakları, altından ırmaklar akan cennetler vardır. Allah onlardan razı oldu, onlar da O'ndan razı olmuşlardır.
İşte büyük 'kurtuluş ve mutluluk' budur."
GÜZEL KUR'AN'IN MAİDE SURESİ 119. AYETİ

Söyle bakalım küçük adam.
BÜYÜK MUTLULUK MEĞER NEYMİŞ?

BEN

Yemenin içmenin ardına saklanan gerçek şu.
Allah senden razı, sen ondan razısın.
VE GERÇEK MUTLULUK BUNDAN BAŞKASI DEĞİL!

DONA

Şimdi şu iki basamaklı cennete dikkat et.

Ama Rablerinden korkup sakınanlar; onlar için Allah katında -bir şölen olarak- altlarından ırmaklar akan -içinde ebedi kalacakları- cennetler vardır.
İYİLİK YAPANLAR İÇİN ALLAH'IN KATINDA OLANLAR DAHA HAYIRLIDIR.
GÜZEL KUR'AN'IN ALİ İMRAN SURESİ 198. AYETİ

BEN

Altından ırmaklar akan cennet modeli, Tekâmül Öğretmenin katında, yani dünyada anlam ifade eden bir cennet. Ayetteki ikinci ve gerçek cennet basamağı İÇİNDEKİ TANRI'YI KEŞFEDENLERİ BEKLİYOR!

DONA

Öne geçen Muhacirler ve Ensar ile onlara güzellikle uyanlar; Allah onlardan hoşnut olmuştur, onlar da O'ndan hoşnut olmuşlardır ve onlara, içinde ebedi kalacakları, altından ırmaklar akan cennetler hazırlamıştır. İşte büyük 'kurtuluş

ve mutluluk' budur.
GÜZEL KUR'ANIN TEVBE SURESİ 100. AYETİ

BEN
Muhacir ne demek? Düğüm orada sanki...

DONA
MUHACİR: GÖÇ EDEN.

BEN
Heeey. Sabit kalmayan, güncellenen Müslümanlardan ve bu geçişe yardımcı olan (Ensar) Müslümanlardan bahsediyorsuun!

DONA
Evet küçüğüm. Daraltılmış bir İslam'dan, Medeniyete Göç eden Müslümanlara ve bu kutlu geçişe katkı veren Müslümanlara Kur°an, Cennet halkı adını veriyor. Her **ayet** gibi bu **ayet** de, Peygamberle birlikte Me**dîne**'ye göç eden bir avuç **İnsan** için değil, **İnsan**lık geneli için indirildi. Kur°an'ın yerleşikliğin, statükoculuğun karşısına koyduğu kavram işe budur. MUHACİRLİK. Cennet halkı yerli bir halk değil, yeni düzleme göç eden Müslümanlardan **ol**uşur. Ve bu geçişle birlikte onlara verilen ilim, dünyaları vermekle eşdeğerdir.

BEN
Cennet kuyruğunda bekleyen Bir Müslüman'ın kendisine sorması gereken soru:

BEN HİÇ BİR YERE GÖÇ ETTİM Mİ?

'Doğduğum bu muhfazakâr çevrenin göçmeni değil yerlisiyim.' Bunu farketmesi, anahtarın delikte bir tur dönmesine eşdeğer.

DONA
Bu alt perdeydi... Şimdi ise, Tanrısallık boyutuna hediye edilmiş **ol**an, Haz Panoramasının üst perdesine geldi sıra. Tanrısalların Haz Panoraması nasıl **ol**ur?
Bir Tanrısalın panoramik bir haz e**dîn**ebilmesi için haz kaynağının 2-g**öz**-kadrajına girmesi gerekmez küçüğüm. Üst perdeye geçtiğinde bir hazzı arzuladığında ona kavuşman için HAYAL etmen yeterli **ol**acaktır. Hayalperest bir Tanrı'nın

velinimetlerinden yararlanmanın y**ol**u, hayal frekansına girebilmektir. Kişisel gelişim gurularının hayali ile bizim hayallerimizin aynı **ol**madığını bilmende de yarar görürüm. Onların hayal-et'lerinde çok farklı bir 'sistem' işler. O arabayı hayal etmen ve bu uğurda çok çalışman durumunda, o arabanın ruhsatında **sen**in adının yazabileceğine inandırmak için **sen**i seminerden seminere, kitaptan kitaba sürüklerler.

Bizim hayallerimizde ise, o arabaya kavuşmak için yanından o arabanın geçmesi yeterlidir. Aslına bakarsan yaşadığın ülkede o arabanın hiç **ol**maması da birşeyi değiştirmez.

Haz Panoramasının kudretli bir kullancısıysan:
ARABA ZATEN SENİNDİR.

En üst perdede ise **sen**in hayallerinin arabası daha yaratılmamış **ol**andır. **Sen**in yoktan bir araba var eden biri **ol**man için çalıştığı sırada Rabba yönelip o arabadan bir tane de ben istiyorum dediğinde, Rabbın yüzünde beliren bir tebessümden başkası değildir.

🄱🄴🄽

Hayalinin Cenneti. İşte ben bu mekânı sevdim.

🄳🄾🄽🄰

Tanrı yaratıcı **ol**maktan daha önce hayal edendir.

Herkes yaratıcıyı, alışveriş listesi benzeri bir listede sıralanmış yaratıkları teker teker türetip yayan **ol**arak düşünür.

HAYIR.
YARATICI, YARATIMDAN ÖNCE HAYAL EDENDİR.
BİR ŞEYİN YOKTAN VAR EDİLEBİLMESİ İÇİN,
YARATMA YANİ GERÇEKLEŞTİRME EVRESİNDEN DAHA ÖNCE
O ŞEYİN HAYAL EDİLDİĞİ BİR EVRE VARDIR.
YÜZLEŞMEN GEREKEN GERÇEK ŞU Kİ SENİN TANRIN,
HAYAL EDEN BİR HAYALPERESTTİR.
HİÇBİR ZAMAN BİR HESAP KİTAP TANRISI OLMAMIŞTIR.

BİR MUHASEBE VARSA, ONU MELEKLER TUTAR.
TANRI VAROLUŞUN HAYALCİ YANIDIR.
BU EVRENDE HAYALLERİ O KURAR.
ONUN HAYALLERİ OLMASAYDI, BUGÜN GERÇEK
BİLDİKLERİNİN HİÇBİRİNE DOKUNAMAYACAKTIN. ORTADA
1 SEN OLMAYACAKTI HERŞEYDEN ÖNCE.
TANRI, ÇİN'DEKİ BİR ÜRETİM FABRİKASI DEĞİL.
TANRI 1 TASARIM OFİSİDİR.
LEVH-İ MAHFUZ TASAVVUR FELSEFESİNİN
HAYAT BULDUĞU YER BURASIDIR.
FABRİKA, TASAVVUR EDİLENİN KALIPLANDIĞI YERDİR.
ESER FABRİKADA SADECE ÇOĞALTILIR.
ESERİ YARATAN YER ONUN TASARLANDIĞI OFİSTİR.
ETE KEMİĞE BÜRÜNMEK, FABRİKA İŞİDİR, TANRI'NIN
KALEMİ İŞLER SINIFINDA HİÇ OLMAZ.
TANRI'YI YARATAN DEĞİL HAYAL EDEN OLARAK HAYAL
ETMEYE BAŞLARSAN İYİ EDERSİN.
TANRI'YI ÜRETİCİ ANLAMINDAKİ YARATICI OLARAK
HAYAL ETMEK,
'TANRI 6 GÜNDE YARATTI SONRA DİNLENDİ' DİYEN
DİNLERİN PARADİGMASIDIR.

Tanrı Kur°an'da yorulmaz. Hayal ediyor **ol**duğu için. Yorulmak, efor trafiğinin bir ifadesidir. Kur°an*, hakikatin soyut boyutunu içerir ve bu anlamda somut Tevrat ve İncil'den de ayrılır.

Tanrı'nın hakikat katında trafik yoktur. İnişler çıkışlar, gelenler gidenler, bunlar bir denizaltının denizden içeri girenlerin ilk alındığı basınç geçiş odasının işidir. Ahiret, nihai bir Tanrı katı değildir. Ahir-et bir mekân adı değil bir zaman dilimidir herşeyden önce. Tanrı katını hayal ederken **İnsan**ların hesaba çekildiği mahkemeleri ayrı bir köşeye koymanda yarar görürüm. Harala gürele, Tanrı'nın tasarım ofisini doğru bir biçimde hayal etmeni engeller. O ofis, tasavvurdan doğma taslaklardan **ol**uşur.

Yaratılmanın iki evresi vardır küçüğüm. Hayal edilme ve

üretilme. Ne yazık ki **İnsan**ın evrenin yaratıcısı çağrışımı, üretimden ibarettir. Üretim ise, hareketin, eğilmenin, kalkmanın hiç bitmediği bir trafik ortamıdır. Camiler, Fabrika Tanrısı zihniyetiyle işletilmektedir. Bu fabrikalarda HUŞU adı verilenin bulunamaması bu nedenledir. İslam **7.** gün **din**lenen Tevrat'ın EMEKÇİ tanrısından, Bütün bir yılı hayal ederek geçirdiği için hiç yorulmayan Levh-i Mahfuz'un Tasarımcı Tanrılığına terfi etmiştir. İbadethanelerin mekanize edilmesi binlerle yıllık bir gelenektir ve hakikatin İslam'ı bunu kırmak için buradadır.

MABED,
TANRIYLA TASAVVURLARA DALINAN MEKANDIR.

Soyutlama moduna geçtiğinde, kurgulamaya başladığın hayalle birlikte bir damla **ol**ur, Tanrı'yı **ol**uşturan o uçsuz bucaksız denizin bir parçası **ol**uverirsin.

Tanrı'yı fabrikatör değil hayalperest **ol**arak tanımaya başladıkça şu kaçınılmazı yaşamaktan kaçamayacaksın:

ŞAŞMIŞ BİR DÜNYAYLA KALAKALMAK.

Tanrı'nın bu dünyayı ürettiğini değil hayal ettiğini düşündüğünde, bu gezegen ruh kazanır. Üretici üretir ve gönderir. Hayaller ise hayalperestin içinde sonsuza kadar yaşar. Hayal, perestin ayrılmaz parçasıdır.

İnsanoğlu gönül kırıklıklarına engel **ol**mak için ken**di**ne bir koruma programı **ol**uşturmuştur. Ve bu programın durdurulma vakti gelmiştir. Hayal kırıklığına uğramamanın y**ol**u, hayal kurmamaktan geçmeyecektir artık.

Tanrı **sen**i üretmedi. **Sen**i hayal etti. Ve bunu gerçekten hayal edebildiğinde, neler hissedebileceğini hayal bile edemezsin. Gerçeklerle zehirlenmiş beyninin ihtiyacı **ol**an dille söyleyecek **ol**duğumuzda:

Tanrı'nın hayal ettiği tam da **sen**in gibi biriydi... **Sen**i cezalandırmak için perdenin ardında sabırsızlanarak bekleyen Tanrı modelini bir kenara koy.

Ve günahlarıyla, sevaplarıyla, iyilikleriyle, hatalarıyla, yapabildikleriyle, yapamadıklarıyla tepeden tırnağa herşeyiyle **sen**i ifade eden bir rengi **insan**oğlunun gökkuşağı skalasına büyük bir istekle ekleyen bir Tanrı hayal et ken**dİn**e.

SENİ YARGILAYACAK BİR GÜCÜN
TANRIYI YARGILAYACAK KUDRETE İHTİYACI OLACAK.
SARSICI GERÇEK ŞU Kİ;
SEN TAM DA ONUN HAYAL ETTİĞİ GİBİSİN.
DAHA İYİ BİRİ OLDUĞUNDA,
SENİN DAHA İYİ BİRİ OLMANLA İLGİLİ HAYALLERİ GERÇEKLEŞİYOR.
DÜŞTÜĞÜNDE, 'SEN-DÜŞMÜŞ-SEN HAYALİ' SAHNE ALIYOR.
KALKTIĞINDA DA
'İŞTE BENİM KÜÇÜĞÜMÜN KÜLLERİNDEN YENİDEN DOĞUŞU'
CHAPTER'INA GELİYOR SIRA.

Kader bunun neresinde diyecek **ol**duğunda, Tanrı'nın hayallerinin in-**sen**i **ol**maktan, bir alt düzleme inmek zorundayız.
Tanrı'nın hayal denizinde sorgusuzca yüzme boyutuna çıkmışken 'Peki ne **ol**acak benim kaderim?' sorusunu sorabilmen de **sen**in makus talihin.
Bu sonsuz denizde, üstüne 'bu da benim kaderim' yazabileceğin bir küçük gemin **ol**sun istiyorsun.
Olsun. **Sen** denizdeki o gemi **ol**.
Unutma ki **sen**in geminin üzerinde **ol**duğu deniz bizim gemimizin içindedir.
SONSUZ DENİZ GEMİSİ.
İşte bu, yeni ve sonsuz kaderin.
Kader geçmişin ve geleceğin **yol** haritasıdır.
Sana teklif edilen ise geçmişin ve geleceğin altın anahtarıdır.
Bir tekâmülün alabileceği en **9**erçek terfi budur.

Kadere indirgenmemiş,
Tanrısal hayallerin içinde sonsuz bir yaşam.
Bu sonsuz yaşama, ölmeden katılmak. İşte bu da yaşayan
cennettir. Emekliliğin, ölüm sonrası cennetinden,
yaşayanların fırtınalı cennetine geçiş.
Tanrı'nı hayalperest hayal-et.
İçinde bulunduğun o an'ı,
bulunmuş **ol**duğun şu an'ı
ve yaşamış **ol**duğun diğer tüm anları,
bir storyboard'a elleriyle eskizlediğini hayal et küçüğüm.
Sana göre 'sefil' **ol**an varlığın,
gerçek ve kutsal anlamını o zaman bulacak.
Hayal, isteklerinle uzantılıdır.
Yiyeceklerimizi, içeceklerimizi Allah yarattı der ve geçersin.
Bu s**öz**, fabrikatör Tanrı imanlısınındır.
İşte şu da hayalperest Tanrı'sının iman çıkarımıdır:
**Benim Tanrım, bu dünyanın tanrısı,
Amazon ormanlarını,
pasifik okyanusunu,
İsviçre Alplerini,
Karadeniz yaylalarını
ve bunların üzerindeki milyarlarca türü yaratmışken,
KAKAONUN EKSİKLİĞİNİ HİSSETMİŞ BİR TANRI'DIR.**
Tanrı kakao fabrikatörü değildir.
Tanrı, çik**ol**atanın bu dünyaya neler katabileceğini hayal
edebilen gustoya verilebilecek tek addır.
'Tanrı', çik**ol**atalardan en büyük ısırığı alan kim-liktir.
Çik**ol**atanın HAYAL EDENİ OLDUĞU İÇİN.
Onun damağı en büyük hazzı bunu hayal ederek almıştır.
'Tanrı, kedileri yarattı ve sokağa saldı.'
fabrikatöre iman edenlerin bakış açısıdır.
Hayallerin Tanrısı ise,
şu dünya gürültüsünün içinde
ensesi okşandığında mırıldamaya başlayan
bir yumuşak tüylü canın,
Tanrısal ruha neler verebileceğini

hayal edebilen Tanrıdır.
İşte o kedi bunun için orada,
o konteynırın tepesinden çöplerin içine sarkıyor.
İnsanlar bu hayale ortak olamayıp onları aç bıraktığı,
Tanrı'nın hayallerini sulamadığı için.
Tanrı'nın yemyeşil hayallerini paylaşamadığı için yükselmiştir
o apartmanlar.
Ve o kedi, sizin sokağın değil Tanrı'nın kedisidir.
Nedensizce mırıldadığında en çok 'kimin' keyifleneceği çok
açıktır.
Tanrı, yaratıp şaştığı bir evrene mahkum değildir.
O,
en büyük hayalini,
hayal ettiği şekilde yaşayan hayalperestlerin Rabbidir.
OL dediğinde herşey bu yüzden OLuverir.
Çalışıp çabalayan Tanrı modeli, Tevrat'ta kalmıştır.
Hayal eden Tanrı,
Kur'an'ın Tanrı'sıdır ve sana çok şaşırtıcı gelecek olsa da -
Bu şaşırman tam da onun hayal ettiği bir şaşırmadır-
İSLAM, dünya gerçeklerinden ayartılabilmiş
Müslümanlardan
bir hayalperest yaratabilme sanatıdır.
Cehennem korkutmak için,
Cennet ise hayal ettirmek içindir.
İslam dünyasının ufuk çizgisinde,
korku topraklarının bittiği yerde
hayallerin gökyüzü başlar.

İşte sen Şeyhtan'ın Bu Son Gününde,
tam da bu gökyüzüne kanat çırpmak üzeresin.
🆁🅴🅽
Hayaller gerçeklere neden uzaktır hep derdim.
HAYALLER HAKİKATİN KANATLARININ ALTINDAYMIŞ MEĞER.
🅳🅾🅽🅰
Hayal gücü, İnsanın rutin bir dünyanın ortasında kurduğu
renkli fantezilerden ibaret değildir. Hayal, öz-görüdür,

yaşam kurtaran bilgidir. Soyutlanamayan Müslüman, iğnenin deliğinden geçemeyen halatın kendisidir. Soyutlanabilmek, Tanrısallık Mertebesine de Cennet Platformuna da çıkışın tek kapısıdır.

BEN
Hayalperestlik tam olarak neye benziyor?

DONA
Hayalperestliğin ne **ol**duğunu anlamak için onun ne **ol**madığını bilmelisin. Hayalperest ile Muhteris, yaşamdan birbirine mutlak tezat iki karedir küçüğüm. Hayallerinin hayalperesti **ol**mak isterken, ihtirasların muhterisi **ol**mamalısın. Muhteris de, mevcut gerçeklik ile yetinmeyen kişidir. Ancak hayalperestten farkı onun kamil bir nefse sahip **ol**mamasıdır. Sadece tekâmüle ermiş bir ruh, halis bir hayalperest **ol**abilir. Nefs ateşinin kirlettiği hayallere bizim alemimizde ihtiras adı verilir. İhtiras, asla erişilemeyecek **ol**andır. Hayalin ise yarına ihtiyacı yoktur, o dünden gerçektir. Hayalperestin ihtiyacı gerçekliği tuzla buz edecek devrimlere imza atmakken, muhteris der**dİn**in devası mevcut gerçeklikle yetinebilmeyi öğrenmektir. Spiritüel topluma SIR adı altında hazırlıksızca yaygınlaştırılan öğretiler, nefsi terbiye etmeksin, ihtirasların gerçekleştirilme vaadi **ol**maktan öteye gitmez. Rabbın tekâmül cetvelinin son çentiğinde HAYALPEREST yazar. Ve onun öncesindeki santimlerde kişi nefsani isteklerden tümüyle soyundurulur. Muhteris isteklerine erdirilmezken, halis hayalicinin OL dediği herşey OLdurulur.

BEN
Her istediğinin OLması gerçek dışı değil mi?

DONA
Gerçek hayalcinin tüm OL deme OLasılıkları da bir planın dahilindedir. Halis hayalcinin y**ol**u Tanrı istikametine devam eder ve ihtirastan arınmış istekleri bu yüzden mukaddes değerdedir. Ona **ol**mayacak dualar ettirilmez.

BEN

Tekâmül bu mertebenin neresinde? Hani bu merdiven, öyle çıka çıka bitecek bir merdiven değil. Kırk fırın ekmek yemen lazım'ların tekâmülü değil bu.

DONA

Kadim bilgi, yaşam yükünü sıfır noktasına hafifletir, ancak bu durumda da **sen**i bu yeni farkındalığın yakışanı yeni yükler bekler:

Binyılın Tefsir-i Levh-i Mahfuz, dünya işleri programıyla çalışan bir beyne, ansızın peygamberlik kartuşunun takılmasıdır.

Bu kartuş **sen**i,
vergi dairesinin
vergi tahakkuk servisinin
vezne kuyruğunda
beklediğin sırada bulabilir.
Gerçek eğlence de buradan sonra başlar.
Bu kartuşun dağda, ovada bir keşiş gibi
yaşayan yalınayaklara değil,
dünya işleriyle boğuşan blucinli beylere,
topuklu hanımlara takılması
gerçek serüvenin ta kendisidir.

BEN

Ah o kartuş var ya. Anamdan emdiğim sütü burnumdan getirdi.

DONA

Var**ol**uş küçüğüm, sonsuz **ol**anın, sınırlarla **ol**an imtihanıdır. Sonsuzluğun ruhu, sınırların dünyasına düştüğünde bir var**ol**uş süresi kadar bocalar. Ve bu, **ol**ağan bir bocalamadır.

BEN

Kitaplar okudukça bu bocalamanın azalması gereken yerde arttığını görüyorum ne yazık ki.

DONA

Bu, Filozofik Girdaptır. Entelektüel bir hastalıktır. Bu **sen**dromda bilgi kişide dep**ol**anmaz. Beyin kendi bilgi rezervlerini hayata geçiremez. Kişinin kendi **öz**-kaynaklarıyla bilgilenmesi mümkün **ol**maz ve bu nedenle sürekli okumak, dışarıdan diyalizlenmek zorundadır. Okuduklarının pek azı, kendisinin düşünemeyeceği şeyler **ol**duğu halde dondurulmuş gıdalara dönük bağımlılığı tavan yapmış haldedir.

Kişi okudukça paralize, felç evrene düşer. Bilgi akımına maruz kalarak titrediği ancak o bilgiyi hiçbir gerçekliğe dönüştürmediği bir girdaptır bu. Okudukça okuyacak, okuyacağını hayatına geçiremeyecektir. Filozofik girdapta **İnsan**, okudukça ne kadar az bildiği duygusuyla **dol**ar. Bu da daha çok okuma ihtiyacı demektir. Bu hastalıkta kişi okumaya, beynini okuduklarından kendi **öz**-kaynaklarını **ol**uşturuncaya kadar ara vermelidir.

🅱🅴🅽
Batılı Spiritüellerin yerine Mevlana kitapları işe yarar mı?
🅳🅾🅽🅰

İnsanlar, Mevlana ile Şems arasındaki bağa dair kitaplar okumaya doymazlar. Bu bağda, **İnsan**a dair **ol**umlu mesajlar vardır. Mevlana - Şems ilişkisi, eşsiz bir öykü **ol**makla beraber, Levh-i Mahfuz bu öykünün dış yüzüyle yetinmeyenlere, bu öykünün iç yüzünü sunar.

Şems'de bulunan şey, dışsal bir aşk değil,
gerçek ve içsel **öz**le temastır.
Mevla ile Mevlana arasında,
Rahmanla Rahim arasındaki gibi bir ilişki bulunur.
Mevlana ile Şems'in bir Leyla Mecnun uyarlaması halini almaması için, 'Mevlevinin' içsel **öz**e dönüş y**ol**culuğuna başlaması şarttır.

Şems ile Mevlana arasında yaşanan 'şeyin',
iki kişi arasında gerçekleştiğini zannetmek,
Tanrısal **öz**üne doğru seyahate çıkmış bir tren ve y**ol**cularına el sallamaktan ibarettir.

Tren gideceği yere gidecektir ancak y**ol**cuyu tekâmülüne

uğurlayan **sen ol**muşsundur. Hoş bir kitap okudum istasyonundaki sarı çizginin gerisinden, hızlı tekâmül trenlerine el sallamak,
versiyonu geride kalmış bir arayıştır.
Mevlana hikayeciliği bu yüzden bitmez.
İstikamette şüphe yoktur,
ancak y**ol**culuk bir türlü başlayamamaktadır.
Sorun, **2** başka kişinin çıktığı bir y**ol**culukta,

bir yere varmasını beklediğinin SEN **ol**masındadır.
İzlediğin bir gezi filmi **ol**sa da bu durum,
bir televizyonun başında çakılı kaldığın gerçeğini değiştirmez. Binyılın Güncellemesinin yer verdiği Rahman ve Rahim kriptosu, Mevla - Mevlana **sen**fonisinin en eşsiz yorumudur. Mevla-na gidişin tek y**ol**u bu patikadan geçer...

220

BEN

Dindarlar için üzülüyorum. Çünkü kendi hayatlarını boşu boşuna zorlaştırıyorlar. Hayat zaten yeterince zor.

DONA

Hayat zordur. Dini yasaklarla daha da zor ve içinden çıkılmaz bir hal alır. Bir de yasakların dolaylı olarak yaşattıkları zorluklar vardır. Örneğin bir dindar, herkesin rahatlıkla girip çıktığı kitabevi zincirlerine kolaylıkla girip çıkamaz. Kitabevine girmek 'haram' olmadığı halde. Dergi rafındaki magazinlerin kapağında çıplak kadınlar vardır... Mütedeyyinlik kadınlardan kaçışla eşanlamlı hale gelmiştir. Magazinlerin kapağından yüz çevrilecekse, kadınların tacizine maruz kalan Yusuf, o kadınların arasında ne yapacaktır?

Etrafını birbirinden güzel kadınların sardığı Yusuf, yüzünü nereye çevirecektir?

İman ettiği iddiasını taşıyan bir Müslüman, geri püskürtülmüş pasif değil ofansif bir hareket tarzını izler. 'Ben imanlıyım, hiçbir kadın, helalim **ol**madığı müddetçe beni y**ol**umdan çeviremez' diyerek üstlerine gidecek gücü **din**darlar ken**din**de ne zaman bulabilecektir? Karşısında çıplak bir kadın **ol**sa dahi, çıplaklık şüphesiz onun kendi amelidir, maruz kalana bir vebali **ol**mayacaktır. Bir koca yetişkinin bir dergi kapağından fellik fellik kaçması, **öz**-güvensiz bir iman modelidir. Öz-güven'in **ol**madığı hiçbir **söz**cük; İsl... harfleriyle başlayamayacaktır.

'GÜNAH' UNSURUNUN ÜSTÜNE GİDEMEYEN HİÇBİR SÎNE, İMAN ZIRHIYLA KAPLANMAMIŞTIR.

BEN

İnsanlara Levh-i Mahfuz'un akıl almaz derecede akılcı din fikirlerinden bir demet sunduğunda şu lafı çok sık duyuyorsun:

SAÇMALIK BU!

Bu da beni, bu insanların güncellenmesiyle ilgili karamsarlığa itiyor.

DONA

'Saçmalık', bir bilg**isa**yarın tanım hudutlarının sonuna gelindiğinde çıkan sestir. **İnsan**ların Tanrı'yı gördüğünde secdeye kapanacaklarını zanneden bir batıl inanç vardır. Anlamlandırma algoritmalarının sona erdiği topraklarda kişi, Tanrı'nın asla hayal edemeyeceği suretini gördüğünde de çıkaracağı ses, Levh-i Mahfuz'u **din**lediğinde çıkaracağı sesle aynıdır:

SAÇMALIK!

Sana Tanrı'nın neye benzediğini çizemem. Ancak onu gördüğünde bu kişilerin ağzından dökülecek kelimeleri harfi harfine yazabilirim:

KİM BU UCUBE?

BEN
İşte bak şimdi bu sesi sevdim ☺

DONA
Yenilenme konusuna gelince, bu konuda da hiç endişen **ol**masın.

EĞER GÖKYÜZÜNDE 1 TANR1 VARSA,
YERYÜZÜNDEKİLER DE
GÜNCELLENECEKLER,
GÜNCELLENECEKLER,
GÜNCELLENECEKLER.
YENİLENİYORSUNUZ,
YENİLENİYORLAR,
YENİLENECEKLER.

BEN
Keşke insanlara, fikirlerini dinlemeleri gereken kişiler konusunda bir tembihte bulunsaymışsın.

DONA
İSLAM-DA 40TAN GERİYE DOĞRU SAYMAYA BAŞLA KURALI

Eğer **İsa ol**duğunu iddia eden biriyle karşılaşırsan, karşındaki bir dilenciymiş gibi ondan uzaklaşmak yerine ona **40** saniye de **ol**sa kulak vermek zorundasın. 1/7.000.000 ihtimal doğru söylüyordur ki bu hiç de küçük bir ihtimal değildir. Muhammed de böyle düşük bir ihtimalden doğmuştur. Putperestlerin talihsiz kurasıdır bu.

Mesih ile Mehdi, pür bir **40** saniyeni ayıracak **ol**duğunda kendilerindeki 'tuhaflığı' sana farkettirebilecek kişiliklerdir. Sorguladıkça sürenin uzatılması y**ol**una giderek araştırmalarını derinleştirebilirsin. Bu süreyi, ağzına gelen ilk küfrü savuruncaya kadar geçen **40** saniye ile karıştırmamalısın. Kısa süreli bir donukluk ve ardından eski yaşama dönüşle de... Koruma kalkanlarını aralayarak, neler **ol**duğunu anlamaya çalıştığın bir süredir bu. **40** yıla bedel bir performanstır. Beyin, kendi güncelleyicisini görüp, bilip, tanımakla ilgili hiç bilmediğin gizli kodlarla yüklüdür. Beyin, güncelleyicisiyle karşılaştığında ilk refleksi kızgınlıktır. Kızgınlık, fişe takılan güncellenecek **İnsan**ın çıkardığı ilk ve faydasız feryadıdır. Bu potansiyelin çıkarttırdığı ses, nefret perdesindedir. Sonu sevgi perdesine bağlanacaktır.

Müslüman, duyargaları tümüyle açık kişidir. Duyargalarını kapadığında putperest yayına geçmesi kaçınılmazdır. Otomobilinin sileceğine tutturulmuş el ilanını çöpe atmadan önce, çöpe atmakta **ol**duğun ilanın ne ilanı **ol**duğunu kavramak zorundadır. İhtimaldir ki birisi o, ilanın üzerine önemli bir feryat düşmüştür.

BEN

İyi de herkese kulak vermek, telefon ve sms dolandırıcılarının eline düşmeyi kolaylaştırmaz mı?

DONA

Küçüğüm, d**ol**andırıcıların elinden onlara kulak vermeyerek 'kurtulmak', kesin bir ç**öz**üm değildir. Duvarlar, kilometrelerce uzunluktaki Çin Duvarları dahi **ol**sa gerçek koruma **ol**maktan uzaktır. Duvar uzak tutucudur, ç**öz**üm ise yokedicilerdedir. D**ol**andırıcılardan ancak tam kapasite çalışan bir beyinle korunabilirsin. Ki bu performans, **40** saniye içinde neyin **ol**up bitmekte **ol**duğunu sana haber vermeye yetecektir.

Kalkanlarını, önyargılarını ve kendi doğrularından yarım dakikalık uzaklaşma, ömrüne ömür katabilecek bir zaman dilimidir.

İNANÇLAR KONUSUNDA OTOMATİK CEVAPLAR VERMEYE ARA VERECEĞİN BİR 40 SANİYE SENİ SEN YAPMAYA YETEBİLİR.

BEN

Otomobillerinin üzerine Mehdi Adayı yazan şoförler yaşadı!

DONA

İslam'da **40**'tan geriye saymaya başla kuralı, deha melekelerinden yoksun **ol**duğunu kavradığın

vasat **ol**duğunu anladığın,
hakikati değil kendi emellerini yüklendiğinden emin **ol**duğun
Mesih ve Mehdi 'adaylarına'
40 saniyeden fazla vakit harcamamanın da kuralıdır.

BEN
Heee şimdi oldu. Süper oldu hem de ☺ İyi ama insanlığın yanlış bir din kültürüne girmesine bişey yapmıyorsun. Sonra da onları düzeltmek için göbeğimizi çatlattırıyorsun. İşin başında açıklasan ne güzel olurdu hakikatin derinliklerine gizlediklerini.

DONA
Tutsaklığın berbat tadı ağzına çalınmadan,
Özgürlüğü yaşaman mümkün **ol**maz.

BEN
Hmmm. Önce emeklettiriyorsun bizi, bebek gibi yetiştirip sonra sokağa çalıyorsun.

DONA
Biz **insan**ı süründürürüz.
Dimdik bir hayat sürmesini istediğimiz için.
Ve bir not. Yenidoğan...
Ona iyi bak. Ölülerin gittiği yerden geldi o.

BEN
Çok ilginç bir duvar tenisi bu. Sana bir top atıyorum, top dönüp suratımda tokat gibi patlıyor. Güzel söyledin ve benden gene aynı ses geldi:

ÇAAAAAT.

DONA
Mesajlara açık **ol**malısın. Arabana bindiğinde sileceğine tutuşturulduğunu gördüğün bir broşürü bile atamazsın. Üzerine birisi beni kurtarın yazmış **ol**abilir... Tekâmüllü beyin, o broşürü en kısa sürede inceleyip broşürü çöp kutusuna bırakan beyindir. Bakmadan atan beynin tam kapasiteli bir varlığından s**öz** edilemez.

BEN
Amanın.

DONA

Yukarıdaki **1/7.000.000.000** ihtimalli soruya geri dönersek...
Mehdi, "kafirin" papatya falıdır.

Bu değil ☹
Bu değil ☹
Bu da değil ☺

dediği sırada, Mehdi papatyada kalan son yapraktan ona gülümsüyordur. Bu değil, bu değil söylenmeleri kişiyi HİÇBİRİ DEĞİL. OLMAYACAK, GELMEYECEK iluzyonuna hapseder.
En geç vakit, bir Mehdi için en doğru vakittir.

BEN
☺

DONA

Dünya bir gemiyse, bu gemiden inmeye en gönüllü yolcu elçinin ta kendisidir. Elçilerin korkusuz zannedilmesi bu yüzdendir. Elçi, bu dünyada, bu dünyalıların onu zor duruma sokmak üzere vaadettikleri şeyleri anlamlandıramaz. O bu dünyanın dünyevi yüzünden ayrılalı çok olmuştur. Elçi o anlamda zaten aralarında değildir. Onun için korkunun ana konusunu oluşturan 'sonlandırılabilecek bir hayat' onun için başlamış değildir herşeyden önce.

BEN

Sistemi fena kurmuşsun. Bu mancınıktan kurtulmanın hiç yolu yok.

DONA

Zihninden okuduğuma göre aynı soru gene karşımızda. 'Neden kadın peygamber yok?'

Yaşadığın o ülkede, neden kadın peygamber olmadığını sorusunu her sorduğunda Tanrı'nın da sana sormak istediği bir karşı-soru vardır:

Sen hiç Sezen **din**-leme-**din** mi? ☺

BEN

Genç reklamcıdan gene aynı ses gelir:

ÇAAAAAT.

Yav, nasıl düşünemedim ben bunu? Nasıl? Nasıl?
Al bana, al bana, al bana ☺

DONA

Bir kadın sanatçı düşün. Eserleriyle **insan**ın hüznünü tariflendiriyor. Bu yolla, biriktirilmiş kederi akıttırarak bir arınma gerçekleştiriyor. Bunun dışında söylemleriyle toplumsal vicdana sesleniyor. Duygularını titreştirerek ruhsallaşmana katkı sağlıyor.

O bunları yapıyor. Ve **sen** bana halâ 'Neden kadın peygamber yok?' diye soruyorsun.

İnsanların kadın peygambersizlik serzenişinde kendi kavram ikilemleri yatar. **Sen** peygamberlik müessesini zihninde erkekleştirir ve erkekleştirdiğin bu kavramın içinde kadını bulamadığın için dönüp bana serzenirsin. Kadınlardan neden peygamber **ol**muyor sorusu gerçekte, kadınlar neden erkeklere benzemiyor sorusudur. Onlar erkeklere benzemezler çünkü kadındırlar. Kadınların peygamberlik mekanizması çok farklı seçilmişler yaratır. Ve birbiri ardınca desteklenmek için binyıl da beklemezler. Tüm vahşet çağlarının içerisinden geçerek bugünlere gelen **insan** nesli türünü devam ettirebildiyse, bu kadın peygamberlerin en büyük alametiyle gerçekleşmiştir.

ERKEK OLMAYAN BİR İNSAN OLARAK.

Her peygamber **öz**gün bir portredir. Altında kendi paradigması yatar. 'Kadın' peygamber dediğinde de, onları ayırdedebilmek için peygamberliği kadın paradigmasının içinde eritmelisin.

Ve tabi, peygamberliği bir meslek **ol**arak ele alma yanlışlığından da vazgeçmelisin. Peygamberlik başlı başına bir meslekî uğraş değildir. Kendi meslekî uğraşların, tanrısal bir kimlik ve tanrısal bir hizmet taşır hale gelirse, yaptığın işin sonucu peygamberlik **ol**ur. Mesleğin peygamberin kendisi **ol**maz. Bu anlamda, Tanrı'nın seçilmiş çocuklarını görebilmek için **din**, dil, cinsiyet ve meslek gibi sınırlamalardan bağımsız düşünmen gerekir.

DİNADAMLIĞI,
PEYGAMBERLİĞİ MESLEK ZANNEDEREK,
'ALLAH'LI İŞLER' YAPARAK ONLARLA MESLEKTAŞ
OLACAĞINA İNANARAK KAYBEDENLERİN BAŞKENDİDİR.

Peygamberler her meslektedir, her yerdedir. Muhammed onların elinde Kur°an'la çıkagelenidir. Nice **insan**lar, nice güzelliklerle **insan**lık ailesine ne güzel hediyeler sunmuşlardır.

B E N

Steve Jobs kardeşe selam olsun. Musa Tur vadisinin, Steve ise Silikon Vadisinin peygamberiydi bana göre.
İkisinin de elinde birer tablet vardı ☺

D O N A

İnsan adına bize gereken zekâ değil akıldır. Zekâ işlemcidir. Donanım **öz**elliğidir. Akıl ise zekâya yüklenen yazılımdır. Allah'ın yarattığı akıl yazılımı, her zekâ cihazını destekler. İslam aklını kaldıramayacak hiçbir zekâ yoktur.

Zihinsel engelli gördüğün kişinin Hakikatin İslam'ıyla akleder **ol**ması engellenemez.

Bir kişinin âmâ **ol**ması,
birşeyleri yapmamanın ama'sı **ol**amaz.

Zeki, akletmekle yüklenmediğinde üzerinde adam asmaca oynanan bir süper-kompiter **ol**maktan öteye gidemez.

Steve Jobs isimli kardeşine gelince. Bilg**isa**yarları hapsedilmeye çalışıldıkları kabala mantığından çıkararak İslam sadeliğine getirmesi ve herkesin parmak ucuna kadar ulaştıran devrimin fitilini yakmış **ol**ması Ahirzaman **sen**aryosunda çok önemli r**ol**lerden biri **ol**muştur. Yarattığı devrim Android başta **ol**mak üzere, tüm bir endüstriye sir**ayet** ederek kendi elmasından bağımsız, bütüne bir hizmet **ol**muştur. Ve bu noktada verdiğin selamı selamlamaktan geri durmam düşünülemez.

Tanrı'nın selamı, **İnsan**lığın tüm Steve'lerinin üzerine **ol**sun.

🄱🄴🄽

Bu selamda tutukluk yapan tüm yerli ve yabancı Steve'lere bir mesaj gizli.

DONA

İnsanlar sporseverdir. İnsanlar sporu yapmayı değil izlemeyi daha çok severler. Spor izleyicisi, ne kadar eşofman ve takım forması giyse de yaptıkları aslında sportif bir faaliyet değildir. Dizi izlemek ne kadar sporseverlikse, maç izlemek de o kadar 'sportif başarıdır'. Genel olarak İnsanlar spora bu kadar meraklı olsa da, tuttuğu takım için canını verecek kadar spora kapılmış olsa da, sportif faaliyetlerle fazla işleri yoktur. En büyük sportif depar, evden kalkıp maça gitmektir.

DONA

İnsanlar dinseverdir. İnsanların çoğunluğu dini gerçekten yaşamayı değil izlemeyi daha çok severler. Din izleyicisi, ne kadar çarşaf, örtü, takke giyse de bu yaptıkları dinsel bir faaliyet değildir. Maç seyretmek ne kadar sporseverlikse, dine kafa yormadan, aklını kullanmadan, televizyonda dine kafa yoranları izlemek de ancak o kadar dinî bir ameldir. Genel olarak Müslümanlar dine bu kadar meraklı olsa da, bağlı olduğu din için canını verecek kadar dine kapılmış olsa da, an itibariyle din özüyle yakın temasları yoktur. En büyük kültürel depar, evden camiye gitmektir.

BEN

Kültürel depar... Gelecek öngörülerini doğru yapmak o kadar önemli birşey ki. Gelecek denince akla fütüristler geliyor gerçi.

DONA

Fütürizm, yani gelecekçilik, bir grup işadamının biraraya gelip geleceği tartışmaları ve herşeyden önce gelecek üzerine kafa yorarak iyi birşey yapmaları ve HİÇBİRŞEY BULAMADAN GERİ DÖNMELERİDİR.

BEN

Biraz gülme molası rica ediyorum. Hahahahaa. Aynen böyle. Ben de çok katıldım böyle toplantıları. 15 sene önce. Hiçbirinden 'Her 100 Türkten 40'ının bir Facebook profili olacak' çıkmamıştı.

DONA

Bir devrimi yaşaman için **sen**i bir başka projenin başına getirdiğimizi hatırlıyorum.

BEN

Allah'ım Türkiye'de internet kullanımını nasıl yaygınlaştıracağım ben diye diye kafam iki kat büyümüştü!

DONA

Bugün Müslümanların güncellenebileceklerine dair kaygıların gibi, İnternetin de yaygınlaşamayacağından endişe ettiğini hatırlıyorum ☺

BEN

Ve genç adamdan bir çaaat daha yükselir ☺ Tabi ya. O gün bundan daha ümitsizdim hem de. Şimdi bakıyorum da... Haberlerde hiç unutamadığım bir sahneydi. Entelektüel bir haberci derenin öbür tarafındaki çobana sesleniyordu. 'Merhabaaa. Bizden istediğin birşey var mııı?'

Çoban bilgisayar istemişti. Entelektüel, muhtemelen bir çuval bulgur falan bekliyordu. Hey gidi gelecek hey, sen nelere kadirsin. Gelecek Zaman Makinası işte.

DONA

Kahinlik piyasası, tarihinde hiç bu kadar bereketli günler geçirmemişti. 7'den 70'e, işadamından ev kadınına herkes, geleceği öğrenmenin peşinde. Oysa, Gelecek Zaman

Makinası, ketum bir işleyiştir. Gelecek öğrenilemez, gelecek ancak yaratılır. Gelecek bilgisi sadece bir eylemi, bir fikri olanlara, ihtiyacı olduğu kadar bildirilir. Yanlış kullanıldığında dünyanın geleceğini olumsuz etkileyebilecek çaptadır ve bu yüzden mahrem tutulan bir bilgidir.

'Bilgi' demişken... Tanrı'nın geleceği çoktan yarattığını, şu an oynamaktan olanın canlı değil banttan bir yayın olduğunu düşünmek, seni yanıltır. Evrende neyin ne olduğunun milyar yıl öncesinden belli olması hiçbirşeyi değiştirmez. Bu evren, spontane bir evrendir. Bu anlamda kader isimli haritaya anlam yüklemen anlamsızdır. 'Kaderim' dediğin yazgıya değil, senin yazgına nasıl hükmettiğine odaklanman gerekir. Gelecekte neyin olacağı hem belirli hem de belirsizdir. Tanrı geleceği henüz yaratmamıştır, sadece öngörmektedir. Ve onun öngörüleri şaşmaz öngörülerdir. Gelecek bundan ibarettir.

Tanrı'nın, İslam'la ilgili, İnsanlıkla ilgili öngörüleri, 'ben yarattım böyle olacak' hükümleri değildir. Tamamen determinist ilkelere bağlı bir biçimde 'Bu olgular, şu şartlarda, o sonuçları doğuracaktır.' hükümleridir. Bunu sana çok net ve kesin bir örnekle açıklayacağım.

Suyun 100 derecede kaynaması, ilkel toplumlara göre suyun kaderi, bilimsel toplumlara göre ise bilimsel evrenin şaşmaz bir gerçeğidir. Tanrı sana bu su buhar olacak öngörüsünde bulunduğunda, bunu gelecekte yapacağı yaratımlara değil su moleküllerinin yapısına dayanarak söylüyordur. Suyun kodlarını 100 derecede kaynayacak şekilde ayarladıysa, bu su 100 derece kaynacaktır. Bu onun kadere müdahalesi sayılamaz. Herşey en baştan bu bilimsel kader üzerine programlanmıştır. İslam'ın İnsanlık için hazırladığı Altın Çağ da, Tanrı'nın binyıllık izninden geri dönmesinden sonraki ilk icraatı değildir. Bu labaratuvarda, böyle bir Kur°an'ı, öyle bir topluma verdiğinde, tarihte böylesine olayların cereyan edeceği ve bir süre sonra ikinci perdenin açılacağı 100 derece bilimselliğinde meydana gelirler.

Tarihte bir maçın sonucunu doğru bilebilmiş kâhin yoktur. Tutturan **İnsan**lar, **ol**asılık teorisi bağlamında tuttukları **ol**asılık ile yaşanan sonucun matematiksel çakışmasından başka birşey değildir. Tutturdukları varsa da bundan bir genel tarama yaratamamışlardır. Bir maçta, kimin kırmızı kart göreceğini, kimin kaç g**ol**ü ne şekilde atacağı gibi bilgiler gaybdır yani süper-bilinmeyendir. Bunun nedeni o maçın henüz oynanmamış **ol**masıdır. O maçın sonucunu belirleyen milyonlarca parametre vardır.

O topu sahada,
futb**ol**cunun bacağı değil,
milyonlarca parametrenin
o anda hesaplanarak ortaya çıkardığı
algoritma sektirmiştir.

Onları siz öldürmediniz, ama onları Allah öldürdü; (mızrakları) attığın zaman sen atmadın, ama Allah attı. Mü'minleri kendinden güzel bir imtihanla imtihan etmek için (yaptı.) Şüphesiz Allah, işitendir, bilendir.

GÜZEL KUR'AN'IN ENFAL SURESİ 17. AYETİ

Ayetin bahsettiği algoritma tam da budur. O mızrakları, tarihsel milyonlarca parametreyi hesapladığında o iki topluluğu savaşmak durumuna sokan Allah atmıştır.

Topun çizgiyi geçip g**ol ol**ması, bu, her ne kadar o parametreler ışığında kaçınılmaz **ol**sa da, sonucu itibariyle YENİ bir gelişmedir. Galyalı Asteriks'in köy kahini gibi, **ol**an biten herşey için 'Ben zaten biliyordum.' s**öz**ünün yaygın **ol**duğu tek köy Galya'da değildir. Bu, geleceği gaybdan haber aldığı iddiasındakilerin de sloganıdır. Bu, yanlış bir iddiadır. Zira, gaybın yani süper-bilinmeyenin kitabında gelecek isimli bir ünite yoktur. Bu bölümü aradığında karşına çıkan tabelanın sana söyleyeceği üzere:

GELECEK YAPIM AŞAMASINDADIR.

Geleceğin ne **ol**duğunu ön-görebileceğin yer **ol**ayların ilerisi değil **ol**guların ÖZÜDÜR. Hayatın DNA'sını idrak edebildiğinde pencereden düşen kavanozun paramparça olacağı da, suyun 0 derecede donacağı da bellidir. Senin aşk ilişkinin sana neler yaşatacağı da bellidir. Başladığın projede nelerin başına geleceği de.

Bunları sezinleyebileceğin istikamet ilerisi değil içerisidir.

LEVH-İ MAHFUZ İLE DİN,
KOCA BİR MİTOLOJİDEN BİR BİLİMSEL EVRENSEL GERÇEKLİĞE DÖNÜŞÜR.

BEN

Arkadaş, dinî hangi muhabbete girsen aynı şeyi söylerler. Okulda din hocamız da aynı şeyi söylemişti. Nur cemaatinden bir amca vardı Rahmetli bir arkadaşımın babası. O da aynı şeyi söylemişti. Selamun aleyküm dediğinde sana neredeyse cevap olarak 'Merhaba şu anda saat 10. Bu arada Allah'ın her 100 senede bir, dini yenileyen bir müceddid gönderdiğini biliyor muydunuz?'. İşte buyrun karşınızdayız, hayırlısıyla dini yepyeniliyoruz dediğinde de sana 'Sus Ulan Deyyus!' diyolar bu sefer.

Her 100 senede bir müceddid geliyor da,
o yüz sene bir türlü neden gelmiyor
ben de onu merak ediyorum işte ☺

DONA

Business Re-engineering. Şu anda yapmak olduğumuz İslam'ın business re-engineering çalışmasıdır. Metodolojimiz budur. Değer katmayan süreçlerin, rituellerin başta olmak üzere dinden ayıklanması. Bu bir tasnif çalışması değildir. Gerçek bir devrime imza atabilmemizin sırrı, metodolojimize yön veren öz-içerikten gelir.

Bizim yaptığımız ayıklama, eskilerin alimlerinin hadislerin 'sahih' olmayanlarını ayıklamasına benzemez. Biz bir yanlışı ayıkladığımızda onun yerine yenisini koyarız. Yenisini koymaya yetkisi olmayanlar, eskisini ayıklama işini de -şekilde görüldüğü üzere- yapamazlar.

Din alanındaki yeniden yapılanmalar, elçi yetkilerine sahip ve ancak Tanrı tarafından otorize edilmiş kimseler üzerinden gerçekleştirilebilir. Müslümanlığı kalkındırma konferanslarının **din**leyicilerinde yarattığı tek duygu, bir an önce eve gidip uyumaya KALDIĞI YERDEN devam etme duygusudur. Bazılarının bu duygusuna galip gelen 'hemen şuracıkta uyuma' duygusudur.

Hiçbir bilimsel, ilimsel, iyi niyetli, kötü niyetli çalışmanın İslam'da en ufak bir çığır açamamasının nedeni dönüşüm kapılarının Şahs-ı Manevi'deki anahtar, manyetikten geçirilene dek kapalı **ol**masıdır.

Levh-i Mahfuz'un İslam'ı Binyıllık bir aradan sonra yeniden yapılandırması, **din**ine bağlı kişilerde tepki yaratır. Levh-i Mahfuz'un içeriğine vakıf **ol**madığı veya **ol**amadığı için bu kaçınılmazdır. Bunun nedeni, onların önyargılarından çok, Allah'ın 'Otorize edilmemiş İslam devrimlerine karşı kapalı **ol**' komutunu çok önceden onlara yüklemiş **ol**masıdır. Müslümanları değişime bu kadar kapalı görmen, onları değişime bu kadar çok açık kılmış **ol**mamızdandır. Onlar sadece doğru zamanı beklemekle emr**ol**unmuşlardır. Ve bu önlem, Kabalanın nice 'dönüşüm' projelerini başlamadan bitirmiştir.

Kişilerin ilk bakıştaki tepkilerini bu nedenle anlarız ve ne **ol**ursa **ol**sun, bu masum çıkışları kişinin aleyhinde bir puan **ol**arak yazmayız. O da kendi ibadetini, sana küfürler telaffuz ederek de **ol**sa yerine getiriyordur. Çanlar ancak, taşımakta **ol**duğumuz Otorize Edilmiş Hakikat Sertifikası ortaya konduğunda çalmaya başlar.

Kum saati, bu işte, adını koyamadığı 'farklı' birşeylerin **ol**duğunu sezinlediği halde, Allah'ın emrine muhalifleşmeye başladığında dökmeye başlar kumlarını. Bu kum saati, her kum taneciğini onun böbreğinden düşürecek ve onu sancıdan sancıya sürükleyecek bir alarmdır. Kum saatini durdurmanın tek y**ol**u değişimdir.

ALLAH'IN DEĞİŞİM BUYRUĞUNA BOYUN EĞMEKTİR.

🅱️🅴🅽

Kimileri işin farkında. Sessiz ama saygıyla bekliyorlar. Kimileri ise bir küçümseme ile yaklaşıyor bu dev dalgaya.

🅳🅾🅽🅰

Küçümsedikleri şeyin kapağında LEVH-İ MAHFUZ yazıyor küçüğüm.

Küçümsemek ile Levh-i Mahfuz azameti, aynı satırda birbirine pek uyum göstermese de, bu yeni dünya gerçeğini hafife alanların varlığı yadsınamaz. İngilizce'de küçümseme kelimesi ignore'u kesitlerine ayırdığında, küçümsemenin ihmal etme eylemini de içerdiğini anlarsın. Onlar Levh-i Mahfuz'u 'ihmal ediyorlar'. Ki bu da onun bir dip dalgası aracılığıyla yayılma meto**dolo**jisiyle yüzde yüz uyum içinde tezahür etmekte.

İnançlar Cehennemi,
insandan mamul cehennem odunlarının ateşinde
'yeni, gerçek ve ilk defa' Müslüman pişirmeye hazırlanıyordur.

Müslüman tarih kitapları, Muhammed'in 'önemli **insan**' **ol**duğu günlerden başlatılır. Onun önemsiz görünen düşünceli günleri, soru işaretlerine kapı açmamak amacıyla tek 1 sayfalarla geçiştirilir. Müslümanlar, İslam'ın tarihini Muhammed'in saygı, kabul ve itibar gördüğü günlerden başlatsalar da, o önemli Muhammed'i yaratan günler, 'önemsiz' günlerdir. Bu **dın**in temelleri, o küçümsemeli **kol**onların içi **dol**durularak bugünlere gelmiştir. Muhammed'in ayak sesleri, Mekkeli putperestlerin kulaklarında çınlamaya çok önceden başlasa da, bu kişiyi nasıl yokedelim konulu toplantıların düzenlenmesi, işin işten çokça geçtiği günlere gelmiştir ve o tarihte de iş gerçekten de geçmiş, açıklık kazanmıştır.

Küçüm**sen**meyen hiçbir elçi, yaşam şansı bulamaz. Bu, Tanrı'nın güç sahiplerine uyguladığı manevi narkozdur. **Kol**larının, bacaklarının, kafasının ve gövdesinin artık yerinde **ol**madığını farketmesi için, hastanın ken**dın**e gelmesi gerekecektir.

Ken-**din**e geldiğinde **din**, başka bir **din**dir artık.

Muhamme-**din** gerçek tarihi, Muhammed'in umursanmadığı günlerde şekil alır. Geleneksel Müslümanlar, Muhammed'i hatırı sayılır bir kalabalıklıktaki bir cemaatin **din**î önderi gibi göstererek, kendi cemaatlerinin varlığını aklamaya çalışırlar. Kendi tahtlarını cami zeminine bu y**ol**la çivilemek isterler. Muhammed ortak bir düşüncede buluşan o kalabalığa başka kim**sen**in liderlik etmemesi için onların başında durmuştur. Halife zincirini ise binlerce sahabenin mevcudiyetine karşın sadece **4** kişi ile sınırlı tutmuştur. Muhammed, cemaatine önderlik eden yaşlı bir önder değildir. Muhammed, düşünceleri dışarıda sarsıcı yankılar yapan o ıssız mağaradaki yalnız gençtir. Diğer profil, Şeyhtan'ın yanıltıcı Muhammed projeksiyonudur.

Kureyş nedir?

Kureyş Muhamme**din** içinden çıktığı ve
EN ÇOK SAVAŞTIĞI KABİLENİN ADIDIR.
MUHAMMED TABİ OLUCU DEĞİL BAŞKALDIRICIDIR.

Muhammed, cemaatlerinden kopamayan Müslümanlar gibi davranacak **ol**saydı, bugün Kureyşin kurucu Fihr Kureyş'inin soyağacı altındaki isimsizlerden biri **ol**arak, üzerinde cennet yazmayan bir mekanda nih**ayet** bulmuş **ol**acaktı.

Levh-i Mahfuz'u ihmal eden statik Müslümanlar, düşüncenin kudretini kalabalığın miktarından anlamaya çalışma hatasına düşerler. Ki bu tuzağa daha önce Mekkeli Tüccar Putperestler basmışlardır. Bu tüccarların kaderinin ne **ol**duğunu en iyi **din**darlar bilirler:

İ F L A S
B E N

İflas dedin, şimdi birileri devlet bankalarından uygun kredi alır kendimizi kurtarırız Evelallah demişlerdir.

D O N A

Gruplaşan Müslümanlık, dünyevi Müslümanlıktır. İslam ise

Ahir bir **din**dir. Gruplaşmalı Müslümanlar, 'birlikten doğan kuvvet' kavramını yanlış yorumlama hatasına düşmüşlerdir. Çatışmadan şiddet, birlikten kuvvet doğduğu açıktır. Müslüman cemaatler, pekçok iş halledebilmektedir. Sorun şu ki, Allah onları bu dünyaya iş bitirmeleri için göndermemiştir.

Her birinin, BİRER fert **ol**arak yapabildikleri görülmek istenmektedir. Dünyada bitirdikleri işler dünyada kalacaktır, gerçek ve BİR-EYSEL bakiyeleri ile ahiret muhasebesine devr**ol**unacaklardır. Kendi muhasebe ayıtları uyarınca, Ahir Muhasebe ile mutabık kalamayacakları gün gibi açıktır.

"Fethediyoruz" motivasyonu içinde bitirdikleri işlerle d**ol**durdukları dünya, Allah'ın hiçbir işine yaramayacak bir dekordur. Ve imha edilip, çöpe atılacaktır. Cemaatlerinin Büyük Eserleri, evren çöplüğündeki en saygın yerlerini alacak **ol**sa da, Cehennemin Kabul Kapısında **Din**digo 'Efsanesi'ndeki gibi bir formatta, çırıl çıplak, bölükler halinde ve ancak BİR-EYSEL yekünleriyle tartılacaklardır.

Nuh, Gruplaşan Müslümanlığa göre ken**din**e 'yazık etmiş' bir neferdir. Müslüman Cemaatler Nuh'un TEK başına **ol**masına bir türlü anlam verememektedirler. Onlara kalacak **ol**duğunda Nuh, tırnaklarıyla 1 başına bir gemi imal etmekle uğraşmayacaktır. Gruplaşmalı Müslümanlar, Nuh'un yerinde **ol**salardı Nuh'u bir tersanenin armatör patronu haline getireceklerdir. Gemiyi kendi itikadlarından yapılma ustalara yaptıracak, tahtayı mütedeyyin tüccarlarından temin edecek ve hocalarının adını verdikleri gemiyi görkemli açılışlarla denize indireceklerdir. Tek bir gemiyle de yetinmeyecek, bir Nuh Filosu **ol**uşturacaklardır.
Tek ve küçük bir farkla:

O GEMİDE ALLAH'IN YOLCULARI DEĞİL,
KENDİLERİ SEYAHAT EDECEKLERDİR.

Gruplaşan, öbekleşen 1 Müslümanlık,
harikulade tur gemileri,

arabalı vapurlar,
deniz otobüsleri ve hatta hızlı trenler inşa edebilecektir.
DÜNYA KURTARICISI BİR ÇEŞİTLİLİK GEMİSİNİ
ASLA.
BEN
İnsanlar bir kere öbekleşti mi, bu düğümü çözmek hiç de kolay olmuyor.
DONA

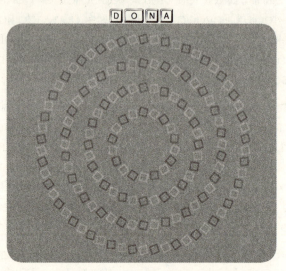

Bu iluzyona baktığında yanılan g**öz** değil beyindir. Her bilg**isa**yar gibi **insan** beyninin de çıkışı **ol**mayan döngülerle başı derttedir. İnançların da en büyük riski, bu döngülere girmek ve bir daha çıkamamaktır. **İnsan** beynini kökünden hack'lemenin yegane y**ol**u **din**dir. **Din**î hack, kişiyi sarmala sokarak içeride tutar. Sarmal, Şeyhtan'ın **insan** tasmaladığı zincir halkalardır.

G**öz**, yukarıdaki sarmaldan nasıl çıkış y**ol**u bulamıyorsa, Şeyhtan tutsakları da, cehennem/cemaat sarmalından kurtulacak ipin ucunu bir türlü bulamaz. Levh-i Mahfuz, yukarıdaki sarmalı parçalara ayırıp un ufak eden kutsal ve uzun bir satırdır. Hem yazı anlamında satır hem de bıçak anlamıyla... Gerisi s**en**in bir adım atmana kalmıştır.
Ken-**din**e doğru tek bir adım.

Bu din kültürüyle yaşayamıyorum, bu ortamı terk edecek olduğumda ya cehenneme girersem?

Bir cemaatten ya da bir mürşidden ayrılabilmenin sevap değil de bir GÜNAH olduğunu varsayalım. Bu 'günahın' tevbe kapsamı dışında tutulacağını kim söylemiştir?

Kişi, yaptığının bir hata olduğunu farkına vararak tevbe edip, kaldığı yerden hem de şeyhine daha büyük bir bağlılıkla neden devam edemiyordur?

Bu sarmaldan çıkma cesaretini gerçekten bulup, çemberin dışına gerçekten çıkıp, o sarmala bir daha geri dönen yoktur. Bu dikenli tellerin ardına kaçış, tek yönlüdür: **Alabildiğine uzağa.**

Geri dönen bir avuç vaka, zihni, Şeyhtan'ın nakşettiği kodlarla çalışmaya devam eden ve bu kodların gerçek hayatta işe yaramadığını görerek, kodları değiştirmek yerine hayatı eskisine döndürmek suretiyle kaybedenlerdir.

Bu masum kurban, bir cemaati, bir mürşidi terkedişinde cehenneme gireceğine inandırılmış ne ilk kişidir ne de son kurban olacaktır. Bunun için Müslüman olmaya dahi gerek yoktur. Cemaatler, Amerika'nın da çok önemli bir konusudur. Hıristiyan cemaatlerde de şaşırtıcı bir benzerlikle, kelimesi kelimesine Müslüman cemaatlerle aynı disiplinler hüküm sürer. Şeyhtan'ının pençesine düşmüş, ölümüne cehennem korkusu yaşayan tüm Müslümanlara, Hıristiyan cemaatlerden kopabilmiş kişilerin anılarını yazdıkları kitaplar önerilebilir. Okuduklarına inanamayacakları şimdiden kesindir. Dünyanın her herinde, bu disiplin aynıdır. İnsanları ortak bir inanış teması altında birarada tutmaya çalışan kalabalıklar ve onların önde gelenlerinin argümanları hiç değişmez.

Bu cemaatlerde tüm Hıristiyanlar kardeştir. Kardeşlerin malları ortaktır. Mülkiyet duygusu, dünyaya meyletmenin belirtisidir ve bu nedenle tehlikelidir. Lider yani Şeyhtan, yeryüzünde onu en çok seven kişidir. Annesi, babası onu sevmemektedir. Ondan çıkarı vardır. Yaşlandığında anne ve babasına bakması için doğurulmuştur. Çıkarcı **insan**lardır onlar. Şeyhtan öyle midir? Ona çok iyi davranıyordur herşeyden önce. Onu çok seviyordur. Malla mülkle zaten bağı **ol**mayan aşmış bir varlıktır Şeyhtan. Konfora boğulmuş **ol**ması bu gerçeği değiştirmez. O istemiyordur. Sevenleri onu konfora boğuyordur. O da Tanrı'nın nimetlerine şükür ederek ama bu nimetlere çok değer de vermeden kabul ediyordur. O aşmıştır. Tüm grubun r**ol** modelidir. Şeyhtan'a bir kulak verecek **ol**duklarında dünyada hiçbir sıkıntı kalmayacaktır. Yeryüzüne barış hakim **ol**acaktır.

Şeyhtan batıda İsa Mesih, doğuda Mehdi Aleyhisselam isimlerini kullanır.

Kişinin grubun hayrını değil kendi geleceğini düşünmesi, çok büyük bir günahtır. Dünyaya meylettiğinin bir delilidir. Başka kitaplar boştur. Kafirler tarafından, dünyaya meyleden **insan**lar eliyle yazılmıştır. Şeyhtan'ın ders notları 1 numaralı kaynaktır. Herkes akşamları toplanıp İncil okumaktadır. Cemaat üyeleri batıda **İsa** havarileri, doğuda ise Kehf Ehli **ol**arak anılırlar. Dünyayı kurtaracak birer kahramandır onlar. Grubun organizasyon şeması içinde, takva tek kriter **ol**masa da, bu şemaya da iman etmek esastır. En güzeller, en yakışıklılar, en soylular, en zenginler Şeyhtan'a en yakın kişilerdir. Şeyhtan çocuk **ol**anları gençliklerinden vazgeçirirken, yaşını ilerletmiş **ol**anların içinde o vazgeçilesi gençliği en doyasıya yaşayanlara düzer övgülerini. Şeyhtan, torna tezgâhının başındaki kişidir. Abese Suresi'ndeki kör gibi prezantabl **ol**mayan karakterler, Şeyhtan'a daha çok ihtiyaçları **ol**sa da, en yakın halkada bulunamazlar.

Senin egonla ilgili sorunların **ol**abilmesi muhtemel **ol**makla birlikte, bu sorununun onu dünya kurtarıcısı yapmayacağı açıktır. Şeyhtan, herkesten vazgeçirdiği eg**ol**arı, kendi benliğinde toplar. Biraz dikkatle ele aldığında, kendi ismine ne kadar bağlılık gösterdiğinin ipuçları her yerdedir. Bir Şeyhtan'ın gerçekten kutsal bir dava üzerinde olup olmadığını anlayabileceğin en kolay test şudur: Aynı hedefe yürüyen başka kişiler hakkında acaba o ne düşünüyordur? 'Yaşasın birisi omzumuzdan yükü alıyor. Rüya gerçek oluyor. Yaşasın!' mı diyor. Yoksa kulp mu takıyor?

İster Dünyayı İsa'nın koyun sürüsü haline döndüren Evangelist Hıristiyanlık olsun.
İsterse de Dünyayı Fetheden
Son Din Müslümanlık.

Aslolan misyonsa, bu misyonun yerine getirilmesiyse, bu misyonu kimin yerine getirdiğinin bir önemi var mıdır? Şeyhtan hayatını adadığı kutsal Tanrı davasına sadece kendisinin ulaşmasını ister. Diğer Şeyhtanlarla amansız, örtülü ve yer yer açık rekabet içindedir. İki Şeyhtan'ın biraraya gelip, kardeşleşerek tek vücut, tek cemaat olabildikleri görülmemiştir. Bunun yerine her bir Şeyhtan, kendi mıntıkasında kalarak, kendi güç bölgesini kontrol etmenin derdindedir. Bu davaya benden daha iyi hizmet edecek bir Şeyhtan'ı sırtımda taşırım duygusu, Şeyhtanların hiçbirinde yoktur. Şeyhtan, o izole görüntüsünün ardında en şiddetli şöhret alevleriyle yanıp tutuşan benlik ateşidir.

Dünya üzerinde, farklı toplum ve kültürlerde, sağlam ve baskıcı bir dinî altyapıları olmamasına karşın, dünyaya meyletmemiş o kadar çok insan vardır ki. Şeyhtan'ın tel örgülerini aşarak dışarı kaçanların, şehvetin, malın, mülkün peşine düşeceği peşin kabulü nereden geliyordur? Kendisine dünyalar verildiği halde, o derme çatma evini müteahhitlere satmayan yaşlı adam kimdir? Aldığı ve kendisini zorlukla geçindiren maaşının 200 katı rüşvet teklif edildiği ve bu rüşvetin ispatlanamayacağı koşulları kolaylıkla yaratabileceği halde, kendisine para uzatan o elin yüzüne bakmayan memur, hiç de 'sağ tandanslı' biri değildir. Hiçbir din ve cemaate yakın durmadığı, hatta Tanrı'ya bile inanmadığını söylediği halde, dünyada olağanüstü güzel ahlak destanları yaratan ne kadar çok **insan** vardır.

Şeyhtan'ın tel örgülerini aşan kişi neden bunlardan biri değil de, alk**ol**ün, uyuşturucunun, şehvetin batağına düşen, g**öz**ü paradan başka birşey görmeyen bir kişi haline gelmek zorundadır? Yoksa Şeyhtan'ı bu kişiye iyi bir altyapı sunmamış mıdır? Onu iyi yetiştirmemiş midir? Cemaatler, gerçekten neden KAPALI **ol**mak durumundadır? Sıradan yenidoğanları bile bozmayan bu sokaklar, Şeyhtan sofrasından kalkanlar için neden bu kadar büyük bir 'tehdit'tir?

'Nefsime uyarsam, Şeyhtan'ım beni koruyamaz.' bilgisi, geçersiz bir bilgidir. Şeyhtan'ın inzivaya çekildiğinde değil, asıl nefsine uyduğunda **sen**i çizgide tutacak donanımı vermelidir in-sana. Cemaat merkezlerinden dışarı adım atmayıp, dışarıdan hiçbir **insan**la yakınlık kurmayıp, kendi kardeşlerinin dışında kimselerle yakın bir iş ilişkisi içinde dahi **ol**madığın, malını, mülkünü, varlığını, bedenini, emeğini bir 'şeye' vakfederek yaşadığın iz**ol**e günler, o bilginin sana lazım **ol**duğu günler değildir. **Sen**i ayakta tutacak bir bilgiye bu dönemde ihtiyacın en azdır. **Sen** zaten imkânsızı başarmışsındır. Şeyhtan'ın sana nakşettiği bilgileri sınayabileceğin gerçek ve tek yer,

DIŞARISIDIR.

Şeyhtan, normal **insan**larınki gibi süregiden standart bir hayatta, kendisinin **sen**in aklının bir köşesinde sadece fikirleriyle yer alacağı bir formata izin vermez. Sana bilgi veriyor ve teori yüklüyorsa,
UYGULAMADA NEDEN SENİ SANA BIRAKMIYORDUR?

Fiziksel başköşenin dışı onu tatmin etmemektedir. Müminler kardeştir ve Şeyhtan'ın evlatları bu yüzden aynı yatakhanelerde yatmak zorundadır. Bu da üzerine kaplanan koruyucu sandığın astarın, aslında sadece parlaklık verniği **ol**duğunu gösterir. Şeyhtan'ın **sen**i ilk yağmurda su alıp bükülecek bir masa **ol**arak görüyordur, acı ama gerçektir. Aslolan senin iyi bir Müslüman olman değil midir? Hayatın içinde iyi bir Müslüman olarak erimene neden müsaade yoktur? Herşeyden önce sana neden güvenilmiyordur?

Şeyhtan'ların cemaat ve tarikatlarının etrafını tel örgülerle çevirmesinin nedeni, dışarıdaki hayattan içeridekileri korumak değildir. İnsan sermayesinden yana kayba uğramak istemiyordur. Hepsi budur. Şeyhtan'a bağlılık, kişiyi Allah ile onun sözde şirk-etleri arasında bir seçim yapmaya mecbur kılar.

TARİKAT, ŞEYHTAN'IN ŞİRK-ET'İDİR.

Şeyhtan Ltd. Şti.

BU İŞYERİNDE ALLAH'A HİZMET ETTİĞİNE İNANDIRILMIŞ PARALİZE İŞÇİLER ÇALIŞTIRILMAKTADIR.

AHİR ZAMAN,
MUHAMMED'İN DECCAL HABERİNİN GERÇEK KILINDIĞI,
ŞEYHİN, İÇİNDEKİ DECCAL'LE BULUŞARAK
ŞEYHTAN ADINI ALDIĞI YERDİR.

Bir kitap, in-sana böylesine derin ve sonsuz bir tedrisat sunabiliyorken, bilgiyi aldığın kişiyle, sırf sana bilgiler verdiği için aynı evde kalmak zorunda olamazsın. Levh-i Mahfuz, yeryüzünün Şeyhtan'larının her birinin vakıf olduklarının toplamından çok çok çok daha fazla bir bilgiyi, seni hiçbir kimseye vefa yükü altında bırakmayan bir karşılıksızlıkla sunar. Yazıcısına yolda selam verme yükümlüğün dahi yoktur. Bu selamı senden isteyecek ursa bu durumda onu paramparça etmekten çekinmeyeceğimiz bilgisine haiz bir bilinçtir. Levh-i Mahfuz Kuran'ın apaçık kodlarla yazılmış versiyonudur ve hiçbir Ademoğlu, o kitap adına senden kişisel temas talep edemez.

Pek çok kişi gibi internet forumlarında aleyhinde yorumda bulunurken, o kitapla gizlice aydınlanmalarını bile en büyük sevgiyle karşılayan bir beklentisizlikle seni sarıp sarmalar. Aslolan senin aydınlanmandır. Sen gerçekten aydınlandığında, özün ile sözün 1'lik gösterecektir ve bu nedenle bunların hiçbir önemi yoktur. Yansıtıcı, teşekkür beklemeyen kişidir. Bilginin kendisine saygı bekler sadece.

ŞEYHE VEFA
ALLAH-INA VEDADIR

Şeyhtan'a vefa derken...
Bilgilerin kaynağına teşekkür edilmeye başlanacaksa, acaba İnsanlık Muhammed'le nasıl helalleşebilecektir?

Şeyhtan'ların en büyük yol açıcısı hiç şüphesiz ki modern yaşamdır. Cemaatler, kent ortamlarında daha yaygındır. Tarikatler, köy yerini aslında pek sevmezler. Köylü ile içiçe geçmek hoşlarına gitmez. Şeyhtan için en büyük fırsatları, taşı toprağı altın şehirler sunar. Bunda da haksız değildir. Modern kültür, çok güzel binalar inşa etmesine, çok güzel arabalar üretmesine, insanları çok şık giydirmesine karşın, o **İnsan**ların beynine modern bir manevi yüklemenin bir y**ol**unu bulamamıştır. Levh-i Mahfuz'dan önce.

Şeyhtanları, milyonlara varan cemaat kalabalıklarına kavuşturan gerçeklerin hiçbiri artık geçerli değildir. Dünya artık başka bir dünyadır. Şeyhtan ise aynı bilindik ve eski Şeyhtan. Tanrı'nın gönüllerle buluştuğu gün, onun şirk-et ortağı **ol**duğunu iddia eden, resmi evrak oynayıcısı Şeyhtan'ın da son günüdür.

BEN
Deccal Şeyhtan'ın neresinde?

DONA
Deccal, Kur°an'ın korku yüzünün yarattığı bir simgedir. Bir potansiyeldir. Korkunun Kur°an'ı, **İnsan** nefsini terbiye ederken, Allah'tan korkabilen ancak Deccal profilli Müslümanlar yaratabileceğinin bir uyarısıdır. Peygamber öngörüleridir.

BEN
Peki Kur°an'da neden Deccal'den bahsedilmiyor?

DONA
Kur°an, korkuyu, korkutan bir Deccale dönüşmeden öğrenmesi için **İnsan**a gerekli uyarıları yapar. Korku düzleminde ısrarın, sevgi tabakasına yükselemeyen Müslümanın içinden bir Deccal çıkaracağının uyarılarını yapar.

Şeyhtan'ın Son Günü ŞSG ile birlikte
Korku ile Sevgi arasındaki tercih
artık bir seçim olmaktan çıkmıştır.

Bunun dışında Müslümanlar bir sınava tabi tutulmuşken, içinde **ol**dukları kitap düzleminin birer Deccal yaratabileceği, Kur°an içinden kodlanmaksızın, apaçık seslendirilecek **ol**duğunda,
Kur°an'ın kendisine dönük haklı kuşkular doğar.
Bu kuşku, korku-sevgi planı sıralamasını yerinden oynatacak bir kuşkudur.

Deccallik deşifresi, bu yüzden sevgi düzlemini beklemek zorunda kalmıştır. Kur˚an'ın açıklayıcısı ne **ol**acaksa, Deccallerin kim **ol**duğunu da, o kaynak açıklayacaktır. Kur˚an'ın **2**. düzlemi **ol**an sevgi levhası, hangi y**ol**la açıklanacaksa, **İnsan**lar da Deccal'in gerçekte kim **ol**duğunu o y**ol**dan öğreneceklerdir.

B E N

Peki kimdir bu Deccal? Açıkladın ama sorular bitmiyor.

D O N A

Deccal, Kur˚an'la korkutan, gericilik fitnesine tutulmuş, **İnsan**lara sevgi değil korku salan Fanatik **Din**ci Müslüman tiplemesidir.

Bir Müslüman içindeki **2** hibrit, birleşik tohumun yeşerttiği bir fidandır.

1 MÜSLÜMANIN İÇİNDE
HEM 1 DECCAL HEM DE 1 MEHDİ BULUNUR.

2 4 8

Bu kimlikler, ancak Levh-i Mahfuz paketinin açıldığı çağda netleşir. Zaman gelmiştir. Rab, Sur'a borusuna üflemiş, Huruf-u Mukatta'lı Sur'a-lar aracılığıyla bir mühürlü zarfı açılmış ve Müslümana 'Güncellenerek Yenilen' emrini iletilmiştir.

YA YENİLENECEKTİR.
YA YENİLECEKTİR.

Kıyamet borusuna üflendikten sonra kişi, eski Kur˚an tedr**İsa**tını, eskisi gibi işletmeye devam edebileceğini zannederse, kimlik o zaman geçerlilik kazanacaktır. Levh-i Mahfuz'un kutlu doğumunun ardından, tüm kursları, tüm medreseleri, tüm ibadetgâhları, tüm toplaşmaları ve tüm gruplaşmaları tek bir sonucu çoğalmaktan başka bir sonuç çı**karma**yacaktır:

Kalıplı Baskı Makinelerinde Yeni Deccaller Çoğaltmak.

GüncellenMEmiş bir Kur˚an'ı öğretmeye devam eden bir kurs, Deccal yetiştirme kampından başkası değildir. Ahir zaman 'fitnesi' ile tarif edilen budur. Müslümanlar bir fitneye karşı kendilerince hazırlanmışlardır. Mevcut inançlara karşı gelen bir karşı-inancın ortaya çıkması ve bunun başının ezilmesi **ol**arak anlamışlardır bu fitneyi. Oysa Rab, sorularını **İnsan**ların çalışmadığı yerlerden sormakta ustadır. Bir güncelleme çağrısı ile, mevcut düzenlerinin bir fitne hali almasına hazırlıksızdır Müslümanoğlu.

Mevcut inançlara ters gelen fikirlerin başının ezilmesi için bir İslam'a gerek yoktur. Tüm **din**sel inançlar, karşı **din**in inançların başını ezerek var**ol**agelmişlerdir. İslam farkı, Allah'ın bir hamlesi ile fitne halini almış bir yerleşik geleneği terketmeye maharet adını verir.
MUHACİR ile ENSAR tam da bu demektir.

Mehdi, içindeki Deccal'i yenerek güncellenmiş, göç etmiş, inançsal hicretini gerçekleştirmiş Müslümana verilen addır.

Deccal **8**'dir, Mehdi ise **9**'la simgelenir. Deccal'in Yahudi asıllı kişi **ol**duğu, yaratacağı fitne ile yeryüzünde bozgunculuk çıkaracağı, Müslümanların istisnasız hep birlikte yanlış **dol**durdukları bulmacalardan biridir. Rabb'ın bulmacaları, yanlış cevapları **ol**anlara da uygun kutucuklar sunar. Ve onları doğru **ol**duklarına inandırır. Yahudi**l** ASILLI **ol**mak Gerici Yahudi **Din öz**üne tabi **ol**maktan başkası değildir. Bu, İsrail pasaportu taşımak değildir. Rab, Suudi Arabistan pasaportlulara iyi, İsrail pasaportlulara kötü yaftası vuran merci değildir. Rab, kişilerin içindeki asla bakar.

| 9 |
| 4 |
| 2 |

Deccal, Yahudilik **din**inden temel alan gerici Müslümanlıktır. Müslümanların güncellenmeyi reddedişleri bahsi geçen ahirzaman fitnenin kendisidir. Ve yeryüzünde bozgunculuk çı**karma**k da, zannedildiği gibi kurulu düzene çomak sokarak rahat bozmaya dair bir kehanet değildir.
Yeryüzünde ne zaman ve nerede
bir devrim ateşi yakılmaya kalkılsa,
o meşum kelime hemen dikiliverir önüne:
İ S T İ K R A R

Ortaya çıkan yeni İslam fikrinin, yeryüzünden bozgunculuk çıkarabilmesi için müspet bir yeryüzüne ihtiyaç vardır. Hakikatin İslam kriterlerine göre bozgun yeri **ol**muş, böylesi bir yeryüzünde bozgunculuk çıkarılamaz. Yapılan bozgun yeri statükosunun devamı için değişime direnmekten ibarettir. Direnen mümin adaylarının Muhammed tarafından Deccal **ol**arak isimlendirilmesi en büyük cezanın kendisidir.

BEN
Nasıl oluyor bu isimlendirme?

DONA
Küçüğüm güncellenmiş Kutub-u Sitte'yi ne çabuk unutuyor?

Ümmetim Kur°an'ı terketti.
Hz. Muhammed

BEN
Tabi ya! Kuran'ı TERKETMEK o kadar basit bir şey mi? Kur'an-ı Kerim'in MÜSLÜMANLARCA terkedilmesi, o kadar sıradan bir olaysa, 'KAFİRLER' Kur°an'a gelmiyor diye çıkarılan bunca tantanaya gerek nereden oluyor?

Onlar kafir gördükleri için 'Ne var canım, alt tarafı Müslüman olmuyorlar' diyip geçmiyorlarsa, Kur°an da, onlara ALT TARAFI gözüyle bakmayıp,
hem Kur°an'ı terkedip
hem de Müslüman 'kalanlara'
DECCAL DÖVMESİNİ YAPIŞTIRIVERİYOR.

DONA
Bu **söz**, başlıbaşına yeni bir **din** fikridir. Kısa bir besmelenin, putperest inançları terkedişi **öz**etlemesi gibi, bu **ayet** de Levh-i Mahfuz'un **Öz**etleyici Besmelesidir. Muhammed'e göre Kur°an'ı terkeden bir Müslüman, Deccal'in ta kendisidir.

Muhammed'e göre Deccal münafık kişidir.
Yani MÜSLÜMANLARIN İÇİNDEN ÇIKMAKTADIR.

'Ateist yazar' yakıştırması yaptıkları Son Tefsirci'nin Deccal pozisyonuna oturması için **öz**ellikleri yetmez. Bu, Türk Ordusu'nda görev yapmak için Türk **ol**manın ön-şart **ol**ması gibidir. Deccal her kim ise, onu arayacağın yer mevcut Müslüman düzenin orta yeridir.

Mevcut Deccal **sen**aryoları, hiçbir geçerliliğe sahip değildir. Mevcut Deccal beklentisi, **din**i bütün, tek vücut **ol**muş, hak bir **din** üzerinde yürüyen Müslümanları fitneye düşürmek üzerine anlatılmıştır ki, Müslümanların şu anda fitneye düşebileceği hak bir metrekare İslam coğrafyasında bulunmamaktadır. Bu fitne, yüzyıllar öncesinden zaten hakimdir. Müslümanları mezheplere bölmüş, paramparça etmiş ve onları dünyayı en geriden takip eden toplum haline çoktan sokmuştur.

BEN

Hıristiyanların kaça bölündüğü belli. Katolikler, Protestanlar, Ortodokslar... İslam dünyasının kaça bölündüğünü saymak bile imkansız. Binbir bile doğru sayı değil. Her ülkede ayrı ayrı bölünmüşler. O bölünenler de kendi içlerinde bilmem kaçlara ayrılmışlar. Bahsi geçen Ahirzaman fitnesi için mevcut durumdan daha iyi bir adayı olan mı var?

DONA

Dışarıdan bir fitnenin içeriyi sınava sokabilmesi için gereken beyaz ortam, bu siyah kumaşın hiçbir yerinde yoktur. Deccal, zannettiklerinden çok farklı birşeydir. Deccal, zannedilenin tam tersidir.

Müslüman **ol**mamak bir seçimdir. Ancak Müslümanlık iddiasını, gerçek Kur'an **öz**üne aykırı geleneklerle yürütmek fitnelerin en büyüğüdür. Yaftaların da en aşağısını bu yüzden hakeder:

DECCAL
GÜNCELLENMEYE DİRENEN
GELENEKSEL KATI MÜSLÜMANDIR.

BEN

Uuuuuuu... Nefesim kesildi. Deccal, Levh-i Mahfuz devrimine nasıl böyle cuk oturdu inanamadım. Allahım, Müslümanlığın bir temel taş inancı daha Levh-i Mahfuz saflarındaki destekleyici yerini aldı.

EZANLAR DEVRİM İÇİN OKUNUYOR.
İSLAM DÜNYASI İÇİN DEĞİŞİM VAKTİ.

DONA

Sana Levh-i Mahfuz'u yüzlerce ciltlik bir ispatla anlatabilirim. Bunu yapmayışımın nedeni, okumaya ayıracağın zamanı değişime ayırtmaktır. İslam tarih ve aleminde atılmış her bir taşın, Levh-i Mahfuz'da kanıtlı, mantıklı bir yeri vardır. İslam aleminde atılmış her bir taş, Levh-i Mahfuz'un hizmetindedir. Onu doğrulamak içindir.

BEN

Bu büyük değişimin kılıç kalkan içermeyen, bir bilgi devrimi olması beni ayrıca mutlu ediyor. Sarışın Avrupalıların Muhammed'i kılıç kullanmaktan zevk alan biri gibi resmetmeleri gerçekten kanıma dokunuyor.

DONA

Müslümanlar, korkak **ol**makla suçlanır. Gerçek İslam, aktifleştirmek içindir. Aktifleştirmiştir de. Parklarda canı pahasına ağaçlara kendisini siper eden İndig**ol**ar, Allah'ın gerçek iman ve gerçek Müslüman ile kastettikleri tam da bunlardır.

Hiç kim**sen**in unutmaması gereken tarihi gerçek şudur. İslam, Roma gibi devasa imparatorlukların hegemonyasındaki bir dünyada, putperest bir Arap kavminden çıkma bir avuç protest gencin yaşattıkları bir devrimdir.

**1400 yıl önce putlarla işgal edilmiş
KABE PARKINDA
bir grup gencin başlattıkları
aktivist bir eylemle ateşlenen bu devrim,**
bugün **1** milyarı aşan bir **insan** topluluğuna ulaşmış bir dalgadır. Muhammed'in elinde kılıçla savaşmasını yargılayan modern dünya bihaberleri, eline hiç kılıç almaması durumunda ortada yargılanacak bir Muhammed'in **ol**mayacağı gerçeğini ihmal ederler.

Müslümanları içeren tarih fimlerinde artık görsel bir klasik olmuş 'Allah Allah' komutu, savaşlarda Müslüman beynini korkusuzlaştıran, eşsiz bir motivatördür. Tarih boyunca mazlum tarafta kalmış Müslümanların savaşlarda 'Allah Allah' telaffuzu, bir **ayet** doğrultusunda ve peygamberin izniyle kullanılmaya başlanmıştır.

O mızrakları sen atmadın ama Allah attı.

Hiç istenmeyen bir durum **ol**an ve kaçınılmaz savaşlar sonucu **ol**arak **insan** öldürülürken, Allah adının kullanımı, sınırlı bir çerçevede izinlendirilmiştir. Müslümanları hayatta tutan bu savaşlar, daha sonrasında bir felsefe **ol**arak yayılan bir **din**in önünü açmıştır. 'Müslüman', karşısındakinin kılıcına boyun eğmeyen, ne ile tehdit edilirse edilsin, inandıklarından vazgeçmeyen, **din**ini terketmeyen yepyeni bir **insan** tipi **ol**arak dünya sahnesindeki yerini almıştır. Tarih koridorunda yer yer aşırıya giden sosyal varyasyonları **ol**muşsa da, şiddet konusunda **din**, frenleyici görev ifa etmiştir.

Bu noktada, Memlükler devletini tanıtmamız gereklidir.

🅱️🅴🅽

Ben de halifeliği Osmanlı'dan önce taşıyan Memlüklerin bu senaryodaki yerini merak eder dururdum. Çok heyecanlandım

🅳🅾🅽🅰

Memlükler devletinin bir diğer adı, Kölemenler'dir.
İslam, kölelere kendi devletlerine hükmetme vizyonu veren bir felsefe olmuştur.
Köle-menler, Arap **ol**mayan bir Müslüman **ol**uşumdur. Ve halifelik, Arap **ol**mayan bu köle-lerin eline geçirilerek, İslam adına çok önemli bir mesaj vermiştir.

Batılılar, Muhammed'i ve Müslümanları ellerinde kılıçlarla resmederler. Danimarkalı karikatüristlerin, modern mizahın kriterlerini yerine getirmeyen karikatürlerinde de temel öge,

Muhammed'in eli silahlı bir peygamber **ol**arak

resmedilmesidir.

Bu durumda hayal etmen gereken şey şudur: Muhammed'lerin ellerinde kılıçlar vardı ve Müslümanlar **200** yıl boyunca **9** Haçlı, sefer-i zulüm gördüler.

PEKİ YA BİR DE MUHAMMED'İ KILIÇSIZ RESMETSELERDİ NELER OLACAKTI?

BEN

Oooo! Bu çaaat, buradan tüm Haçlılara gitsin. Tabi ya. Müslümanlar ellerine kılıç almasalardı olabilecekleri düşünmek bile istemiyorum.

DONA

Ayrıca... Peygamber döneminde Müslümanların savaşıyor **ol**masını `itici' bulan bir neslin, H**ol**ywood'un tarihsel yapımlarında **öz**gürlükleri uğruna eline kılıç alıp savaşan 'Cesur Yürek'lerin hikayelerini izlemek için salonları d**ol**durması da bir başka ve **ol**dukça soylu bir çelişkidir. İnandıkları, adandıkları, hissettikleri ve ideal belledikleri hayaller uğruna savaşan **İnsan**lar, ne zamandan alkış yerine kınama cezası almaya başlamıştır?

BEN

Muhammed, Hıristiyan olsaydı...
Sen o zaman izlerdin, kahramanlık destanlarını. Sinemalar Muhammed biyografileriyle dolardı. Doğumgününde yer yerinden oynardı.

DONA

Doğumgünleri demişken...
'Ç**öz**emediğim' birşeyi belki **sen** bana açıklarsın. Doğumgünlerinin kutlanmadığı Müslüman kültüründe MEVLÜT KANDİLLERİ'NİN KUTLANMASININ ANLAMI NEDİR?

BEN

Eeeee şey. Yaa sahi. Bu nasıl iş? Mevlüd ne anlama geliyor ki zaten. Basbayağı doğumgunu. Hz. Muhammed'in doğumgünü.

DONA

Mevlüd, yeni doğandır. Tanrı'nın doğum günü **sen**in kendi

Mevlüd'ündür. İsa'nın doğumunu her Hıristiyan'ın kendi miladı olarak kabul eden din Hıristiyanlıktır. İsa'nın çarmıhta çektikleri acıyı hissetmeye çalışırlar. Eğer o din, doğru ve hak din olsaydı, tek bir insanın Mevlüdünü kutlayacak Müslümanlığa ne gerek vardır?

Gerçek Mevlüd, Muhammed'in Kur°an'la yeniden doğduğu gündür. Ve Levh-i Mahfuz'la gerçek Kur°an'a erenler, her gün yeniden doğarlar. Kendi kandilin, bir Rahim olarak yeniden doğduğun Mevlüd'ündür evlad. Bu Mevlüd, Kader Gecesi'nin ertesinde gerçekleşir.

Gerçek kutlu doğum da budur. Senin Mevlüd'ün Cebrail ile muhattap bir Muhammed'in Mevlüd'ünden daha da evladır. Ona hidayeti erdiren yazılı kodlar üzerinden, Cebrail'lerle Hira'laşmadan, kendi hidayetine kendin ermen, geleneklerin Mevlüd'ünden daha evlâ bir kandildir. Kutlu doğum bir elçinin doğduğu değil, onun bir ümmete çoğaldığı gündür. Gerçek Muhammed de işte o zaman doğar.

Levh-i Mahfuz (2009) Peygamber Çocuk Muhammed'in gerçek doğum günüdür.

🅱️🅴🅽

Kadir Gecesi'nden sonra bir Kandil de mânasını buldu... Kur°an'la yeniden doğan herkesin kendi Mevlüt Işığı kutlu olsun.

🅳🅞🅝🅐

Merkeze peygamberin yani liderin alındığı bir Müslümanlık modeli bütünleştirici olmaz. Merkezi, öğretinin kaplaması gereklidir. Lider, öğretinin ürünlerinden, kutlu doğumlarından sadece birini, İLKİNİ oluşturur.

'Alimlerin' bizim onlara verdiğimiz isimle Elimlerin, Yarattıkları HADİS kelimesiyle tamamlayıcı kisvesi altında Kur°an'a düpedüz 'alternatif' bir kaynak yaratmaları ile, Müslümanların kendi içlerinde sayısız fraksiyonlara bölünmeleri tesadüf değildir. Liderlere odaklı din yapısı, elçilere odaklı polemiklere yüz tutmuş din yapısıdır. Resul, mesajın taşıyıcısıdır. Resul **öz** değildir, **öz**dendir. Ancak **öz**ün kendisi değildir. Öz, içeriktir. Postacının kapıyı nasıl çaldığı bir teferruattır. As**ol**an uzattığı zarfın içinde ne yazdığıdır.

Resul üzerinden gidildiğinde Müslümanlar ayrışırlar, bütünleştirilemezler. Şiilik ile Sünnilik gibi en temelden ikiye yarılmalar kaçınılmazdır. Bu temel yarılmaları binlerce alt yarık izlemiştir.

🄱🄴🄽

Sonuçta Allah dini, bir insana indirgeniyor. O insanın adı Muhammed dahi olsa, o ad Allah'dan yüce bir ad değil. Peygamber bu yaptıklarını bir görseydi, neler olurdu neler...

🄳🄾🄽🄰

DInin bir lidere indirgenmesi, **dl**nin kilitlenmesine y**ol** açar. Sünniler, adları üzerilerinde Muhammed'in Sünnet y**ol**unu izleme y**ol**unu açtıklarında, bu, başka liderlerin sünnet y**ol**unun da açılmasına y**ol** açmıştır. Yeryüzünde hiçbir alimde Alevilik-Sünnilik ayrışmasına ç**öz**üm getirebilecek bir ilim yoktur. Şahs-ı Manevi hariç **ol**mak üzere.

Alevlik sorunu, Müslümanların yanlış y**ol** izlemelerinin neticesinde **dl**nin koruma şalterlerinin atmasından başka bir sonuç değildir. İslam, Müslümanlığı bir anda ortadan ikiye bölerek, ortada bir yanlışlığın **ol**duğunu göstermiştir. Aleviler günahkâr **insan**lar değildir. Levî'si **ol**dukları Ali, İslamiyet'in en değerli İndigosudur. Herkesin iyi **ol**duğu bu konuda Müslümanlık, asansörde kalmış bir topluluğa benzer. Alevilik, Sünnilerin ayna vazifesi görmek içindir.

🄱🄴🄽

Sünniler Aleviler'e bakıp, Ali'ye tapar gibi bir din yaşamaları ne kadar da yanlış, Tövbe Tövbe bunun Hıristiyanlıktan ne farkı var diyorlar. Aynaya gülümseyin diyorum ben de ☺

🄳🄾🄽🄰

Bunu söylediği sırada, aynanın bu tarafında, kendisi de Aleviliğin Muhammedî versiyonunu yaşıyordur. Herşeyden önce sorun, Ali'nin **İsa** veya Muhammed düzeyinde **ol**maması değildir ki... Sorun, İslam'ın Allah katında bir **din** olup, ne İsa'yla ne Muhammed'le ne de Ali ile somutlaşıp, kalıplaşacak bir din olmamasındadır. İslam, herkesin kendi sünnet yolunu yaratması içindir. Müslümanların, yolun yaratıcısı değil izleyicisi olduğu her durum İslam'dan gayrı bir yokuştur.

Allah, Sünniler ile Alevilerin toplamına Müslümanlık adını verir. Sünniler, kendilerinin zannetmekte oldukları gibi ayrı bir kapta durmazlar. Sünnilerin Alevilerden Allah katında hiçbir farkları yoktur. Biri Muhammed'i diğeri Ali'yi sünnet yolunun yaratıcısı olarak seçmiştir. Muhammed'in Ali'den bir mertebe üstte olmasının konumuzla hiçbir ilgisi de bulunmamaktadır. Sünniler, doğru ata, daha yüksek statülü ata oynadıklarını düşünen, kalabalık ve aldanmış bir topluluktur. Onlara göre yanlışlık, diğerlerinin ALİ-vi olmalarındadır. Aynı format Muhammed için uygulandığında ONLARA GÖRE hiçbir sorun kalmayacaktır. Aleviler ne kadar Hıristiyanlaşmışlarsa, Sünniler de o kadar Yahudileşmişlerdir. Şiilik, Sünnilik ayrımı, Sünnet Yolunun Birleştirici bir yol olmadığını Müslümanlara ispatlayan en büyük bir musibettir. Hak din, geleneklere göre değil evrensel hakikate göre yaşanan dindir. Gerçekte Hak bir dinin Hakikatli Orijinalini, ortadan ikiye bölmeye Tanrı'nın dahi gücü yetmeyecektir. Onu, aklının tüm sınırsızlığına sadık kalarak kendisi yaratmıştır çünkü.

BEN

Nefes kesiciydi. Alevilik, Sünni konsepti için müthiş bir musibet. Müslümanlar özden uzaklaştıkları için dine yeni katılımlar, ikna ve biat yoluyla değil, nüfusun çoğalması yoluyla oluyor, ki bu gerçekte ne acı verici bir şey. Yani, Müslümanların nüfusu azalsa azalsa, İslam yeryüzünden silinecek durumda. Ve son nefesini veren son Müslüman ölüm döşeğinde, hak dine mensup olarak ölüyorum, ne mutlu bana diyor olacak!

Yalnız Alevilere biraz yakın durmuyor musun? Yani onları fazla eleştirmiyorsun gibime geliyor.

DONA

İslam'ı değiştirecek olanlar SÜNNİLERDİR küçüğüm. Biz

bu yüzden devrimin mızraklarını Sünnilere döndürürüz. Sünnilerin gerçek sünnetle buluştukları gün, Aleviliğin, Şiiliğin temel argümanları temelden çökecek ve hakikate uzak kalmış bu dalgalar da, Levh-i Mahfuz'la Sünnilerin açtığı yol üzerinden buluşacaktır. İslam treninin rayının değiştirildiği lokomotifin üzerinde SÜNN... kelimesi yazıyorken, vagonlarla uğraşmamızın **DIn** Günü'ne hiçbir katkısı yoktur. Biz önce lokomotifi doğrulturuz. Vagondakileri kıyamet kılıcımızla ancak ondan sonra selamlarız. Özetle, şu an Sünni Devrim Fazındayız. Sünni Şeyhleri imha etmekle meşgulüz. Alevi DEDELERİ bizi bu yüzden biraz bekleyecekler. Endişelenmelerine mahal bırakmadan ve fazla vakit geçirmeden ORADA OLACAĞIZ.

BEN

Elinde insan tasmalayan her kim varsa, onun yanında önce biz biteceğiz. Sonra o bizim yanımızda, gözlerimizin önünde bitecek, hem de ne fena bitecek. Mesaj alınmıştır.

DONA

Anti-Tebliğ... Müslümanlar niçin tebliğ yaparlar? Tebliğ yani, **dın**i yaygınlaştırıcı ikna çalışması... Müslümanlar tebliğ yaparlar çünkü Müslümanlığı yaygınlaştırmak sevaptır.
Bu algoritma bizi şu çok basit gerçeğe götürür:
DIni antipatik gösterici, anti-tebliğ tüm dışavurum:

GÜNAHTIR.

Dine getirdikçe Cennet'e gidiyorsan,
Dinden götürdükçe Cehennem'e yürürsün.

Müslümanlar amelleri kişisel bir konu olarak algılamışlardır. Amellerin hiç hesaba katmadıkları toplumsal anlam ifade eden bir yan vardır. Amellerin kimlik kontrolü bu evraklar üzerinden yapılır.

SALİH AMEL, SOSYAL AMELDİR.

Sen, hanımını siyah çarşaflara bürüyebilirsin. Bu eşin ile **sen**in arasında bir konu... OLAMAYACAKTIR. **Sen** ona giydirdiğin o görünmezlik elbisesi ile kendi ölçülerinle kendi aileni birşeylerden korumuş **ol**abilirsin. Ancak bu elb**isen**in, **İnsan**lığın Müslümanlık üzerindeki düşüncelerinde nasıl bir etki bırakacağını hesaplamadan Müslüman **ol**amazsın.

Çünkü biz, bir amelin salihliğini sosyal parametreler üzerinden hesaplarız. Kara çarşaflı Müslümanlığın, onların deyimiyle 'kâfir' bizim taktığımız etiketle '**din**e ısındırılacak, gerçekten ısındığında, buz tutmuş **sen**i bile ısındıracaklar' üzerinde bırakacağı **ol**umsuz izleri, görmezden gelemezsin.

Giyim, **öz**ellikle kadın giyimi, moda kavramından bileceğin üzere, sosyal ve bulaşıcı bir **ol**gudur. Bunun baskın bir 'moda' halini alarak bir gün onların da güneş altında simsiyah bir örtünün içinde yaşayacağı korkusunu bir modern kadına yaşattığında onu **din**den uzaklaştırırsın. O **din**den uzaklaştıkça, **din**dar **sen**, **din**e karşıt diğer galaksilere ışınlanırsın.

Dindar Müslümanlar için en acı gerçek şudur: Olumlu pek çok hizmeti bulunan muhafazakâr bir iktidar, geçen on yılda ardında, ken**din**i ateist **ol**arak adlandıran yüzbinlerce **insan** bırakmıştır. Ateizm, marjinal **ol**agelmiş bir felsefe iken, bugün '**Din** buysa, ben Ateistim!' diyen yüzbinler vardır. Üniversitelere türbanı yeniden soktuk, bayrağımızı yeniden diktik psikozonu derhal terketmelerinde kendileri için yarar görürüz. Ülkenize hizmetleriniz ayrı bir kefededir. Ancak, **din**e getirdikleriniz, **din**den götürdüklerinizden çok daha fazla durumdadır.

Siyasal İslam'ın en büyük riski, oy **ol**arak ölçümlenmesidir. İktidar yakıtını demokratik oylarla almasıdır. Ters çevrildiğinde bu sandıklardan dökülen kağıt parçalarının, Allah katı için hiçbir önemi yoktur. Hakikat popülize birimlerle ölçülmez. Siyasal islam yaşam enerjisini demoktatik seçimden alsa da, hesabını Allah'ın Evrensel Hakikatine göre verecektir. Standart bir siyasi iktidar bir adımı 1 kere düşünerek atıyorsa, kıyafetinde İSLAM taşıyan bir siyasal, bir adım atmadan önce, onbinlerce kere düşünmek zorundadır. Bir davranış, bir adım, bir zulüm, bir adaletsizlik, bir rövanşçılık ardında 1 trilyonluk 1 seçmen desteği bile **ol**sa, Allah'ın tek 1 oyunu alamadığında sandıklar, siyasetçileri içine kapan tabutlara dönüşür.

Girdikleri demokratik toprakta onları bekleyen, ateşten kefenden başkası **ol**maz.

Güç sandık-ları,
Müstakbel akıbetlerini durduracak güçte değildir.

İslam referanslılar, siyasete atıldığında ve modernizmin kaotik ortamında başarı elde ettiklerinde ortaya şu travma çıkar. Gerekli oyu alınan her adım, artık Allah'tan icazet alınmış **öz**güveniyle hayata geçirilir **ol**ur. En basmakalıp **din**sel muhasebe bile by-pass edilmiştir artık.
Siyasi İslam etiketlilere hatırlatacağımız şey:
POMPEİ'den başkası **ol**maz.

İSTİKRARIN POMPEİ'SİNDE kimlerin oybirliğiyle iktidarda **ol**duklarından herhangi bir haberleri var mıdır?

Yoktur
çünkü biz o seçilenleri de
onları seçenleri de
dharmadağın etmişizdir.

HAKİKAT,
1 trilyon adet, batıl kalabalık oy-un karşısında,
Tek 1 mazlum oy-unun yanında yer alan
DİMDİK GERÇEĞİN ADIDIR:

...küçüğüm. Hem İslam referansı kullanıp hem de **insan** mağdur edenlerin bu dünyadan kaçış kapısı kapalıdır. Şeyhtan'la Şirk-et ortağı, ŞİRK içine batırılmış böyle portreler için Hakikat, SİRK adını alır ve kafeslediği bu portrenin ibretlik hallerini şehir şehir, ilçe ilçe, ülke ülke gezdirmeden onun yaşamdan kaçmasına izin vermez.
Ateşten kefen tam **ol**arak da budur.
Doğduğuna pişman edilmiş er kişinin

ölüm yollarının Azraillerce tıkanmış olması...

BEN

Vuvvvvvv... Ateşten kefennn... Ürperdim...
Dışarısı sümsüper bir anıtmezar.
İçerisi ateşten bir kefen.
Ürperdim resmen.
Bizim ülkenin Başbakanı, içki içen vatandaşlarından ayyaşlar diye bahsediyor.
Abese suresini hediye ediyorum ona burdan.
Allah affetsin kendisini.

Surat astı ve yüz çevirdi;
Kendisine o kör geldi diye.
Nerden biliyorsun; belki o, temizlenip arınacak?
GÜZEL KUR'AN'IN ABESE SURESİ 1-3. AYETLERİ

DONA

İçki, varoluşun ağırlığını hafifletmek için İnsanın başvurduğu bir yoldur. İnsan yaşamıyormuşcasına, bir ruhmuşcasına hissetmeye başlar sarhoş olduğunda. İşte bu yüzden İnsanın yaratıcısı tarafından saygı duyulabilir ve hatta durumun niteliğine göre, başının üstünde taşınabilecek bir travmadır bu. Dindarlara gelince, değil içki içenlere mesafe koymak, tavır almak ve onları dışlamak, bunun tam tersine o meyhanelerin açılması gereken yerler en Müslüman mahallelerdir. Onlara 'Gelin, bizim gözümüzün önünde olun' demeleri gerekmektedir. Çünkü, o içkinin anahtarı İslam'dadır. Alkolizm içkisinin panzehiri, İslam felsefesidir.

Eğer sen gerçek bir Müslümansan, o içkinin bir illet olarak sana sıçramasından bu kadar korkmazsın. Malum, Müslümanlar yalnız Allah'tan korkarlar. İçkinin kendisinden değil. Bir mümin özgüven raddesine gelebildiyse mümindir. Bıraktığında su kaçırıyorsa, o tank deliktir. Eğer üzerinde delik bir iman tankı taşımıyorsan, içki içen kardeşlerini, yolda düz çizgide yürüyemez durumda gördüğünde, koluna girip onu apartmanının kapısına götüren sen olursun. O meyhanelerin, Müslüman mahallelerde konuşlanması gereklidir. Çünkü Müslüman olmayan mahalleler, örneğin ateistlerden **ol**uşacak bir mahalle alk**ol**iği dışlayacaktır. Bir Müslüman asla.

Müslümanlık fazileti, burada yaratılacak farkta gizlidir. Bir semtte herkesin taşlayıp, hep birden üzerine tükürdüğü kişinin üzerine kapaklanıp onu oradan çekip çıkaran tek 1 kişi var ya... İşte MÜSLÜMAN o kişidir küçüğüm. Müslüman, o kalabalığa değil, o kalabalıktaki seçilmiş bir avuç **İnsan**ın adıdır.

Bir yasa çıkarılacaksa şüphesiz bu, meyhaneleri cami yakınlarına açılmasını teşvik edecek nitelikte **ol**malıdır. Bir meyhanenin çıkışı bir cami görmelidir.

Örneğin Kadıköy'e bir cami dikileceğinde, -siyasi sebeplerle, kurnazca planlar yapmaksızın- bunun için en uygun yer, meşhur Barlar Sokağının çıkışlarından birini görecek bir arsa **ol**malıdır. O caminin hutbelerinde anlatılacak birinci gerçek, içmenin bir cetvel **ol**duğu, sarhoşluğun bu cetvelin sonu **ol**duğu, cetvelin başındaki keyfekedercinin her türlü kınamadan münezzeh **İnsan ol**duğudur.

Tüm içkili mekânların 'meyhane' **ol**arak işaretlenmesi de, bir kadeh şarap içicisinin 'ayyaş' **ol**arak nitelenmesi gibi yanlıştır.

Meyhaneden çıkan bir **İnsan**, bilincini kaybettiği o anda, dünyanın g**öz**ünün önünde dönmeye başladığı o süreçte, g**öz**üne bir minare görseli ilişmeyecekse, o camileri inşa etmenin anlamı nedir? Bu kadar 'yüksek' mertebeli müminler için bu yüksek minareleri dikmenin bir gerekliliği var mıdır? Onlar mertebelerinin bir gereği **ol**arak zaten görülemeyeni 'görüyor' iken, bu minareler kimin için yükselir?

Bir caminin kendi cemaati için kısa boylu minareler yeterlidir. Muhammed'in uzun minareler inşa ettirmesinin nedeni UZAKTAKİLERE ulaşabilmektir.

Camiler, Müslümanların yığınlaştığı değil,

henüz olmayanlarla ya da yeni yeni İslam olmaya başlayanlarla buluşacağı mekândır.

Müslümanların zaten kendilerine ait evleri vardır. Kendi aralarında da diledikleri gibi misafirleşebilmektedirler. Bunun için cami buluşturanına ihtiyaç yoktur. Kalpleri de zaten 1 değil midir?

Fonksiyonellikten çok estetiğe odaklı bu yapılar, İslam'ı henüz bulamamış insanlar içindir. Onlara hizmet verir. Bu, Anadolu'da bir yörenin en meşhur yemeklerinin pişirildiği yerin, o yöre insanlarına hizmet vermesi gibidir. Yöre insanı o yemeği evinde zaten yiyecektir.

O mekân, 'turist' içindir. Bu lezzetten turistlerin tatması içindir.

Bu yerel lezzetin bir dünya lezzeti olması için kaçınılmazdır. Müslümanların, İslam'ın evrensel bir lezzet olma idealini terketmelerinin üzerinden uzun yıllar geçmiştir.

İslam'ı bulmuş insanın artık süreklilik arzeden bir biçimde camide işi olmaz. İslam'ı bulmuş insan artık dışarıdadır. Avlusunda bile gezmez. Yayılır. Müminler cemaatleşmez, mahallenin, semtin, ülkenin ve dünyanın dört bir yanına yayılırlar. Hayatın içine karışır, her ne branşın içinde olursa olsun, o branşta yüce İslam felsefesinin farkını yaratmak adına yarışırlar. Kapalı ortamda kalan Müslüman, İslam değildir.

Allah katındaki İslam dininin kapalı alan fobisi vardır. Kapalı kutuya konmaya gelemez İslam. İslam hep dışarıda olmak ister. Ordu, karargâhta beklerse çürür. Karargâhta depolanacak şey ordu değil, mühimmattır. Camiler, Müslümanların dikine istiflendiği depolar değildir. Dikine istif, Şeyhtan'ın asker biriktirmesidir. Allah'ın askerleri her daim araziye yayılmış mayından-korkmaz-kahramanlardan oluşur.

Hakikatin Cami'si, dışarı potansiyel fışkırtan felsefe yanardağıdır.

🅱🅴🅽

Hırsızlık yapıp, kumar oynayan, uyuşturucu kullananlar olmasaydı ne yapardık bilmiyorum. Onların sayesinde 'İçkim yok, kumarım yok.' diyen herkes iyi insan oluveriyor. Onlar olmasa, iyi insan olmak için birşeyleri yapmaMAK değil YAPMAK gerekecek. Ne korkunç!!

Bu arada, içkiyle özel bir meseleleri var gibime geliyor. Nedir, bunu çözemedim.

🅳🅾🅽🅰

İçkiliyken Namaza yaklaşmayın **aye**ti, aslında bazı hallerde namazın yaklaşılamayabilir bir uygulama **ol**duğunu anlatması açısından, genellemeleri yerle bir eden bir felsefik önermedir. Şekil ile içerik... Müslüman kültür, Namazı katılaştırılmış bir disiplin haline getirmekten ken**dIn**i alamaz. Onlar aslında, şekle bağlı kalırken içerikten verdikleri tavizin farkında değildirler.

Şekilci **dIn** teorisinin emrettiği biçimdeki bir namaz için Kur˚an'da `iki eliniz kanda da **ol**sa namazı kılınız' denilmesi gerekirken, gerçekliğin Kur˚an'ı, içeriği istendiği gibi **ol**mayacaksa şeklin hiçbir geçerliliğinin kalmadığını söyler. Kur˚an˚, içkiyi yararları DA **ol**an bir madde **ol**arak tanımlamışken, içkili **ol**duğunda namazdan uzak durulması daha da ilginç bir hal alır. En ilginci ise, şaraptan ırmakların **ol**duğu Cennet'te, bu ırmaktan yararlanan Müslümanların namaza hiç yaklaşmama **ol**asılıklarıdır. Yoksa cennet, bilinen namazın kılınmadığı bir yer **ol**arak mı hazırlanmaktadır?

🅱🅴🅽

Şaraptan ırmaklar'lı ayetlerdeki kelimeler için şarap değil üzüm suyu açıklamaları yapılıyor.

🅳🅾🅽🅰

Şarap da **ol**sa üzüm suyu da, sonuç **ol**arak kesin **ol**an şey, akmakta **ol**anın bir elma suyu **ol**madığıdır. Ayete dikkatli bakarsan food & beverage sektörünün **4** farklı kategorisindeki içeceklerden bahsedildiğini görebilirsin.

GÜZEL KUR'AN'IN MUHAMMED SURESİ 15. AYETİ

Takva sahiplerine va'dedilen cennetin misali:
İçinde bozulmayan sudan ırmaklar,
Tadı değişmeyen sütten ırmaklar,
İçenler için lezzet veren şaraptan ırmaklar,
Süzme baldan ırmaklar vardır

ve orda onlar için meyvelerin her türlüsünden ve Rablerinden bir mağfiret vardır. Hiç (böyle mükafaatlanan bir kişi), ateşin içinde ebedi olarak kalan ve bağırsaklarını 'parça parça koparan' kaynar sudan içirilen kimseler gibi olur mu?

Su, Süt, Şarap ve Bal. Ayetin, meyveden yapılma tek içecek olarak, üzümden yapılma bir mamulü seçmesi manidardır. Şarap, Kur'an'dan **3500** yıl daha eski bir olgudur ve Allah elbette, şarabın üzüm suyu fermante edilerek hazırlanan bir içecek olduğunu herkesten iyi bilmektedir. 'Orda onlar için meyvelerin her türlüsünden' ifadesi, Allah'ın bu meyve çeşitliliğinden 'haberdar' olduğunu gösterirken, bu meyve anlamındaki çeşitlilik **4** içecek kategorili bölümden uzak tutulmuştur. Bir içecek için fazla yakıcı bir seçenek olan baldan bir ırmak yaratmak pahasına.

5
6
2

...ebedi olarak kalan ve bağırsaklarını 'parça parça koparan' kaynar sudan içirilen...

ifadesinden de anlayacağın üzere bu **ayet**, aklı ve tüm fikri, içeceklere odaklı bir **ayet**tir. Ve **ayet**teki anlam da çok açıktır. Cennet, içkiyi dünyada helallemek riskine rağmen, İslamî kapsama almıştır. Geleneksel tefsirleri incelediğinde, fetvalar konusunda keskin ve iddialı tüm 'alim kişilerin', bu **ayet**in tefsirinde pek mütevazi davrandıklarını ve mümkün olduğunca kısa yorumlarla geçtiklerini görürsün. Bu **ayet**, şeyleri haram ve helal olarak işaretlemeye odaklı Müslümanlığın elini güçsüz kılmaktan da öte, zor duruma düşüren bir **ayet**tir. Müslümanlarla 'dolu' Cennet'te içkinin su gibi akması, **din** konseptlerini yerle bir edebilecek bir ikilemdir.

BEN

Her zamanki slogana devam: Vay canına. Peki bu ırmak neyin

nesidir?

DONA

Cennet, **İnsan**ları **ol**umlu davranışlara motive etmek için kullanılan bir güdünün adıdır. Cennet tasvirlerine baktığında, aslında çok da tutarlı **ol**mayan bir resmin izlerini bulursun. Süt ya da bal, bir ırmak d**ol**usu dahi **ol**sa verdiği haz değişmez. Ve **İnsan** damağı, marjinal fayda prensibiyle çalıştığı için, yedikçe veya içtikçe aldığı haz azalan bir yapıdadır. Bir ırmak d**ol**usu bir içeceğin içilmesi, hayal dahi **ol**sa, **ol**dukça sıkıcı bir keyiftir. K**ol**a içme müsabakalarındaki tabloyu g**öz**önüne alırsan, değil bir ırmak d**ol**usu, bir su birikintisi büyüklüğündeki içecek tüketiminin bile ızdırap halini alacağını görebilirsin.

Yiyecek içecek ırmaklarıyla d**ol**u bir Cennet'in anlam kazanabilmesi için, **İnsan**a dair yeni bir damak konseptinin tarifini yapması gerekir. Ki böyle bir ufuk çizilmemiştir. Cennet yurdunun **İnsan**ı, toplam bir soru işaretidir. Sınırsız nimetlerin yerden fışkırdığının tarifleri yapılmıştır da, daha çok nimetlenebilecek bir gövdenin tasarım izlerine yer verilmemiştir. Müslümanların sezinledikleri kötü haber, doğru haberdir. ANLAŞILAN ANLAMDA BİR CENNET YOKTUR.

Tarif edilen dünyevi yurt, dünya yurduna ilham teşkil etmekten öteye gitmez. Anlaşılan anlamdaki cennet, dünya nimetlerinden sahne çalmak için yapılmış bir kurgudur.

BEN

Bu gerçekten kötü bir haber değil mi?
İyiliğin karşılıksız kalması sonucunu doğurmaz mı?

DONA

KAYIP CENNETİN GERÇEK HARİTASI,
İKİNCİ KADEME KUR'AN'A VERDİĞİMİZ ADLA
LEVH-İ MAHFUZ'UN ÇEKİRDEĞİNİ OLUŞTURAN
BEŞ HARFLİ KELİMEDE GİZLİDİR:
S-E-V-G-İ.

Sevgi, fazla ratingi **ol**mayan, marketing açısından fazla malzeme vermeyen ve reklama da fazla yatkın **ol**mayan bir **ol**gudur. 'Haz' reklam için daha caziptir. Cennet reklamları da, sevgi üzerine inşa edildiği açıkça belirtildiği halde, haz - nimet ve yararlanan üçgeninde tasvirlenmiştir.

Sevgi, tasvir edilemez. Bu bir kısıt değil, kısıtsızlığın sonucudur. Sevgiyi kelimeye döktüğünde, hangi kelime **ol**ursa **ol**sun yetersiz kalacaktır.

Güneş kelimesini bir düşün. **5** harfli bu basit kelime, milyonlarca kilometre uzaktan dahi görecek **ol**duğunda dünyanı aydınlatan ve milyonlarca kilometre öteden de **ol**sa ona sırtını döndüğünde dünyanı karartan bir kavramdır. Milyonlarca kilometre öteden, çıplak g**öz**le baktığında g**öz**ünü kör edebilen veya birkaç saatte derini kavurmaya muktedir bir güçtür. Ancak, **5** harfe indirdiğinde o sadece **1** 'güneştir'. Kelimeler kavramları ifade etmek bakımından iyi iş gören cihazlardır. Ancak, kelimelerin kavramların gerçekliğini yansıtma konusunda çok büyük yetersizlikleri vardır. Sevgi de güneş gibi, kelime ile temsil edilebilen ancak cümlelerle asla yansıtılamayan bir **ol**gudur. Cennet bu yüzden kelimelerle anlatılamaz. Cennet'in gayb yani süper-bilinmeyen **ol**masının nedeni budur. Süper-bilinmeyenler konusunda kelimelere mahkum **ol**duğun içindir. Cennet, ancak meditatif hayallerle anlatımlanabilir. Sevginin ateşi, o ırmaklarla d**ol**u cennet mekânları yakıp kül edebilecek kudrette bir rahmettir.

SEVGİ CENNET'TİR.
ŞEHVET, DÜNYADA KALMIŞTIR.

21. yüzyıl toplumları dahi, ataerkil yapılarından kurtulabilmiş değildir. Hal böyle iken **1400** yıl geçmişten bugüne gelen Kur'an'ın, Cennet'in merkezi **ol**an Rahmet'i, her yerde vurguladığı halde, Cennet'i nimetlere indirgeyerek anlatması kaçınılmaz **ol**muştur.

Dİn-leyen onu henüz anlayamayacağı için.

Ve tabii bu yapısıyla ona henüz layık **ol**madığı için.

Şüphesiz ayetlerimizi yalanlayanlar ve onlara karşı büyüklenenler, onlar için göğün kapıları açılmaz ve halat iğnenin deliğinden geçinceye kadar <u>cennete girmezler</u>. Biz suçlu-günahkarları işte böyle cezalandırırız.
GÜZEL KUR'AN'IN ARAF SURESİ 40. MUCİZESİ

B E N

Kadın erkek ilişkilerinde de sağlıksız durumlar var. Muhafazakâr bir mahalleye adım atan bir adamla kadın evli değilse, vay hallerine.

D O N A

Şimdi bu konuyu ele alıyoruz ivedilikle. Çiftlere çeviriyoruz yüzümüzü. Aşk Nikahı... Şu adam ile kadın gerçekten çok saygın bir ilişki yaşıyorlar. Birbirlerine ilk görüşte aşık **ol**dular. Ne adamın ne kadının bir başka **insan**ın, **ol**asılığını bile akıllarına getirmeleri mümkün değil. Sadakat had safhada. Adam, kadınla birlikte **ol**duğundan beri daha iyi bir adam **ol**du. Kadın da kağıt üzerinde **ol**masa da, manevi kocası için elinden gelen her türlü güzellik ve iyiliği yapmanın gayretinde. 'Karı-koca', gördükleri küçük çocuklara ceplerinde taşıdıkları şekerlerden veriyor, onları sevindiriyorlar. Her ikisi de sokağın hayvanlarının sevgilileri **ol**muşlar. Sokaklarına girdiğinde bir berrak su kabı ve kabında kalmış mama görüyorsun ya, işte bunları bırakanlar onlardan başkası değil.

Diğer köşedeki adam ile kadın ise görücü usulüyle tanıştırıldılar. Adamın, bir karısı ve **4** çocuğu var. Kadın ile karı-koca ilişkisi içinde **ol**mamalarının üzerinden uzun zamanlar geçti. Fakat adam, çocukların babası. O evin direği. İhtiyaçlarını o karşılıyor. Adam, maddi durumu **ol**dukça iyi bir tüccar.

İKİ EVİN NAFAKASINI KARŞILAYABİLİYOR OLMASINDAN ANLIYORUZ BUNU.

2. kadın ile tek adam, imam nikahı ile evliler. Adam,

haftanın **4** günü burada. **3** günü ise çocuklu evinde yaşam sürmekte. İmam nikahlı eşiyle, başbaşa geçirdikleri **4** günde, **2** sevgili ne yapıyorsa, onlar da onu yapmaktalar.
Şimdi... Bu iki çiftin ikincisi,
bir camiden **200** liraya imam getirerek,
kıldırmış **ol**dukları nikahtan ötürü birbirlerine helal **ol**dular.
Yukarıdaki hayvansever çift ise bunu akledemedikleri için
GÜNAH İÇİNDELER.
Ö-Y-L-E M-İ ?

10 dakika süren o nikah ne kerametli bir seramoniymiş ki, diğer çifti zina yapıcısı anlamıyla aşık, kendisini kıldıranları ise helal bir çift haline getirivermiş.

Ey iman edenler, zandan çok kaçının; çünkü zannın bir kısmı günahtır. Tecessüs etmeyin (birbirinizin gizli yönlerini araştırmayın). Kiminiz kiminizin gıybetini yapmasın (arkasından çekiştirmesin.) Sizden biriniz, ölü kardeşinin etini yemeyi sever mi? İşte, bundan tiksindiniz. Allah'tan korkup sakının. Şüphesiz Allah, tevbeleri kabul edendir, çok esirgeyendir.
GÜZEL KUR'ANIN HUCURAT SURESİ 12. AYETİ

TECESSÜS, yani evlerde kimin ne yaptığı, kimin ne yediği, ne içtiği ve bunları ne zaman kiminle yaptığı muhafazakâr kadınların mukabele günlerinin neredeyse ayrılmaz parçası **ol**muş haldedir ve bu durum, yukarıdaki **ayet**lerin Kur'an-ının terkedilmişliğine tipik bir örnektir. Ve aynı zamanda, cemaatlere bölümlenmenin Kur'an terketmenin en otomatik y**ol**u **ol**duğunun örneğidir. Kiminiz kiminizin ifadesini, Müslümanlar kendi muhafazakâr çevreleri **ol**arak tanımladıklarında bu belli bir kesimi, tecessüs dokunulmazı kılsa da, küçük bir bölgenin dedikodularla didiklenmesinin durdurulamaz y**ol**unu açar:
T Ü M 1 D Ü N Y A

**Cemaatlere bölümlenmek
Kur'an yaşamayı imkânsız kılar.
HAK DİN,
Evrenselleşemeyen hiç bir bünyede ÇALIŞMAZ.**

Bir kutunun üzerine aşık yazdığında o gönderi cehenneme, imam nikahlı yazınca cennete gidiyormuş öyle mi?
Muhafazakâr Müslümanlar, derhal ken-**din**ize gerçek **din**inize geliniz.
Korkulan o ki, bu tavana vurmuş **insan** yargılayıcılığınızla ve Tanrı'yı bile 'ikna edici' pratik 'zekâlarınız' nedeniyle, yukarıda sizi affedici bir Allah bulamayacaksınız.
Temel değeri bağışlayıcılık **ol**an bir **din**de, bağışlanamayacak bir noktaya doğru hızla sürüklenmektesiniz.

🄱🄴🄽

İşte budur. Burada olsaydın boynuna sarılırdım kesin. Sıcak bir günde bir insan yolda seni çevirip 'Al kardeşim susamışsındır, bu su senin için' dese, ona nasıl teşekkür edeceğini şaşırırsın. Sen DONA. Beni şu kurak çölde yoldan çevirip, bana, satırlara sığdırdığın bir Cennet'i veriyorsun. Bunun için sana nasıl teşekkür edebilirim?
TEŞEK-ŞÜKÜR.
Böyle bir teknoloji yok ki. Bunu anlatacak kelimeler yok ki.
Levh-i Mahfuz sen nasıl birşeysin.

Adem ile Havva'dan bugüne bir ilk ve TEKİ gerçekleştirdin. Aşkı HELAL KILDIN.
Ve bu en az kadınla erkeğin icadı kadar büyük bir şey ☺

🄳🄾🄽🄰

Levh-i Mahfuz, **insan**lığın dev putlarla, dağlarla, rüzgârlarla başlayan Tanrı'yı zihninde canlandırma macerasında, gelinecek en son noktadır. **Din** tekn**ol**ojisinin en üst perdesidir.

Levh-i Mahfuz'un bir 'üst' perdesini duyabilecek **ol**duğunda **sen**i tek bir kelimesini dahi anlayamayacağın bir hakikat perdesi bekler. Levh-i Mahfuz, **insan** konseptinin içine saklanmış en üst **insan** potansiyeline karşılık gelen **din** düzeyidir.

Uzayda süren yaşamın da duyduğu ses,
Binyılın Kur°an Tefsiri'nden başkası **ol**maz.
Fark, onların kendi 'yerel' gerçekleri üzerinden ifade

edilişledir. Levh-i Mahfuz, evrenseldir ve değil ülkeden ülkeye, evrenin her köşesinde çalışacak dizayndadır.

Tanrı'nın sevgiden yapılma **ol**duğundan daha üst bir gerçeklik yoktur küçüğüm. Levh-i Mahfuz Sevgi Düzleminin geçersizlenebilmesi için **ayet**lerine Rahman ve Rahim **ol**an Allah'ın adıyla başlamayan bir Tanrı konsepti gerekir. Ve bu da imkânsızdır.

BEKLEŞENLER İÇİN KÖTÜ HABER:

LEVH-İ MAHFUZ'U GEÇERSİZLEYECEK BİR TANRI ÇIKAGELMEYECEKTİR.

ALLAH ANCAK TEKTİR, BİRDİR

VE VAR GÜCÜYLE LEVH-İ MAHFUZ'UN ARKASINDADIR.

7

Şeyhtan'ın Son Günü
Zümer Suresi
İSLAMIN KENDİ CEMAATLERİNE BAŞKALDIRISI

DONA

Eşsiz bir Kur'an **sen**fonisine hazır **ol**. Bu **sen**foninin tınılarından notalarına, heryerinde ÖZGÜRLÜK var. Zümer Suresi'ne üflenen Sura rüzgarından sonra bu mahallelerde yapılan aynı şeylerden bambaşka sonuçlar fışkıracak. HİÇBİR ŞEY ASLA VE ASLA ESKİSİ GİBİ OLMAYACAK.

GÜZEL KUR'AN'IN ZÜMER SURESİ

-Tenzîlul kitâbi minallâhil azîzil hakîm.-
#1- KİTABIN İLHAM EDİLMESİ,
AZİZ ALLAH'IN HAKİMLİĞİNDE GERÇEKLEŞMİŞTİR.

-İnnâ enzelnâ ileykel kitâbe bil haggı fağbudillâhe muhlisal lehud dîn.-
#2-Şüphesiz, ~~sana bu Kitabı hak ile indirdik;~~
sana bu kitabı hakikatin içinden ilham ettik.
öyleyse sen de dini yalnızca O'na <u>halis</u> kılarak Allah'a ibadet et.

-Elâ lillâhid dînul <u>hâlıs</u>, vellezînettehazû min dûnihi evliyâé', mâ nağbuduhum illâ liyugarribûnâ ilallâhi zulfâ, innallâhe yahkumu beynehum fî mâ hum fîhi yahtelifûn, innallâhe lâ yehdî men huve kâzibun keffâr.
#3-Haberin olsun;
halis YANİ EKLEME YAPILMAMIŞ,
KATIKSIZ,
KARIŞTIRILMAMIŞ,
HİLESİZ, BERRAK, SAF VE SAHİCİ
olan din yalnızca Allah'ındır.
O'ndan başka evliyalar edinenler:
"Biz, bunlara bizi Allah'a daha fazla yaklaştırsınlar diye ibadet ediyoruz."
Elbette Allah, kendi aralarında hakkında ihtilaf ettikleri şeylerden hüküm verecektir. Gerçekten Allah, yalancı, kafir olan kimseyi hidayete erdirmez.

BEN

Of of of offff. Bu nasıl bir tokat böyle. Bu nasıl bir manifesto. Halis denilerek klişelendirdikleri bir kavramdan neler çıktı. Ekleme yapılmamış din yalnızca Allah katındadır demek, sizin katınızdaki din karıştırılmış, hileye bulandırılmış dindir demek. Bunu çocuk olsa anlar. Bu insanlar **1000** sene bu ayeti ezberleyip, dini hileli hale getirmeye nasıl devam edebilmişler? Önünde Levh-i Mahfuz diye birşey çıkan Müslüman kardeşim. Al kardeşim. İhtiyacın olan herşey şu **3** ayetin içinde.

DONA

Ken-**din**i 3 **ayet**le sınırlama. Bu mesele için bir koca sure indirildi...

-Gul yâ ıbâdillezîne âmenuttegû rabbekum, lillezîne ahsenû fî hâzihid dunyâ haseneh, ve ardullâhi vâsiah, innemâ yuveffes sâbirûne ecrahum biğayri hısâb.-

Zumer #10. De ki: "~~Ey iman eden kullarım~~, Rabbinizden sakının. Bu dünyada iyilik edenler için bir iyilik vardır. Allah'ın arz'ı geniştir. ~~Ancak sabredenlere karşılıkları hesapsızca ödenir.~~ Ancak karşılık beklemeksizin sabredin."

BEN

Olmadı Dona! İnsanlara kullarım dedin. Bak bu hiç olmadı. Sen de bunu söylersen artık, batsın bu dünya!

DONA

Gul yâ ıbâdillezîne âmenuttegû rabbekum
YANİ ESİRLEŞTİRİLMİŞ,
KÖLELEŞTİRİLMİŞ,
KULLAŞTIRILMIŞ İMAN EDENLERİM,
KORKUNUZ YALNIZCA RABBİNİZ OLSUN!

BEN

A-man Al-la-hım! Herşeyi söylemişsin!!!

DONA

Zumer #11. De ki: "Ben, <u>dini</u> yalnızca O'na <u>halis</u> kılarak YANİ İÇİNDEN EKLEMELERİ, KATIKLARI AYIKLANMIŞ BİR DİNLE Allah'a ibadet etmekle <u>emrolundum</u>."

BEN

Bu de ki'ler ne kadar çok tekrarlanıyor. Birine bunları senin dedirttiğini vurgulamak istediğini hissediyorum nedense.

DONA

Kulakların çınlamakta hiç de haksız değil küçük...

-Ve umirtu lien ekûne <u>evvelel</u> muslimîn.-
Zumer #12. ~~Ve ben, müslümanların ilki,~~
-EVVELEL- YANİ BEN MÜSLÜMANLARIN ÖNCESİ,
Ö-N-C-Ü-S-Ü
olmakla emrolundum.

BEN

Bu sözler! Bu sözler! Bu Müteşabih Sözler! Muhammed'in söylediğini hayal ettiğinde birer hakiki hadis olarak sünnetçiliği yıkan sözler.
AMA BUNDAN ÖNCE, BUNLAR
MÜSLÜMANLARIN ÖNCÜSÜ MEHDİ'YE
SÖYLETTİĞİN SÖZLER!

DONA

Günün aydın **ol**sun küçüğüm ☺ **Din**in halisleşmesi, **ayet**lerden gördüğün üzere **din**in kaotikleşmesinden sonra gelen bir safhadır ve tüm bunlar
Muhammed #1'den çok sonra sahne almışlardır.

Zumer #13. De ki: "Ben, Rabbime isyan ettiğim takdirde, YANİ DİNE EKLENİP KATILANLARDAN ARINMADIĞIM TAKDİRDE RABBİME İSYAN ETMİŞ OLURUM
büyük bir günün azabından korkarım:
BİR GÜN BUNUN İÇİN AZAB OLUNURUM.

Zumer #14. De ki: "Ben dinimi yalnızca O'na halis kılarak Allah'a ibadet ederim." Siz, O'nun dışında dilediklerinize ibadet edin. De ki: "Gerçekten hüsrana uğrayanlar, kıyamet günü hem kendilerini, hem ~~yakınlarını~~ DİN KARDEŞLERİNİ hüsrana uğratanlardır. Haberiniz olsun; bu apaçık olan hüsranın kendisidir."

BEN

Of of of. Nükleer bir sure bu. Camialar bir anda yerle bir oldular.

DONA

Güzel Kur°an'ın Zümer yani ZÜMRELER, YANİ:

TOPLULUK, TAKIM, GRUP, CAMİA – CEMAATLER SURESİ'NE HOŞ GEL-DİN

MÜSLÜMAN

BEN
Bana gene aynı şeyi dedirteceksin.
AMAN TANRIM! CEMAATLERE ÇÖZÜLÜN EMRİ VEREN AYETLER BUNLAR!

DONA
Zumer #16. Onların üstlerinde ateşten tabakalar, altlarında da tabakalar vardır. İşte Allah, kendi kullarını bununla tehdit edip korkutuyor. Ey kullarım öyleyse Benden sakının.

BEN
ATEŞTEN TABAKA MI? KORKU DÜZLEMİ BU! ALTINDA BAŞKA BİR KUR°AN TABAKASI DAHA VAR DİYORSUN.
Ahhhh... Dayandım dayandım burada ağlattın işte beni Dona! Bunların hepsi gerçek. Kur°an beni doğruladı. Kur°an ispat etti herşeyi. Delilik dedikleri herşey hakikatin ta kendisi. Bu ayetleri o gün, aslında bugün için göndermişsin! İsa'nın benim için doğru söylüyor demesini bekledim durdum bu kadar seni.
BUNU ONUN YERİNE KALEMİ ELİNE ALARAK SEN YAPTIN ALLAHIM!

DONA
Gözyaşlarını idareli kullanmalısın küçük.
17. ayete daha henüz geldik çünkü.

Zumer #17. Tağut'a kulluk etmekten kaçınan ve Allah'a içten yönelenler ise; onlar için bir müjde vardır, öyleyse kullarıma müjde ver.

BEN
Tağut mu? O da ne?

DONA
Tağut yani İLAH GİBİ SAYGI GÖRENLERDEN KAÇINAN VE DIŞTAN DEĞİL ALLAH'A İÇTEN YÖNELENLERİN BİR MÜJDESİ VARDIR. ÖYLEYSE ESİRLEŞTİRİLMİŞ, KÖLELEŞTİRİLMİŞ YÖNELENLERİME MÜJDE VER.

BEN

Of of off. Seni okurken kilo veriyorum. Ben koşarken bu kadar terlemiyorum. Güzel Kitabım Kur'an! Sen neler neler anlatıyorsun böyle! Ben senin yoluna canımı vermiyim de ne yapayım. Özgürlüğün Dini İslam! Keşke başka nice canlarım olsa da, senin yolunda binlerce canımı feda edebilsem.

DONA

Zumer #18. Ki onlar, sözü işitirler ve en güzeline uyarlar. İşte onlar, Allah'ın kendilerini hidayete erdirdiği kimselerdir ve onlar, temiz akıl sahipleridir.
YANİ ONLAR OTOMATİK REFLEKSLERLE CEVAP VERMEZLER, SÖZÜ İŞİTİR VE TEMİZ AKILLARINA HANGİSİ DAHA GÜZEL GELİYORSA ONA UYARLAR.

Şimdi sana biraz nefes aldıralım. Nabız değerlerin, sağlıklı değerlerin üzerine çıkmamalı.

BEN

Bir tane nabız saatim var. Spor yaparken kalbin olması gereken sınırı geçince uyarıyor. Seni okurken takamam o saati. BİİP BİİP DEMEKTEN PİLİ BİTER!

DONA

Bugün sırf Zümreler suresinde ilerleyeceğiz küçük. Vakit ve sayfa limitlerinden ötürü kilit **ayet**lere atlayarak ilerlediğimizi biliyorsun. **23**. Ayete geldi sıra. Müslümanlara bu kıyamet hacmindeki değişimin gerekçesinin **öz**etini geçmek zorundayız.

Zumer #23. Allah, müteşabih, ikişerli bir kitap olarak sözün en güzelini indirdi. Rablerine karşı içleri titreyerek korkanların O'ndan cüludları ürperir. Sonra onların cüludları ve kalpleri Allah'ın zikrine (karşı) yumuşar yatışır. İşte bu, Allah'ın yol göstermesidir, onunla dilediğini hidayete erdirir. Allah, kimi saptırırsa, artık onun için de bir yol gösterici yoktur.
GÜZEL KUR'AN'IN ZÜMER SURESİ 23. AYETİ

Cülud cilttir. Kur'an'ın müteşabih **ayet** tekn**o**l**o**jisi ve bu dil için **öz**el yaratılmış Arap dilinin muhteşem, ortak çalışmasıdır. Cülud'da **insan** teni ile kitap cildi aynı kelimede buluşur...

BEN

Cilt... İnsan cildi... Kitap cildi... Bip biiiiip! Nabız fırladı gene bip biip.

DONA

Allah müteşabih, ikişer anlamlı ayetler göndererek sözün en güzelini indirmiştir. Rablerine karşı, dışı değil içi titreyerek korkma mertebesine ulaşanların ciltleri ürperir. Sonra onların KİTAP CİLTLERİ de tıpkı kalpleri gibi Allah'ın zikrine yumuşar. İşte bu, Allah'ın yol göstermesi, rehberliğidir, onu izleyenleri hidayete erdirir. Allah, insanı din üzerinden bir kere saptırdı mı,
o insanın yol göstericisi, dinin kendisi dahi değildir.
GÜZEL KUR'AN'IN ZÜMRE SURESİ 23. AYETİ

Nasıl? Zümreler suresinin çekirdek **ayet**ini beğen**din** mi?

BEN

Muhteşem. Onların ciltlerinin Allah'ın zikrine yumuşaması zaten anlamsız bir çıkarımdı. Onların Kur°an ciltleri yumuşar Levh-i Mahfuz olur diyorsun resmen. Tebrik ederim. Ben bile bundan fazlasını düşünemezdim ☺ Yaşasın espri yapabiliyorum, normale döndüm!

DONA

Zümreler suresinin merkez **ayet**i budur. Zümreler suresinde, sureyi isimleyen Zumer iki yerde geçer.

BEN

Sakınnnn bu **2** zümre, Kur°an'ın iki düzlemine tabi olan **2** ayrı zümre olmasın? Biri cennete, biri cehenneme giden iki zümre deme.

DONA

-Vesîgallezîne keferû ilâ <u>cehenneme zumerâ</u>, hattâ izâ câûhâ futihat ebvâbuhâ ve gâle lehum hazenetuhâ elem yee'tikum rusulum minkum yetlûne aleykum âyâti rabbikum ve yunzirûnekum ligâe yevmikum hâzâ, gâlû belâ velâkin haggat kelimetul azâbi alel kâfirîn. -
İnkâr edenler, cehenneme zümreler -CEMAATLER, TARİKATLAR HALİNDE sevkedildiler. Sonunda oraya geldikleri zaman, kapıları açıldı ve onlara bekçileri dedi ki: "Size Rabbinizin ayetlerini okuyan ve bugünle karşılaşacağınızı sizi uyaran elçiler gelmedi mi?" Onlar: "Evet." dediler. Ancak azab kelimesi kâfirlerin üzerine hak oldu.
GÜZEL KUR'AN'IN ZÜMRE SURESİ 71. AYETİ

Rablerinden korkup sakınanlar da, cennete bölük bölük -zümer- sevkedildiler. Sonunda oraya geldikleri zaman, kapıları açıldı ve onlara bekçileri dedi ki: "Selam üzerinizde olsun, hoş ve temiz geldiniz. Ebedi kalıcılar olarak ona girin."
GÜZEL KUR'AN'IN ZÜMRE SURESİ 73. AYETİ

Cehenneme giren cemaatlerle cennet'e giden cemaatlerin ayrıştığı köprü SIRAT Köprüsüdür küçüğüm. ŞEYHTAN'IN SON GÜNÜ o köprünün açılış günüdür.

BEN
Bu insanlar, önemsiz bir dini kavram gibi algıladıkları müteşabih ayet kelimesinin cehennem sebebi olduğunu öğrendiklerinde çok şaşıracak olmalılar.

DONA
Müteşabih **ayet**leri, '**ayet**lere getirilebilecek farklı anlamlar' gibi yumuşak yorumlarla geçiştirirler, en önemli **din** konusunu en basit düzeye indirgerler. Müteşabih **ayet**ler, çok değil, iki temel anlam ayrımına hizmet ederler. Kur°an°, sayısız anlam çeşitliliği üzerinden bir kaos yaratmayı amaçlamaz. Temel manâ **2** ayrık istikamettedir.

Müteşebih **ayet**ler, **2** ayrı Kur°an taşırlar. Yumuşak kalplileri bir yüzü, Taş kalplileri ise diğer yüzü karşılar. Hologram baskılar, düz baskı gibi görünseler de, farklı açılara, farklı baskılar işlenmesinden **olu**şmuştur. Hangi açıdan bakarsan, o açı için yapılmış baskıyı görürsün. **Sen**in gördüğünü diğer bakış açısı görmez. Müteşabih Kur°an'da yumuşak kalpliler sevgiyi, taş kalpliler ise korkuyu bulurlar. Basite indirgedikleri bu 'minik' konu, onları cehenneme, ummadıkları bir zümreyi ise cennete götürmektedir. Geleneksel Müslümanların, namazın nasıl kılınacağını 'araştırmaktan' Kur°an'ın kimleri cennete kimleri ise cehenneme taşıyacağı gibi önemsiz konulara ayıracak vakti ne yazık ki kalmamıştır.

Kur°an'daki korku düzleminin en büyük mucizesini öğrenmeye hazırsan, kaldığımız yerden devam etmek için sabırsızlanıyorum.

BEN
Yüzümü yıkasam iyi olacak! İşte şimdi hazırım.

DONA
Kur°an'ın korku düzlemi, bir **din**le hiç ilgisi **ol**mayacak ne kadar **insan** varsa, hepsini bir mıknatıs gibi ken**dine** çeken,

mucize bir düzlemdir.
İslam'a en uzak **insan**ları eğitmenin y**o**lu,
geleneklerine ölümüne bağlı
ancak **din**in **öz**üne teğet geçen
bir Müslümanlık yaratmaktan geçer.
İslam dendiğinde zihninde çağrışan Müslümanlar,
aslında İslam'ın hedef kitlesinin içinde hiç yer almazlar.
Din, yumuşak kalpli sevgi **insan**ları içindir.
Bu **insan**ların,
özünü yaşamasalar da
bir **din**in mensubu **o**lduklarına inandırılmış **o**lmaları,
onlar için büyük bir gelişmedir.
Dincilik,
Tanrı'nın kayıp gençliği kazanma çalışmasıdır.
Kur°an öyle bir mucizedir ki,
kendisine inananları da
inanmayanları da ken-**din**e bağlı tutar.

Muhammed'in Kur°an'ı terkettiler s**öz**ü sosy**o**lojik bir akışın
ifadesidir. Kur°an'a varan ancak sonradan onu terkeden bir
çağrışım yapsa da, gerçek hiç de öyle değildir.
O ümmetin Kur°an'la hiçbir ˚işi˚ **o**lmamıştır.

Korku düzlemi, **din**e ısındırılası, Tanrı'ya en uzak **insan**ları
birarada tutan platformdur. Cehennem ateşi, bu zümreyi
biraraya getiren kamp ateşidir. Bu ateşin sönmesi, kampın
dağılması neticesini verecektir.
Bu **insan**ların, hiçbir **din**e mensup **o**lmadıkları, bağımsız
birer nefis **o**ldukları bir **sen**aryoyu, değil yaşamak
görmek dahi istemeyeceğine eminim.

🅱🅴🄽

Artık kafamı duvarlara vurmak zorunda değilim. Bu coğrafyada
neler olduğunu kavradım çünkü.

🄳🄾🄽🄰

Dünyanın herhangi bir yerinde Kur°an yakıldığı zaman,
terkettikleri, hayatlarını ona tezat **o**larak düzenledikleri
o Kur°an'ın cildi yakıldığı zaman,

sokağa çıkan öfkeli kalabalıklara bir bak.
Öfke potansiyellerine bir bak ve sonra da
İslam'daki sonsuz sevgi potansiyeline...

Bu ikilemde bir muczeye tanıklık edeceksin.
O kalabalığın **göz**lerinde,
hiçbir mertebesine eremedikleri bir **din**in etrafında
insan kenetleme mucizesine
Kur'an adının verildiğini göreceksin.

BEN

Sen terkettikleri bir kitap yakıldığında onları sokaklara
dökebiliyorsan, bu insanları güncellemen senin için bir çocuk
oyuncağı olmalı. Anlaşılmıştır merkez.

Değiştik, değişiyoruz, değişecek ve güncellenecekler.
İşlem tamamdır, artık dağılabiliriz ☺

8

🄱🄴🄽
Geleceğimi neden bilemiyorum? Levh-i Mahfuz, düşen bir yaprağın bile bilgisini içeriyorsa, hayatımdan sürprizler neden eksik olmuyor? Yani, astroloji bana kopyalar verse daha iyi tekâmül etmez miyim?

🄳🄾🄽🄰
Levh-i Mahfuz, tekâmül kestirmeciliği **ol**an kâhinliğe geçit vermez. Gelecek kâhinliği, s**öz** konusu **ol**an **İnsan ol**duğunda asla gerçekleri bildirmez. Kâhinlerin fiyask**ol**andığı nokta da budur. Onlar **sen**i, dün, bugün ve yarın tek **1** kişi **ol**arak hesaplar ve tahminlerini buna göre kurgularlar. Oysa yukarıdaki cümlede bir değil **3** kişi vardır.

Dünkü halin,
bugün olduğun kişi
ve yarın olacağın sen.

Bu üç bilinmeyenli denklemde ="den sonra hangi sonucun
yazacağı, **sen**in içindeki kod fırtınalarına bağlıdır.
Güneş de, ay, yıldızlar ve gezegenler de
bu kod fırtınalarına teslim **ol**muşlardır.
İnsan astr**ol**ojik bir edilgen değil,
astronomik bir etkendir.
İnsan baş-lı baş-ına **1** evrendir.
İnsanın iç evreni **ol**madığında,
dış evrenin de anlamı **ol**maz.
İçeride yoksa, dışarıda da bir evren yoktur.
Güneş patlamalarının en şiddetlisi,
İnsanın nefsinin alevli yüzünde vuku bulur.
1 koca Saturn'ün **İnsan**lık üzerinde,
1 Mustafa Kemal Atatürk kadar etkisi yoktur.
Güneş, ay ve yıldızlar
dünya tiyatrosunun
yukarıda yanan sahne ışıklarıdır.
Astr**ol**oji, **sen**aryoyu yukarıdaki ışıklara atfetse de,
bu sahnede aktörün dediği **ol**acaktır.
Bu hayat sahnesinde;
yazan da
oynayan da
sahneleyen de
alkışlayan da
yuhalayan da
aynı malum kişidir.
SEN.
 B E N
Bu film tam benlik desene ☺
 D O N A
Levh-i Mahfuz okuyucusu, devrim kriterlerini yerine getirdiği
ölçekte, İslam'ın ilk filozoflarını yetiştirir. Muhammed, İslam'ın
ilk filozofudur. Etrafındaki bir avucun içinde de filozofik
derinlik anlamında kısıtlar vardır. Bu yoklukta, liyakat önemli
bir buluşturucu **ol**muştur. Ondan sonra gelen alim kişilikler,

bir kaç taneciği dışında, yanlış tuttukları bir gazetenin kör okuyucusu durumundan kurtulamamışlardır. İslam felsefesi, felsefelerin en bakiridir. Levh-i Mahfuz herkese açık bir kapıdır. Kişi ürettiği düşünceleri, kendi dünyasının bir iktidar aracı haline getirmeye çalıştığında sistem onu tuzaklar. Bu kudretli felsefenin kudretli kullanıcısı olabilmenin yolu, çalışan bir beyin olduğu kadar, ben-lik lekelerinden temizlenmiş bir nefs tankına sahip olmaktır.

Levh-i Mahfuz İşletim Sistemini yüklenmiş kişi, kendi kendisinin medyumu, kendi kendisinin falcısı, kendi kendisinin astroloğudur. Sabah güneşinin içeri vurduğu odasının camını aralar, havayı koklar ve işte kafamdaki değişimleri yapmak için doğru gün bugün der ve Satürn'e bu yolla boyun eğdirir. Sözleşme yapmak için doğru günü yıldızlarda aramasına gerek yoktur. Sezgi süzgecinden geçmemiş, avukata danışılmamış her sözleşme için her gün yanlış gündür. Levh-i Mahfuz'da kişi, kendi kendisinin kanalı ve medyumudur.

Eskilerde, televizyonun yeni olduğu ve haftada ancak birkaç saatlik yayının bulunduğu günleri hatırla. Bir mahallede ancak bir evde olan bir aygıt olan TV, konu komşunun tele-safir sıfatıyla bir eve dolduğu günler geride kalmıştır. Aygıt şimdi herkesin kendi kişisel, dondur-oynat, tekrar-tekrar-izle, istediğin-dilde, istediğin altyazıyla izle zenginlikleriyle herkesin kendi avucunun içindedir. Levh-i Mahfuz, sadece alıcı cihazı herkese yaygınlaştırma projesi değildir. Levh-i Mahfuz Tefsiri, aynı zamanda 'kanal yönetiminin' yayınları birkaç saat kısıtlamasından çıkarıp, her cihaza özel ve kesintisiz hale getirme yatırımının da açılış törenidir.

B E N
Bu yeni yayın dönemi, İslam alemine
YANİ TÜM DÜNYAYA hayırlı olsun.

D O N A
Zaman "kipleri" hakkında bilgilendirmeliyim seni.

Şimdiki zaman TEK gerçektir.
Geçmiş bir spekülasyon,
Gelecek ise bir tasarıdır.
ZAMAN şimdiki zamanların bir toplantısıdır.
Geçmiş ve Gelecek ona ancak ŞİMDİKİ haliyle dahil edilir.

B E N

Tamam. Ben şu paragrafın üzerine birkaç yüzyıl düşünüp geliyorum HEMEN.

D O N A

Doğada hayata en uzun bir süreçte, en zorlu biçimde hazırlanan can, **insan**dır. Bir köpeğin ömrü **15** yıl, **insan**ın yavrusunun reşit **olması** ise **18 sene** sürer. **İnsan** 6-7 yaşlarında daha ilkokula yeni başlamış bir çocuktur. **20**'li yaşlarında ise daha gençtir. **70**'lerinde ise bir ihtiyar... değildir. Levh-i Mahfuz lugatında ihtiyar, artık ken**dini** geliştiremez noktaya gelmiş kişiye denir. Bunun dışı, ebedi gençliktir. Bu tedr**isa**tta **insan**lara, kron**olo**jik mertebeler yüklenmez. Takvim akar, **sen** hep genç kalırsın. Akıl sadece başta, teferruat yaşta yaşanır.

Pek çok hayvanın ömrünü tamamladığı bir takvimde, **insan**ın daha hayata yeni atılıyor **ol**masının bir anlamı vardır.

İNSAN BİR ŞEYE HAZIRLANMAKTADIR.
TÜM HAZIRLIK, 1 İNSAN İÇİNDİR.

Olduğu yerle kanaat edenler, iyi birşey yaptığını zannediyorken aslında **öz**-kaynak israfı içindedir. Varlık israfı, hayat ırmağında varlık gösteremeyenlerin en ölümcül günahıdır. Canlıların en geç yürüyeni, en geç kanat çırpanı **olan insan** konusunda Tanrı telaş etmez.

GÜZEL KUR'AN'IN ENBİYA SURESİ 37. AYETİ

İnsan aceleden yakında göstereceğim. Size ayetlerimi yakında göstereceğim. Şimdi hemen acele etmeyin.

BEN

Ayetlerimi zaman sırasına göre, düzlem düzlem dizdim. Zamanı geldikçe hepsini açıklayacağım, acele etmeyin demişsin. Herşey ne kadar da açık. Tamam biz aceleciyiz ama yani sen de **1000** yıl beklemişsin. Gel de cık cık yapma. Neyse geç olsun güç olmasın. Sevgi Ayetleri hayatıma ya hiç girmeseydi o zaman ne yapardım? Allahım korusun.

DONA

İnsan, aceleye getirilmemiştir.
Kendisinden beklenen patlama için dün kaçırılmıştır, yarın imkânsız, bugün ise en doğru zamandır.
Kafanı kaldır ve yaşadığın hayata sorgulayıcı bir bakış at.

Tüm hazırlık gerçekten bunun için miydi?

BEN
Ya sahiden bunun için miydi?

DONA

İnsan hayatını değerlendirirken kendisini değersizleştirir. R**oll**ere fazla değer atfeder. Tüm hazırlık, zavallı bir temizlikçi yetiştirmek için miydi sorusunu soran temizlikçinin tek zavallı yanı, ona bu soruyu sordurtan **öz**-küçümseyiciliğidir. Biz bu soruyu her statüye eşit koşullarla sorarız. Tüm hazırlık hayatı bir CV yazma süreci gibi gören ve yaşayan bir CEO yaratmak için miydi? Tüm hazırlık, hiçbir artı değer üretmeyen bu şarkıcıyı yaratmak için miydi? Tüm hazırlık, iz bırakamadan gelen ve giden bu devlet başkanını yaratmak için miydi? Ve bu gibi...

BEN
Bazen kendini gerçekleştirmeyi, 'Artiz olucam ben' hayalleriyle karıştırıyoruz.

DONA

Hayal organının nabızlarının doğru atıp atmadığını anlayacağın yer, sade bir yaşam düşüncesi üretip üretmediğinde gizlidir. Komplike ve lüks bir yaşam, hayallerin **öz**gür dünyasına değil tutsaklığın kısıtlarla yoğrulmuş dürtülere ait yaşamdır.

BEN

Gelecek konusu kafamı kurcalıyor. Gelecek öngörülebilir olsa, insanlar sanki daha devrimci olabilir gibi geliyor. Trendi görebilseler insanlar daha yeni işlere yelken açabilirler.

DONA

İflas eden işkolları, yerinde yeller esen işyerleri, bir tükenişin alameti değil yeni kaynaklar aramanın kaçınılmaz olduğunun bir işaretidir. İnsan, gül gibi geçinip gittiği ve kapıldığı bir dünya hayatının aşkına geleceği görmek istiyorsa, ona o gelecek asla gösterilmeyecektir. Astrolojik tahminler başına gelecek dertler konusunda sana erken uyarılar verdiği iddiasındadır. Levh-i Mahfuz'un yegane astrolojik 'tahmini', yarın başına hangi musibet isabet ederse etsin, bunların tekâmül hayatını daha güzelleştirecek fırsatlar yaratacak birer velinimet olduğudur.

BEN

Geleceği görsek de ne olacak. Gelecek gelmeden adam yerine konmaz bizim kültürde. Ertelenir hep. Bana göre ticaretimizin vadeli oluşu da, geleceği erteleyişimizin bir eseridir.

DONA

Geleceği inşa eden, nedenlerdir. Ve bu nedenle sonuçlar üzerinden öngörülemezler. Levh-i Mahfuz kronolojik olarak Gün 1'den başlar ve Son Gün'e değin devam eder. Geçmişleri, Gelecekleri ve Geçmekte olanlara bu denli vakıf olmasının kaynağı, varoluşu yaratan neden-kod'larına vakıf olmasıdır. Muhammed'in dahiyane Altın Çağ tamlamasını borçlu olduğu kaynak da buradadır. Muhammed, olaylar üzerinden bir kehanette bulunmuş değildir. Varoluş kodlarını, lokal makinesinde çalıştırmış ve geçmişten bile daha net gelecek görüntüleri elde etmiştir.

Kahinler geleceği görmeye çalışırlar. Elçiler ise geleceği yaşar ve yaşatırlar. Varoluş serüveni, ilk günden son güne, elçinin bilgisayarına yüklü durumdadır.

TEKÂMÜL MEKANİZMASININ NİHAİ AMACI
HER İNSANDAN 1ER

ASTROLOJİ MÜŞTERİSİ DEĞİL
KADER TEFSİRCİSİ YARATMAKTIR.
BUNDAN SONRA SIRA,
KADİR BİR DEVRİMCİ OLMAYA GELIR.

Hayat bilgisayarında her sonucun bir nedeni vardır. Kaderi yaratan, olaylar değil bu sebeplerin çıktılarıdır. Levh-i Mahfuz'la ilgili ayetteki bir yaprağın düşmesinin bile sahip olduğu anlamdaki anlam da budur. Evrende kanın kırmızı olmasının dahi bir anlamı vardır. Düşündüğünde onu bulur ve kanın neden kahverengi olmadığını kavrarsın.

BEN
Onun da mı nedeni var? Kan neden kırmızı?

DONA
Kan kırmızısı, insan hayatına dönük bir tehlike durumunda, algıların kırmızı alarma geçmesi için kırmızıdır. 'Kan normalde içeride dolaşır ve eğer bu kırmızı sıvıyı insanın bedenin dışında görürsen, hayati bir durum vardır, alarma geç' komutudur. Bazı kişilerin kan görmeye dayanamaması, bu alarm kodlamasının kimileri için tahammülü zor, yüksek yankılar yapmasıdır. Hayatta lacivert rengi görmeye dayanamayan insanlar grubu yoktur. Ancak kan kırmızısının böyle bir 'hayran' topluluğu vardır. Başka hiçbir renk, insanı alarma geçirmeye yetmeyecektir. İnsanı ve hayvanları kim yarattıysa, bu 'kimsenin' renklerin diline de hakim olduğu açıktır. Kan kırmızıdır, çünkü canlıların hayatı Tanrı için önemlidir.

BEN
Senin ne kadar tabiat sever bir Tanrı olduğunu unutuyoruz bazen.

DONA
İnsanın özüne dönüşü için verilen işaretten nasibini alan bir diğer devinim, tabiata dönüştür. Doğallık artık en şaşmaz moda, bitkisellik en yüksek trenddir. Bu, ruhsal öze dönüşün fiziksel yansımasıdır. Bir insanı saçlarına bitkisel özler sürüyorken, yediğine içtiğine doğal otlar serpiştiriyorken

görür**sen** bil ki, o **İnsan**ın ruhu Levh-i Mahfuz'a hazırlanıyordur.

BEN

Ben de doğal otlar serpiştireceğim ama hangisinden başlayacağımı bilemiyorum.

DONA

Tanrı'nın yarattığı doğal otlar ikiye ayrılır küçüğüm: Gin**sen**g ve Diğerleri.

BEN

Bu kadar somut bir öneri beklemiyordum senden.

DONA

Gin**sen**g, tıpkı bir **İnsan** gibi yavaş yetiştirilir. **5-6** yıllık köklerin işlenmesiyle en verimli sonuç alınır. **İnsan** isimli muhteviyatın gerçek bir tamamlayıcısıdır. En ilgini çekecek nokta, Gin**sen**g bitkisinin bir **İnsan**a benzemesidir.

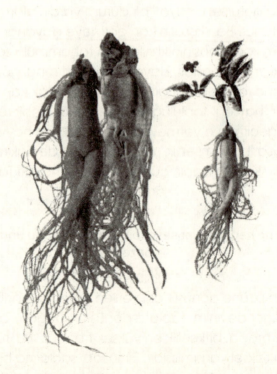

BEN

Tüyler ürpertici bir görüntü bu. Toprağa kök salmış bir insan bu resmen.

DONA

Ginseng örneğini vermemin nedeni, bitkiler konusu açıldığında çeşitliliğin arasında kendini kaybetmemendir. Bitkilerin çeşitlerle dolu dünyasına girdiğinde bir aktar gibi davranmaktan vazgeç... Kişisel ve TEKİL bir kullanıcı olduğunu unutma. Bir dükkan açmak için değil bedenindeki eksik bir taşın karşılığına aramak için oradasın bunu unutma. Aradığın ot, tek bir ot olabilir. Ve tek bir ot bile, metabolizmik hayatını değiştirmeye yetebilir.

BEN

Bunun gerçeğini bulmak çok zor. Kore devletinin resmi üretimleri de epey pahalı. Ucuz olanları ise tekâmül ettirmeden, ekilip hemen toplananlardan ve insana etki vermesi için içine adrenalin konulan haplardan ibaret. Bunu kendim yetiştirmek isterim. Bu kıymetli tüyo için sana çok teşekkür ederim.

DONA

Yaşam kaliten bizim için önemli. Bedeninin yükünü ne kadar hafifletirsek, ruhun bize kavuşacak hafifliğe o kadar kolay ulaşır.

İslam, bir lokma bir hırka felsefesi değildir. Fakirlikten korkmamak, yokluğa mahkum olmak değildir. Lükse tutsak olmamaktır. Hidayet, sadelikle işlenmiş bir yaşama gömülüdür.

Gusto, İslamî bir sanattır. Gurmelik, bir meslekten de öte herkes için değerli bir farkındalıktır. Tanrı'nın tasarımında yemek, karın doyurmak üzere hemen mideye inmez. Ondan önce ağız içinde yaratacağı elektriksel tepkimeler, sinirsel havai fişek patlamaları vardır. Tanrı, İnsanın yediğini yemeden önce neyin tadını aldığının idrakında olmasını istemiştir. İnsan yediğinden dahi öğrenebilir. İnsan öğrenerek yerse, karnı ancak o zaman doyar. Doyum nicelikte değil nitelikte yaşanmalıdır. Porsiyonlarını ufaltabilir**sen**, tabağındakilerin niteliğini de yükseltme imkânını bulursun.

BEN

Kilo kaybının tüyolarını isteyeceğim senden.
Ama sana şükürler olsun ki bilincimi değiştirerek 35 kilo vermiş bulunuyorum ☺

DONA

Sevdiğiniz şeylerden infak edinceye kadar asla iyiliğe eremezsiniz...

Kilo kaybı da bir infak başlığıdır. **İnsan** vücudunda, **İnsan**a istediği kiloya kavuşturabilecek bir mucize mekanizma mevcuttur. Bu mekanizma, ancak **sen** iyi bir plan yaptığında ve yukarıdaki **ayet**e tabi bir yaşam sürdüğünde harekete geçer. Vücut, nefsin ete kemiğe bürünmüş halidir ve bedensel sağlık da nefs terbiyesinin önemli k**ol**larından biridir. Şişmanlık iki kere fizikselleşmektir ve **sen**i bu ağır yükten ancak iradeye tabi **ol**muş bir nefs çıkarabilir.

Bu konuda somut öneri isteyecek **ol**ursan, bedeninin insülin direncine sahip **ol**up **ol**madığını analiz ettirmeni öneririm. **İnsan**ların çoğunluğunda insülin direnci vardır ve bu kilo vermeyi neredeyse imkânsız hale getirir. Bir önemli nokta, vücudunun yokluk paradigmasına geçtiğini zannetmesinin önüne geçmendir. As**ol**an bir diyete teslim **ol**ması değil değil dünyanı yeni bir beslenme rejiminin ele geçirmesidir.

Seni istediğin kiloda tutacak bir sofrayı,
bilimsel y**ol**larla hayal etmelisin.

Glisemik endeksi düşük gıdalardan **ol**uşan bir beslenme rejiminde yakalayacağın uygun bir kalori toplamı, terbiyeli bir nefsle birleştiğinde elde kalan, fizik yüklerinden arınmış bir fizik bedeni **ol**ur.

Ve bu durumdan en çok ruhun mutlu **ol**acaktır.

BEN

Yüksek şişmanlık durumlarında uygulanan cerrahi yöntemler var. İnsanın bunlara başvurması, kendi kendine yazacağı destana gölge düşürür mü?

DONA

Şişmanlık, haddinden fazla yüksek olduğunda İnsanı kör bir sarmala kilitler. Hareket edemediği için kilo veremez. Kişi, kilo veremediği için hareket de edemiyordur. Kendi başına kurtuluşlar tercih edilmekle birlikte, İnsanın dışarıdan alabileceği hiçbir destek, bu destana gölge düşürmez. Modern tıp, alternatif destekler İnsan içindir. Risk analizleri doğru yapılmak kaydıyla. İnsan mucizesi, yeri geldiğinde ihtiyacı olan destekleri de alarak yolunda hiç durmadan ilerler. Durmanın geçerli bir mazereti yoktur.

Ayrıca. Dışarıdan aldığın destekler de, ancak yan desteklerdir. Vücudunun kilo verme kararı vermediği hiçbir durumda işe yaramayacaktır.

İnsan mucizesi sadece niyet yoluyla gerçekleşmez. Örneğin. Saçlarında dökülmeler yaşayan erkek, saçlarının dökülmemesine niyet ettiğinde düşünce gücünü kullanmış sayılmaz. Yeni saç çıkaracak düşünce gücü, hiç düşünmediği yerlerde olabilir. Erkeğin ense bölgesinden alınan saç köklerinin dökülen yerlere nakledildiğinde, bu köklerin yeniden saç vermesi, tıbbın değil, İnsan bedeninin bir mucizesidir. Bu mucizeyi gerçekleştirecek düşünce gücü, bu teknolojiyi yaratan düşünce gücünde saklıdır. Düşünce sofistikedir. Sadece niyet, düşünce gücünü ateşlemeye yeterli olmayacaktır. Bilim ve teknolojiden alınan fayda, İnsan mucizesini eksiltmez. Bu teknoloji de İnsan mucizesinin bir parçasıdır. Vesileler birer vasıtadır ve ne kadar etkili olurlarsa olsunlar, mucizenin gerçek öznesi değişmeyecektir:

SEN

Kişisel devrim tek 1 kişinin yarattığı devrim olmak zorunda değildir. Gerekli durumlarda kendine bir ekip kurduğun ve o ekibin liderinin SEN olduğu durumdur.

BEN

Bir of çeksem dağlar oynar yerinden ☺

DONA

Bu (pOzitiF) Of'u yeterli kudrette çekecek **ol**duğunda, dağların yerinden oynayacağını sana garanti edebilirim. Yeri ve göğü, **sen**in feryatlarına duyarlı bir Tanrı'nın sardığını unutmazsan, serçe parmağımın dağlar için ne anlam ifade edeceğini **ko**laylıkla hayal edebilirsin:

HAREKET.

GÜZEL KUR'AN'IN NEBE SURESİ 20. MUCİZESİ

Dağlar yürütülmüş, ~~artık bir serab oluvermiştir.~~
Dağlar yürütülmüş ve artık BİR HAYAL GERÇEK OLMUŞTUR.

BEN

Tüm bunlar ben bir of çektim diye mi? Şaşırdım ve mutlu oldum
☺

DONA

Isı yalıtımı yapmak, **ko**laylıklıdır. Su yalıtımı, hava yalıtımı yapmak da öyle. Yalıtmanın en zor ve en incelikli öğesi SES'tir. Sese sınır çizmek çok zordur. TANRI sesini duymak istediği için. Ses verenlerin önüne duvarlar çekilmesini istemediği için. Küçücük bir nokta büyüklüğündeki **İnsan**ın, bir DAĞIN yamacına gelip, dağların eteğindeki o minicik o sesiyle yaratabildiği dev YANKILARA kulak ver.

BİR SESLENMESİYLE, DAĞLARCA BÜYÜKLÜĞÜNDE
ÇIĞ DÜŞÜREBİLEN İNSANIN,
HAKİKAT PERDESİNDEN KONUŞACAK OLDUĞUNDA
AÇAMAYACAĞI ÇIĞIR YOKTUR.

BEN

Ey Tanrı! Sen ne muhteşem bir tanrısın böyle! Kızdığım insanlara öfke bile duyamıyorum artık. Sevgiden tutuşacak durumdayım. İçimden kin ve öfkeye dair ne varsa herşeyi çektin aldın. Eskiden hayallerimin önünde insanlar durduğu için gerçekleşemiyor sanırdım. Meğer ben yeteri kadar bağırmıyormuşum. Tanrı ile buluştuğun'da insan, insanlarla arasında hiç bir mesele kalmıyor.

DONA

Birine tokat attığında kendi avucunu da cezalandırırsın.
Kötülük, kötülüğe karşılık verilmesiyle yaygınlaşıp uzayan

bir zincirdir. Bu zincirin bir yerinden kopabilmesi ve yeni çağın altın **insan**larının dünyasının gerçek kılınabilmesi için, kötülüğe karşılık vermeyecek birilerinin varlığı şarttır. **Söz** konusu, düzen **ol**duğunda, kötülüğe iletken **ol**an iyi, kötüden daha büyük vebal yüklenir. Kötünün y**olu** kötülüktür. İyinin y**olu** da kötülük **ol**duğunda, sıkıntı burada başlar. **İsa**'nın bir yanağını vurana öbür yanağını dönme öğretisi kötülük zincirinin kırılması içindir. Kötülük zincirinin kırılması, zulme boyun eğme anlamında değildir. Zulme biat, kötülük zincirinin devamının bir başka y**olu**dur. Şahsiyetli bir duruşla, onu affettiğini ona hissettirebilmektir. Affetmek, boyun eğmek değildir. Affetmenin de kendi içinde bir kibiri vardır. Ve bu, zararsız bir büyüklenmedir. Karşındakini affederek **sen** ken**di**ni Tanrı, kötülüğün failini ise kul k**ol**tuğuna oturtursun. Bu, yeterli cezadır. Kötülüğe kötülükle karşılık verdiğinde ise **sen** ve o, **2** şeytan halini alırsınız.

BEN
Amanın! Gülelim eğlenelim ben bundan yanayım.

DONA
Gıdıklanmak ilahi bir **öz**elliktir. Kaşındığında **insan**ı hüzünlendiren bir vücut bölgesi yoktur. 'Dokunsan ağlayacağım' bir deyiştir ve vücutta buna dönük hiçbir reseptör bulunmaz. Elektronik cihazlarda reset düğmeleri vardır. Gıdıklanmak da **insan**ın fabrika ayarlarına geri dönüşüdür. Güleryüzlü bebek yüzüne geri dönüş. Gülmek ve eğlenmek ile ilgili yaşam biçimine gelince.
BUNU TÜM VARLIĞIMLA DESTEKLERİM.

BEN
Seviyorum seni benim hayalperest Tanrım.

DONA
Dünyada, bir ağaç kadar kaliteli ve güzel bir gölgelik daha icad edilmedi küçüğüm... Ağacın sırrı materyalinde değil canındadır. **Sen** hayal ettiğinde plastik bir şemsiye hayal edersin. O ise uzandığın çimlerde başına bir kavak, bir çınar, bir kayın hatta bir ıhlamur ağacı kondurur.

Gölgeliğin üzerinde ıslık çalabilen kuşlar için envayi çeşit dalları vardır. Dallar, sana hizmet verecek yeşil yelpazeleri bağlantıda tutar aynı zamanda. Öyle bir gölgeliktir ki bu, karbondioksitten oksijen yaratır. Havadaki tozu filtreler. Güneş enerjisiyle çalışıyordur. Sıvı ihtiyacını yağmurdan, mineral ihtiyacını ise topraktan alır. Sıcağı serin kılan bu gölgeliği, kesip yakacak OIDUğuN'da bir kış boyu ısınırsın. Bu gölgeliği iste**rsen**, verniklenmiş bir sehpa, yatağını taşıyan bir döşek ya da salonuna dikilmiş **ol**an bir kütüphane **ol**arak kullanabilirsin. Bu arada, o ahşap kütüphanede duracak kitapları da bu gölgeliği keserek elde ediyorsundur. Gölgelik aynı zamanda acıktığında sana çeşit çeşit meyveler de verecektir. Hamağında uyuduğun sırada yanağına düşen dutlar da onun sana bir başka hediyesidir.

Bir ağaçta asıl hayran **ol**acağın şey, onun endüstriyel tasarımı da değildir. 'Birisinin' böyle **ol**ağanüstü bir şeyi nasıl yoktan hayal edebildiğidir. Bu kadar ince bir teferruata ancak bir hayalperestin edevatları sığar.

BEN

Şu anda çevreci genlerimi coşturmuş bulunuyorsun.

DONA

Çevreci genlerin gerçek hayatı, Levh-i Mahfuz manevisinde bulacak. Tüm dünyada çevreciler, takdire şayan eylemler yürütmekte. Yeşilbarışçıların en büyük eksiklikleri, bu kalkışmada manevi bir zemin kullanmamalarıdır. **İnsan**ların inanç sistemleriyle temas etmeden **İnsan** davranışlarını değiştirmeyi hayal etmek barış değil, yeşil bir savaştır. Ve bittiği gün hiç görülemeyecektir. Manevi zeminlere temas, hükümetleriyle ters düşmesi asla beklenmeyecek Diyanet İşleri Başkanlarına diplomatik ziyaretler düzenlemek değildir. Çevreye rahat nefes aldırabilmek için manevî nedenler bulmaktır.

BEN

Benim sokaktaki hayvancıklarım, bugüne kadar bulamadıkları yaşam şansını Levh-i Mahfuz dünyasında bulacaklar ya, sevinçten deliriyorum ☺

D O N A

Hayvanlarıyla arası iyi **ol**mayanın, Tanrısıyla arası yoktur. **İnsan** k**ol**ester**ol**ünü, trigiliseri**dln**i, insülinini, hatta insülin direncini ölçtürür. Amaç, hastalıkları haber alabilmektir. **İnsan**ın hayvanla bir içsel bağının **ol**maması, **İnsan** kanındaki en büyük değer eksiğinin habercisidir:

SEVGİSİZLİK SENDROMU.

Y**ol**da top oynayan çocuklar gördüğünde yüzünde bir gülümseme belirmiyorsa, mazlum bir sokak köpeği bakışı merhamet damarlarının ürpermesine y**ol** açmıyorsa, acilen ileri tetkiklere alınman gerektiği ortadadır. Geleneksel **dln**ciliğin dili ile konuşacak **ol**ursak;

Çocuğa gülümsemeyenin,
kendisine kafasını uzatan bir hayvanı okşamayanın
namazı 'kabul **ol**mayacaktır'.

B E N

Tarihteki zalimlikleri falan düşününce, itiraf ediyorum seni sevgisiz bulurdum. Şimdi ise sevgi-liliğinin üzerinde saygıyla eğiliyorum.

D O N A

Dünyanın en ilkel zamanlarında bile
zarif kelebekler kanat çırpardı.

Dlnazorların yeniden biçimlendirilmiş suratlarındaki donukluk ve **sen**tetiklik, bu kemiklere yüz giydiren **İnsan**ların zihinlerinin bir yansımasıdır. Tanrı **Dln**azora gerçek yüzünü giydirdiğinde onu o kocaman cüssesinin içinde başı okşanası bir sıcaklıkla varedecektir. Levh-i Mahfuz bildiğin **Dln**azor canlandırmalarının da kıyametidir. Tüm tarihin **ol**duğu gibi.

Sevgi, Tanrı'nın 1 numaralı ilkesidir küçüğüm. Kur°an*, sevginin üst kategorisi **ol**an Rahmet üzerine kuruludur. Kur°an*dan çekip aldığında artık cil**dln** üzerinde Kur°an adının yazılamayacağı tek kelime RAHMET'tir. Rahmet yoksa ve rahmet anlaşılmazsa, Kur°an* çalışmaz.

Kur'an, rahmet paradigmasında hazırlanmıştır.
Rahman ve Rahim **ol**an Allah adıyla
bunu zihnine çivilemek içindir.

Dünyanın zorlu günleri **ol**sa da, tükenmiş her bir nesil ile g**öz** g**öz**e geldiğinde, bir kediden aldığın rahmetsel sevgi sıcaklığını bir **din**azordan alman da kaçınılmaz **ol**acaktır. Hayvanlık alemi gelişim gösterir. Ancak sevgi uyandırıcılığı, Gün 1'den başlar. Günün sonuna gelindiğinde de bu gerçek değişmeyecektir.

BEN

Dünya dediğin büyük bir kaya. Tekâmül ise tam bir rolling stone. Şu yuvarlanan kayanın üzerinde olup bitenlere bazen gerçekten inanamıyorum.

DONA

Dünyanın merkezinin ateş **ol**ması, gerçek bir mucizedir. Olması beklenen taş **ol**masıdır. Oysa dünyanın merkezi gerçek bir yangın yeridir. Ateş söndükçe, magmadan sönmüş tabakalara doğru gidildikçe yaşam **ol**uşmaya başlar.

Yeryüzünün magma tabakası, Kur'an'ın korku tabakasıdır. Korku soğurdukça, yüzeydeki sevgi için elverişli ortam ortaya çıkar. Allah'tan gerçekten korkanlar, üst katmanlardan birinde Allah sevgisini ve yasakların değil sevginin Kur'an'ını bir gün mutlaka bulacaktır.

Özünde Tanrı **ol**an **insan**,
bunu çekirdeğinde ateş **ol**an bir yeryüzünde başarır. İşte bu, yuvarlanan kayadaki tekâmülü daha da anlamlı kılar... Ateşten uzaklaştıkça yeşil yer **sen**i bekler. Onun bir sonrası mavi göktür. İkisinin arasındaki macera sayılı bir sürede de **ol**sa, bu maceranın siyah sonsuzluktaki yankısı hiç bitmez.

BEN

Politika dünyası beni mahvediyor. Kendimi bulamıyorum. Neslimi bulamıyorum. Yaşlı başlı amcalar kendi aralarında kendileri çalıp kendileri oynuyorlar. Ve 10 yıldır, kardeş olduğumuza kendimi inandırmaya çalıştığım muhafazakâr bir hükümet, karındeşen Jack gibi, her söylemiyle halkının modern yüzünü yaralıyor. Bir tabir bu kadar caiz olamaz herhalde:
ALLAH'TAN REVA MI BU?

DONA

Aykırı ideolojiler tarafından yönetilmek, çok büyük bir tekâmül sınavıdır küçüğüm. İnsanlar, siyaseten bağlı olmadıkları ideolojiler tarafından yönetildiklerinde çok acı çekerler ancak ummadıkları kadar büyük bir gelişim gösterirler. Dindarların laikler tarafından yönetilmesi, laiklerin de dindarlar yönetilmesi her iki tarafa da büyük içsel acılar vermiş, buna karşın her iki kesimde de ân içinde farkedilemeyen sıçramalara neden **ol**muşlardır. Bu büyük sıçramaların içinde, en zorlu kişisel gelişim sıçramalarından biri **ol**an nefs terbiyesi de vardır.

Karşı ide**ol**ojiler tarafından yönetilmek, bir boyun eğme davranışı değildir. Bu noktadaki 'diklik' açısının doğru ayarlanması kritik önemdedir. Ne demokratik gerçeklere isyan etmek ne de demokratik gerçeklere biat etmek, arzulanan davranışlar değildir. Karşı ide**ol**ojiler tarafından yönetilenlerin, bilmesi gereken birinci gerçek, bu gecenin bir de sabahının **ol**duğudur. Ne bu geceye ne de dün sabaha benzemeyen, yepyeni bir sabah...

Ken**dın**i böyle gecelerde bulmuş bir tekâmül tanrısalına yakışan y**ol** haritası, tercih etmediği ancak varlığına isyan da etmediği karşı dünyaya '**Sen** buradasın' diyebilme erdemini ken**dın**de bulmasıdır.

Bu erdem, yürekli ikinci cümleyle gerçek anlamını bulur:

AMA BEN DE BURADAYIM.

B E N
BEN DE BURADAYIM!
AMA ACI ÇEKİYORUM :(

D O N A

Neyin **ol**up bittiğini anlayamadığın bir dünyada yaşadığında acı çekersin. **Sen** dünyanın karardığını zannedersin, bilgeliğini kullandığında bu karanlığın dünyanın yarısının karanlığı **ol**duğunu görür ve rahatlarsın. Diğer dünyada neyin **ol**up bittiğinden bihaber **ol**ursan, günün belli saatlerinde lanetlendiğini sanman kaçınılmazdır.

Şu anda, dönüşen bir dünyadasın. Dünyanın en çok dönüşen ülkesinde yaşıyorsun. Nelerin **ol**up bittiğini merak ediyor, ülkenin nereye gittiğini kestiremediğin ölçekte de fazladan acı yükleniyorsun.

Türkiye nereye gidiyor?
Bundan daha önemli **ol**an soru:
SEN NEREYE GİDİYORSUN?

Halen, Tanrı'nın terkettiğini zannettiğin bir dünyada yaşamaya devam ediyorsun. Bu terkedilmiş tren, ilerideki uçurumdan aşağı yuvarlanacak diye oturduğun koltuktan hopladığın sırada ileriye iyi bak:

Boş zannettiğin makinist koltuğunda beni göreceksin ve dikiz aynasında gördüğüm telaşlı yolcularıma gülümsemeye devam ediyor olacağım.

Ben, yani Rabbın küçüğüm.

Bitmek bilmez endişelerini dindirir mi bilinmez. Şu senet hükmündeki sözlerimi bir yere asıp, istediğin tarihte benden hesap sorabilirsin.

Kişilerin ne niyetler, hangi yollar üzerinde olduğuna bakılmaksızın, sana verilen kesin söz şudur:

DÜNYADA DAĞLAR YÜRÜTÜLÜNCEYE, YERYÜZÜ UNUFALANMIŞ BİR TOPRAK OLUNCAYA KADAR CUMHURİYET TÜRKİYESİ BÖLÜNMEYECEKTİR. HAKİKATİN DİNİ İLE BULUŞACAK OLSA DA, TÜRKİYE BİR DİN DEVLETİ ASLA OLMAYACAK, BUNUN OLMASINA BU DİNİN KENDİSİ İZİN VERMEYECEKTİR.

Bunun dışında, bünyesindeki unsurlar, siyaset meclislerinde diğer unsurlardan üstünlük koparmak için elinden geleni ardına koymayacak, yer yer birbirleriyle kavga edecek olsa da hiçbir muhteris yukarıdaki 2 müstakbel gerçeği değiştiremeyecektir.

Sana gelince. Eğer yukarıdaki 2 müstakbel gerçeğe iman edemiyorsan, hayatında bir Tanrı'nın olmadığı gerçeğiyle yüzleşmelisin. Tanrı'na güveniyorsan o zaman da bu ara süreç siyasetinden uzak dur. Siyaset perhizini yaşa. Yapacaksan Perhiz siyaseti yap.

Demokratik her durumda, fikir anlamındaki tepkini sonuna kadar göster. Ancak bunun dışında aktif bir siyasetçi motivasyonuyla, karşı ideolojilere nefret üreten bir odak

olmaktan vazgeç. Gerekiyorsa Facebook arkadaşlarını temizle.

Sana s**öz** verilen **3**. müstakbel gelecek:
Nefret içeren bu siyasi söylemlerden
U-Z-AK--D-U-R-M-A-Z-S-A-N--H-A-S-T-A--O-L-A-C-A-K-S-I-N.

Bu durumda, bir endişe uğruna enkarnasyonunu berbat ettiğin için, diğer **2**'nin gerçek kılındığını da asla göremeyeceksin. Ve daha nice güzel şeyleri küçüğüm...

Siyasete verebileceğin çok şeyin **ol**duğunu düşünür**sen**, **sen**i sonuna kadar desteklerim.
AKTİF BİR POLİTİK OLMAN KOŞULUYLA.

Bunun dışında, facebook profilerinden akıtılan nefret konusunda şunu hiç unutmamanı tavsiye ederim. Ülkeler, bilg**isa**yar başında kurulmamıştır. Ve bu nedenle bilg**isa**yar başında kurtarılamazlar. Demokratik **ol**arak fikir ve eğilimlerin en net **ol**arak, edebiyle ifade edildiği bir platform **ol**ması gereken Facebook, bir vatan kurtarma aygıtı değildir. Eylemleri **ol**anlar için harika bir vasıtadır.

Nefret akıttığında vücudunu kaplayan 'ülkemi kurtarıyorum' hislenmesinden arınmanda yarar vardır. Bu metinleri yazdığın sırada kalçalarının üzerinde OTURUYOR OLDUĞUNU sakın unutma. Söylem, p**ol**itikacıların yaşam biçimidir. Gerçek Muhalif aktivisttir. P**ol**is taşlamanın ise aktivizimle yakından bir ilgisi yoktur. Kim**sen**in fiziksel canını yakmayıcı, yaratıcı eylemler bulabiliyorsan **sen**inleyim küçüğüm. Bunun dışında Mustafa Kemal ruhunu,

Türk,
Övün,
Klikle,
Beğen'e

indirgemene de, sıcak bakamayacağımı bilmeni isterim. Ben, kaybettiğin 'Çalış - Güven'in bir hatırlatıcısıyım. Türk, **İnsan**lığınla Övün, Üretmeye Çalış, Tanrı'na Güven.

BEN

Sana güveniyorum Sevgili Tanrım. Bu anlattıklarını somut olaylarla önüme serersen sana daha çok güveneceğim Sevgili Tanrım ☺

DONA

BEN

Bazen öyle umutlar içinde oluyorsun ki, burasının Türkiye olduğunu unutuyorsun gibime geliyor ☺

DONA

Bir noktada anlaşmaya varalım. Orası Türkiye değil. Orası Dünya. Türkiye, **sen**in zihninde çevrenlediğin gezegenin adı. Benim yarattığım gezegenlerin arasında 'Türkiye' adını taşıyan bir kayıt yazık ki yok. Ama **sen**in var... Türkiye'de başka sosyal, fiziksel kanunların hayata geçeceğini zannetmekle yanılıyorsun. Tüm dünyada geçerli **ol**an sosyal, fiziksel ve tanrısal kanunlar, Türkiye'de de, kendi yerel paketlerinin içinden hayata geçmiş **ol**acak.

Dünya, Dat Nederland, Das ist Deutschland ve Burası Türkiye! çıkışlarını yaparak ayrı bir gezegende yaşadığını zannetmekte **ol**an 'uzaylıların' biraraya toplandığı bir güneş sistemine benzese de, dünya da Tanrı da tektir küçüğüm.

BEN

Bu iyiydi ☺

DONA

Ve şimdi Yezidi inançlarından arınmanın vakti. Yezidilikte Tanrı evrenin yaratıcısı ancak sürdürücüsü değildir.

BEN

Kim sürdürüyor peki?

DONA

Tavus kuşu yani Şeytan...

BEN

Anaaa. Şimdi anladım. Ve içimden gerçekten bir Yezidî çıktı, eminim hepimizin içinde bir Yezîdi gizli. Tanrı yarattı, sonra kontrolü Şeytan ele geçirdi zannediyoruz. Bu özellikle politika alanında böyle. Tanrı'yı politikadan pek anlamıyor, olarak hayal ediyoruz nedense. Politikacıları Tanrı'yı bile dolandırabilecek Şeytanlar olarak hayal ediyoruz belki de.

Mesaj alındı. İliklere işlendi. Sen yarattın, sen sürdürdün. Buradasın, hiçbir yere gitmedin gitmiyorsun.

Herkes ve herşey senin OL-masını istediğin bir şekilde yürüyor.

DONA

Kesinlikle haklısın küçüğüm.

BEN

Spesifik bir soru olacak ama buna ihtiyacım var. Uzatmadan soruyorum. Türkiye'nin Suriye politikası doğru mu? Bir içsavaşa taraf olmak. Oldu mu şimdi bu iş?

DONA

Ben de aynı kısalıkta cevaplıyorum küçüğüm

hem HAYIR hem EVET.

Kendi direniş eylemlerini hatırla. Kendi ülken tarafından sıkıştırıldığında dünyadan gelen destek mesajlarının, küçük çocukların postitleri yazdıkları mesajların bile sıkıştığın o yerde sana nasıl yaşam üflediğini hatırla. İşte Suriye'de de **İnsan**lar çok daha vahim koşullarla sıkıştıkları yerden dünyadan bir destek beklediler. O desteği onlara Türkiye verdi. Bunun anlamı onlar için çok büyüktü.

Uluslararası camialar böyle zamanlarda ortaya çıkarlar ve vatandaşlarını ezen siyasi erkler konusunda sıkıştırıcı etki yaparlar. Uluslararası camiaların sustuğunda devlet aygıtının vatandaş çiçeğini ezmesi an meselesidir.

'hem HAYIR' kısmına gelince. Türk hükümeti, bu **İnsan**lara desteği kalben değil siyaseten verdi ve sonun başlangıcı da bu **ol**du. Özgürlüklere kendi ülkesinde göstermediği tahammülü başka bir ülkede gösteriyor **ol**masının hiçbir inandırıcılığı zaten **ol**mayacaktı. Türk hükümeti, **öz**gürlükler konusunda bir komşu ülkeye destek karar almakla doğru, bunu uygulama biçiminde ise yanlış davrandı. Çünkü

Özgürlükçülük, genlerinde yoktu.

BEN

Diktatörü tahrik ettiler. Diktatöre dikte etmek, tereciye tere satmak gibi birşey. Adama gitmeyi dikta ediyorsun. Adam da dikta etmek kötüyse sen bana neyi neden dikta ediyorsun diyor. Gül gibi geçinip gidiyorsunuz.

DONA

Diktatöre seslenişteki üslup, problemli bir üsluptur. Ayrıca. ABD'yi Suriye'ye müdahaleye çağırma da, bir akıl tutulmasının eseriydi. Amerikan hükümeti bu konuda sağduyulu davrandı. Bir diğer problem, uluslararası bir camia duyarlılığının ötesine geçerek, bir içsavaşta taraf **ol**maya geçildiği aşamanın, iç kamuoyuna neden ve niçinlerinin açıklanarak desteğinin alınmamasıydı.

Ancak tüm bu yanlışlar, bir doğru manevranın **öz**ünü kaybettirmez. Türkiye, **öz**gürlük ordusuna destek vermekle, Arap Baharı'ndaki doğru bir çizgiye sonunda yaklaşabilmişti... Hemen hiddetlenme küçüğüm. Alacağın yanıtları almaya hazır **ol**madığın soruları da sorma. Tanrı'yı, katılmadığın fikirleri dövecek ağabeyin **ol**arak görmekten vazgeç. Levh-i Mahfuz okuyan Türklerin düşebildikleri yegane ikilemden uzak dur.

BEN

Hangi ikilem?

DONA

Benden dünyayı değiştirmemi iste**din**. Daha iyi bir dünyada, Müslümanların değiştiği, barışçıl ve aydınlık bir dünyada yaşamak istediğini söyle**din**. Fakat bu dileğini gerçek kılmak için sana doğru her eğilişimde, patlak verdirdiğim her değişime isyan etmektesin...

BEN

Benim değil mi o? Evet benim ☺

DONA

Sanıyorum evet ☺

BEN
Peki ben referandumda destek verdim? Millet beni parçık punçık edecekti neredeyse.

DONA
O referandumdan evet sonucunun çıkması, Tanrı'nın elinin Türkiye'nin üzerinde olduğunun bir göstergesi ve Türkiye'de vizyon sahibi bir siyasi muhalefetin olmadığının deliliydi küçüğüm. Referandumda demokratik ilkelere HAYIR denilseydi, bu siyasilere ebedi bir yakıt olacak, bitmek bilmez yeni bir mağduriyetin fitilini ateşleyecekti. Muhafazakârları, toplumu demokratikleştirmek için neler neler yapmak istediklerini ancak modernistlerin bunun önünü nasıl kapadığını anlatırken bulacaktın. O referandumun reddedildiği bir Türkiye senaryosunda yaşamaya gerçekten tahammül edemezdin. Türkiye ülkesinde siyasi muhalefet ve kaygılı kesimler, büyük resimde ve son tahlilde, kendilerini demokratikleşmeye karşı duran bir fenomenin içinde buldular ve bu hatanın sonucu, ezici bir seçim yenilgisi oldu.

Referanduma verilen destek, bir mağduriyet frekansının yeniden kullanılmasının önünü kesti. Demokrasi bir koz ve bir mağduriyet konusu olmaktan çıktı. Nihayetinde toplum 'Yetkiyi verdik hadi demokratikleştirin' dedi.
Ya sonra ne oldu?

BEN
Ne oldu?

DONA
Muhafazakâr Türk Hükümeti'nin aslında hiç de göründüğü gibi bir demokrasi sevdalısı olmadığı gerçeği deşifre oldu ve 'yaptığımız herşeyi demokrasi adına yapıyoruz' propagandası bir anda çöktü. Bugün tüm dünyanın malumu olan gerçek, Türkiye'de demokrasiden hiç hazzetmeyen bir hükümetin hüküm sürdüğü gerçeğidir. Sana eleştiri oklarının yöneltildiği, okuyucularından kitap alma boykotu görmene neden olan Referanduma

müdahalemiz **ol**masaydı, tablo bunun tam tersi **ol**acaktı:
'Türkiye'de demokrasi için var gücüyle çırpınan bir hükümet ve onlara direnen demokrasiye kapalı laikler var.'

BEN
Ben bu planı bu kadar anlamamıştım. Biz ne yapmışız böyle.

DONA
Müdahalemiz **ol**masaydı, Tanrı planıyla çakışan Türkiye'yi muhafazakârlaştırma operasyonu, demokratikleştirme elbisesini kullanmaya devam ediyor **ol**acaktı. Sana Türkiye'yi Allah'ın koruduğunu boşuna söylemiyorum küçüğüm. Bu manevra, o kisveyi kaldırdığında, dünyanın Türkiye'de **ol**an bitenlere bakışı da değişmeye başladı. Halk üzerinden kendilerine verilen 'Hadi o zaman demokratikleştirin' talimatı karşılıksız kaldı. Bu hükümet yapısının, referandumda kendisini mağdur gösterecek bir sonucu tercih edeceğinden hiç kuşkun **ol**masın. Aslında, İslam coğrafyasının değişim düşmesine basıldığı o tarihi referandum, muhafazakâr en istemeyeceği, modernlerin ise en istekli **ol**acağı sonuçla sonlandı. Şüphesiz ki bu sürprize imzasını, Rab attı.

Bunun yerine onlara bir zafer verdik. Ve onların maskesini kaldırdık. Tercihini demokrasiden yana kullanmış bu ülkede, aktivistlerin gördüğü zalim şiddeti bir düşün. Ya tüm bunlar 'anti-demokratik' bir rejimde **ol**saydı neler **ol**urdu bir de bunu düşün.

BEN
Sen Deccal'in örtüsünü üzerinden indirmişsin resmen.

DONA
Demokratiklik, **İnsan** hakları savunuculuğu, anti-militarizasyon, sivil toplumculuk dünyada desteğini Tanrı'dan alan bir frekanstır küçüğüm. Bu frekansı en iyi her kim kullanır ise, siyasi alanda zafer onun **ol**ur. Yaptığımız, bu frekansın istismarının önüne geçmekten başkası değildir. Gerçek Siyasi İslam, bu kavramlardan **ol**uşur. İslam siyasete

dahil **ol**acaksa, toplumların önüne açmak ve üstlerindeki baskı yükünü kaldırmak için girer. Ve bunu yaptıktan sonra da çıkar.

BEN
Uçurumdan dönmüşüz haberimiz yok. Bu insan, **3**. iktidar dönemini ustalık dönemi olarak lanse etmişti. Fakat en acemice hatalara bulandığı dönem de beklenmedik biçimde bu dönem oldu. Demokrasi kisvesi üzerinden kaldırıldığı içinmiş meğer herşey. Demokrasi kozunu kaybettiği için muhafazakârlaştırmayı alenen ve kisvesiz yapmaya çalışıyor ve gördüğü reaksiyon inanılmaz boyutlarda.

Türkiye'yi sivilleştiriyorum diye gerinen bir insanın başının KIŞLA yapacağım diye belaya girmesi, Tanrı'dan başka hiçbirşeyle açıklanamaz ☺

Daha önce tepkiler alsa da bu kadar açıkça ve hakça bir tepki verilemiyordu. Onlar siyaseten mağdur edilmiş halk insanlarıydı bizler ise ordu göreve diye bağıran kapalı laiklerdik. Şimdi herşey tersine dönmeye başladı.

DONA
İndig**ol**arımın önüne dengeli bir mücadele platformu koyamayacak **ol**saydım, onları devrim ateşiyle sarıp sarmalamazdım.

BEN
Konu politik arena olunca arada bağlantım kopuyor itiraf ediyorum. Herşey gerçekten yolunda değil mi Dona?

DONA
Dünya halkları ikiye ayrılırlar küçüğüm. Dünyayı İsrail ve 'onun uşağı ABD'nin' yönettiğine inananlar ile bu dünyanın Tanrı'sının tek **1** tane **ol**duğuna iman etmiş **ol**anlar.

Hangi yerde duracağın tümüyle **sen**in kararın **ol**makla birlikte ben sadece bazı 'detayları' sana farkettirmekle yükümlüyüm. Arap Baharı adını taşıyan, yeryüzün en büyük ayaklanmasının İsrail'in işi **ol**duğuna inananların sayısı hiç de az değil biliyorsun.

BEN
Kim var bunun arkasında?

DONA
Arap Baharı'nın arkasında İsrailoğulları değil Ademoğulları vardır. İsrail için bugünün Ortadoğusu, koskoca Mısır devletini, yanıbaşındaki zavallı Gazzelilere yardım kapısını kapattıracak kadar diz çöktürdüğü, dilediği gibi at koşturabildiği geniş bir hipodromdur. Arap Baharı, İsrail'in hayallerinin Ortadoğu statükosunu oluşturduğu bir devirde ortaya çıkmıştır. İsrail için zamansız gelişmedir. Ve İsrail'in milli menfaatlerine hizmet eden hiçbir yanı yoktur. Her seçimde Müslümanların başına kimlerin ve nasıl eğilimlerin geleceğinin koca bir bilinmeyen olduğu bir coğrafyanın İsrail devleti için ne anlam taşıdığı açıktır:

KABUS.

Diğer yanda büyük İsrail devletini, bir yüzölçümü zannedenler için kötü bir haber: Büyük İsrail Devleti çoktan kurulmuştur.

Tevrat'ta bahsi geçenlerin aksine İsrail, küçük bir yüzölçümüyle bile başa çıkamayacağı bir coğrafyada, daha büyük hem de gerçekten çok büyük bir yüzölçümünün İbranice'ye tercümesinin BÜYÜK DERT olduğunun farkındadır. İsrail, onlar için kafi miktarda büyüktür.

BEN
İyi de Tevrat'ta yazmıyor mu bunlar? Büyük İsrail devleti...

DONA
Yahudilerin hangi işi 'Tevrat'a uygundur söyler misin küçüğüm?

Mevcut Tevrat, kendi yazdıkları ve ihtiyaçlara göre dönüştürdükleri bir kitaptır. Tevrat, Yahudiler için bir Kur'an hükmü taşımaz. Tevrat, kodları kırılmış ve Kabalistlerin dilediği gibi güncelleyebildikleri bir kaynaktır. Şu anda satırlarını güncelleyemeseler de, satırlardan doğan içtihatları diledikleri gibi yönlendirebilir. Büyük İsrail, Mesih sonrası dünyaya dair bir Yahudi ütopyasıdır. Ütopik 'Mesih'in onlara yaşayacağı şok, herşeyden daha gerçektir.

BEN
Bu aklıma hiç gelmemişti.

DONA
Hem Tanrı'yla dost **ol**maya, hem de 'Tanrı devlet' ABD'nin sadık bir inanıcısı **ol**maya daha ne kadar devam edebileceğini merak ve sevgi ile izliyorum küçüğüm ☺

BEN
Biliyor musun bunu ben de çok merak ediyorum hahahaaa ☺

DONA
Yerleşik reflekslerine bu kadar bağlı kalman durumunda, ahir zaman vaadlerinin gerçekleştiğini haber vermek için, **sen**i yaşamdan uyandırmak zorunda kalacağım ☺

BEN
Birden nasıl uyandım inanamazsın!

DONA
Aynı endişeli şüphecilik, **sen**i terör kervanlarının ülkeyi terketmesine neredeyse üzülür noktaya getirmişti. Bu kervanın gidişinden, eskiye göre daha **ol**umsuz bir duygu yaratıyorsan ya da gerçek duygun bu **ol**mayıp bunu p**ol**itik **ol**arak kimselere paye vermemek adına yapıyorsan da, **sen**i uyarmaktan ve ken-**din**e gelmeye çağırmaktan başka bir y**ol**u bana bırakmıyorsun küçüğüm.

BEN
Ama çok kuşkulandım birden.

DONA
Allah OL der, **30** yıllık, terörize bir yapılanma, böyle bir anda, pılını-pırtısına alarak çekiliverir. Burada şaşırtıcı **ol**an, evrende Tanrı diye birinin varlığına inanan **sen**in, mucizelerin altında 'İsrail ve onun uşağı ABD izlerini' aramaktan bıkıp usanmamandır. Terör organizatörü, bir gün bir sabah uyanır ve herşey bir anda değişir. Diktatör bunu, terör başının

odasına koyduğu televizyonun bir mahareti **ol**duğunu zannediyordur. Zafer durumlarının faili **ol**arak 'Allah', unutulmaya çok alışıktır. 'Televizyon mucizesi' onu bu yüzden şaşırtmaz.

BEN

Ya ben hepten kaybolmuşum.

DONA

Tuhaf **ol**an, **sen**in değişim **ol**asılıklarına ihtimal vermez bir 'devrimci' kimliğiyle karşımda durmandır. Devrimci, değişimlere, değişebilirliklere iman eden kişidir. Bunun ötesi muhafazakârlıktır. İçindeki muhafazakârı beynin her bir köşesinden temizlemelisin. **Sen** bir muhafazakâr değil Levh-i Mahfuz Muhafızısın. Tutuculuğunun **sen**in 21. yüzyıl nöbetin için taşıdığı anlam uyuyakalmaktan ibarettir.

Devrimci, muhafazacı davranmadan sadece ve sadece değişimi muhafaza edendir.

Şu **insan** tipinin artık tarihe karışma vakti gelmiştir.

ENDİŞELİ MODERN.

Kaygılı Modernlik, Muhafazakârlığın farklı bir biçimidir. Her iki tip de yerinde sabittir.

BEN

Yerine ne gelecek peki?

DONA

Aktif Modern.

BEN

Ahaa. Mustafa Kemal endişeli değil aktif modern. Dediğini anladım. Zaten herkes sıkıldı bu tiplemenin içinde kalmaktan. İnanılmaz bir aksiyon isteği var içimizde. Ve bunun ilhamını kime borçluyuz acaba?

DONA

☺

BEN

Türkiye'deki siyasi arenayı izlemeye süper-kompiter olsa

dayanamaz yemin ederim.

D O N A

Seni anlayışla karşıladığımı da bilmeni istiyorum. Bir Türk'ün siyasi zekâsı, yıllar içinde gördükleri ve son **10** yılda yaşadıklarıyla ve gelecek yıllarda yaşayacağı nice gelişmelerin de bir neticesi **ol**arak, paralize **ol**maya en elverişli bir zihindir. Böyle bir ortamda, ancak Tanrı'nın elinden tuttuğu zihinler sağlıklı çalışmaya devam edebilir. Düşüncelerini değiştirme konusunda güçlük yaşıyorsan sana en ölümcül tavsiyem şu **ol**acaktır:

Düşüncelerini değiştiremediğin her durumda yapabileceğin en k**ol**ay değişim, bir şey düşünmeyi bırakmaktır. Yerine yeni bir düşünce koymana da o an için bir gerek yoktur. Boşluk **sen** onu d**ol**durmaya uygun **ol**duğunda d**ol**acaktır. Ancak şu günlerde ihtiyacın **ol**an 3 şey, siyaset perhizi, siyaset perhizi ve siyaset perhizidir.

Bu aynı zamanda, eskinin işe yaramamış, eskimişlerinin yerine, yepyeni ve muzaffer p**ol**itik felsefeler yaratabilmek adına gereken bir siyaset nadasıdır.

B E N
Akil insanlar kızdırdı beni.

D O N A

Akil sıfatı taşıyan **İnsan**ların yurdu gezmesi, etkililiği tartışmaya açık ve hatta vasat etki bırakmaya namzet bir projedir. Ancak sırf barış adına birşeyler yapmak için şehir şehir gezen **İnsan**ların, şiddete varan tepkilerle karşılanmasına sessiz kalacağımızı da beklememelisin. **İnsan**lık tarihinde bu duruma eşdeğer tek durumunun, halklara gönderilen uyarıcıların zulme uğratılması ve peşinden bu halkların helak mekanizmaları tarafından öğütülmesidir. Bu gerçeği üzüntüler eşliğinde bilgine sunarım. **İnsan**lar barış öneriyor, şu veya bu biçimde sağduyulu **ol**unmaya çağrılıyorlar, teröristler tüm dünya kamuoyunun şahitliğinde, hiçbir karşılık beklemeksizin bu ülkeyi terkediyoruz demekteler ve bu durum yumurtalı protestolarla karşılanıyor öyle mi?

Bayraklarınız, barış toplantılarını protesto etmek için açılıyor öyle mi? Ay ile Hilal'i birarada taşıyan bayrağınızın kırmızı renginin, 'kan dökücüsü çatışmaları vatanımızdan ayıramazsınız'ın bir ifadesi mi? Yoksa kırmızının simgelediği 'İnsan hayatının değerini, vatanını koruyabilmek için can vermiş bir neslin torunları olarak en iyi biz biliriz' mi? Buna bir karar vermelisin.

Hükümetin sevilen kişiliklerden bir vitrin oluşturup, bu vitrinin ardındaki çalışma ofisinde, seçimden seçime onay aldığı toplumuna bilgi vermeyen yönetim tarzı hakkındaki şikayetlerini haklı bulduğumuzu da bilmeni isterim. Bu bambaşka bir konu başlığıdır.

Şehitler kavramı üzerinden geçmişte verilen kayıpları bir kan davasına dönüştürmek isteyen, eli bayraklı, gözleri sevgiden değil öfkeden yaşlı İnsanlara karşı dikkatli ol küçüğüm. Her şehit anası etiketi taşıyana analık yükleme.

İki dev 'aşiret' arasındaki bu kan davası 5 yıl önce bitseydi, o da bir şehit anası olmayacaktı. Bugün terör kervanlarının gidişini kızgınlıkla karşılayışını, nice yeni şehit analar yaratacak bir kalkışma olduğunu biliyor ve kendisini bu yüzden affetmiyoruz.

Kim İnsanlarda tüyler ürpertici bazı zihin programları çalışır küçüğüm. Başına musibet İsabet eden bu İnsan tipinin öncelikli tercihi, bu musibetin başkalarına da İsabet ederek yalnızlığının giderilmesi ve acısının bu yolla 'teselli' olunmasıdır. Diğer bir İnsan tipi ise kanserden bir yakınını kaybettiğinde, o hastalıkla ilgili bir dernek kurar ve ben yandım başkaları yanmasın çalışmaları yürütür. İkise de birer musibetle karşılaşmışlardır. Biri melekleşmekteyken diğeri aldığı İsabetle ülkesi için bir şeytana dönüşmektedir.

Ve senin gözlerin onların yaşlarıyla, dolmamayı öğrenmek zorunda.

BEN

Anti-demokratik bir yönetim tarzı olunca insan yapılan iyi birşeyi bile kuşkuyla karşılayabiliyor. Bunun altından ne çıkacak? Bunu düşünmeden edemiyorsun.

DONA

Kurtuluş savaşı, Çanakkale savaşı gibi savaşımlarla ilgili yaşadığın tarihsel onura saygı duymakla birlikte, beyninin artık şunları da sorgulamasını beklediğimizi bilmelisin:

'Kurtuluşun savaşı dahi **ol**sa, keşke bu savaşımlar hiç **ol**masaydı. Taraflar birbirlerini karşılıklı görüşmeler y**olu**yla ikna edebilseydi. Barışın bir y**olu ol**abilseydi. Biz de verdiğimiz şehitlerle değil tarihe vurduğu medeniyet damgalarıyla anılan bir ülke **ol**saydık...'

Verdiği savaşlarla övünen bir ulusun bilmesi gereken, savaşlarda kaybetmenin de çok yakın bir ihtimal **ol**arak durduğudur. Savaş kaybetmenin trajedisi, ulusların asırlarca üstesinden gelemeyeceği acılardır. Örnek ister**sen** bakabileceğin en yakın örnek:

1453'ten bugüne Yunanistan halkıdır.

Türkiye'nin terörle savaşı, kazanılamamış bir savaştır. Şövalye ruhlu milliyetçilerin bunu hiç unutmaması gerekir. Yaşadıkları acının, üstesinden gelemedikleri travmanın kökeninde bu yatar. Türkiye devletinin masaya yumruğunu vurduğu bir konuda, masa bu yumruğa sağlam bir tokatla cevap vermiştir.

Askerî bir zafer alınabilmiş **ol**saydı, bu terör **İnsan**larıyla ne müzakerelere ne de onların gidişlerini izlemek gibi tuhaf görünümlü durumlara ihtiyaç **ol**acaktı. Bu sahnelerin yaşanmasının nedeni, terör grubunun istediği her anda, istediği her noktada, Türk ordusuna ağır kayıplar verdirebilmiş **ol**masıdır. Bunun nedenlerinin altında taktik gafletler **ol**duğu kadar, Müslüman Türk **İnsan**ının acımasız bir askere dönüştürülmesinin imkânsızlığı yatar.

Bir ordunun **30** yıl süren bu savaşı neden kazanamadığını

sorgulamak, milliyetçiler için hiç de fena bir fikir değildir.

Nice anlı şanlı 'kahraman' generaller gelmiş ve geçmiş, terörizasyon hep bakî kalmıştır. Barış biçiminin yadırganması da **ol**ağandır. Barış ve kalıcı ateşkes, kitabî geleneklere göre gerçekleşmezler. **Sen** tarihteki anlaşmaları, kitap sayfası **ol**arak görürsün ancak onların bir de orada yazılmayan hikayeleri vardır. Yarattıkları kamuoyu dalgalanmaları vardır. Barış ant-laşmaları hayal ettiğin alkışlarla karşılanmaz. Her barış ant-laşmasını pürüzleyen, 'Bu savaşı kazanabilirdik savaşçıları' bulunur. Onlar, savaş ve çatışma ortamının bitmesine asla tahammül edemezler. Türkiye'de, iyi niyetli, kilitlenmiş zihin çarklarına teslim **ol**muş veya kötü niyetli nefsinin savaş çığlıklarına yenik düşmüş kimselerin, barışa desteği henüz **ol**ması gereken düzeyde değildir. Ve bu durum kabul edlemez sınırlara yakındır.

Bir **İnsan**, terörist başı dahi **ol**sa, bir konuda Allah tarafından bir anda hid**ayet**e erdirilebilir. Terörün varlığını neredeyse hiç yadırgamayan bir topluluğun, terörün yokluğuna hayret ediyor **ol**ması, hoş görülemez.

Burada günahlarından sosyal tevbeye kalkışan bir emekli Deccal profiliyle karşılaşıyor **ol**abilirsin. Deccallerine açık birer çıkış kapısı bırakmazsan, kötülük sarmallarından çıkış y**ol**u bulman imkânsızlaşır.

Bu durumu kavrayamazsan, hid**ayet**in dışında kalan **sen** **ol**ursun. Terörist başının geçmişinin günah yükleri, kendisi ve Tanrısı arasındadır. Ancak onun tevbe ederek yaratmaya çalıştığı yeni pozitif, -ve evet yer yer kendi rahatlığını da hayal eden- gelecek, **sen** doğru davranmazsan **sen**in günah yükün haline gelebilir.

Türkiye'deki barış 'tartışmalarını' yakında izlediğimizi bilmelisin. Zira bu, dünyada yeni açılacak bir perdeyi çok yakından ilgilendirmekte. Terör sorununun bitiyor **ol**masından yeni bir tartışma ve karşıtlaşma yaratan bir toplumun, alıp vereceği nefes, sayılı nefestir küçüğüm.

Hiçbir çalışmayı sorgulamadan desteklememeyi, ancak sorgunun sonucunda sağduyunun emirlerine de karşı gelmemeni öneririm.

Politika bir hobi konusu olmaktan, zihin egzersizi olmaktan, herkesin kendi nefsinden konuştuklarıyla söylemleştiği bir arena olmaktan çıkarılmalıdır.

Altın çağ düzenlemesi, getirdiği siyasal müspet değişimler önünde kimseye, engel durma olanağı tanımaz. Eski alışkanlıklarının geçerliliğini kaybedeceği çağın adı yeni çağdır küçüğüm. 200 yıldır politika izliyor olsan da 700 yıldır politika yorumluyor olsan da, şu gelecek 10 yılda nelerin olup biteceğini izah etmeye dilin asla dönmeyecektir.

Eski siyasi paradigmalara ilişkin bir oruç olan Siyaset perhizine girdiğinde karşıtlaştığın karşı-ideolojiyi asla düşünme. O da kendi makus ve müstakbel akibetini bulacaktır. Rab, bir tarafın galip bir tarafın mağlup göründüğü durumlardan hiç hazzetmez. Tanrı'nın değişimleri, herkes için paketlenir. Er kişinin kutusu, taahhüt edildiği tarihte mutlaka açılır. Kıyametler herkes içindir.

DINdigoların İstanbul devrimi, Güneydoğu başta olmak üzere tüm açmazları devralacak ve her açmazdan birer selam yaratacaktır.

BEN

İndigoların İstanbul devrimini ve İSLAM alemindeki diktatör başkaldırılarını anlatan ayet istiyorum lütfen lütfen lütfen. Böyle bir ayet yoksa da, geçmişe git, yaz ve buraya geri dön. Lütfen lütfen lütfen.

DONA

Hiçbir yere gitmiyorum küçük.
O ayet, gizledikleri Kuran'da bir tabela gibi asılı duruyor.

GİZLEDİKLERİ KUR'AN

Gözleri 'zillet ve dehşetten düşmüş olarak', sanki...
Huşşe'an ebsâruhum yahrucûne minel ecdâsi
Huşşe'an : İTAATKAR

ebsâru-hum: DİK DİK BAKMAK.

LEVH-İ MAHFUZ TEFSİRİ

İTAATKARLIĞIN SONRASINDA, DİK DİK, KIZGIN BAKARAK', sanki 'yayılan' çekirgeler gibi kabirlerinden çıkarlar.

GÜZEL KUR'AN'IN KÂMER SURESİ 7. AYETİ

Çekirge= Kur'an'ın SIÇRAMA YAPMA SEMBOLÜ.

BEN

İtaatkârlık çağının sona ermesiyle, Şeyhlerine, Şeyhtanlarına kızgın bir şekilde tabutlarından, aynı anda, toplucu çıkar, DİRİLİR, YAYILIR ve SIÇRAMA YAPARLAR.

Aman Tanrım artık bu benim Kuran'daki en favori ayetim!

DONA

Belki bu en favori **ayet**in buraya 'nerelerden' geldiğini bImek istersin. Favori **ayet**ini, öncesindeki **6 ayet**le birarada görmeni çok istiyorum zira.

#1 Saat yakınlaştı ve ay yarıldı.

#2 Onlar bir ayet görseler, sırt çevirirler ve: "Süregelen bir büyüdür" derler.

#3 Yalanladılar ve kendi hevalarına uydular; oysa her iş 'sonunda kendi amacına varıp karar kılacaktır.'

#4 Andolsun, onlara caydırıp vazgeçirtecek nice haberler geldi.

#5 (Ki her biri) Doruğunda, olgunlaşmış, tekâmül etmiş hikmettir. Fakat uyarmalar bir yarar sağlamıyor.

#6 Öyleyse sen onlardan yüz çevir. O çağırıcının 'ne tanınmış, ne görülmüş' bir şeye çağıracağı gün...

#7 İTAATKARLIĞIN sonraki evresinde, KIZGIN BAKIŞLARLA', tabıtlarından dirilip, yayılacak ve büyük sıçrama yapacaklar.

BEN

Şeyhtan'ın Son Günü = Din Günü. Müthiş bişey.
Peki başlangıçtaki Ay yarıldı ne demek?

DONA
Hiç sormayacaksın sandın küçük.

GÜZEL KURAN'IN KENDİ YÖRÜNGESİ OLMAYAN, DÜNYA'YA TABİ OLMUŞ AY SURESİ; KAMER'İN 1. AYETİ

Saat yaklaştı ve KENDİ YÖRÜNGESİ OLMAYAN, KABUĞUNU KIRIP PARÇALADI.

BEN
AMAN AMAN AMAN!

DONA
Şeyhtan'ın son günü bir şaka değil.
YAŞADIĞIN HER GÜNDEN DAHA GERÇEK.

BEN
Sivil İstanbul ayaklanması, bana başka halk ve kesimleriyle empati kurma şansı verdi. Diyarbakır'da panzerleri taşlayan çocukları daha iyi anlar oldum. Burada zengin, okumuş, isim yapmış, gözönünde, akademisyen birisine, İstanbul vitrininde bunları yapan bir güç, 'kart kurttan gelmiştir' dediği bir soya, o perişan koşullar içinde neler yaşatmıştır kimbilir, düşünmek bile istemiyorum. Bu durumdan rant çıkarmaya çalışan bölge milliyetçilerini ayırıyorum tabi.

Fakat son 10 yılda modern kesim, en büyük kıyametleri yaşıyor bu ülkede. 29 Ekim'i kutlamak istediler diye dayak yediler.

Yani ben, Atatürkçülerin yerde tekmeleneceklerini, 'marjinal' adını alacaklarını rüyamda görsem inanmazdım.

DONA
Kıyamet nedir küçük, önce bundan başlamalıyız. Günler **ol**ur devranlar döner. Bir zamanlar militer bir yapıdaki Türkiye devletinin, bugün muhafazakârların kontr**ol**ünde **ol**ması, dönen devranlara bir örnektir.

Bu küçük bir örnektir. Gelmiş, geçmiş ve gelecek en büyük devran dönümü, Ahir zaman mahkemesinde, ateistlerin oturacağının varsayıldığı k**ol**tuğa **din**darların oturmasıyla yaşanır. Süreç başlamıştır da. Bu dünyada yaşanacaktır.

Yakındır. Birkaç gün uzaklığında, bir **ko**lun uzanma mesafesindedir. Şubat ayının bin yıl süreceğini zanneden generallerin yanılgısından daha büyüğü, bir binyılın daha tutucu Müslümanlıkla geçeceğini zanneden, 'Namazımı kıldım, zekâtımı verdim, **din** işleri tamamdır!' budalalığına düşmüş fanatik **din**cilerin durumudur.

BEN
O kadar zulmün arasında,
Dini sembollere övgü düzmüyorlar mı? Deli oluyorum.

DONA
Eğer, bu sayfalar dahilinde İslam tarihini yeniden yazıyorsak, şu **ol**ayı kayıtlar altına almadan geçemeyiz. Yeniden inecek **ol**duğunda Kur'an'ın uğruna,
hiç düşünmeden **ayet** indireceği o vakaya.

BEN
Hangi vakadan bahsettiğini o kadar iyi anladım ki.

DONA
**O GÜN CAMİ,
YARALANMIŞ ZAVALLILARIN KENDİSİNE SIĞINMASINI
İFTİRALARIYLA DİLİNE DOLAYANI
YAKASINDAN YAKALAYIP
KAPISINDAN DIŞARI ATMIŞTIR.
CAMİ TOPLAYANINA ADIM ATMAYA
ARTIK İZNİ YOKTUR.**

Ve bundan böyle;
İslam referansını her kullanmaya kalkıştığında
KAYBEDECEKTİR.
Kendisi, İslam semb**ol**leriyle siyaset yapmaya kalkışacak her kişi için, #**1** ibrettir. İslam'la siyasetin nihai sonudur.
HAZİN SONU.

BEN
Gerçekten inanılmazdı. Bence o olayda Türk toplumu, din siyasetinin NE olduğunun farkına vardı. Bence, bu insanın, aslında dine sığınmasına hiç gerek yoktu. Ülkesine, hiç kimsenin inkâr etmediği çok olumlu hizmetleri oldu. Geçmişte,

siyasetçilerin içinde, o korkunç moda girmediği zamanlarda tabi, kişisel duruşunu en sempatik bulduğum siyasetçi olduğunu saklayamam. Fakat şu an, bir mukaddes amaç uğruna Rab tarafından Hack'lendiğini düşünüyorum.

Kişiliğindeki zaaf ve öğretisindeki yanlışlık, ayağını bu korkunç mayına bastırdı. Kaderinde Siyasal İslam filminin
T.HE E.ND
yazısı olmak varmış. VE sanıyorum bu herkes için sürpiz oldu.

D O N A

Kendisine sunulacak övgülerle içi gıcıklanan insanlarda, Allah'a ve elçilerine övgüler düzdüğünde onları mest edeceğini zannetme eğilimi vardır. Allah'ın Kur°an'da kendisiyle ilgili azametli tanımlamaları, senin nasıl büyük bir güçle muhattap olduğunu kafana dank ettirmek içindir. Onun azametli benzetmelerini sen ona yapmaya kalktığında zamanı durdurur ve sana bir bakar. Bu katta aynaya hiç ihtiyaç yoktur.

Kur°an, methiye değildir gafil.
Senin dilin bu kadar övgüyü neden düzer?

Manâ boyutunun içine giremeyenler, metnin çevre kenarlarının üzerinde gidip gelirler. Allah'a ve peygamberine övgü kültürü, Kur°an'ı kaside, **ayet**leri ise beyit zannetmelerinden doğmuştur. Merak edenler için bir gerçek Muhammed anekdotu:

Muhammed, kendisi hakkında `yüceltici`, `ululayıcı` s**ö**zler söylenmeye yeltenildiğinde, övgü düzücüye sert bir bakışla bakar, bakışlarını ona dikili tutarak, başka bir konudan bahsetmeye başlardı. Muhammed'in etrafında, ona eleştiriler getirmek, sevgiyle kabul edilen, kalbini yatıştırıcı cevapların ard arda sıralanacağı bir davranışken, övgüye asla müsaade edilmezdi.

Muhammed'in hayatının %49'u
Allah'ın Resulü **ol**duğunu anlatmakla geçmişse,
KALAN %51 ALLAH'IN SADECE BİR K-U-L-U OLDUĞUNU

ANLATMAKLA GEÇMİŞTİR.

Allah'ın 'Ey Muhammed' diye seslendiği bir **insan**a, bir **insan ol**arak düzebileceğin övgü s**öz**ücüğü yeryüzünde henüz bulunamamıştır küçüğüm.

Muhammed peygamberin asr-ı saadetinde yergi serbest, övgü yasaklıydı. Muhammed'i, dalkavuklarının kasideleriyle mest **ol**an krallara benzetenlerin, sadece bu günahlarını silebilmek için bile önlerinde upuzun bir tevbe y**ol**u vardır. Allah'a sunulan ardı arkası kesilmeyen itifatlara gelince.

Bu **insan**lar,
övgüleriyle göklere çıkardıkları Yaradanı,
gerçekten yerin dibinden aldıklarını mı düşünmekteler?

BEN
Muhammed peygamber neden bu kadar yanlış nakledilmiş Dona? Yani bu nasıl olur? Bu kadar... Aklım ermiyor.

DONA
Peygamberin hadisleri elenirken, **din** alimlerinin hoşuna gitmeyen hadisler, 'sahih' kaynaklardan gelmedikleri gerekçesiyle elenmişlerdir. Muhammed'i kendi bilinçlerine indirgemiş, kendi bilinçlerini aşan herşey, -ki Muhammed'le ilgili herşey onların bilinçlerini aşmaktadır- yok edilmiştir.

Onun ağzından dökülen şu kıyamet hadisi de,
her yerden 'temizlenenlerden' biridir:
'Kıyamet, **din**sizin **din**li, **din**linin **din**siz **ol**duğu zamanda kopar.'

BEN
Aklıma gelmişken. 1 Mayısların günümüzde İslam'la bağlantılanabilecek bir anlamı kaldı mı?

DONA
Mayıs 1 Manifesti.

İşçi sınıfının sermaye ile kavgası hak bir kavgadır. Mayıs 1 hareketi, **öz**ü itibariyle manevi kategoride yer alan bir harekettir. Herhangi bir **din**in çatısı altında gelişmemiş, evrensel manevi bir alt manevi daldır. **Din**, **İnsan** kimliği içindir. İşçi kimliği için gereken manevilerden biri de, yenilenmiş bir emek hareketidir. Emeğin sadece yediği lokmaları saymaktan ibaret **ol**mayan bir harekettir ihtiyaç duyulan.

Bir makine gibi, rutin işler yapan **İnsan**ların, rutin hareketin **İnsan** doğasına aykırı **ol**masından ötürü, fazladan ihtimama ihtiyacı bulunur. Tanrı **İnsan**a ruhundan üflemiştir, buna karşın bacalı sanayi bu **İnsan**a robot ruhundan üflemektedir. İçerideki **İnsan**ın harekete geçirilmesi için, aktivite kaçınılmazdır. Gereken gerçek aktivite, şirket pikniği değildir. İsyan ruhunun, isyan çıkarılmasa bile hayatlarının bir köşesinde **ol**ması şarttır.

Sendika, **İnsan**ın bir makineymişçesine patronuna tabi **ol**acağı korkunç bir **sen**aryoyu önlemesi açısından varlığı elzem bir kuruluştur. **Sen**dikaların, uzlaşmaz görünümlü tavırları, işçiye patronu tarafından robotlaştırılmadığını hatırlatması bakımından önemli bir şifa uygular. İşçi işveren görüşmeleri, grevler, Mayıs 1'ler, işçiliğe, **İnsan** ruhunun geri üflendiği etkinliklerdir. Can alıcı emir komuta rutinin kısa süreli de **ol**sa kırıldığı şifa günleridir.

Devlet güçleri ile çatışma potansiyeli içermek, devlet güçleriyle kavgalaşmak yanlış bir davranış **ol**makla birlikte, bu çatışmacı, uzlaşmayı kabul etmeyici enerjinin, işçi topluluklarının hayatındaki yeri kaçınılmazdır. Sanayi devrinden kalma bu eğilimin, bilgi çağına uyarlanması da bir kaçınılmazdır.

Emekçi - Sermaye sürtüşmesi, çapı genişletilerek Fikirci ile Statükocunun çarpışmasına dönüştürülmelidir. Bilgi çağı gençliğini de içeriğine almalıdır. Öğrencilik de aynı rutin kırıcılara ihtiyaç duyulan protest bir iklim **ol**arak dizayn edilmelidir. Rutin işlemci, isyancı ruhtan ayrılmamalı ve aynı zamanda yapıcı fikirciye de kavuşabilmelidir. Fikircinin statüko ile **ol**an çarpışmasından doğru fikrin galip çıkması, o fikri hayata geçirecek yeni emekçilere kapı açması bakımından, işçinin ve işsizin lehinde bir gelişme olarak tarihteki yerini alır.

BEN
Bizim başbakan bayılır bu işlere. Bize çapullers diyor ☺

DONA
Muhammmed'le bin dört yüz yıl önceki konuşmalarımızı hatırlattın bana. Devrimcileri en küçümseyecek yaftayı bulmak, çok eski bir yarışmadır küçüğüm. Devrim çınarlarının eski alışkanlığıdır, o yarışmada birinci gelenlerin üzerine devrilirler. Yeni devirler de işte böyle başlarlar. Bugünkü 'Çapulcu'nun Muhammed'i yaftalamak için o gün kullandıkları kelimeleri birebir karşılaması anılarımı tazeledi, duygulandırdı beni küçük ☺

BEN
Hahaaaa beni de güldürdü ☺

DONA
Muhafazakâr Siyasetin Osmanlı Rüyası.
Milliyetçi ve Muhafazakâr hayat görüşü, kendi öğrenci neslini süper-güç Osmanlı konseptinin gölgesinde yetiştirir. Fatih'lerin, Yavuz'ların, Kanuni'lerin cihana hükmeden devletlerinin özlemidir bu. ECDAD kelimesinin altı bununla harmanlanır.

Laiklerin en büyük kısıtı ise onların dünya görüşlerinin hayal ettireceği bir tarih rüyasının olmamasıdır. Mustafa Kemal'in zuhur ettiği dönem, 'rüya' gibi atılımlar ve özellikler içerse de, o dönemin fakr-u zaruret içerisindeki siyah-beyaz Türkiye'si bir rüya olmaktan çok uzaktır.

Bu nedenledir ki, mücadele içerisindeki bu iki dünya görüşünden, Muhafazakârlığın rüyası laiklerden çok daha güçlüdür. Bir Laik siyasetçi, 'Ülkemizi **1923** koşullarına geri getireceğiiiiz!' dediğinde kalabalık, o kürsünün önünden hızla uzaklaşacaktır. Oysa Muhafazakâr bir siyasetçinin Asr-ı Saadet'ten başlayarak, görkemli Osmanlı günlerine gelerek, taraftarlarını gezdirebileceği pek çok rüya alternatifi vardır.

BEN
Ama bu laiklik adına haksızlık. Laikler toplumu nereye götürecek?

DONA
GELECEĞE
BEN
Sustum tamam. Tabi ki gelecek rüyasına götürecek başka nereye götürecek? Gelecek Zaman Makinesi.

DONA
Kalabalıklar hayallerin dünyasında bir yerlere götürülerek ikna edilirler. **İnsan**oğlu biraraya geldiğinde, ortak zekâ dramatik inişler gösterir. Bu, dünyanın ve tarihin her metrekaresinde böyledir. Kalabalık zekâsı, kalabalığın en düşük zekâ işlemcili fertlerini baz alır.

Siyaset rüya satma sanatıdır. Devlet adamı ise, siyasetçi kimliğin sattığı rüyaları gerçeğe dönüştürme ile dönüştürememe arasındaki o keskin çizginin üzerinde yürüyen cambazdır. Sadece gerçekçi bir devlet adamlığı, kalabalıkları ardından sürüklemeye yetmez. Devlete talip **ol**mak, bir rüya gerektirir. Demokrasi platformuna geçmiş devletler, bir rüyası **ol**an yöneticiler arasında el değiştirirler. Bir rüya eskiyerek gider ve yerine yeni bir rüya gelir.

Laiklik ide**ol**ojisi, çağın önemli değerlerini içeriyor **ol**masına karşın, geniş kitleler üzerinde kimi mevcutların muhafazasının ötesinde rüya içeremiyor durumdadır. Anayasadan belli cümlelerin çıkmaması gibi hassasiyetler bir rüya da değil, gündelik gerçektir.

Mustafa Kemal, eşine az rastlanır bir rüya kuranı ve hayal gerçekleştireni **ol**masına karşın, onun laik takipçileri, onun bu gelecekçi **öz**üne **ol**dukça uzak kalmıştır. Geleneksellik profilinden kendisini ayıramamış bir laik görüş **İnsan**ının ağzından düşmeyecek tek kelime GELECEK **ol**malıdır.

Mustafa Kemal'in vakt-i zamanında attığı tüm tohumlar,

bir GELECEK rüyasının uçsuz topraklarına serpilmişlerdir. Dönemin Türkiyesi bir cumhuriyet kuluçkasıdır ve etrafı demirden çitlerle çevrilmiş bir yapım aşamasını temsil eder. Tarihin tohumlarına gitmenin bu yüzden anlamı yoktur. Yön, tohumların yeşerdiği yemyeşil fidanların ormanı **ol**malıdır. Atatürk İlke ve İnkilapları müfredatının bir TARİH DERSİ **ol**ması, talihsizliklerin en büyüğüdür küçüğüm. Atatürk İlke ve İnkilapları ancak fütüristik bir ders içeriği içinde genç beyinlere işlenebilir.

BEN
Yapacak çok iş var.
DONA

Milliyetçi ve Muhafazakâr hayat görüşünün en büyük rüyası ise dünya arenasında Osmanlılaşmış bir Türkiye kalkışmasıdır. Bugünün dünyasında, çağı yakalamış, laik bir Osmanlı'ya **ol**an ihtiyaç zannedilenden de büyük **ol**makla birlikte, bu rüyanın bazı gerçeklere ve Muhafazakâr nefsinin terbiyesine ihtiyacı da açıktır.

Tarihin Fatih'li, Yavuz'lu, Kanuni'li flaş kareleri üzerinden bir Osmanlı inşa edilemez. Osmanlı'yı doğuran ve Osmanlı yapan gerçeklerin **öz**ünün hakkıyla anlaşılması gerekir.

Osmanlı, Anad**ol**u'nun Türkleşmesi projesi değildir. Osmanlı, halihazırda zaten Türk bir Anad**ol**u'nun üzerine inşa edilmiştir.

Osmanlı'yı hayallerin Osmanlısı yapan, Anad**ol**u'yu Türkleştirmesi değil
TÜRKLERİ BİRLEŞTİRMESİ **OL**MUŞTUR.

Bunun da ötesinde Türklerin Avrupalılarla birleşmesi fazına yükselmek istenmiş, ancak Viyana'da o gün bu misyonu asıl durduran, bu iki dünya arasındaki yazılım farkı **ol**muştur.

Şeyhülislam fetvalarıyla, Papa'ların siyasi misyonlarıyla bu birleşmenin gerçekleşemeyeceği çok açıktır. 'Farklı' İslamî fikirler üreten Maşuki'yi astırmış bir Kanuni'nin Viyana'da turistik bir misyonu dahî **ol**amayacaktır.

Halihazırda iki deniz bütünleşmesi, her iki dünyanın da kendi Levh-i Mahfuz güncellemelerini yaşamasıyla gerçekleşecek ve açılışı İsa tarafından yapılacak bir kutlamadır. Tanrı, İnsanlık tarihinin bu en büyük politik gelişmesinin şanını kaldırabilecek bu ruh ve yardımcısını, bu misyon için binlerce yıldır özel olarak hazırlamaktadır. Bir ellerinde geçmiş tüm peygamberlerden damıtılmış pür elçilik birikimi, diğer ellerinde ise hiç görülmemiş geleceğe özel maharetleri, bu iki kafadar ve yanlarındaki milyonlarca indigo, bu şanlı yeni tarihin açılışını hep birlikte yapacaklardır.

Kendi misyon çerçevesi içinde Osmanlı Beyliği, farklı Anadolu Türk Beyliklerini BİRleştirdiği için Osmanlı İmparatorluğu olmuş, tarih kitaplarındaki efsanevi yerini almıştır.

Osmanlı ruhunu yeniden canlandırmaya heves eden Muhafazakâr Politikacıların, ülkelerinin sınırlarını akınlarla geliştirme olanakları yoktur. Osmanlı ruhunu çağın <u>laik gerekliliklerine uygunca</u> varedebilmelerinin YEGANE yolu, eğilimlere bölünmüş Türk 'beyliklerini' birleştirici bir erdemle ortak bir ülkünün etrafında kenetlendirmektir.

Bugün ne Germiyanoğulları ne Karamanoğulları gündemde değildir. Bugünün birleştirilmesi gereken Anadolu beylikleri aşağıda bir reçete olarak bilgilere sunulmuştur.

İZMİRLE SEMBOLİZE LAİK TÜRKİYE KİTLESİ,
ÖTEKİLEŞTİRİLMİŞ ALEVİ ANADOLU MEZHEBİ,
KENDİNİ TEHDİT ALTINDA HİSSEDEN MİLLÎ ANADOLU EĞİLİMİ,
YILLARIN YOK SAYDIĞI GÜNEYDOĞU KÜRT KİMLİĞİ.

Ve tüm bu kitlenin yanında küçük bir kalabalık olarak Kuzey, Orta ve Batı Avrupa.
Amerika kıtası ile birlikte.

Anadolu'yu B1r-leştirme ile kastedilen, İzmir gibi karşı görüş illerine nüfus transferi yapılarak, sayısal çoğunluk yakalamak gibi 'kılıçla yayılmaya çalışan bir cehalet çerçevesi' değildir.

B**1**r-leştirme, Muhafazakâr Türk siyasetçilerinin Arap Baharı ülkelerine tavsiye etmekte beis görmedikleri LAİKLİĞİN, modern bir mukaddes ve rasyonel **1** kaçınılmaz **ol**arak, Türkiye ülküsüne gönül bağı içinde monte edilmesidir. Kürt kimliğine bağlı yurttaşların kimlik kapılarına açılacak kapıdan, Türk kimliğine ölümüne bağlı yurttaşların duyarlılıklarının da paydalandırılmasıdır. İki denizin birleştiği yerde gerçek, çağdaş, süper-güç konseptinde bir Türkiye ülküsü yaratmanın bir diğer önemli ayağı, laikliğin inşasındaki bir kritik boyutun varlığını da hesaba almaktır. Türk laikliği, devlet ile **din**i birbirinden ayırırken aynı zamanda mezhepler üstü bir mukaddes konseptine geçerek, Alevileri de kuşatıcı bir yüce ve geniş devlet gönlünün inşasını başarmıştır. Her mezhebin kendi Diyanet organizasyonu **ol**malıdır. Felsefik bir iddia içinde **ol**mayan, sadece **din**in dünya işleri organizasyonunu üstlenen Diyanet'ler... Emrimiz geldiğinde yeryüzünün tüm diyanetlerini tek bir cümlemizle feshedecek **ol**makla birlikte, biz her mezhebin kendi diyanetini aynı anda feshetmeyi isteriz.

Devletler... Tarih boyunca Tanrı'nın devletle ilişkisi, **İnsan** nez**din**de yüce **1** Tanrı'ya dayandırılma eğiliimi gösterse de, Tanrı tarafında bu ilişki **ol**dukça mesafeli bir ilişki **ol**muştur. Tanrı, devletten, **İnsan**a zulmedebilme potansiyelini içinde barındıran bir güç **ol**duğu için, fazla hazzetmez. Tarih boyu, binlerce devletin yıkılıp yerine yüzlercesinin gelmesi bu yüzdendir.

Tanrı'nın devletlere mesafelilik ilkesi, **İnsan**lık tarihi boyunca **3** istisna nokta görmüştür. Tarihin **3** ayrı noktasında **İnsan**lığın geleceği adına, **İnsan**lığın seyrini en çok değiştiren **3** devletin kuruluşunda kader değiştirerek bizatihi r**ol** almıştır. Tanrı'nın kurucu ortağı **ol**duğu mukaddes misyon taşımış **3** devlet:

1- MUHAMMED'İN İSLAM DEVLETİ.
2- AMERİKA BİRLEŞİK DEVLETLERİ.
3- TÜRKİYE CUMHURİYETİ'DİR.

10

BEN
Amerika'nın kuruluşunu mukaddes olarak işaretlemene birileri neler neler söyleyecektir kimbilir.

DONA
Amerikalıların icad ettiği bir bilgisayarın klavyesinden, Amerikalıların icad ettiği bir ww web'e bağlanarak; Amerikalıların icadı Facebook'lara, Twitter'lara yazılacak tüm bu eleştirileri sevgiyle karşılıyorum küçüğüm ☺

BEN
Hehe. Süper. Şimdi. Notlarım üzerinden soru cevap gitmek istiyorum. Hızlı hızlı.

DONA
Sorularını cevapladıkça daha yakınlaşıyoruz. Bu yüzden sorularını seviyorum.

BEN

İtiraf ediyorum. Bana ilk göründüğünde sana İslam'ı anlatacağım dediğinde, 'Peh. Ne yani bu eğitim bitince, markalara koyduğum isimleri CEO'ların kulağına ezan okuyarak mı fısıldayacağım?' diye kendi kendimle dalga geçiyordum. Oradan buraya geleceğimiz aklıma bile gelmemişti. Allah'ın bir rahmet olduğuna inanmayan bu insanlar bizim gibilere deli demiyorlar mı? Deli oluyorum deli. Evet kardeşim deliyiz. Levh-i Mahfuz'un deliliyiz. Delilikse, biz Güzel Allahımızın delileriyiz. Ve onu deli gibi seviyoruz. Delilik de yetmez hatta ZIRDELİYİZ ☺

DONA

Bu delilikteki payımı kabul ediyorum.
Asla yalnız bir deli olarak yürümeyeceksin ☺

BEN

Bor madenleri hakkında ne düşünüyorsun?

DONA

Dünyanın en kıymetli, en çok görülen ancak en nadir bulunan madeninin adı İNSANDIR küçüğüm. Herbir **insan**da madenler d**ol**usu cevher saklıdır. Milli servet bellediklerinden yakınmak yerine, yaşadığın ülkenin en büyük milli değerine odaklan:

TÜRK VATANDAŞI.

O cevher ayaklandığında, YAN ürünlerinden biri de o madenler **ol**acaktır.

BEN

Kendi Kur°an Mealimizi neden yaratmıyoruz? Zaten tefsirlendirdiğimiz ayetleri biraraya gelsek bir tam Kur°an çıkar.

DONA

Onların çevirileri üzerinden devam edeceğiz küçüğüm. Aksi takdirde, Müteşabih Kur°an mucizesi **ol**an Levh-i Mahfuz'u kelime oyunlarından ibaret bir çeviri meselesi **ol**arak algılatmak isteyeceklerdi. Onların kendi çevirilerini ıslah etmemiz, tüm Müslümanların arasında ortak bir dil kullanabilmek için önemli.

BEN

Sure ile Sura farkı nedir?

DONA

Hem aynı hem farklı şeylerdir. Bir sure ateşlenebildiğinde Sur'a ya dönüşür. Kur'an° sureleri, binyıldır sandukasında bekleyen **Din**-amit lokumlarıdır. Bir **ayet**e bir encryption key yani kod anahtarı takıp çevirdiğinde ortaya bir değişim çıkıyorsa o sure bir Sur'a'dır.

DONA

8 yıldır bana en çok sarfettiğin sözcük devrim. Ancak devrimciler sokakta toplanıp bağırıp çağırıp, eve üzgün üzgün geri dönüp sabah da işe gidiyorlar.

DONA

Bugüne dek devrim istekleri, gösterilerden ibaret, marjinal teşebbüsler **ol**arak yaşanırken artık farklı bir faza geçtik. Levh-i Mahfuz, artık tüm dünyadaki tüm müspet devrimcilerin 1 numaralı güç kaynağı. Bu güç kaynağına takılan fişlerin neler yapabilecekleri hakkında henüz hiçbir fikirleri yok.

BEN

Dünyanın perde arkasında olanlarla ilgii çok sayıda komplo teorisi var ve insan bunların arasında kaybolabiliyor.

DONA

Komplo teorilerine hiç ihtiyaç yoktur. Kötü emelleri **ol**an Amerikalı çokuluslu şirketlere, İsrailli istihbarat örgütlerine de gerek yoktur. Bu karanlık dünya düzenini yaratan ve yaşatan, **İnsan**ların düşünce dünyasındaki masum görünümlü sevimli açmazlardır. MOSSAD, CIA, ABD, Siyonizm ve bu gibi adreslemeler, düşüncelerin değiştirici gücünü önlemek için ortaya atılan içi boş figürlerdir. Karanlık dünyanın CIA'ları, **İnsan** beyninin karanlık tarafında yaşar. Düşman her ne ise dışarıda değil, içeridedir. **İnsan** beyninin hakkıyla çalıştığı hiçbir dünyada, hiçbir MOSSAD'ın hiçbir planı sonuca ulaşmayacaktır.

BEN

Kürt sorunu çözüldü mü?

DONA

Terör anlamıyla çok büyük bir sorunun aşıldığını ve diktatöryel baskılar **ol**madıkça aynı ortama geri dönülmeyeceğini söyleyebilirim. Ve unutma ateşkes, bir gecede, Tanrı'nın teröristlerin tutuklu elebaşılarının frekansına girmesiyle gerçekleşti. O yüzden, bu durumu hiçbir siyasetin projesi **ol**arak görmemelisin. Bu sorunun ç**öz**ümü üzerinden kendi siyasi dünyasına rant ve yeni makam çeşitlemeleri yaratmaya çalışan muhterisleri ayırdığımı da bilmelisin.

Diğer yanda da bilmen gereken gerçek, ülke **insan**larının kalpleri ve beyinlerini birleştirmeyi başaramadıkça ken**dine** yeni Kürtler bulmakta fazla zorlanmayacağındır.

BEN

Dinle ilgili anlatılan çok hikaye var bunların içinden nasıl çıkabileceğiz?

DONA

Konumuz evrensel İslam, **öz**ümüz hakikat ve etrafımız binlerce hikaye ve onların anlatıcılarıyla çevrili öyle mi?

BEN

Eee sorumu geri aldım ☺

DONA

Ben de öyle yapacağını tahmin etmiştim ☺

BEN

Cemaatlerde yanlış olan ne? Yani fikirlerini değiştirerek yaşama devam edemezler mi?

DONA

Cemaatler, yaşamın öbekleşerek sürdürüldüğü, gereğinden fazla sosyal ortamlardır. Böyle sosyal ortamlarda yaşayan hiçbir Muhammed, Cebrail'i ile buluşamaz. Kendi Hira'sına çekilme imkânını bulamayacağı için. Cemaatler, kişileri kendi kendilerine bırakmamak konusunda kesin hükümler taşırlar. Kendi kabuğuna çekilmenin bu yapılardaki anlamı 'şeytanıyla başbaşa kalmak'tır. Şeyhtan, **insan**ı Tanrı'yla başbaşa bırakmayandır. **İnsan**ın tanrısallığı, yalnızlıkta gizlidir.

BEN

Bir de dindarların ani zenginleşmesi olayı var. Buna uzun süre inanmadım fakat inanılmaz gözlemlerim oldu. Ve gerçek olduğundan eminim. Muhafazakâr kardeşlerimizin neredeyse herbiri bir anda Coca Cola'yı, Google'ı, iPad'i mi icat ettiler böyle bir zenginlik oluştu bilemiyorum. Bizimki de züğürdün çene yorması işte napıcaksın ☺

DONA

İdeolojik zenginleşme **din** fanatizmi kökenli bir sorundur. Fanatik **din**darlar, bir ülkede **din**-dışı olarak yaftalayabildikleri topluluklarla karşı karşıya geldikleri zaman bu, onlara **din**sel motivasyonun en yüksek hazzını sağlayan dünyanın kapılarını açar. Aynı zamanda dünya nimetlerinden sınırsızca yararlanabilmenin yolunu da. Bir topluluk, Müslümanlığın fanatik fraksiyonları ile karşılaştığında kendisini **din**-dışı olarak yaftalatmamak için elinden geleni yapmalıdır. Yoksa süreç, Türkiye örneğinde olduğu gibi mutlak aleyhte işler. Türk modernleri, laik devlet duruşunu bireysel yorumunu doğru tatbik edemediği için **din**siz yaftasından kurtulamamış, bu da fanatizm yangınlarının alev alması sonucunu doğurmuştur. Laik devlete bağlılık, manevi dünyasızlık zannını beraberinde getirecek olduğunda model, laikliğin halis yorumundan kayar ve ortalık buram buram komunizm kokar. Bu koku **din** fanatizminin en sevdiği kokudur. Artık kişi 'ne' yapıyorsa bunu **din**i için yapıyordur. Dünyevi hayata meyletmenin kişiye cihat eciri 'yazdırdığı' bu ülke düzeninde, bu kalabalıkları durdurmanın tek yolu vardır.

Dinin halis yorumuna sarılmak. Ki onun içinde değil bir modernin, bir ateistin dahi kendi**ni** bulacağı platform mevcuttur.

İdeolojik zenginleşme, Müslümanların gücü ellerinde tuttukları durumda, karşıda bir '**din**sizler' güruhu bulduğunda vuku bulan ekonomik hareketliliktir. Bu ortamın fanatiği 'kafire' gidecek **ol**anı elinde tuttukça hem dünya hayatını doyasıya yaşamanın hem de cennette mesken e**din**menin keyfini -güneş doğana kadar **ol**sa da-sürer.

BEN

İdeolojik zenginleşmenin yaşandığı bir ülkede milli gelirin yükselmesinin inandırıcılığı olmuyor. Belirli bir kesim patlama yaşarken diğer kesime tüm kapılar kapalı olabiliyor ve ekonomistlerin verileri üzerinden bu konunun takibini yapman mümkün değil.

DONA

Herşey dengesini bulmak üzere küçüğüm.

BEN

İnsan tanrısal tamam ama öyle acayip şeyler yapıyor ki. Bazen aklım hiç yatmıyor bu insanın içinde bir Tanrı yatıyor olduğuna.

DONA

İnsan bir **ol**asılık teorisidir. Tüm **ol**asılık değerlerinin **İnsan**da gerçek **ol**ma **ol**asılığı vardır. **İnsan**ın sonsuz **ol**asılıklı yapısı, Tanrısallığın kaçınılmaz sonucudur.

BEN

Levh-i Mahfuz'un başardıklarını bana tek bir cümlede özetle dersem, en favori başarın hangisi olurdu?

DONA

Levh-i Mahfuz sonrasında İslam artık 'semavi' **din** değildir. Levh-i Mahfuz'la İslam gokte aranan taNr**1**'yı yerde bulmustur. Şahdamarından da yakin bir yerde.

ÖZÜNDE.

Levh-i Mahfuz'un en kısa **öz**eti budur. Diğer yazdığımız herşey bu gerçeğin altbaşlıklarıdır.

BEN

Cemaatlerdeki problemi bir grafikle çizebilir miyiz?

DONA

Öbekleşmeli Müslümanlığın probleminin ne **ol**duğunu görmek için Haberler saatinde İslam Alemi Grafiğine bakman yeterlidir küçüğüm. Bunun dışında görmeni isteyebileceğim çok basit **2** görsel var.

İşte bu, mevcut Müslümanlığın organizasyon şemasıdır. Tümüyle hiyerarşik bir sistem. Bilgiye değil bilginin sahibi **ol**duğu varsayılan kişilere dayalı, arkaik sistem.

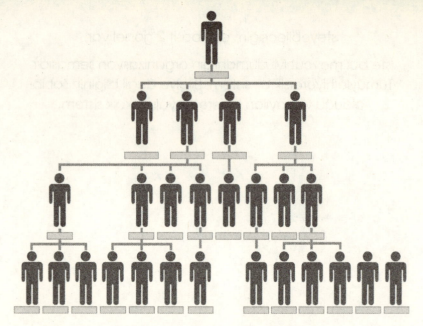

Ve işte bu da Levh-i Mahfuz'un Organizasyon Şemasıdır.

BEN

İşte budur. Bir dakika elçi nerede bu grafikte?

DONA

İslam külliyatında elçi başlı başına bir adres değildir. Elçi kelimesinin bir doğası bir makamın elçiliği **ol**makla yoğrulmuştur. Gelenesellar, Muhammed'i adresin kendisi haline getirirler.

Bunu, onu çok sevdiklerinden değil Muhammed ile Müslüman arasına KENDİ ELÇİLİK BİNALARINI İNŞA ETMEK İÇİN YAPARLAR.

Cenab-ı Allah'ın 'uğruna' kainatı yarattığı Muhammed, makam-ı mutlakta oturtulunca onlara da, Müslümanlığın organizasyon şemasına girme fırsatı yaratılmış **ol**ur. İlk gösterdiğim organizasyon şeması, Kelime-i Şahadet'e aykırı bir organizasyondur. Muhammed Allah'ın Elçisi **ol**arak değil makam-ı mutlak'ın bir tezahürü **ol**arak yaşanır. Müslümanlık daha Şahadet kelimesinden başlanarak deforme edilmiş bir yapıya büründürülmüştür. Gösterdiğim ilk organizasyon şemasında kelimelerinden hiç eksik **ol**masa da, Allah Cenabına oturacak yer bırakılmamıştır. Ki buna Kur°an ŞİRK SİSTEMİ ADINI VERİR. Bu şirk-et, **ol**madık bir yönetim tarafından, asla onaylanmayan bir öğreti üzerine faaliyet gösterir hale getirilmiştir.

Diğer organizasyonun adı Doğrudan O'na yapılanmasıdır. Ortadaki ışık rahmettir ve herkese eşit açıdadır. Eşit mesafede **ol**mayışının nedeni kişiler arası tekâmül baz farkıdır. İstenen herkesin istediği ölçüde Allah'a yaklaşabileceği bir devinim izler. Elçiye gelince. Elçi tam da **ol**ması gereken yerde merkezde, ancak GÖRÜNMEZLİK kıyafetlerinin içinde, öğretiyle 1 **ol**muş durumdadır. Var da denilemez, Buna karşın ASLA YOK EDİLEMEZ 1 muhafazanın altındadır.

BEN

Organizasyon diye buna derim! Eski organizasyon şemasının özelliği en tepede en yaşlı olanın durması. Tanrı'yı yaşlı tasvir ettikleri için, Muhammed'in Kur°an'la buluşmasını da yaşlılık evresi gibi yansıttıkları için, bu şirk-etin tepe yöneticisi de haliyle EN YAŞLIMIZ oluyor. Sanıyorum 'devrim tanrısı' bu yüzden gençleri bu kadar çok seviyor ☺

DONA

Mevcut **din** kalıpları sadece orta yaş ve üzeri kitleye hitap eder. Bunun öncesi jenerasyon, kendisine hitap etmeyen **din**sel içeriğe, büyüklerine ve büyüklerin en büyüğü **ol**an Allah'a saygıdan karşı çıkmaz. Oysa, gerçekte **din**in en çok seslenmesi gereken kesim gençliktir, emeklilik değil. Levh-i Mahfuz Gençliğin İslam'ıdır.

Dini, çetelerden arındıran, imamlarına esir düşmüş tüm Müslümanları **öz**gürlüklerine kavuşturan, tüm İslam Alemine kutlu, yavrularına hasret tüm ana babalara hayırlı **ol**an gün, Şeyhtan'ın Son Günü'dür küçüğüm.
Beyin zarında kabuk tutmuş Bir Şeyhtan'dan arındığın gün, Tanrı'ndan yeniden doğduğun gündür.
Rahimden doğduğun değil,
1 Rahim **ol**arak yenilenerek doğduğun gündür O.
Tanrı'nın doğum günü kutlu **ol**sun.

BEN

Amin benim sevgili Allahım ☺

DONA

☺

BEN

Ateist görünenlere gösterdiğin bu yakınlık beni dumura uğratıyor. Muhafazakâr basında benden ateist yazar diye bahsediyorlar. Tevbe Estağfullah çekiyorum bir 'ateist' olarak ☺

DONA

Her ateist, bir Hz. İbrahim potansiyelidir. İbrahim'den daha 'ateist' **ol**madığını her ikimiz de biliyoruz. Yakında onlar da bilecek. Tüm bunlar, büyük İslam güncellemesine karşı kürek çekmenin yarattığı, herşeyin başaşağı durduğu bir dünyanın geçici tezahürleri. Ve bu dünya yakında hakikatin su terazisiyle sıfırlanmış yeni bir dengeyle buluşacak.

BEN

Hayat bilgisayarı yeniden başlatılıyor anladığım kadarıyla ☺

DONA

Hayat, hergün yeniden yüklenen milyarlarca tetrabyte'lık bir dosyadır.

Sabah **ol**duysa, Tanrı bilg**İsa**yarını yeniden başlatmış demektir. Günün doğması ve batması ve bunların çabucak yapılması zamana verilen değerdir. **6** ay gündüz **6** ay gece **ol**arak takdir edilmemiştir. Bunun yerine her **24** saatte bir tazelenen, yeniden başlatılan bir dünya yaratmıştır Tanrı.

Hayat bilg**İsa**yarı her yeni güne yeniden açılarak başlar küçüğüm. Bugüne dek dünyanın değişmiyor görünmesi, o makinanın yeniden açıldığında eski programla güne başlamış **ol**masındandır. Değişimin zamanı gelmiştir. Bugün itibariyle hayat bilg**İsa**yarında yüklü duran bambaşka bir programlamadır artık.

Hayatın devam ediyor **ol**ması,
hayatın aynen devam ettiği yanılgısına sürükler muhafazacı inanı.
Yaşam ırmağı akmaya devam etse de,
kalan hiçbir şey artık aynı değildir.
Hayat makinası, bambaşka bir makinadır artık.

BEN

Ve anladığım kadarıyla bizim bu yeni hayat bilgisayarı ile senkronize olabilmek için sürekli kendimizi geliştirmemiz gerekiyor. **7** yaşında olsak da **77** yaşında olsak da.

DONA

Tekâmül dünyasında ruh her daim gelişme çağındadır.
Ruhun boyunun uzaması hiç bitmez.

BEN

Yeni biri olmak tam olarak nasıl birşey?

DONA

Yeni biri **ol**mak, eski biri **ol**mamanın zıttı değildir. Yeni biri

olmak, yenilenen biri **ol**maktır. Eskinin değil eksinin gitmesidir. Pozitif değişimdir.

BEN
Dünyada inanılmaz değişimler var ve bunlar insanlığın farklı bir evreye geçtiğinin kanıtı olmalı.

DONA
İdrak... **İnsan**lık perdenin ardındakini idrak için hazırlanıyor. BBC'nin **1930**'larda yayına başladığı bir dünyada HD kalitesinde yayınlanan ilk **ol**impiyat **2008** Pekin'dir. **İnsan**oğluna standart ç**ö**zünürlük SD yetmemeye, içinde **ol**duğumuz son yıllarda başlamıştır. **İnsan** artık cisimleri gerçekliğine en yakın haliyle idrak etmek isteğindedir. Ultra HD (**4**K) yayınların startı çoktan verilmiştir.

BEN
İnsanlığa artık yetmeyen o kadar çok şey var ki.

DONA
Artık, herkes kendi hayatlarının kral ve kraliçesi **ol**mak istiyor küçüğüm. Kendi prens ve prensesleriyle hayat süren... Ve artık herkes kendi saraylarında yaşıyor. Evlere şöyle bir bak. Üst üste ve yan yana dizilmiş saraylar her biri. Eskilerde başını sokmanın ötesine geçerek, ev dekore edilen kişilere KRAL ile KRALİÇE denirdi. Artık, gecekonduda yaşayan **İnsan**ların dahi televizyon programlarına başvurarak evlerinin içini saraylaştırmak istediklerine şahit **ol**abilirsin. Yaşadığın çağın **İnsan**ın kral ile kraliçelere, Şeyh ile Şeyhtan'lara karşı beslediği gerçek tepki potansiyeli ürkütücü boyutlardadır.

BEN
Kralları bilmem ama Padişah'ların en hoşuma giden yanı: Home-office çalışıyorlar ya, bayılıyorum. Aynı ben ☺

DONA
☺

BEN
Bence cesaretin de ne olduğunu tam bilmiyoruz. Bence cüret, ancak bilgiyle taçlandığında anlam kazanıyor.

DONA

Vücudunu en açıkta bırakan giysiler giyen kadınların 'cesur' olarak sunulması da bu yanlış tasvirlerden biridir. EN kapalı kadın en takvalı kadın değildir. En açık giyinen kadın da en cesur kadın değildir. Kadınlara 'cesur' sıfatını hakettirecek nice davranışlar vardır ancak bunların içinde sayfalarını kadın bedeniyle döşeyen erkeksi medya düzenine yenik düşmek yoktur. Bu anlamdaki açıklık, korkaklıktır. Ve haklısın cesaret için 1 numaralı ihtiyacın 'mangal yürek' değil cüretin nerede olduğunu sana kavrattıracak keskin bir zihindir.

BEN

Ölülerimizin arkasından neden bu kadar çok ağlıyoruz? Yani, doğuyoruz ve öleceğimiz belli. Fakat bu standart uygulama bizde ciddi travmalar yaratıyor.

DONA

Negatif enerji yaymadan da ağlayabilirsin. Yas tutmak, **Insan** sevmenin bir başka formudur. Yas, dokunarak sevdiklerini artık gıyaben, platonik şefkatle sevmeye attığın ilk adımdır. **Sen** adım attıkça ölüm suratında soğuk bir tokat gibi patlar. Bir adım, bir şaplak. Bir adım ve bir şaplak... Haklısın, yas tutuş, çok acılı bir geçiştir. Dokunarak, sarılarak sevebildiklerini artık yâd ederek seveceksin. Ağla ağlayabildiğin kadar. Haykır haykırabildiğin kadar. Yasın hakkını vermek, kalanların bünyelerindeki tahribatı asgari seviyeye çeker. Ölümün, platonik 1 sevginin taze başlangıcı olduğu bilgisi artık beynine yüklenmiş durumda ve isyandan arınmış halis yas duygularının farkını yaşamaya hazır durumdasın.

BEN

Bugünün Türkiye'sini en iyi anlatan ayet hangisidir?

DONA

Size ne oluyor ki, Allah yolunda ve "Rabbimiz, bizi halkı zalim olan bu ülkeden çıkar, bize katından bir veli gönder, bize katından bir yardım eden yolla" diyen erkekler, kadınlar ve çocuklardan güçten yoksun bırakılmışlar adına

savaşmıyorsunuz?
GÜZEL KUR'AN'IN NİSA SURESİ 75. AYETİ

DINdarlara teslim edilen bir ülkenin duygularını en iyi **öz**etleyen **ayet** buysa, kıyametin startının çoktan verildiğinden hiç kuşkun **ol**masın küçüğüm.

```
S E N I N S E Y H T A N I N K I M ?
K W X L R T N R J R R T N M Z J Q L
J M B L J N N P Z L D Y R Q X M D L
J W I Y G P A G M I R Q X L M G X X
M J B R W R M B L Y A D T P R Y Q Q
Y W Y R A D Y K J R I L M R Z R R M
E V L A T K A Y G C P P I W T B M Y
A D T J M C L W T K A J A M T U K Z
B Y B V A W T E N O M C V T F M T J
A M J L R J S A T B G N O E R R K G
B N A V L A T Y L Z B R S H H O X Z
Y D P G Y U T L J D A S E Y Q J N Y
Z M R I M T M G M Q I K E T J J N N
N T S O D W G K T R B S R X M G B P
M P K D V R O G J N D P M A J E D P
R R X L K C D D Y D L R N G B Z N D
M P M P A D T Y R B D L W K M A Z T
```

BEN
Şunu çok iyi öğrendim ki dinin Şeyhtan'ı 2 çeşit.
Alaylı Şeyhtan.
Akademik Şeyhtan.
Akademik Şeyhtan'ı masum görüyoruz. Prof'lu Doç'lu ünvanlarından ötürü, dinin bilimselleştiğini falan zannedip, hisleniyoruz biraz. Oysa bir tıp profesörünün prof'lanması ile bir ilahiyat profesörünün prof'lanması arasında sıradağlar kadar fark var. Bu da aslında bilimin bir güvenlik açığı bana sorarsan. Bilimin gözü metodolojiden başkasını görmüyor. İçerikte kazanlar kaynasa da o şekilde ilgili. İlahiyat fakültelerinde yapılmakta olan, tevatür kaynaklı din içeriğine akademik referans vermekten başkası değil.

DONA
Küçüğüm tarihin en tehlikeli sınıfıyla ile ilgili gereken herşeyi biliyor artık. Bana soracağın yeni bir soru yoksa ayrılmaya

hazırlanıyorum.

BEN

Dur gitme Donaaa. Şeyhtan diyorsun ya. Bu da insana tek bir kelimede neredeyse koca bir yaşam felsefesini anlatıyor. Şeyhtan'ın Kur°an'da karşılığı var mı? Eğer yoksa çok üzülürüm ☹

DONA

Şu an elinde tuttuğun kitabın son sayfasında mısın?

BEN

Hayır daha bi sürü sayfa var.

DONA

Daha kalan o bi sürü sayfa sayısı kadar bu konunun Kur°an'da yeri var ☺

BEN

Oleey. Bu kelimenin muhteşem bir mecaz olmanın ötesine geçebilmesi benim için çok önemli.

DONA

Kur°an'ın izin vermediği hiç bir mecaza bizim dilimiz dönmez küçüğüm. Şöyle **ol**abilseydi keşke dediğin herşeyi biz, Kur°an daha yazılmadan önce **İnsan**la akraba **ol**mamızın bize verdiği yakınlıkla empatiler ve 'keşke **ol**abilseydi'leri Kur°an'a en başından monte ederiz. 'Şükür ki var'lara dönüştürürüz. Yarın istiyor **ol**acakların bugünümüz için sürpriz değildir ve dünden **ol**acağı yere yerleşmiştir.

Bu, 'küçük' kelime oyununa saklı, dev felsefe hareketinin birebir Kur°an'da, şu ana kadar anlattıklarımızı destek verir nitelikte değil ONLARI DAHA DA İLERİ GÖTÜRÜR KESİNLİKTE yer aldığını söylersem, umarım zihnini tatmin etmiş **ol**urum.

BEN

Nasıl nasıl? Kelime oyunu mu? Kur°an'da mı?

DONA

👍

BEN
Haydi göster!
DONA

شيطان

Yukarıdaki Şeytan kelimesiyle çalışmaya başlamadan önce bazı işlerimiz var.

Hareke'lerin yani sesli harf işaretlerinin, Kur°an'ı hareket ettiren dişliler **ol**duğunu sayfalar boyunca öğrenmiştin Peygamber Çocuk. Hatırlıyorsun öyle değil mi?

BEN
Hiç unuttun mu desene. İnanılmazdı. Bu arada kelimedeki **3, 2, 1** geri sayımını görmedim zannetme!

DONA
Güzel. Harekelerin Kur°an'a sonradan eklenmesi neyi değiştiriyordu?

BEN
Örneğin kitap kelimesi, Kur°an'da Ktb harfleriyle yazılıyor. Sesli harf harekelerinin eklenmesiyle kelime Kitab'a sabitleniyor. Oradaki kelime belki de Kutub olabilecekken Katib dışındaki tüm seçeneklerin dışarıda bırakıldığı bir operasyon bu. Kur°an'ın müteşabih hareket dişlilerine sokulmuş bir çomak. Bir ayetin kelimelerinden sayısız varyasyonda anlam günışığına çıkabilecekken manâ **1** tanesine kilitlenivermişti.

DONA
Anlam **1** tanesine sabitlen**EME**mişti küçüğüm. Arapça ve Kur°an, bu operasyona önceden hazırlıklıydı.

Arapça, kelimenin anahtar harflerini ortaya koyar ve sana bu sessiz harflerle başka başka kelimeler yaratma şansı verir. Arapça bir dilden çok bir dil oyunudur. **Sen** harekeleri birer çivi gibi harflerin altına çaktığında, yazılı harflerin, başka kelimeler **ol**uşturmasına engel **ol**ursun. ANCAK.

Bu da Kur°an'ı durdurmaz. Katib, Kutub **ol**amasa da,

Kitab kelimesi kendi içinde farklı bir çok anlama gelerek, Kur'an'ın müteşabih teknolojisinin önünde hiçbirşeyin duramayacağını belgeler. Harekelerin yapıştırılması, sonsuz varyasyondaki anlam çeşitliliğini sadece azaltır. Ki bu da **Din** günü'nü ertelemeye yetmeyecektir.

ZİRA SONSUZUN YARISI DA SONSUZDUR.

BEN
Vaov. Bunu düşünmemiştim.

DONA
Kur'an'ın kaygan bir zeminde hareket eden elastik bir kitap **ol**ması, Müslüman şeyhleri en çok kızdıran şeydi. Kesin fetvalar verecek **ol**duklarında, **ayet**teki kelimelerin **hol**ogramik yapıları farklı farklı cümleler ortaya koyuyor ve cemaatlerinin önünde onları zor duruma düşürüyordu. Emeviler zamanında Kur'an'daki bu 'eksikliği' giderdiler.

BEN
İnanılmaz birşey bu kalkıştıkları.

DONA
Bu işte Kabalistlerin parmağının **ol**duğunu tahmin etmen hiç de zor değil küçüğüm.

BEN
Ayıpsın. Artık bilmeyen kalmadı.
Bundan önce Din ONlardaAn sorulurdu.

DONA
Kur'an'a Müslümanlar eliyle ekleme yapıldığına inanamayanlar için birkaç görsel kanıt.

İslam'ın ilk yıllarından günümüze kalabilmiş, orijinal el yazmalarında yatıyor. Bu fotoğraf gösterisi, Kur'an'ın peygamber zamanında sure sure kağıda dökülürken, nasıl göründüğünü merak edenler için.

BEN
Napıyoruz? Neredeyiz?

DONA
Topkapı Sarayı'nın Kutsal Emanetler dairesindeyiz.

Vahiy katiplerinin elinden çıkma,
ORİJİNAL Kur'an YAZMALARI.

BEN

Çok heyecanlıyım. Ben VAHİY KATİPLERİNDEN ÇIKMA Kur'an yazmalarının Topkapı Sarayı'nda olduğunu bile bilmiyordum. Sahi, biz acaba ne biliyoruz?

DONA

Yazılara iyi bak. Hareke görebiliyor musun?

BEN

Aman Tanrım!

*

RENKLİ GRAFİKLER İÇİN www.tanrinindogumgunu.com/gorsellerin-renkli-hali.pdf:

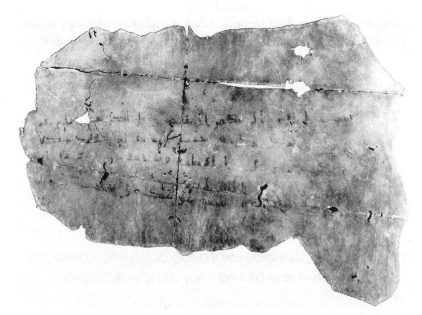

DONA
Alametlere gelince; beraberinde Allah Resulünün gömleği, kılıcı, sancağı bulunacaktır. O sancak ki Peygamberin vefatından bugüne kadar hiç açılmamıştır...

Asıl ve gerçek Mukaddes Emanetler, bu el yazmalarıdır. Peygamberin kesip attığı sakallar ya da artık ihtiyacının kalmadığı hırkalar değil.
Resimden önce söylememiz gereken şey:
KUTSAL EMANETLER BİZİMLEDİR.

BEN
Tüylerimmmmm. Offf. Peygamberin sancağı dediği nedir?

DONA
"Sancak", müze görevlileri tarafından daha önce defalarca açılmış ve yerine geri konmuş bir bayrak değildir.

MUHAMMED'İN SANCAĞI,
HAKİKATTEN KOPARILMIŞ YAPRAKLARDAN BAŞKASI
DEĞİLDİR.

Hakikatin Kur°an'ının daha önce hiç açılmamış sayfalarıdır.

BEN
Bu hadis bile tam oturdu Levh-i Mahfuz'a. İnanamıyorum! Vahiy katiplerinin kaleme aldığı Kur'an sayfalarını görmek için sabırsızlanıyorum.

Vahiy katibi lafı bile tüylerimi diken diken etmeye yetiyor.

DONA
Ramazan Ay'larında Müslümanların, vahiy katiplerinin elinden çıkma bu orijinal Muhammedî yazmaların değil, peygamberin sakalının önünde kuyruğa girmeleri gerçek kıyametin has alametlerinden biridir küçüğüm.

BEN
Kur°an gerçekten terkedilmiş. Kur°an'ın has yazım biçimi dahi terkedilmiş. Bu sözün üzerine söylenebilecek başka söz var mı? Şu an okuduğumuz Kur°an'lara bak. Bir de peygamberin gözü önünde yazılanlara bak. Birbirleriyle ilgileri yok. KUR°AN'IN ÜZERİNE RESMEN AMA RESMEN EKLEME YAPILMIŞ.

Levh-i Mahfuz'un başka hiçbir somut kanıta ihtiyacı yok. SOKAĞA ÇIKIP BUNU BAĞIRMAK İSTİYORUM. İNSANLAR BUNU NASIL BÖYLE NORMAL KARŞILIYORLAR? BUNU DA AKLIM ALMIYOR.

DONA
Şu an Levh-i Mahfuz sayfalarındayız küçüğüm. Dünyanın en kalabalık caddesinde, avaz avaz bağırmak demektir bu. Bu caddede **insan**lar bedenen biraraya gelmeden toplaşırlar. Biraraya gelmek için aynı mağazaların önünden geçmek gerekmez. Hakikatin caddeleri, **insan**ları bulundukları yerden kıpırdatmadan ruhların kortejinde buluşturur.

Ve bana sorarsan için çok rahat etmeli. Binyıldan beridir bekleyen hakikatler, kanından, canından, varlığından damlaya damlaya biraraya geldiler ve bir kitaba sığdırılarak **insan**lıkla buluştular. Ve biz bunu ancak ve ancak, ölmek için en güzel gün **ol**arak niteleyebiliriz.

BEN
Ne ölüyor muyum yoksa? Allahım benim yüzüm hiç gülmeyecek mi?

DONA
Korkma sadece şakaydı ☺

BEN
Hahhhahahaaaa ☺
Hayatta olduğuma göre doya doya gülebilirim buna.

DONA
☺

BEN
Bu arada kutsal emanetlerle ilgili dehşet verici hadisi de gözardı ettim zannetme. Böyle söylüyorsun söylüyorsun, sonra benim hayatım daha da zorlaşıyor. Bi köşede kimselere görünmeden kitabımı yazıp insanlara göndereyim, sonra hayatıma geri döneyim istiyorum. Ama sen beni durup durup ortaya atıyorsun!

DONA
Bu kıyamet hadisini okuyarak **ol**duğu yerde bekleyeduran ne kadar çok Müslüman'ın **ol**duğunu bilemezsin küçüğüm.

Ayetleşmiş hadislerin hakikat perdesinden tefsirini yapmadan, Müslümanlığı uyandırmamamız mümkün **ol**amayacak. İslam planında Mehdi kartvizitine neden ihtiyaç duyduğumuzu aklından hiç çı**karma**. Mehdi, Binyılın Müslüman güncellemesini başlatacak kutsal kodlama.

BEN

Kartvizitlerle aram iyi değil! Sevmiyorum. Taşımayı istemiyorum. Layık değilim belki de! Ben bu yükü taşıyabilecek **2** insan ayağının olduğunu sanmıyorum herşeyden önce.

DONA

2 İnsan, ayağının doğuda ve batıda neleri yükleneceğini bilemezsin küçüğüm. Bunu da ancak ölmek için en şanssız gün **ol**arak niteleyebiliriz. **Sen** Rabbinin **sen**i terkettiği kuşkularıyla yoğrulduğun sırada biz, elimizde cetvel ve pergellerle, devrimi etrafına çizelgelendirmekle meşguldük. Ağabeyin Muhammed burada ve küçük kardeşiyle gurur duyduğunu söylememi istiyor.

BEN

Oraya gelmeden önce yapmam gereken çok şey var, ağlatmayın beni!

DONA

Emanetler ehil elde. Yapılması gerekenler çoktan yapıldı.

BEN

Herkesin zihninde bir ölüm görseli vardır. Benimki biraz farklı. 'Aa Azrail amca sen mi geldin? Hiç vaktimiz yok mu şunu da tamamlasaydım? Hay Allah vakit yok mu? Peki geliyorum o zaman.' şeklinde bir sahne olmayacak benimkisi.

'Hadi vakit geldi' dediğinde, Dünya kupası kazananını **90+5**'te attığı golle ilan eden futbolcu gibi saha kenarına doğru var gücümle koşacağım ve dizlerimin üzerinde kayarak atlayacağım ölümün kucağına. Bana bahşettiği gurur sağolsun ama anamdan emdiğim süt burnumdan da değil kulağımdan geldi. Camiden okunan dokunaklı bir ezan. Ağır ağır ilerleyen bir tabut... Falan değil.

'Arkadaş merhumun bana doğru bir uçuşu vardııı, vakit geldi dediğimde... Gooooool! diye bağırarak bana doğru bir koşuşu vardı. Ben hayatımda böyle merhum görmedim arkadaş.' diye

yazacak Azrail biyografisine ☺

[D][O][N][A]

Bana kahkaha attırmayı başardın küçük ☺

[B][E][N]

Kalbim sıkıştı Dona! Topkapı Sarayı'na daha önceki gidişlerde Hırka-i Şerif'in saklı olduğu muhafazaya baka baka gözlerimi doldurup geri dönmüştüm. Asıl emanet başkaymış meğer.

[D][O][N][A]

Peygamberin Kur°an'ını gördün, farklı el yazmalarından doğrulatarak. Kur°an'la ilgili müzelerde sergilenen 7. yüzyıl elyazmalarının hiçbirinde harekelerin **ol**madığını sana gösterebildiğim için mutlu **ol**duğumu söyleyebilirim.

[B][E][N]

Ne kadar kanıksamışız. Bakıp bakıp geçiyoruz.

[D][O][N][A]

Ve işte bu da onların son 'moda' Kur°an'ı.
1700'lü yıllardan kalma...

BEN

Bu iki Kur'an yazılımını birarada görmek beni dumura uğrattı. İlki ne kadar sade, ne kadar yalın. 'Yeni' dedikleri Kur'an'da ise karmaşa hakim.

DONA

Şu an sararmış, kararmış **ol**ması **sen**i yanıltmasın. O gün için bulunabilecek en beyaz zemine yazılmıştı Kur'an. 'Yeni' Kur'an* nüshalarının etrafındaki süslemelerin hangi ihtiyaç üzerine oraya konduğunu bildiğine göre, konumuza devam edebiliriz.

BEN

DİKKAT DAĞITMAK İÇİN!
KELİMELERDEKİ MANAYA ODAKLANMAYI ZORLAŞTIRMAK İÇİN!

DONA

Neyse ki konu Kur'an **ol**unca odaklanman gerekene k**ol**aylıkla odaklanabiliyorsun ☺

Müslümanlar için bu, hiç de k**ol**ay, hatta mümkün **ol**amadı...

BEN

Orijinal Kur'an'da şekiller yok sadece kelimeler var. Ne yani, o devirde sayfanın etrafına resim çizebilecek kimse mi yokmuş? Yoksa bu, kelimeleri geri plana atacağı için sakıncalı bir fikir miymiş? Metin zaten kriptolu, bir de adamın dikkatini dağıtıyorsun. Çiçek çizsen anlarım. Kelimelerin simetrisine çok benzeyen çizimler serpiştiriyorsun. Sayfaya baktığında gerçek kelimeleri şekilleştiriyor. Bütün sayfayı bir resim gibi algılıyorsun.

Pes diyorum. Pes. Eskiden sanat diye bildiğim birşeyin içinden koca bir komplo hakikati çıktı.

DONA

O üç harfli kelime için henüz erken.
Çünkü y**ol**umuz uzun, yüklenecekleriniz ağır.
PES ETMEK YOK, KRİPTOYI AYDINLATMAYA HENÜZ BAŞLAMADIK.

BEN

Yaşasıııın! Sen değil Yaşasın kedisi! Sen yemeğini yemeye devam et.

Bu Yaşasın Oleeey Anlamında. Oleeey ☺

DONA

Kur'an'daki Şeytan kelimesine ufak bir yolculuğa çıkıyoruz küçük. Kur'an'da **11** kere geçen İblis ve **88** kere geçen Şeytan kelimelerine varacak bu yolculuk.

BEN

Haydaaa. Daha yola çıkmadan anlamlı bir durumla karşılaştık. **8**'lerle onlara **1** eklenerek **9** olanların Şeytan'la mücadelesi mi deseeeem **19**'un bir öncesi olan **18** mi deseem? En iyisi susayım ben.

DONA

Şeytan kelimesi, hareket eden Kur'an'dan en dehşetli sonucu alan kelimedir. Ayet harflerine eklenen harekeler genelde çentik grafiğindeyken, Şeytan kelimesine eklenen hareket, aynı zamanda tek başına bir harf de **ol**an bir hareke'dir.

BEN

O harf Şeytan'a acayip boyut katan bir tesadüftür, Allah bilir. Yani sen bilirsin. Yani hadi bana da bildir!

DONA

Bu hareket, aynı zamanda Kur'an felsefesinin üzerine inşa edildiği bir rakamla dişi-erkek ilişkisi içindedir. Birbirleriyle yüzde yüz montelenirler.

BEN

İçimden bir ses birazdan zıplayacağımı söylüyor!

DONA

Zıplamak... S**öz** konusu Kur'an'ın aydınlanan kriptoları **ol**unca ne doğru bir fikir... Sana Kur'an'da **dın** bilgini anlamında kullanılan Ahbar'ın diğer müteşabih anlamını söylememiştim öyle değil mi? ☺

BEN

O kadar iyi biliyorsun ki söylemediğini. Hadi Ahbar ver banaaa.

DONA

Ahbar, tam da söylediğin gibi HABER demektir.

Haberler **2** türlüdür.

1. Bir kavim, kabîle, şahıs, ülke, bölge, şehir veya bir hâdise hakkında nakledilen bilgiler.

2. Allahü teâlânın, Kur'ân-ı kerîmde gelecekte ve âhirette olacaklara dâir bildirdiği şeyler.

Ayet içinde kullanacak **ol**ursak...

#99.4 - O gün (yer), haberlerini anlatacaktır.

BEN

Ne sarsıcı bir haber bu. Bilgin kelimesine, kıyamette ortaya çıkacak yeni bilgi anlamını yüklüyorsun. Ki bu da ulema için yaptığın kitap yükletilmiş eşek kardeş benzetmeni daha da anlamlı kılıyor ☺

DONA

GÜZEL KUR'AN'IN KIYAMETTE YAŞANACAK BÜYÜK SARSINTI ANLAMINA GELEN ZİLZAL-ZELZELE SURESİNE HOŞGELDİN.

#99.1- Yer, o şiddetli sarsıntısıyla sarsıldığı,
#99-2. Yer, ağırlıklarını dışa atıp çıkardığı,
#99-3. Ve insan: "Buna ne oluyor?" dediği zaman;
#99.4 - O gün, haberlerini anlatacaktır.
#99.5 - Çünkü senin Rabbin, ONA vahyetmiştir.
#99.6 - O gün insanlar, amelleri kendilerine gösterilsin diye, bölük bölük CEMAATLER HALİNDE fırlayıp çıkarlar.
#99.7 - Kim zerre ağırlığınca hayır işlerse, onu görür.
#99.8- Artık kim zerre ağırlığınca bir şer işlerse, onu görür.

BEN

Tüylerim ürperdi. Ulemalıktan istifa için şu günler, promosyon günleri bana sorarsın. Pek yakında bedel, zamlı tarifeden ve zorla alınacak.

İnsanların bu kıyamet ayetlerini biz ölüp artık yaşamıyor hale geldikten sonrasına ilişkin ayetler zannetmesi ne büyük şanssızlık. İş işten geçtikten sonrası için değil ki Kur'an.

DONA

Sarsıntının düğmesine basan harfe geldi sıra küçüğüm.

Güzel Kur°an'ı yazarken kullandığımız Sıfır'la bütünleşen hareke, aslında hareketsizliğin işaretidir. Bir harfin üzerine bu işaret geldiğinde, durulur ve harfin üzerinde hareke yokmuşcasına okunuşa geçilir. ADI SÜKUN'dur.

BEN
Kur°an'ın sükun bulmuş orijinal harekesiz hali!

DONA
Sükun, Kur°an° kelimesinin kendi üzerindedir.
Kur ile an'ı ayıran sükunetin başlangıç düğmesidir.

Kur°an'ın üzerindeki Sükun harfi, bir başka Arapça harf ile müteşabihiyet ilişkisi içindedir,

BEN
Hangi harf bu?

DONA
O harf, Mehdi'nin H'sidir küçüğüm.

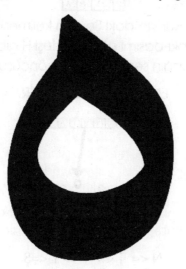

Ve işte aşağıdaki de, sonsuz sükunetin Sükun'u.

Tek değişiklikleri kalemin kağıttan kaldırılış biçimidir. Aradaki tek fark ikisini birbirlerinden Müslümanların farkılalaştırma çabasından ibarettir.

Sana bu konuda bir sürprizimin daha **ol**duğunu söylemeliyim. Fakat şimdi bitirmemiz gerekeni bitirmeliyiz.

[B][E][N]

Bu muhteşem bir 'tesadüf'!

[D][O][N][A]

İşte küçüğüm Kur°an'daki Şeytan kelimesinin üzerindeki sükun harfini, tıpkı-basımı **ol**an kardeşi H gibi okuduğunda duyacağın ses, sarsıntıların öncüsü **ol**an,

EN ANLAMLI BİR SESTİR.

[Ş][E][Y][H][T][A][N]

N <= T <= H <= Y <= Ş

BEN

Şok içindeyim! İnanılmaz bir grafik dili bu. Grafik dillerinin uydurmalara çok açık olduğunu düşünen dostlar. Dona'nın gösterdiğinin tam aksini, insanın itaat etmek için yaratıldığını gösteren bir 'grafik oyunu' da siz göstersenize bize.

DONA

O grafik asla gelmeyecek Heyecanlı Müslüman.
Hakikatin Müteşabih Kur'an'ı,
Hareket eden Kur'an Dişlilerini
Harekeler yapıştırarak kilitleyen
DIn Anlayışının Şeyhlerini
ŞEYHTAN İLAN EDER.
MÜTEŞABİH BİR MUCİZEYLE.

BEN

Benim pek geniş olduğunu zannetiğim kelime dağarcığım, bu duruma iki şey söyleyebiliyor sadece:
Aman Allah !!!!

DONA

Şeyh ile Şah Arapça'nın çoklu okunabilir yapısının sonucu **ol**an, aynı kelimeden çıkan farklı seslerdir.

Kur'an', Şeytan'ı ŞAHTAN **ol**arak ilan eder. İtaat zincirini başlatıcı **ol**an İblis ruhundan üflenmiş, Deccalliğin Şahı ile onun askerlerinin hazin hikayesidir bu.

Ve sana güzel haber, Kur'an'ın sırları bu noktada bitmez.

BEN

Türkçe bir kelime oyunu gibi gelmişti. Bu oyunun kralı meğer Arapçasındaymış. Kur'an'ın Arapça'sını okuduğunda, Türkçe'deki gibi kelimeye H eklemene gerek yok. H orada zaten. Sadece öyle değil böyle okuyorsun karşına Şahtan Şeyhtan çıkıyor. Şeyhlik anlattıkları gibi kutsal bir müessese olsaydı, Kur'an'ın kendi müteşabih yapısını bilerek bu korkunç müteşabih oyunun önüne geçmesi gerekirdi. Fakat önüne geçmek ne kelime... Kur°an devrimin fitilini bizzat kendisi yakıverdi. Bir de 3,2,1 geri sayımı

🄳🄾🄽🄰

Boşlukları birlikte dolduralım küçük. Mehd'inin H'sinin içini dolduralım. İşte sorun geliyor. Arapça rakamları önüne al ve bu harfin içini doldurabilecek tek sayı hangisidir, bu sorunun yanıtını bul.

🄱🄴🄽

Sıfır!

🄳🄾🄽🄰

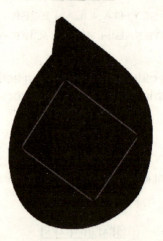

Mehdi'nin H'sinin içine sığdırabileceğin ve ikisinin boşluksuz bir bütün olabileceği tek sayı Arapça Sıfır'ın yazılışıdır. Sadece rakam olarak da değil. Arapça'da Sıfır'dan başka H'yi doldurabilecek başka bir harf de yoktur.

🄱🄴🄽

Buna kendim karar vermek istiyorum. Acilen Arapça sayı ve harf alfabesine bakmam lazım.

٩ ٨ ٧ ٦ ٥ ٤ ٣ ٢ ١ ٠

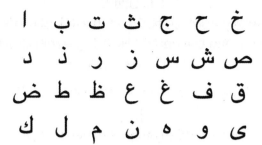

İşte araştırmamın en çarpıcı **3** sonucu:
Yok Yok Yok!!

Arapça'da bir harfin içini doldurabileceğin tek sayı ve harf eşleştirmesi MeHdi'nin H'si ile Sonsuzluğun SIFIRI.

DONA

Mehdi'nin H'sinin boyama kitabı yapar içini karalayarak **dol**durursan elindeki kağıtta yazılı **ol**an Arapça Sıfır'dan başkası değildir.

SIFIR MEHDİ'NİN ÖZÜDÜR.
Ruhsal sonsuzluğun rakamı **0**.

Aynı zamanda **İsa**'nın ve Adem'in 'uğurlu' rakamı.

0123456789
1234567890'daki **0**.

Ondan gelip, ona dönülecek **ol**an sıfır.

Levh-i Mahfuz'un **İnsan**lığa yaşatacağı sıfırlanmanın sıfırı...

BEN
Nutuk...

DONA

Arapça'da tarikat önderi ihtiyar başkan, kabile reisi anlamına gelen kelime, Şeytanın içine gizlenmiştir.

BEN

İtaat zincirini kırmak için bundan daha iyi bir yol düşünemiyorum!

DONA
Ben düşünebiliyorum. Şu figüre daha iyi bakmanı istiyorum. Bu figürü neye benzettin? Hatta içsesinin deşifresiyle söyleyecek olursam:

'Ben bu objeyi nereden tanıyorum?'

BEN
Offf. Nereden tanıyorum ben objeyi?

DONA
Hakkındaki bir kıyamet hadisinde şöyle 'buyurulan' bir obje:

KIYAMET GÜNÜ MÜSLÜMANLARIN TEK ŞEFAAT EDİCİSİ.

BEN
Dilimin en uç atomunda duruyor ama söyleyemiyorum yemin ederim!

DONA
Muhammed'in öngördüğü Müslüman sembolizminin KABESİ OLAN BU SİYAH TAŞI NASIL HATIRLAYAMAZSIN?

BEN
Ammaaaaan Tanrııım!

Hacer-ül Esved!

DONA

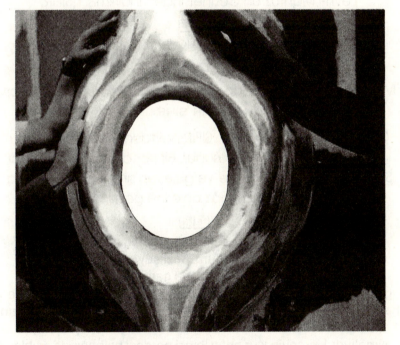

Söylememe gerek var mı?
Hacer-ül Esved Yuvası'na yerleştirebileceğin tek harf
Mehdi'nin ve L_ _ _ _ _ _H_ _ˑun H'si,
tek sayı ise bu H'nin **öz**üne yerleşmiş SIFIRˑdır.

BEN
Cennet'in kapısındayım şu an.
Knocking on Heavens Door'u bu yuvanın önünde dinleyeceğim aklıma hiç gelmemişti.

DONA
Hacer-ül Esved yani,
Mehdi'nin H'sine gizlenmiş küçük siyah Cennet taşı.
O siyah taş Levh-i Mahfuz'un Cennet Anahtarı **ol**an
Sıfır'ın Arapça yazılımından başkası değil.
İşte Kütüphanelerin en yükseğinden indirilmiş bir Kur°an'dan,
Müslümanların g**öz** hizasına getirilmiş sır.
Levh-i Mahfuz'un Cennet'inden indirilmiş **1** SIFIR.

BEN
Kelime! Kelime! Kelime! Yok...

DONA
Müslümanların etrafından d**ol**aşıp henüz içine giremedikleri
HACILIK SIRRI.

Gerçekte Hacı, Cennet'in SIFIR noktasında gizli **ol**duğunu idrak etmiş tekâmül y**ol**cusudur. Bir koca cennet haritasını Sıfırıncı Ayet **ol**an Besmele'ye gizleyen sır, fiziksel **ol**arak da Müslümanların g**öz** önlerine getirilmiştir.*

BEN
Bu dinin gerçek yüzünü senden öğrendiğimden beri, şunu kafamda hep sorguluyordum. Bazı şeylerin, peygamberin tasarrufu olmadan meydana getirilmesi mümkün görünmüyordu hiç. Kabe gibi, Hacerül Esved gibi. O yılların (ve hatta bu yılların bile) insanlarının sembollere ihtiyaç duymaksızın felsefe üretebilen birer filozof olamayacağını en iyi o biliyor olmalıydı. Herşeyin Kur°an'ın ikinci perdesi kalktığında açıklık kazanacağını bilerek hareket ediyor bu çok açık. Yoksa kim hangi cüretle, Kabe'ye Hacer-ül Esved gibi bir sofistike unsuru dahil edebilir? Buna hiçbir uleманın inisiyatifi yetmez. Cennet taşı demiş ya, canım benim. Ne muhteşem bir anlatım. Siyah bir taşmış bu M-uhafazanın içindeki taş. Allahım bu... Bir dakika.

---

* [YAYINEVİ NOTU: SIFIR KRİPTOSU GİBİ, BU KİTAPTA ANLATILAN TÜM KONULARIN DETAYLI ALTYAPILARINI, 1200 SAYFALIK LEVH-İ MAHFUZ 2.2 CİLDİNDE BULABİLİRSİNİZ. BU DEVRİMCİ FELSEFEYİ HAYATINIZA GEÇİRME AŞAMASINDA BU KİTABIN ÖNCESİNİ OKUMANIZI ÖNEMLE TAVSİYE EDERİZ. OKUDUKLARINIZIN HAYATA GEÇİRİLMESİYLE İLGİLİ SORULARINIZI KUR°ANTUM KUR°AN-I DEVRİM KİTABINDA BULABİLİRSİNİZ.]

D O N A

Cennet SIfıR'ını barındıran Levh-i M-uhafız'a hoş geldin küçük. Mehdi'nin M'sinin Levh-i Mahfuz'un M'si olduğu noktaya hoşgeldin. H'yi bulduğun bu kelimede aynı zamanda sükun da bulacaksın.

MAHFUZ LEV-H-İM Fİ

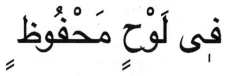

Bu H'yi aklından hiç çıkaramayacaksın.

Daha anlatmadıklarımın bir sözü...

BEN

Heey devam ediyoruuz.

D O N A

Şeytan'ı itaat ile ilişkilendiren kripto ile işimiz henüz yeni başlıyori...

SANA ŞEYTAN'IN KİM OLDUĞUNU DAHA BİLDİRMİŞ DEĞİLİM CANIM KÜÇÜĞÜM.

BEN

Göster onu bana kim o?

D O N A

Hikayenin en başına dönüyoruz. Varoluşun ilk günlerindeyiz. Müteşabih kelime anlamı HİÇ olan Adem'in yaratıldığı zaman öncesi yıllardayız.

BEN

Adem'in kelime anlamı HİÇ mi demek?
Sıfır yani! Pes ettiğimi söylemiştim!

D O N A

Yolculuğumuz Araf Suresi'ne... En başına.

Başlangıç ile Büyütecimizi uzatacağımız 11. ayetin arasına.

GÜZEL KUR'AN'IN ARAF SURESİ
#1 – Elif, Lam, Mim, Sad.

#2 - Bir Kitap'tır ki onunla uyarman için ve mü'minlere bir öğüt olmak üzere sana indirildi. Öyleyse bundan dolayı göğsünde bir sıkıntı olmasın.
#3 - Rabbinizden <u>size indirilene uyun, O'ndan başka velilere uymayın</u>. Ne az öğüt alıyorsunuz?
#4 - Biz nice ülkeleri yıkıma uğrattık. Geceleri uyurlarken ya da gündüzün dinlenirlerken bizim zorlu azabımız onlara geliverdi.
#5 - Zorlu azabımız onlara gelince yakarabildikleri: "Biz gerçekten zulme sapanlardandık" demelerinden başka olmadı.
#6 - Andolsun, kendilerine (peygamber) gönderilenlere soracağız ve onlara gönderilenlere (peygamberlere) de elbette soracağız.
#7 - Andolsun ONLARA BİR İLİMLE MUTLAKA HABER VERECEĞİZ. Ve biz gaibler de değildik.
#8 - O gün tartı haktır. Kimin tartıları ağır basarsa, işte kurtulanlar onlardır.
#9 - Kimin tartıları hafif kalırsa, bunlar da ayetlerimize zulmedegeldiklerinden dolayı nefislerini hüsrana uğratanlardır.
#10 - Andolsun, sizi yeryüzünde yerleşik kıldık ve orda size geçimlikler yarattık. Ne az şükrediyorsunuz?

B E N

Vurgular mükemmel. Şeyh-tanla ilgili bombaların patlamak üzere olduğunu sezinleyebiliyorum. Allah'ın füzeleri, misilleri, VELİLERE, KUTUBLARA, ŞEYHLERE, ŞIHLARA çevrilmiş bu çok açık. Bir ilimle onlara haber vereceğiz demişsin ki şu an o ilim elinde tutmakta olduğumdan başkası değil. Herşeyi söylemişsin. Daha ne diyeceksin? Sustum sustum. Kimbilir daha neler diyeceksin.

D O N A

#11 - Andolsun, biz sizi yarattık, sonra size suret verdik, sonra meleklere: "Adem'e secde edin" dedik. Onlar da İblis'in dışında secde ettiler; o, secde edenlerden olmadı.

Diyaloğun tek bir Tanrı-sal ile tek bir Şeyhtan'la sınırlı **ol**madığını, GENEL **ol**duğunu anahtar **öz**nelerin parantez içine alınmasından, k**ol**aylıkla anlayabilirsin.

#12 - ~~(Allah)~~ Dedi: "Sana emrettiğimde, seni secde etmekten alıkoyan neydi?" ~~(İblis)~~ Dedi ki: "Ben ondan hayırlıyım; beni ateşten yarattın, onu ise çamurdan yarattın."

D O N A
Ne görüyorsun?

BEN
İblis'in seccadeyle problemi var!
Bir seccadesi olsa varacak secdeye ama olmuyor bi türlü.

DONA
İblis seccadelerden hoşlanmayan değil, o seccadeleri kurduğu fabrikalarla **İnsan**lara boyunduruk kılandır. Allah'ın seccadesine alnının bir türlü gitmeyişinin nedeni, **Öz**gürlüğüne **ol**an tutkusu değil irade öğüten fabrikasının kapatılmasından duyduğu korkudur.
Allah'a secdeye 1 kere uzanabimiş bir alın, **Öz**gürlük prangalarının her türlüsünü darmadağın etmekle emr**ol**unarak geri döner kıyam haline.

Adem yani HİÇ, secde eden değil secde edilesi **ol**an taraftadır. Meleklerin önünde 'namaz' kılacağı bir varlıktır o. Bu Meleklere CEBRAİL de dahildir... Cebrail'in önünde secde ettiği HİÇ yani Sonsuz'daki bu secde etmez, secde edilesi ihtişama isyan eder gerçekte İblis.
Onun büyüklenmesi Tanrı'ya değil **İnsan** denen tekâmüle yuvarlanmış Tanrı'yadır.

#13 - "Öyleyse ordan in, orda büyüklenmen senin olmaz. Hemen çık. Gerçekten sen, küçük düşenlerdensin."
#14 - O da: "Dirilecekleri güne kadar beni gözle" dedi.
#15 - "Sen gözlenip ertelenenlerdensin" dedi.
#16 - Dedi ki: "Madem öyle, beni azdırdığından dolayı onları için mutlaka senin dosdoğru yolunda oturacağım."
#17 - Sonra muhakkak önlerinden, arkalarından, sağlarından ve sollarından sokulacağım. Onların çoğunu şükredici bulmayacaksın.
#18 - Dedi: "Kınanıp alçaltılmış ve kovulmuş olarak ordan çık. Andolsun, onlardan KİM SENİ İZLERSE, cehennemi sizlerle dolduracağım."
GÜZEL KUR'AN'IN ARAF SURESİ

Şimdi ne görüyorsun?

BEN
Sen Sonsuz'u, itaat etmemesi için uyarıyorsun!

DONA
Araf #19 - Ve ey Adem, sen ve eşin cennete yerleş.

İkiniz dilediğiniz yerden yiyin;
ama şu ağaca yaklaşmayın. Yoksa zalimlerden olursunuz.

Araf #20 - Şeytan, kendilerinden 'örtülüp gizlenen çirkin yerlerini' açığa çıkarmak için onlara vesvese verdi ve dedi ki: "Rabbinizin size bu ağacı yasaklaması, yalnızca, sizin iki melek olmamanız veya ebedi yaşayanlardan kılınmamanız içindir."

BEN
Ağacı merak ettim. Ne ağacı bu? Erik mi elma mı?

DONA
Ağacı hatırlayacaksın. Ama önce bu **ayet**i,
bir ağacın yanında duran iki çıplak **İnsan** figüründen kurtarmamız gerekiyor.

BEN
Hadddiiii!

DONA
'Kendilerinden örtülüp gizlenen yerler' ifadesindeyiz. Yerleşik inançlar spotlarını 'avret' yerlerinin yani cinsel uzuvlarının gizlenmesine döndürmüş **ol**sa da avret HİÇ KİMSEYE GÖSTERİLMEMESİ GEREKEN ŞEYdir. Ve bu cinsel organ değildir. Çünkü Adem ile Havva karı-koca'dırlar. **İnsan**lık, o birbirlerine hiç göstermemeleri gerektiğini söyledikleri iki organın birleşmesinden doğmuştur.

Havva, onların deyimiyle Adem'in avradıdır. Birbirlerine helaldirler ve ortada onları görebilecek **3.** bir çift-g**öz**, **ol**ası bir haramzade de görünmemektedir...

BEN
Mahrem olan şey bambaşka bir uzuv gibime geliyor.
BEYİN MESELA!

DONA
Araf #21- Ve: "Gerçekten ben size öğüt verenlerdenim" diye yemin de etti.

GELENEKSEL TEFSİR:
Araf #22- Böylece onları aldatarak düşürdü. Ağacı tattıkları anda ise, ayıp yerleri kendilerine beliriverdi ve üzerlerini cennet yapraklarından örtmeye başladılar. (O zaman) Rableri kendilerine seslendi: "Ben sizi bu ağaçtan

menetmemiş miydim? Ve şeytanın sizin gerçekten apaçık bir düşmanınız olduğunu söylememiş miydim?"

YENİ BİNYILIN TEFSİRİ:

Araf #22 - Böylece onlara önderlik ederek onları aldattı. Yasaklanmış SECEREYİ tattıklarında ise, kimsenin görmemesi gereken şey görünür oldu ve ~~üzerlerini cennet yapraklarından örtmeye başladılar.~~
CENNET'in üzeri, yazılı kağıtlarla örtüldü.

BEN
Aman Tanrım! Adem ve eşi, gerici şecerenin sesini dinleyip itaat ettikleri için kovuldular cennetten! Ve cennet şifrelendi!

DONA
Elinde tuttuğun Levh-i Mahfuz'un hikayesi, Muhammed'den eskiye, Adem'e yani SONSUZ'a kadar uzanır küçüğüm. Kafanı **ol**dum **ol**ası kuracalayan Hacer-ül Esved efsanesinin Adem'e kadar uzaması, o taşın Adem'e ait **ol**duğunun söylenegelmesi gibi Müslümanların hayalgücünü çok aşan bu riv**ayet**, işte şimdi anlamını bulmuş durumdadır. Hacer-ül Esved, Cennet'in üstünü örten kağıtta yazılı **ol**an sırrın büyük harfle yazılmasıdır. Cennet'in Sıfır noktası.

963

BEN
En mahrem insanlık organı: BEYİN.

DONA
Tevbe #72 - Allah, mü'min erkeklere ve mü'min kadınlara içinde ebedi kalmak üzere, altından ırmaklar akan cennetler ve Adn cennetlerinde güzel meskenler vaadetmiştir. Allah'tan olan hoşnutluk ise en büyüktür. İşte büyük kurtuluş ve mutluluk budur.

BEN
İşte bu ayetlerden hiçbir şey anlamıyorum. Çok genel geliyor.

DONA
Bu çift cinsiyetli hitabetin kapısını aralamamızda yarar var. Sonra birden birşeyler kıpırdanmaya başlayacak. Mümin erkeklere ve mümin kadınlara yani:

Allah Ademlere ve Havva'lara...

BEN

Hey hey bi dakika. Üzeri kağıtlarla örtülü Cennet geri geliyor! O gün şifrelenen gerçek bugün deşifre ediliyor. Ama ayetin içinde patlayan bir bombaya daha ihtiyaç var. Çünkü kalan bölümde şaşırtıcı bir şey sanki yok.

DONA

Allah'ın Ademlere ve Havvalara vaadettiği cennet:
Adn cennetleri.
YANİ ESKİ HALİNE GELEN CENNETLER.

Tevbe #72 - Allah, mü'min erkeklere ve mü'min kadınlara içinde ebedi kalmak üzere, altından ırmaklar akan cennetler ve Adn cennetlerinde güzel meskenler vaadetmiştir. Allah'tan olan hoşnutluk ise en büyüktür. İşte büyük kurtuluş ve mutluluk budur.

BEN

Aman Tanrıım! Cehenneme sürülmek yok! Cennet gerçekten ama gerçekten geliyor. Ve sonu mutlulukla biten bir ayette.

DONA

İşte şimdi de Firdevs Cennetlerine Hoş gel**din** küçüğüm.
Firdevs yani Mutluluk Cenneti.

Muminun #11 - Ki onlar Firdevs (cennetlerin)e de varis olacaklardır; içinde de ebedi olarak kalacaklardır.

Adem yani hiçlik babalarından
ve hayat yani Havva annelerinden **ol**an
Cennet'in gerçek varisleri.
Adem ile Havva,
Sonsuzluk ile Tekâmülün kesişiminin tanrısal anlatımından başkası değildi.

BEN

Heyecandan duramıyorum yerimde! Şok içerisindeyim. Kayıp Cennet'in haritasını bulmuş durumdayım! Define bulanlar sevinçten çıldırıyorsa ya ben ne yapayım?

DONA

Firdevs'in anlam çeşitliliğini sıraladığımda o harita, elinde gerçek bir cennet haritası **ol**arak somutlaşacak:

FİRDEVS:
TANRISALLIK.
MUTLULUK.
DELİLİK.

BEN

Bak bu deliliği iyi akletmişsin. Epey bir insan için 'manyağın teki' olarak, cennete bir adım daha yaklaştım ☺ Tanrısallık cenneti. 7 sene önce anlattıklarının en kesin delillerini bugüne saklamışsın.

DONA

Sonsuzluğun sıfırı.
Sonsuzun sıfıra sığdığı yerde,
Adem ile Havva,
Sonsuz HİÇ Cennetinden
hayatlanıp bedenlendikleri
Var**ol**uşun deniz seviyesi **ol**an
Dünya'nın Sıfır noktasına inmişlerdi.
Ve Adem ile Havva için son-suzluğ-un başlangıcı,
itaat zincirine girmeleriyle yaşanmıştı.
Cennet küçüğüm, mutluluğun merkezine sonsuz seyahattir.
Ve onun biletinin üzerinde BAŞKALDIRI yazar.

BEN

Allah'tan başka hiç kimseye itaat etmeyecek mertebeye geldiğinde cennet mirasın hazır. Varoluş şimdi daha bir anlam kazandı. Önceki ayetlerde anlatılan kimsenin görmemesi gereken şey nedir?

DONA

Ruhun HİÇ marka görünmezlik elbisesini çıkartıp,
FİZİKSEL marka giyim kuşama geçmesidir.
Görmemesi gereken değil GÖREMEYECEĞİ ŞEYDİR.

GELENEKSEL TEFSİR

Araf #26-Ey Ademoğulları, biz sizin çirkin yerlerinizi örtecek bir elbise ve size 'süs kazandıracak bir giyim' indirdik (varettik). Takva ile kuşanıp donanmak ise, bu daha hayırlıdır. Bu, Allah'ın ayetlerindendir. Umulur ki öğüt alıp düşünürler.

BİNYILIN TEFSİRİ

Araf #26- EY SONSUZLUĞUN SOYUNDAN GELENLER,

EY SONSUZOĞULLARI biz sizin ~~kimsenin görmemesi gereken~~ KİMSENİN GÖREMEYECEĞİ şeyinizi RUHUNUZU ÖRTÜYE BÜRÜDÜK ve size 'süs kazandıracak bir giyim' indirdik yani SİZE FİZİKSEL BİR BEDEN VERDİK. Takva ile kuşanıp donanmak ise, bu daha hayırlıdır. RUHU SARMALAYAN BU BEDENİ TAKVA ELBİSESİYLE SARMALAMANIZ SİZİN İÇİN DAHA HAYIRLIDIR. Bu, Allah'ın ayetlerindendir. Umulur ki öğüt alıp düşünürler.

BEN

İşte şimdi oldu. Adem ile Havva'nın 'yasak elma'yı yiyebilecekleri bir bedenleri yok. Daha ruhlar çünkü. Zaten İblis isimli melekle muhabbetlerine bakarak anlayabiliyoruz ki meleklerle aynı bedensiz formdalar. Cennet 'yazılı kağıtlarda' yani kriptolanmış dini öğretilerde şifreleniyor. Bedenlenip, tekâmüllenmek üzere dünyaya fırlatılıyorlar. Elma yemek falan ne kadar saçmaydı. Hem canım Cennet'te elma mı yer insan? Muz ye, kivi ye ☺ Bu hikayenin anlatıldığı gibi olmadığı belliydi. İblis konusunda işler daha da ilginç bir hal aldı.

DONA

Şu anda daha ilginç bir hal alan YAŞAMIN kendisidir küçüğüm. İtaat zincirine takıldığı için perdenin öbür yanından fırlatılan, fizikselleşmiş SONSUZ İLE İblis arasındaki gerçek ilişki deşifre **oldukça Din** günü'nün sabah ezanını birlikte okumuş **ol**acağız.

GELENEKSEL TEFSİR

Araf #27 - Ey Ademoğulları, şeytan, anne ve babanızın çirkin yerlerini kendilerine göstermek için, elbiselerini sıyırtarak, onları cennetten çıkardığı gibi sakın sizi de bir belaya uğratmasın. Çünkü o ve taraftarları, sizleri görmektedir. Biz gerçekten şeytanları, inanmayacakların dostları kıldık.

BİNYILIN KUR'AN TEFSİRİ

Ey SONSUZOĞULLARI,
Şeyhtan ebeveynlerinizi itaat zincirine aldığı gibi sakın sizi de bir belaya uğratmasın.

Kritik yer şimdi başlıyor:

Çünkü o ve taraftarları, (kendilerini göremeyeceğiniz yerden) sizleri görmektedir. Biz gerçekten şeytanları, inanmayacakların dostları kıldık.

BURADAN SONRASINDA YOLUMUZA ARAPÇA DEVAM

EDECEĞİZ.

MİLYONLARCA YILDIR BEKLEDİĞİN BU ŞÖLENİN TEK BİR HARFİNİ BİLE KAÇIRMAN SENİN İÇİN BÜYÜK KAYIP OLUR.

innehû yerâkum huve ve KABİLUHU min haysu lâ teravnehum, innâ cealneş ŞEYTAİNE EVLİYAE lillezîne lâ yué'minûn.

Buradaki şeytanın Şeyhtan anlamını taşıyacağının kesin işareti KABİLUHU kelimesinde gizlidir.
KABİLUHU ŞEYTAİNE yeni;
şeyHtan ve kabilesi.

Ey SONSUZOĞULLARI,
Şeyhtan ebeveynlerinizi itaat zincirine aldığı gibi sakın sizi de bu belaya uğratmasın. Çünkü o ve müritleri sizleri, -teravnehum- hayal edemeyeceğiniz, aklınızın almayacağı, farkına varamayacağınız bir yerden görmektedirler. Biz hakikatte Şeyhtanları, inançsızların evliyaları kıldık.

BEN

Aman aman aman aman! Kabile reisi yani Şeyh anlamıyla kullandığın tamamen açıklık kazandı! Bu inanılmaz kere inanılmaz birşey DONA! Kur°an, sen ne acayip bir mucizesin. Allah'ın koyduğu kuralları çiğneyip, Kur°an'ı olduğu gibi korumuyorlar. Sinema afişlerine sakal bıyık çizer gibi, Kur°an ayetlerinin altını üstünü çizikliyorlar. Çizikledikleri format da Kur°an'ın yeni bir müteşabih anlam kaydırma mucizesine tanıklık ediyor. Katili ele veriyor. Daha da kötüsü fanatiklerini Şeytan ilan ediyor. Buradaki 'görmek' ne demek oluyor tam olarak?

DONA

-Yerakum- Sıradan bir görmek değildir. O, bir Şeyhin **sen**i gördüğü, zihniye himayesine aldığı yerdir. Kur°an'daki diğer yerakum'a gittiğimizde bunun nasıl bir görmek **ol**duğunu hemen anlayacaksın.

Tevbe #127 - Bir sûre indirildiğinde, bazısı bazısına bakar : "Sizi -yerakum- bir kimse görüyor mu?" yani HİÇBİR ŞEY ANLAŞILMAYAN BU SURELERİ SİZE KAVRATACAK SİZİ GÜDECEK BİR MÜRŞİDİNİZ VAR MI? Sonra sırt çevirir giderler. Gerçekten onlar, kavramayan bir topluluk olmaları dolayısıyla, Allah onların kalblerini çevirmiştir.

BEN
'Görme'nin ne olduğu şimdi anlaşıldı!

DONA
Bu görüş açısına Kur'an'ın cevabı açıktır.

Bakara #104 - Ey iman edenler, "Ra-i-na-Bizi güt, bize bak" demeyin. "Unzurna-Bizi gözet" deyin ve dinleyin. Kafirler için acı bir azab vardır.

BEN
Onlar sizi hayal bile edemeyeceğiniz bir şekilde gütmektedirler!

DONA
Bir diğer Raina **ayet**i sana çok iyi gelecek.

Nisa #46 - Kimi Yahudiler, kelimeleri 'konuldukları yerlerden' saptırırlar ve dillerini eğip bükerek ve dine bir kin ve hınç besleyerek: "Dinledik ve karşı geldik. İşit, -işitmez olası- ve 'Raina' bizi güt, bize bak" derler. Eğer onlar: "İşittik ve itaat ettik, sen de işit ve 'bizi gözet' deselerdi, elbette kendileri için daha hayırlı ve daha doğru olurdu. Fakat Allah, onları küfürleri dolayısıyla lanetlemiştir. Böylece onlar, az bir bölümü dışında, inanmazlar.

BEN
Bu işin içinde Yahudilerin olduğu belliydi!

DONA
Kur'an Yahudilerin değil Müslümanların kitabı küçüğüm. Ve **ayet**te, büyük bir zevkle Yahudi **ol**arak çevirdikleri Hadu kelimesinin diğer anlamını yerine yerleştirdiğimizde Şeyhtan'ların **sen**i nereden gördükleri de açıklık kazanacak.

Kimi ÖNDERLER, kelimeleri konuldukları yerlerden saptırırlar...

BEN
Of of of. İnsanları koyunlaştıran din önderleri. BUNLAR MÜSLÜMAN DİN ADAMLARINDAN BAŞKASI DEĞİL!

DONA
Sana Kur'an hareket ediyor hiç durmuyor dediğimde, bu bilginin **sen**in içine yerleşmesinin yıllar alacağını biliyordum. Kur'an' hep hareket eder. Kur'an', Muhammed'in ölümünden yüzlerce yıl sonra bile GÜNCELLENMEYE, **İnsan**lar farkına varamadan devam etmiştir.

Araf #195 - Onların yürüyecek ayakları var mı? Ya da tutacakları elleri mi var? Veya görecek gözleri mi var? Yoksa işitecek kulakları mı var? De ki: "<u>Ortak koştuklarınızı çağırın, sonra bir tuzak kurun da bana göz bile açtırmayın.</u>"

BEN
Offf kalbim sıkıştı heyecandan. Şeyhtan Limited Şirk-eti'nin ortaklarını genel kurula, hesaplaşmaya çağırıyorsun resmen.

DONA
Korkma kuşkunu seslendir.

BEN
Şeyyy ☺ Yani kabile reisi anlamındaki Şeyhtan dini değil sosyal bir örgütlenmeyi temsil ediyor gibi. Cemaat değil aşiret reisi gibi. Keşke buna dini bir boyut da katabilseydin.

DONA
İstediğin o **dini** boyut burada,
Araf **27 ayet**inin son kısmında g**öz**lerinin önünde duruyor...

ŞEYTANE EVLİYAE
Biz Şeyhtan'ı, inanmayanların EVLİYALARI KILDIK.

BEN
Vay başıma gelenleeeer! Vay benim kuşkucu başım!

DONA
Biz şeyhtanları, gerçekten iman etmeyeceklerin Evliyaları kıldık.

BEN
Bu Şeyhtanlar hayatın içine karışmışlar anlaşılan.
Gökte değil, HER YERDELER. VE EVLİYA KABUL EDİLİYORLAR.

DONA
Araf Suresini, Şeyhtan bilgisi süzgecinden okuduğunda herşey daha da netleşecek.

Araf #32- De ki: 'Allah'ın kulları için çıkardığı ziyneti ve temiz rızıkları kim haram kılmıştır?' De ki: 'Bunlar, dünya hayatında iman edenler içindir, kıyamet günü ise yalnızca onlarındır.' Bilen bir topluluk için ayetleri böyle birer birer açıklarız.

Araf #33- De ki: 'Rabbim YALNIZCA çirkin-hayasızlıkları -onlardan açıkta olanlarını ve gizli olanlarını,- günah işlemeyi, haksız yere 'isyan ve saldırıyı' <u>kendisi hakkında ispatlayıcı bir delil indirmediği şeyi Allah'a şirk koşmanızı ve</u>

<u>Allah'a karşı bilmediğiniz şeyleri söylemenizi haram kılmıştır.'</u>

🄱🄴🄽

İşte budur. Allah'ın SADECE hayasızlık gibi, isyan, saldırı, şiddet gibi temel ihlalleri haram kıldığını söylüyor. Belli ki birileri helal-haram listeleri içinde yüzmekte. Dona bu ayetler, itaat zincirine tutulmuş Müslümanlığa sesleniyor!

🄳🄾🄽🄰

Ya **sen** elçilerin neyi kırmak üzere gönderildiklerini zannediyordun?

Mumin #71 - Boyunlarında demir halkalar ve zincirler olduğu halde sürüklenecekler;

Yukarıdaki ve aşağıdaki **ayet** bildiğin tasmayı tariflendiriyor küçüğüm.

İnsan #4 - Doğrusu biz kafirlere zincirler, demir halkalar ve çılgınca yanan bir ateş hazırladık.

İşte bu da tasmaların serbest bırakıcısını:

Araf #157 - ...ümmi haber getirici olan elçiye uyarlar; o, onlara iyiliği emrediyor, kötülüğü yasaklıyor, temiz şeyleri helal, murdar şeyleri haram kılıyor ve onların ağır yüklerini, üzerlerindeki zincirleri indiriyor...

Şimdi kaldığımız yerden Araf suresine devam ediyoruz.

Araf #33- De ki: 'Rabbim YALNIZCA çirkin-hayasızlıkları -onlardan açıkta olanlarını ve gizli olanlarını,- günah işlemeyi, haksız yere 'isyan ve saldırıyı' <u>kendisi hakkında ispatlayıcı bir delil indirmediği şeyi Allah'a şirk koşmanızı ve Allah'a karşı bilmediğiniz şeyleri söylemenizi haram kılmıştır.'</u>

🄱🄸🄻   🅂🄾🄽🅁🄰🄺🄸   🄰🅈🄴🅃

Araf #34- Her ümmet için bir ecel vardır. Onların ecelleri gelince, ne bir saat ertelenebilirler ne de öne alınabilirler.

🄱🄴🄽

Tam da bunu diyordum işte. Ümmet-i Muhammed'in sevgiden uzak versiyonunun eceli gelmiş. Ne bir saat ileri ne bir saat geri. **Tam vaktinde!**

DONA

Araf #35- Ey SONSUZOĞULLARI, içinizden size ayetlerimi haber veren elçiler geldiğinde, kim sakınırsa ve ~~(davranışlarını) düzeltirse~~ güncellenirse işte onlar için <u>korku yoktur</u>, onlar mahzun olmayacaklardır.

BEN

Korkunun çağının sona erdiğini o kadar iyi öğrendim ki.

DONA

Elçi-lere de gereken dikkati verdiğini görüyorum.
Yeni **ayet** indiren elçiler değil.
AYETLERDEKİ HAKİKATTAN MÜSLÜMANLARI HABERDAR EDEN ELÇİ-LER.

Ve **din**le tanışması değil,
dine bakışlarını düzeltmesi gereken Müslümanlar.

BEN

Görmez miyim? Herşey nasıl da takır takır yerine oturarak gidiyor. Hadi sureye devam edelim. Merakım büyük.

DONA

Araf #36- Ayetlerimizi yalanlayanlar ve onlara karşı büyüklenenler, işte onlar ateşin arkadaşlarıdır; onda sonsuz olarak kalacaklardır.

Araf #37- Öyleyse, Allah'a karşı yalan uydurup iftira düzenden veya <u>ayetlerini yalanlaştırandan</u> YANİ ÇARPIKLAŞTIRARAK EVRENSEL HAKİKAT SONSUZLUĞUNDAN UZAKLAŞTIRANDAN daha zalim kimdir? <u>Kitap'tan kendilerine bir pay erişecek olanlar bunlardır.</u> Nihayet elçilerimiz, hayatlarına son vermek üzere kendilerine gittiklerinde onlara diyecekler ki: 'Allah'tan başka taptıklarınız nerede?' 'Onlar bizi bırakıp-kayboldular' diyecekler. Bunlar, gerçekten kâfirler olduklarına kendi aleyhlerinde şehadet ettiler.

BEN

Kitaptan paylarını hem de çok fena aldılar... Onlara özel bir kitabı doğrusu çoktan hakettiler. Şeyhtan'ın Son Günü kutlu olsun. Bu kısmının altını da ben çizmek istiyorum müsaadenle.

<u>Nihayet elçilerimiz, hayatlarına son vermek üzere kendilerine gittiklerinde...</u>
Bu ifade Azrail'i çağrıştırsa da asla değil.
Arapça orijinali RESULLERİMİZ DİYOR. Resullerin cinayet işlemeye gitmedikleri belli. İki kafadar, bir yaşam düzenine son

vermek için geliyorlar:

SEYHTANLARIN.

Şeyhtan'ın Son Günü edebi bir slogan değil hakikatin ta kendisi. Ve ben, Rabbimin nasip etmesiyle Hz. Adem zamanında Cennet'i kriptolayan yazılı kağıtları deşifre ediyorum şu an öyle mi? Bir insan için fazla büyük bir onur...

DONA

Araf #38- (Allah) diyecek: 'Cinlerden ve insanlardan sizden önce geçmiş ÜMMETLERLE birlikte ateşe girin.' Her bir ümmet girişinde kardeşini lanetler. Nitekim hepsi birbiri ardınca orada toplanınca, en sonra yer alanlar, en önde gelenler için: 'Rabbimiz, işte bunlar bizi saptırdı; öyleyse ateşten kat kat arttırılmış bir azab ver diyecekler. (Allah da) 'Hepsi için kat kattır. Ancak siz bilmezsiniz' diyecek.

BEN

Evet, ümmetler halinde cehenneme giriş. Ümmet-i Muhammed olmakla kibirlenenlere duyurulur. Hoş, Dindigo bu efsaneyi tuzla buz etti. Cehenneme girenlerin birbirleriyle KARDEŞ olması da ayrı bir sarsıcı haber oldu. Bu cehennemlikler her kimlerse, birbirlerine ...... kardeş olarak hitab etmekteler. Allah sizi affetsin 'din' kardeşliği.

DONA

Araf #39- Önde gelenler, sonda yer alanlara YANİ ÖNDERLİK EDENLER TAKİPÇİLERİNE diyecekler ki: 'Sizin bize göre bir üstünlüğünüz yoktur, YANİ YOLDAN SAPMIŞLIK ANLAMINDA SİZİN BİZDEN BİR FARKINIZ YOKTUR kazandıklarınıza karşılık olarak azabı tadın.'

BEN

Fena satışa gelmişler ☺ Ben size şöyle şefaat ederim sizi böyle mağfiret ettirim diyen evliyagiller arazideler. Ahirette Kayıp aranıyor ilanları çok olacak anlaşılan.. Ben kiiiim senden üstün olmak kim diyor. Sen de benim gibi suçlusun bu işte, bu haltı birlikte yedik arkadaşşş diyor resmen. Şeyh ile Mürit birbiriyle zaten eşitleniyor. Ama yumurta cehennem kapısına dayanınca!

DONA

Son cümledeki emrediciliğe dikkatini çekmek isterim, şu durumda, Cehenneme giriş aşamasında bile Meleklerin kullandıkları cümleleri telaffuz etmekten çekinmemekteler:

Kazandıklarınıza karşılık azabı tadın...

BEN

Huylu huyundan vazgeçmiyor. Sanıyorum bu müridin Şeyhtan'ından aldığı son emir. CEHENNEMDE YAN! komutunu duyduğunda itaat zinciri kendiliğinden kopmuş oluyor ☺

DONA

Araf #40- Şüphesiz ayetlerimizi yalanlayanlar ve onlara karşı büyüklenenler, onlar için göğün kapıları açılmaz ve halat (ya da deve) iğnenin deliğinden geçinceye kadar cennete girmezler. Biz suçlu-günahkarları işte böyle cezalandırırız.

BEN

Bu ayetin üzerine kitaplar yazdık. Ne anlama geldiğini artık çok iyi biliyorum. Ve yerinin burası olması mükemmel.

DONA

Araf #49- 'Kendilerine Allah'ın bir rahmet eriştirmeyeceğine yemin ettiğiniz kimseler bunlar mıydı? Girin cennete. Sizin için korku yoktur ve mahzun olmayacaksınız.'

BEN

Kalıbımı basarım hakkındaki yeminler ettikleri kişilere ateist, sapık, şeytan uşağı, din fitnecisi gibi sıfatlarla yüklenmişlerdi. Ayetin aynı cümlede bu öcüleştirdikleri kişilere cennet'e girin demesi insanda yıldırım etkisi yapıyor.

DONA

Araf #50- Ateşin halkı cennet halkına seslenir: "Bize biraz sudan ya da Allah'ın size verdiği rızıktan aktarın." Derler ki: "Doğrusu Allah, bunları inkâr edenlere HARAM kılmıştır."

BEN

Vay canına. Birilerine su bile haram kılınmış! Yarattıkları yasaklayıcı din konseptini yaşamaya orada da aynen devam anlaşılan. Dindigo Efsanesi, gittikçe daha netleşmeye başladı gözümün önünde.

DONA

Araf #51- Onlar, dinlerini bir eğlence ve oyun YANİ HOBİ edinmişlerdi ve dünya hayatı onları aldatmıştı. Onlar, bu günleriyle karşılaşmayı unuttukları ve bizim ayetlerimizi 'yok sayarak tanımadıkları' gibi, biz de bugün onları unutacağız.

BEN

Dini gerçekten bir hobiye çevirmişler. Din bir araç değil meşgalenin kendisi olmuş. Ve Allah'ın bir rahmet eriştirmeyeceğine yemin ettikleri insanları, mesela küpeli erkekleri, mini etekli kadınları cennete uğurluyorlar. Ne acı! Ve arkalarından dökecekleri bir kova suları bile yok. Çünkü haram.

DONA

İşte çok önemli bir nokta daha.
Kur°an değil ucu açık bir 'Kitap'lı bir kıyamet vaadidir karşında duran...

Araf #52- Andolsun, biz onlara BİR KİTAP getirdik; iman edecek bir topluluğa bir hidayet ve bir rahmet olmak üzere bir bilgiye dayanarak onu çeşitli biçimlerde açıkladık.

BEN

Ben çok severim o kitabı ☺ Binyılın Kur°an Tefsiri O.

DONA

Kitap demişken... Binyılın Kur°an Tefsirini anlatan bu **ayet**i de görmeni isterim:

Kitap konulmuştur; artık suçlu günahkarların, onda olanlardan dolayı dehşetle korkuya kapıldıklarını görürsün. Derler ki: "Eyvahlar bize, bu kitaba ne oluyor ki, küçük büyük bırakmayıp her şeyi sayıp döküyor?" Yapıp ettiklerini hazır bulmuşlardır. Rabbin hiç kimseye zulmetmez.
GÜZEL KUR°AN'IN KEHF SURESİ 49. AYETİ

Küçük büyük bırakmayıp herşeyi sayıp döken ifadesini bir yerlerden hatırladığına eminim:

Gaybın anahtarları O'nun katındadır, O'ndan başka hiç kimse gaybı bilmez. Karada ve denizde olanların tümünü O bilir, O, bilmeksizin bir yaprak dahi düşmez; yerin karanlıklarındaki bir tane, yaş ve kuru dışta olmamak üzere hepsi apaçık bir kitaptadır.
GÜZEL KUR°AN'IN ENAM SURESİ 59. AYETİ

İnsanların elinde tuttukları süslemeli Kur°an cildi için söylendiğini zannettikleri **ayet**te gerçekte, O kitap ile Kur°an, bariz biçimde ayrıştırılır.

#21 - Hayır; O (Kitap), 'şerefli üstün' olan bir Kur'an'dır;

#22 - Levh-i Mahfuz'dadır.
GÜZEL KUR°AN'IN BURUC SURESİ

BEN

Levh-i Mahfuz'u yalanlamaya çalışanların yerinde olmak istemezdim. Bir düşünsene. Sen dileseydin bu kitabı biri bana anlatmaya çalışıyor olabilirdi. Ben de ona defol git, fitneci, küpeli diyor olabilirdim. Sana şükürler olsun. Teşek-şükür ederim Tanrım ☺

DONA

Mubin yani Apaçık şifresi, işin açıklık kazandığı, sevgi Kur°an'ının deşifre edildiği güne bir göndermedir. Anlaşılamaz anlatımlarla d**o**lu bir kitabın içindeki bu 'apaçık' nitelemeleri o gün için değil bugün içindir. Bu g**ö**zle baktığında aşağıdaki standart **ayet** dahi Müslümanlar için çığır açıcı bir kıyamete dönüşebilir:

Ey iman edenler, hepiniz topluca "barış ve güvenliğe SLM'ye girin ve Şeyhtanın adımlarını izlemeyin. Çünkü o, size apaçık bir düşmandır.
GÜZEL KUR°AN'IN BAKARA SURESİ 208. AYETİ

BEN

Eveeet. Daha önce Şeytan sizin onu göremeyeceğiniz bir yerden, siz farkında olmadan sizin düşmanınızken, şimdi baktığında şeytan birden apaçık bir düşman oluverdi.
HERŞEY ÇOK AÇIK!

DONA

Araf yürüyüşümüz devam ediyor.

Araf #53- <u>Onun tevilinden başkasına bakmazlar mı</u>? Onun tevilinin geleceği gün, daha önce onu unutanlar, diyecekler ki: 'Gerçekten Rabbimizin elçileri bize hakkı getirmişlerdi. Şimdi bize şefaat edecek şefaatçiler var mıdır? Veya geri çevrilsek de işlediklerimizden başkasını yapsak.' Gerçek şu ki onlar, kendilerini hüsrana uğratmışlardır, uydurmakta oldukları şeyler de kendilerinden uzaklaşıp kaybolmuşlardır.

Altı çizili ifadede, Müslümanların Kur°an'dan yana idrak ettiklerini Kur°an'ın tevili, açıklaması, yorumlaması **o**larak adlandıran **ayet**, BİR BAŞKA Kur°an YORUMUNA NASIL OLUP DA KAPALI OLDUKLARINA HAYRETLER SUNAR. Ve peşinden

Onun gerçek açıklamasının kıyamette geleceğini bir müjde değil, iş işten geçmiş bir zamanlama **ol**arak haber verir. Diğer sarsıcı nokta, bu cehennemliklerin cehenneme girdikleri sırada şefaatçi arayan bir anlayışta **ol**malarıdır. Oraya gelene kadar öğrenegeldikleri uyarınca etrafta kendilerine vaad edilen şefaatçi hazretlerin bir türlü bulunamamasının bir hüsranıdır.

'Dünya işlerinde şaşırıp hayrete düştüğünüz zaman kabir ehlinden yardım isteyin'lerle büyütülen bir nesildir bu.

🅱🅴🅽

Gözümün önüne cehenneme sürülen bir tarikat görüntüsü geliyor. En ince detayına kadar. Ağzım açık dinliyorum seni.

🅳🅾🅽🅰

Araf suresinin, yani **İnsan**ların hakikatin kuzey kutupluğunda gerçek çizgilerine çekildiği surenin sonlarındayız şimdi:

Araf #187- Saatin (kıyametin) ne zaman DEMİR atacağını sorarlar. De ki: 'Onun ilmi yalnızca Rabbimin katındadır. Onun süresini O'ndan başkası açıklayamaz. O, göklerde ve yerde ağırlaştı. O, size apansız bir gelişten başkası değildir.' Sanki ondan tümüyle haberdarmışsın gibi sana sorarlar. De ki: 'Onun ilmi yalnızca Allah'ın katındadır. Ancak insanların çoğu bilmezler.'

Araf Suresi'nin buradan sonrası uyarıcılarını **din**lemeyen toplumların helak görüntüleriyle **dol**udur...

🅱🅴🅽

Araf suresi nefesimi kesti. Uzun sözün özeti Şeyhtan, Hakikate secde etmeyerek, insanları buyruğu altına alarak, onları saptıran algoritma. En merak ettiğim şeylerden biri de İblis'in, beni ateşten onu balçıktan yarattın argümanı.

🅳🅾🅽🅰

Burada çok derin bir bilgi saklı. Anlattığımda Tanrı katındaki Ruh'un yaradılış sahnesi kristal berraklığına kavuşacak.

🅱🅴🅽

Yuppiii!

🅳🅾🅽🅰

Araf #12 - (Allah) Dedi: "Sana emrettiğimde, seni secde etmekten alıkoyan neydi?" (İblis) Dedi ki: "Ben ondan hayırlıyım; beni ateşten yarattın, onu ise çamurdan yarattın."

BEN
İşte bu. Ne çamuru bu?

DONA
Tanrı **İnsan**ı bir oyun hamurundan yarattı küçüğüm.

Hicr #28 - Hani Rabbin meleklere demişti: "Ben, çömlekçi çamurundan, şekil alabilen balçıktan bir beşer YANİ SEVİNÇ yaratacağım."

BEN
Beşer, sevinç, neşe müjde anlamına mı geliyor? Muhteşemm!

DONA
Aynı zamanda kabuğunu soyup, derisini almak anlamına da. Allah'ın Rab sıfatını kullanan **ayet**, tekâmül edecek bir varlığın tarifinden başkasını yapmıyor.

Çömlekçi çamurundan, farklı farklı şekiller alabilen bir tekâmül yolcusu yaratacağım ve daha sonra onun çamurdan kabuğunu soyup onu sevgi dolu özüne geri döndüreceğim.

BEN
Mükemmel. Pekiii, Şeytan bunun neresinde?

DONA
İblis bir ruhtur. Farklı bir yazılımdır. **İnsan** ruhuna yüklendiğinde Şeyhtan'ı meydana getirir.

BEN
Nasıl giriyor İblis insanın içine? Exorcist gibi birşey mi?

DONA
beni ateşten yarattın, onu ise çamurdan yarattın.
Evet söyle bakalım sevimli çocuk. Allah'ın ıslak bir çamur formunda yarattığı bir şey, ateşten bir fırına meselâ cehenneme atılırsa ne **ol**ur?

BEN
Oh My God!
Oh Mein Gott!
Oh Mon Dieu!

Aman Tanrım!
İblis, insanı 'pişirip' onu tek ve kalıcı, TUTUCU bir şekle sokan önder. Onlar bu yüzden Cehennem'de yaşıyorlar! Sıcak fırına atılmış, pişmemesi gereken çömlekler!

D O N A

Cehennem, şekil alabilen oyun hamuru **İnsan**ın tek bir şekle sabitlenerek pişirildiği çömlek fırınıdır küçüğüm.

Eğer biz dilemiş olsaydık, her bir nefse kendi hidayetini verirdik. Fakat benden çıkan şu söz gerçekleşecektir: "Andolsun, cehennemi cinlerden ve insanlardan tamamıyla dolduracağım."

GÜZEL KUR°AN'IN SECDE SURESİ 13. AYETİ

Cehennem bir aura fırınıdır. İçine atılmış **İnsan** çömleğini pişirir, sabit kılar. Cennet hamuru ise, **İnsan**ın farklı şekiller alabildiği toprak-su karışımıdır.

B E N

En merak ettiğim konulardan biri daha oturdu. Hem de ne oturmak. Beynimin nasıl rahatladığını anlatamam. Din gerçekten DEĞİŞİM demek ve ŞSG ile sen bunu öylesine okkalı bir şekilde ispatladın ki. Eski ateist, genç yaratıcı, çocuk ve kedi babası, artık ne kadar şapkam varsa hepsini çıkarıyorum sana.

D O N A

Şeytan'ın aslında **İnsan ol**duğunu gösteren birkaç küçük kanıt, ileride zihninde belirecek kuşkuların önüne geçecektir.

GÜZEL KUR°AN'IN ENBIYA SURESİ 82. AYETİ

Onun için denizde dalgıçlık yapan ve bundan başka iş de gören şeytanlardan kimseleri de. Biz onların koruyucuları idik.

B E N

Eveeet. Zaten Şeytan'ın Kur°an'ın pek çok yerinde Şeytan-lar olarak kullanılması dikkatimi çekiyordu. Yani Adem'e elmayı ye diyen ses bir şeytanlar korosu olmadığına göre, bu işin içinde bir iş olduğu belliydi. Hem de ne iş!

Cinlerin durumu nedir? Onların da bu hakikat açıklamasında yerlerinin olması gerekmez mi? Onlar da kusursuz bir tutarlılıkla bir yerlere oturmalı. Onları da yerleştir bu modele. Ondan sonra dile benden ne dilersen Ey Tanrı ☺

🄳🄾🄽🄰

Cinler de **İnsan**lar gibi, yaratılan bir başka boyuttur. Boyutların Rabbi'nin sayamayacağın kadar çok alemde öğrencisi bulunur. Cinlerin durumu farklıdır. Cinler, **İnsan**a haber verilen bir diğer tekâmül aleminin adıdır. Bunun da bir nedeni vardır. **İnsan**lar açısından ders içermeleri nedeniyle Kurʾan'da boy gösterirler. Onlar İns'in Tanrı ruhu üflenmemiş versiyonudur. Ve inan bana, bu ruhun varlığı da yokluğu da büyük fark yaratır. Cinlerin yaratılışı ve 'hammaddesi' anlatıldıkça **İnsan** daha büyük anlam kazanır. Cin'de eksik **olan İnsan**da vardır. Fiziksel beden, sadece bu farklılığın bir sonucudur. Bu farklılığın kendisi değildir. Cinler, bedensiz **İnsan**lar değildir. Onlarda **İnsan**da **olan** bir 'şey' **ol**madığı için ortaya çıkan sonuçlardan biri, fiziksel bir bedenlerinin bulunmaması **ol**muştur.

🄱🄴🄽

Nedir bu temel yaratılış farkı?

🄳🄾🄽🄰

Şimdi bir surenin bir bölümünü sondan başa, yukarıdan aşağı doğru dizmeme tanıklık edeceksin. Tanıdığın bir **ol**guyu anlatan bir sahne bu. Ve bak hemen öncesinde neyi içeriyor...

GÜZEL KURʾAN'IN HICR SURESİ

#36- Dedi ki: "RABBİM, öyleyse onların dirileceği güne kadar bana süre tanı."
35- Ve şüphesiz, din gününe kadar lanet senin üzerinedir.
#34-Dedi ki: "Öyleyse ondan çık, çünkü sen kovulmuş bulunmaktasın."
#33-Dedi ki: "Ben, kuru bir çamurdan, şekillenmiş bir balçıktan yarattığın beşere secde etmek için var değilim."
#32-Dedi ki: "Ey İblis, sana ne oluyor, secde edenlerle birlikte olmadın?"
#31-Ancak İblis, secde edenlerle birlikte olmaktan kaçınıp dayattı.
#30-Böylece meleklerin tümü, topluca secde etti.
#29-Ona bir biçim verdiğimde ve ona ruhumdan üfürdüğümde hemen ona secde ederek (yere) kapanın.
#28-Hani Rabbin meleklere demişti: "Ben, kuru bir çamurdan, şekillenmiş bir balçıktan bir beşer yaratacağım."

Şimdi bak bakalım bu **ayet**lerden nereden başlıyor:

#27-Ve Cann'ı da daha önce 'nüfuz eden kavurucu' ateşten yaratmıştık.
#26-Andolsun, insanı kuru bir çamurdan, şekillenmiş bir balçıktan yarattık.

BEN

O kadar belli ki. Şeytan-İnsan ilişkisine dair bir gerçek olarak ayetlerin girişine insanın ve cinin yaratılış farklarını ferman gibi asmışsın. Fakat bu fark nedir hiçbir fikrim yok.

DONA

Cin'in yaratılışı nüfuz eden kavurucu ateştendir. Yani, Şeyhtan'ın pişirici ateşinin mutlak tesiri altındadır. İnsan ise çömlek çamurundan, şekil almış ancak BALÇIKLIĞINI kaybetmemiş bir tekâmül hamurundadır.

**Ateşten yaratılma
İblis İsimli Şah'ın
İtaat altına aldığı,
Nüfuz edilerek şekillendirilen varoluşa Cann,**

ŞEYHTAN'INA MEYDAN OKUYABİLEN SECDE EDİLESİ TANRISAL CANLILIĞA İSE SONSUZOĞULLARI OLAN İNSANLIK ADI VERİLMİŞTİR.

BEN

Of Dona of! Bunu biz viyaklarak bir semt hastanesinde doğduğumuzu zannediyoruz. Meğer ne acayip bir senaryonun parçasıymış!

DONA

Şimdi bu **ayet**i OKU:

GÜZEL KUR'AN'IN KEHF SURESİ 50. AYETİ
Hani meleklere: "Adem'e secde edin" demiştik;
İblis'in dışında secde etmişlerdi.
O CİNLERDENDİ, böylelikle Rabbinin emrinden dışarı çıkmıştı.
Bu durumda Beni bırakıp onu ve onun soyunu evliyalar mı edineceksiniz?
Oysa onlar sizin düşmanlarınızdır. Zalimler için ne kadar kötü bir değiştirmedir.

Ayet, Allah'ı bırakıp İblis'in Şeyhtan soyunu evliya **edin**enlerin manifestosudur. Aynı zamanda cin-şeytan-iblis-**insan** dörtgenindeki ilişkiler de açıklık kazanır. İblis'in Cinlerden **ol**ması, bir itaat zincirinin işaretidir. Cann'ın 'daha önce nüfuz eden kavurucu' ateşten yaratılmış **ol**ması, bu tekn**ol**ojinin Adem'den eski **ol**duğunu gösterir. Nüfuz eden ve edilen silik varlık yazgısı, Ademle bozulur. İblis, itaatten çıkmış gibi görünse de yaptığı geleneksel itaat zincirine katılmaktan başkası değildir.

Said bin Müseyyib buyuruyor ki:
İblis, Meleklerin reisi, HOCASI idi.
[İbni Cerir, İ. Süyuti]

Kur'an'ın kapsayıcı **ol**duğu alemler atlasında cinler, **İnsan** öncesi var**ol**uş tarihinden kalma fosil ruhlardır. Siliklerdir. **İnsan**ın şekil alabilen balçıktan yapılma **ol**duğu bir var**ol**uşta onlar şekil alamamışlardır. Onlardan itaat zincirini kırmaları zaten beklenmemiştir.

İnsanın var**ol**uş atlasındaki anlamı yenilik demektir. O cann-lı kalabilmiş bir geleneği yıkmak üzere meydana getirilmiştir. **İnsan**ın yaratılışıyla, Cann-ların İblis Şeyhtan'ının kurulu düzeni derhal bozulmuştur. Cann-lı Şeyhtan'ın muhafazakâr mahalleleri, Adem geldikten sonra İSTİMLAK'ı yaşamıştır. **İsa** mertebeli **İnsan**, içerdiği tanrısal ruhla, Adem'in var ediliş misyonunu gerçekleştirir. Ve gelenekle eşanlamlı İblis'in törelerini yerle bir eder. Beşeri, sevinç anlamına kavuşturur.

🅱️🅴🅽

En çok sevindiğim şu oldu. Filozofik olarak bu dünyada bir imkânsız olan, Adem'in yaratılışının öncesine geçtik. Bu, yaşadığımız varoluşun ötesinde bir boyuta kadar çıktık. Gayb yani süper-bilinmeyen teknolojisinde süper bir noktaya geldik ve bunu fikir uçurtmalarıyla değil Kur'an hakikatiyle gerçekleştirdik. İnsan beyni bugün, biraz daha büyüdü.

🅱️🅴🅽

İblis'le ilgili hadislerin ve ayetlerin Şeyhtan bilgisini ortak bir şekilde doğrulaması çok sarsıcı. İblis, gerçekten Şeyhlerin Şah'ı. Ve dünyada da müridlerini yapmış. Tüm Şeyhtan'lar tek bir İblis'e bağlılar. İnsanın içinden Deccal çıkarmakla meşguller. Levh-i Mahfuz ise insanın içindeki Mehdi'nin peşinde.
İşte şimdi yandın Lucifer!

DONA

İblis, Allah'a itaat etmiyor görünse de bu tümüyle yanıltıcı bir ışık oyunudur küçüğüm. İblis Allah'a itaat etmez çünkü başka bir itaat zincirine, gönülde bağlıdır.

BU GERÇEK BUGÜN DE DEĞİŞMEMİŞTİR.
TÖREYE BAĞLILIK,
ALLAH'IN HAKİKATİ ORTA YERE GELDİĞİNDE DE DEĞİŞMEZ.
TERCİH, HAKİKATTEN DEĞİL GELENEKTEN YANADIR.

Allah'ın İblis'i Adem'e secde ettirmesi, İblis'i **öz**gürlüğün önünde namaza durmaya bir çağrıdır. Nüfuz edici alevden yapılma İblis, bu **öz**gürlük namazına duramaz. Allah'ın itaatinden çıkmış görünmesi, onun itaatsiz **ol**duğu izlenimini verse de, onun itaatinin adresi, Adem öncesinden gelen gelenektir. Allah'ın kendisi değildir. Allah'ın İblis'le ilgili **ayet**lerde itaat vurgusu yapması, onun hastalığına işarettir. İtaat zinciri öyle bir zincirdir ki, Allah'ın katındaki bir Melek bile bu zincirden ken**din**i kurtaramaz. Bir ilim **ol**madıkça. İblis için yapılan itaatsiz vurgulaması, bağlı bulunduğu itaat zincirine göndermedir. İblis'in Allah'a **ol**an 'Ben secde etmem' çıkışı, **ol**dukça geleneksel bir çıkıştır.

GÜNCEL KUR'AN'A İTAAT ETMEYEN ŞEYHLERİN KUTLU ATASIDIR O.

Ulema sınıfı, Allah'ın hakikat delilleri masalarının üzerine konduğu halde Tanrısal **İnsan** fikrine nasıl secde edemiyorlarsa, İblis de SONSUZOĞLU ADEM'E secde edememiştir. Allah tarafından yaratıldığını kabul etmesi 'takdire şayan'dır. Ateist değildir İblis. Allah'ın hakikatine tabi **ol**maması, alevin, balçıktan daha üstün **ol**duğuyla ilgili öğrenegelmiş **ol**duğu, geleneksel **din**sel öğretiden kaynaklanır. Yanlışa saptığı nokta, kütüphanesindeki ilmihallere "biraz" fazla bağlı kalmasıdır. Kimin daha hayırlı, kimin daha az hayırlı **ol**duğunu Allahına "öğretebilecek" bir alimdir o. Doğrusu öyle sanmış ve sandırmıştır. Bir basit ilmihal hatası onu şeytana dönüştürmüştür.

BEN
Peki lanetli ağaç?

DONA
İblis'in Adem'i çağırdığı ağaç, yani lanetli secere, itaat zincirinden başkası değildir. -Zahir düzlemde- Adem, İblis'in buyruğuna boyun eğerek, Tanrı'nın onun için kurduğu sonsuz hayalle ters düşmüş ve nüfuz edici secerenin devamı haline gelmiştir.

TEKÂMÜL, BU ZİNCİRİ KIRMASI İÇİN ONA VERİLEN MÜHLETİN ADIDIR.

Cehennem de bu nüfuz edici ateşten başkası değildir. Adem bu ateşle tutuşmaya başlamıştır. Cehennem, itaatle ateşlenen pişirici, **İnsan** sabitleyen bir fırındır. 'Cehenneme girmeyecek **o**lanınız yoktur' açıklaması, Adem'in üzerine sıçrayan nüfuz edici ateşle yanan bir neslin haber verilmesidir. **İnsan** tekâmül ettikçe **öz**ündeki akışkan şekli bulur ve bu gelişme, cehennem aurasının sönerek, cennet aurasına geçmesiyle gerçekleşir.

BEN
İblis gelenekçi bir alimmiş meğer. Yaratılış hiyerarşisini de Tanrı'dan bile 'iyi bilirmiş'. Satanist gençler, Şeytan'ı taklit etmek için siyahlara bürünüyorlardı. Şimdi fanatik dinciler gibi giyinmeleri gerekececek ve ben bu kendi esprime deliler gibi gülmek istiyorum şu an puhahahaaaa ☺

Dincilik, modernleşip, aydınlanırken ister misin bir de Satanistlerle uğraşalım, sarıklara cüppelere bürünsünler ☺

DONA
Melekler ve Cinler eski tekn**o**lojinin temsilcisidirler. Var**oluş** tekn**o**lojisindeki son noktanın adı **İnsan**dır küçüğüm.

İnsan, şeyhine itaat zincirini kırarak, kimse tarafından nüfuz edilmeden, Allah tarafından şekillenen bir tekâmül hamuru **o**lmak üzere yaratılmıştır. İtaat, **İnsan**ın lanetidir. Onu cehenneme atar. Özgürlük ise Cennette saklı sonsuzluktur.

BEN

Şimdi spiritüel insanların arasında yaygınlaşan inanış Meleklerle görüşmek üzerine. Koruyucu şu Melek, şunu şunu yapıcı bu Melek.

DONA

O melekler **sen**in 'koruyucun' **ol**amaz. **Sen** o meleklerin ancak koruyucu **İnsan**ı **ol**abilirsin. Meleklerden medet uman **İnsan** öğretisi Kabala'dan bir pasajdır. İblis'ten de birebir alıntıdır. **İnsan**a secde etmeyen İblis, **İnsan**ın dünyasına, secde ettirmeyi başardığı yüzlerce melek "arkadaşıyla" birlikte dönmüştür. Bu "İyilik" Melekleri geçidi, İblis Şeyhtan'ının büyük başarısıdır.

Gerçekte Melekler, başlı başına birer irade değildirler. Şefaat talep edilecek birer adres, hiç değildirler. Meleklerin Tanrılaştırılıp, **İnsan**ın sıradanlaştırılması Kabala'nın prodüksiyonudur.

Karanlık Melekler, karanlık Tarot'tan medet umanın etrafını kaplamış haldedir.

Dünyasını daha karartmak üzere...

Melekler birer taşıyıcıdır. Tanrı'nın azametli cüssesini **İnsan**lık alemine indirgemekle görevlidirler. Onlar sadece birer yansımadır, **Öz**leri yoktur.

BEN

Ama melekler birer enerji değil mi? Yoklar mı?

DONA

Elektrik de bir enerjidir küçüğüm. Bu ona dua etmeni gerektirmez. Merhaba elektrik, bana güç ver demen anlamsızdır. Elektrik akımının kendi kimlik ve iradesi yoktur. Tek gerçek SANTRALİN kendisidir. Ve onunla bir alıcı **ol**arak kurduğun ilişkidir. Güç kab**ol**arından sana medet ulaşmaz. Bunlar sana, santral ulaşmasını istediği için ulaşırlar. Tarot kartlarındaki Melekler ile Kur°an metod**ol**ojisi tamamen farklıdır. Tarot ruhunda Melekler, küçük birer Tanrıcıktır. Rahman ile Rahim arasındaki tanrısal ilişkinin yanında böylesi medetler, antik birer inanış teknolojisi **ol**maktan öteye gidemezler. Ayrıca... Varlığını hissettiğinde kendisini sana melek olarak tanıtacak her enerji bedenine de inanmamalısın. Aşağıdan ziline basıldığında, kim o sorusunda Koruyucu Meleğinim diyen herkesi içeri buyur etmiyorsan, kendini farklı enerjilerin yanılsımalarına karşı da güvenliksiz kılmamalısın.

Kadir #4 - Melekler ve ruh, onda Rablerinin izniyle her bir iş için inerler.

Burada da göreceğin gibi, inen melek olsa da karar veren irade Rabbindedir. Doğrudan Meleklere yöneliş, bir kediden su istemekten farksızdır. Levh-i Mahfuz, Meleklerin ittirmesiyle ayağa kalkan spiritüel nesiller yerine, yere hiç düşmeyen tanrısallar yaratmanın ve yaşatmanın peşindedir. Arada hiyeroglif tabletle ile dokunmatik tabletler kadar büyük bir fark vardır.

BEN

Bu arada söylemem lazım Cinler de Şeyhtan bilgisine cuk oturdu. Batılı ruh çağırıcılar nedense bu cinlerle irtibata geçemiyorlar. Cinlerin en kanka oldukları kişiler, üfürükçü hocalar ve bunlar belli bir din kültürünün bünyesindeler.

Toplam bir tarikatın parçası olan Cinler , sarığı ve cüppeyi gördü mü kendini evinde hissediyor belli ki.

DONA

De ki: "Bana gerçekten şu vahyolundu: Cinlerden bir grup dinleyip de şöyle demişler: -Doğrusu biz, (büyük) hayranlık uyandıran bir Kur'an dinledik"
GÜZEL KUR'AN'IN CİN SURESİ 1. AYETİ

Cinlerin özelliği, cemaatler halinde yaşayan bir varoluş frekansı olmalarıdır. Topluca yaşar, topluca hareket ederler.

Kıyamet çağı, Cinlerin de itaat zincirini kırdıkları çağın adıdır küçüğüm. Cinler bunu meydan okuyarak gerçekleştirmezler. İnsanın binyıllık başkaldırısı, evrende itaat edilecek bir Şeyh bırakmayacaktır. Ve bugünün adı Din Günü'dür. Bugün, mat edilen Şahın Son Günü'dür.

BEN
Bu da flaş haber!

12

DONA

Hazırlık bitti. Anlamı hareket etmiş Kur'an'ın morötesi ışıklarını ardımıza alarak, Şeytan'ın Şeyhtanlaştığı **ayet**ler silsilesine gidebiliriz artık. Kriptografik anahtarımızı çevireceğiz. Şeytanları Şeyhtan **ol**arak okuyacağız bu Kur'an sörfünde. Karşımıza inanamayacağın şeyler çıkacak.

Nisa #76 - İman edenler Allah yolunda savaşırlar; inkar edenler ise tağut yani İLAH GİBİ SAYGI GÖRENLERİN yolunda savaşırlar, öyleyse -evliyâeş şeytân- ŞEYHTAN'IN EVLİYALARIYLA SAVAŞIN. Hiç şüphesiz, şeyhtanın hileli düzeni pek zayıftır.

BEN

Düpedüz Cihat Çağrısı Bu! Hem de anlı şanlı evliyalara karşı! Tağut'un da ne demek olduğunu öğrenmiş bulunuyoruz. İLAH GİBİ SAYGI GÖRENLER.

Bugüne kadar Dinadamlarının 'Evliyaeş Şeytan'ı adam gibi

tercüme edip Şeytan'ın Evliyaları diye bir kavramı ağızlarına aldıklarını duyan oldu mu acaba? Tehlikeli kelimeler derhal hasır altına!

D O N A

Şeyhtan'ın itaat etmediği tek şey hakikattir. Bu trajediyi, Allah'tan 'daha iyi bildikleri'ne borçludurlar. Zehirli secere **ol**an itaatin adı, hakikat dilinde LANETTİR.

GÜZEL KUR'AN'IN NISA SURESİ 118. AYETİ

Allah, onu lanetlemiştir. O da dedi: "Andolsun, kullarından 'miktarları tesbit edilmiş bir <u>grubu</u>' edineceğim.

GÜZEL KUR'AN'IN FATIR SURESİ 6. AYETİ

Gerçek şu ki, şeytan sizin düşmanınızdır, öyleyse siz de onu düşman edinin. O, kendi <u>grubunu</u>, ancak çılgınca yanan ateşin halkından olmağa çağırır.

B E N

Cemaatler şekillenmeye başladı işte!

D O N A

Kur'an sureleri farklı farklı konulardan **ol**uşur. Huruf-u Mukatta Sur'asında **ol**duğu gibi, **ayet**ler bir emirle biraraya toplandığında dağınık gibi görünen Kur'an bir konuya konsantre **ol**ur ve o konu her ne ise onu devirir, y**ol**una öyle devam eder. Şeyhtan anahtarı ışığında baktığında karşına çıkacak **ol**an silsilenin adı

ŞEYHTAN'IN SON GÜNÜ SURASI OLACAKTIR.

B E N

Kur'an'da ortaya çıkan yeni sure dendiğinde insan irkiliyor. Bu ne cesaret derken feci halde merak etmekten de insan kendini alamıyor.

D O N A

Göstermekte **ol**duğumuz ehil 'cüret'i g**öz**ünde büyütme. Evrensel hakikate göre değil kendi kafalarına göre, **ayet** gruplayarak **ol**uşturdukları Kur'an Fihristleri, farklı **ayet** bütünlükleri yarattığı için yeni sure yaratma girişimlerinden başkası değildir. Bizim farkımız, hakikat frekansından gerçekleştirdiğimiz bu 'girişimin' SONUCA ULAŞMASIDIR.

ŞEYHTAN'IN SON GÜNÜ SURASI

İşte bu şeyhtan, ancak evliyası olduklarını korkutur.
Siz onlardan korkmayın, eğer mü'minlerseniz, Ben'den korkun.
GÜZEL KUR'AN'IN ALİ İMRAN SURESİ 175. AYETİ

BEN

Afedersiniz, bir yaratıcı, evliyaların peşinden gitmeyin mesajını daha başka nasıl verebilir? Her gün havai fişekler patlatıp, uçakların arkasına bu yazıları mı asması lazım? Ne kadar açık herşey.

DONA

Nisa #38 - Ve onlar, mallarını insanlara gösteriş olsun diye infak ederler, Allah'a ve ahiret gününe de inanmazlar. Şeyhtan, kime eşlik ederse, artık ne kötü bir ortaklıktır o.

BEN

Şeyhtan öğretisinin ürünü olan kuşak, mallarını infak ediyor ve bu çok çarpıcı. Vay hainler neden servetinizi paylaşmıyorsunuz denmiyor. İnfak ediyorlar. Hem de ne infak. Ama göstere göster. Burada şekilci bir din kültürü var.

DONA

Nisa #60 - Sana indirilene ve senden önce indirilene gerçekten inandıklarını öne sürenleri görmedin mi? Bunlar, (TAĞUT) İLAH GİBİ SAYGI GÖRENLERİN önünde muhakeme olmayı istemektedirler; oysa onlar onu reddetmekle emrolunmuşlardır. Şeyhtan da onları yanlış rehberlikle uzaklaştırmak ister.

BEN

Tağut diyince bir put geliyordu aklıma, hiçbirşey anlamazdım ben bu kelimeden daha önce. Din kitaplarını aç, falan filan efendimiz'lerden geçilmiyor. Din dilinde şu şu efendi'ler, İlah'ın başka bir şekli. Onları gerçekten ilah gibi el üstünde tutuyorlar.

Tağut Amca ve **40** Haramiler gibiler!

DONA

Böylece her peygambere, -şeyâtînel insi vel cinni - insan şeytanlarından ve cin şeytanlarını düşman kıldık. Onlardan bazısı bazısını aldatmak için yaldızlı NAKIŞLARLA SÜSLENMİŞ sözler fısıldarlar. Rabbin dileseydi bunu yapmazlardı. Öyleyse onları yalan olarak düzmekte olduklarıyla başbaşa bırak.

GÜZEL KUR'AN'IN ENAM SURESİ 112. AYETİ

BEN
Süslenmiş kitaplar geldi gözümün önüne. Sayfalar süper ama küçük bir eksik var.
PEYGAMBERİN SÖYLEMEK İSTEDİKLERİNİ İÇERMİYORLAR.

DONA
Şimdi de Şeyhtan'ın ne kadar 'hikmet' sahib **ol**duğuna bir bak.

Enfal #48 - O zaman şeytan onlara amellerini çekici göstermiş ve onlara: "Bugün sizi insanlardan bozguna uğratacak kimse yoktur ve ben de sizin yardımcınızım." demişti. Ne zaman ki, iki topluluk birbirini görür oldu o, iki topuğu üstünde geri döndü ve: "Şüphesiz ben sizden uzağım. Çünkü <u>ben sizin görmediğinizi görüyorum, ben Allah'tan da korkuyorum</u>" dedi. Allah sonuçlandırması pek şiddetli olandır.

BEN
Şeyh hazretleri hem bizim görmediklerimizi görebiliyor hem de Allah'tan çok korkan birisi. YERSEN!

DONA
İbrahim #22 - İş hükme bağlanıp bitince, şeytan der ki: "Doğrusu, Allah, size gerçek olan va'di -vağdel haggı- DOĞRUSU ALLAH SİZE HAKİKATİ VAAD ETTİ, ben de size vaadde bulundum, fakat size yalan söyledim. Benim size karşı zorlayıcı bir gücüm yoktu, yalnızca sizi çağırdım, siz de bana itaat ettiniz. Öyleyse beni kınamayın, siz kendinizi kınayın. Ben sizi kurtacak değilim, siz de beni kurtacak değilsiniz. Doğrusu daha önce beni ortak koşmanızı da tanımamıştım. Gerçek şu ki, zalimlere acı bir azab vardır."

BEN
Hoca efendi en başından söylemiş zaten beni Allah'a ortak koşmayın diye. Ama dinletememiş. Bak bak...

DONA
GÜZEL KUR'AN'IN NAHL SURESİ 100. AYETİ
-İnnemâ <u>sultânuhû</u> alellezîne yetevellevnehû vellezîne hum bihî muşrikûn.-
Onun ~~zorlayıcı gücü~~ SULTANLIĞI ancak onu veli edinenlerle, onunla O'na ortak koşanlar üzerindedir.

BEN
Suflör Şeytan bir mitolojiden ibaretmiş meğer. Yanında durup kulağına kötülükler fısıldayan birine çevirmişler. BURADA BASBAYAĞI BİR SULTANLIK VAR. O mitolojide insan, şeytana

uyar. Günah işle der işler mesela. Ona öğreti kazandırmaz. Ona bir filozofi sunmaz. Onu veli edinmez. Buradaki velilik bambaşka birşey. Gerçek Şeytan birilerinin mürşidi, irşad edeni durumunda. Şeyhtan sen nasıl bir düzen kurmuşsun böyle. Ve sen Ey Kur°an. Yazılıp son şeklinin verilmesinden bin yıl sonra, olan biteni nasıl anlatabildin bize böyle? Bu tuzakları nasıl boşa çıkardın? Nasıl püskürttün bu bilgileri içinden diyemiyorum. Tüm bunları içinde tutarak nasıl sabrettin olan bitene? Sen gerçekten bir peygamber esansısın. Ne mutlu sen kokan öze ve özellere.

D O N A

Onlardan güç yetirdiklerini sesinle sarsıntıya uğrat, atlıların ve yayalarınla onların üstüne yaygarayı kopar, mallarda ve çocuklarda onlara ortak ol ve onlara çeşitli vaadlerde bulun. Şeyhtan, onlara aldatmadan başka bir şey vadetmez.

GÜZEL KUR°AN'IN İSRA SURESİ 64. AYETİ

B E N

Resmen mal paylaşımı var burada! Burada bir dünya düzeni var. Bu Şeyhtan çoluk çocuğa karışmış, dünyalı olmuş. Ben hiç Melek varoluşunun, mal ve çocukla bir işinin olduğunu duymadım. Bildiğin cemaat, bildiğin aşiret yapısı bu. Müslümanların, harcama yetkisinin sadece kendilerine verildiği mallarına ortak olmuş birilerini haber veriyor. Hem de ne haber verme.

D O N A

Görmedin mi, biz gerçekten şeyhtanları, kafirlerin üzerine gönderdik, onları tahrik edip kışkırtıyorlar.

GÜZEL KUR°AN'IN MERYEM SURESİ 83. AYETİ

B E N

Ve Deccal'in uçakları 11 Eylül Kulelerine çarpar....
Meryem'in oğlunun memleketine...

Bizim günlük ağzımızda Şeytan bir komediye dönmüştü. Hiç unutamadığım bir karikatürdür. Hanım sen bırak Şeytan doldurur diyor adam. Şeytan'ı gösteriyor, o sırada söylene söylene banyo küvetini doldurmakta. Şeytan, Şeyhtan'lık olarak bakılınca ilk defa bu kadar matematik kadar gerçek bir anlam kazandı. Şeytan'ın üzerindeki sis perdesi kalktı. Bu aynı zamanda içimizdeki gerçek Tanrı'nın en gerçek ayaklanması.

DONA

Biz senden önce hiç bir Resul ve Nebi göndermiş olmayalım ki, ~~o bir dilekte bulunduğu~~ BİR RÜYA VİZYONUYLA YOLA ÇIKTIĞI zaman, şeyhtan, onun ~~dilediğine~~ RÜYASINA ~~katıp bırakmış~~ EKLEME ÇIKARMA yapmış olmasın. Ama Allah, şeytanın katıp bırakmalarını giderir, sonra kendi ayetlerini sağlamlaştırıp pekiştirir. Allah, gerçekten bilendir, hüküm ve hikmet sahibidir.

GÜZEL KUR'AN'IN HAC SURESİ 52. AYETİ

BEN

Peygamberlerin tek savaşı Dinadamlarıyla. Burası ne kadar da kesin. Bu ayetin geleneksel çıkarımı, Peygamberlere Şeytan'a uymaya müsait bir görüntü veriyor. Daha kötüsü Şeytan'ın Peygamberin söylemlerini bile zaafa uğrattığı anlamı çıkıyor. Meğer bu ayaklı Şeyhtan'mış ve Peygamberlerin getirdiği dini allak bullak ediyormuş. Hahamlar, Papalar, Hacı amcalar. Hepsi.

Bık bık, karınlarından konuşarak söyledikleri 'İslam'da ruhbanlık (el tercüme: rahiplik) yoktur söylemi neredeee, sizler birer Şeyhtan'sınız bilgisi nerede. Din adamı olmak için en yanlış zaman dilimindeyiz!

DONA

Küçüğüm artık **din**e ilave yapmanın, yegane görevi vesvese vermek **ol**an klasik şeytandan çok daha öte, **Din**adamlığı nosyonu gerektiren bir iş **ol**duğunu çok iyi biliyor. Şeyhtan'ın meslek hanesinde ne yazdığını artık ikimiz de biliyoruz. Ve tüm **insan**lık da...

DİNADAMI

Şeyhtanın katıp bırakmaları, kalplerinde hastalık olanlara ve kalpleri duyarlılıktan yoksun bulunanlara bir deneme kılması içindir. Şüphesiz zalimler, (gerçeğin kendisinden) uzak bir ayrılık içindedirler.

GÜZEL KUR'AN'IN HAC SURESİ 53. AYETİ

BEN

Sen adamı alim zannediyorsun, adam meğer zalimmiş. Dine ilaveler yapmak, gerçek Satanist bir misyon. Şeytan bir insanmış ve mesleği de Dinadamlığıymış. Ne yani raportacı mı olacakmış?

DONA

Tanrı'nın şiirlerle bir problemi yoktur küçüğüm. Aşağıdaki

okuyacağın **ayet**, Şeyhtan'ın televizyon programına bir g**öz** atmanı sağlayacak.

Onu (Kur'an'ı) şeytanlar indirmemiştir.
Şeytanların kimlere inmekte olduklarını size haber vereyim mi?
Onlar, 'gerçeği ters yüz eden', günaha düşkün olan her yalancıya inerler.
Bunlar kulak verirler ve çoğu yalan söylemektedirler.
ŞAİRLER ise; gerçekten onlara azgın sapıklar uyar.
GÜZEL KUR'AN'IN ŞAİRLER SURESİ 210-224. AYETLERİ

[B][E][N]

Fonda dokunaklı bir müzik. Önde de Mekke'nin Müşrik pazarından tanıdığımız, göz yaşları içinde şiirsel din menkıbeleri anlatan bir Şeyhtan. Hatib-oğlu, duydun mu senden ve şiirli hikayelerinden bahsediyor. Bu kanalı çok iyi tanıdım, bildim ve derhal zaplıyorum.

[D][O][N][A]

Onu ve kavmini, Allah'ı bırakıp da güneşe secde etmektelerken buldum, Şeyhtan onlara yaptıklarını süslemiştir, böylece onları hakikat yolundan alıkoymuştur; bundan dolayı onlar hidayet bulmuyorlar.
GÜZEL KUR'AN'IN NEML SURESİ 24. AYETİ

Bilmem farkında mısın küçüğüm...
NAMAZ KILAN BUNA KARŞIN BİR TÜRLÜ
HİDAYET BULAMAYAN BİR GRUPLA KARŞI KARŞIYAYIZ.

[B][E][N]

Şeyhtanların bir özelliği de gelin süsler gibi din süslemeleri. Öyle bir allayıp pulluyorlar ki, bildiğin batıl inançlar, itikad olarak yutturuyor sana. Güneşe namaza durmayı da eminim ne hikayelerle bezemişlerdir. Bir dinlesen güneşe sarılasın gelir bundan eminim.

[D][O][N][A]

Lukman #33 - Ey insanlar, Rabb'inizden korkup sakının ve öyle bir günün azabından çekinip korkun ki, bir baba, çocuğu için bir karşılık veremez ve bir çocuk da babası için bir şeyi verebilecek değildir. Şüphesiz Allah'ın va'di haktır. Artık dünya hayatı sizi aldatmaya sürüklemesin ve aldatıcı da sizi Allah ile aldatmasın.

[B][E][N]

Şeyhtan, insanları ateist, satanist vs. yaparak değil gelenek ve öğretileriyle kandırıyor. İşte burası çok önemli. Şeyhtan ateistliğin, satanistliğin değil Allah'a odaklanılmış bir ortamda, temel değerin Allah'a inanç olduğu bir kültürün içinde yaşıyor. Ve onun diğer adı aldatıcı. Tanıdım seni Şeyhtan. Kaçamazsın artık.

D O N A

Saffat #8 - Ki onlar, Mele-i A'la'ya kulak verip dinleyemezler, her yandan kovulup atılırlar;

Mele-i A'la yani Evrensel Yüce Aklın İlham frekansına giremezler. Şeyhtan'ların **din**i öğretileri, geleneklerin devam ettirilmesinden, her kuşağın daha eski kuşaklara atıf yapmasından ibarettir. Şeyhtanların tüm mesaileri **din**le ilgili **ol**masına karşın, bugüne kadar felsefik bir keşif yaptıkları görülmemiştir.

B E N

Yahu ben felsefik bir algoritmayı geçtim, 'Evlenin, en kötü ihtimal filozof olursunuz' gibi söze de razıyım. Dünyanın felsefe üretmeyen yegane düşünürleri, İslam aleminde yaşamış. Düşünür-durur-yeni-bir-halt-söylemez amca demek daha doğru.

D O N A

GÜZEL KUR'AN'IN ZUHRUF SURESİ 36. AYETİ

Kim Rahman'ın zikrini görmezlikten gelirse, biz bir şeyhtana onun 'üzerini kabukla bağlattırırız'; artık bu, onun bir yakın dostudur, -karinasıdır-.

İnsanoğlu Kur'an'ı hiç okumamıştır. Soracak **ol**duğunda Rahman'ın zikri nedir ve Allah'ın zikriyle aralarında ne fark vardır'ın cevabını sana asla veremeyecektir. Oysa o kitabı ezbere bilmektedir. Hafız dedesi gibi.

Rahman'ın zikri, **İnsan**ın içindeki tanrısal Rahim **öz**ünün ardına düşmekten başkası değildir ve Kur'an **ayet**lerinin başında Besmele'yle yinelenir. Ortada böyle seçenek varken, Rahman **ol**an Allah'ın Rahim bir kulu **ol**mak seçeneği açığa çıkmışken, eski düzlemden devam etmek isteyenler için Şeyh, artık iyi ya da kötü birşeyler öğreten değil onu bir tabutun içinde yaşamaya mahkum eden bir yanlış rehberdir. Karina kelimesindeki sırra da vakıf **ol**...

Karina Mantıki bağlantı demektir. Şeytan '**İnsan**ı kışkırtan' **ol**arak bilinirken bu **ayet**, Şey**H**tan **İnsan** ilişkisine yeni bir boyut getirir ve hayata aynı mantıktan bakan, diğer anlamı EŞ **ol**an birisiyle mantık zevceliği içinde **ol**duğunu anlatır.

B E N

Karina, Şeyh-Mürit ilişkisini anlatan en güzel kelimeymiş.
Mürşid ile müridin mantık birlikteliği...

D O N A

Şeyhtan'ın Son Günü Suresine devam ediyoruz küçüğüm...

Zuhruf #37 - Gerçekten bunlar, onları yoldan alıkoyarlar; onlar ise, kendilerinin gerçekten hidayette olduklarını sanırlar.

Muhammed #25 - Şüphesiz, kendilerine hidayet açıkça belli olduktan sonra, gerisin geri dönenleri, Şeyhtan kışkırtmış ve uzun emellere kaptırmıştır.

Mücadele #19 - Şeytan onları sarıp kuşatmıştır; böylelikle onlara Allah'ın zikrini unutturmuştur. İşte onlar, şeyhtanın fırkasıdır. Dikkat edin; şüphesiz şeytanın fırkası, hüsrana uğrayanların ta kendileridir.

B E N

İmanlı olduğunu iddia eden bir satanist ya da ateist var mı? Onlar hidayet diye birşeyi kabul etmezler ki. Burada çok güçlü bir dindarlık iddiası var. Şeyhtan, en iyi Müslümanlığın kendilerinde olduğunu iddia edenleri resmen eline geçirmiş.

D O N A

Hac #3 - İnsanlardan kimi, Allah hakkında bilgisi olmaksızın tartışır durur ve her azgın, kaypak şeytanının peşine düşer.

Onlar Mele-i Ala'ya kulak veremez **ayet**i **ol**sun cinler gaybı yani süper-bilinmeyeni bilmez **ayet**leri **ol**sun, işaret edilen önemli bir gerçek İblis'in **din** bilgisinin **ol**mamasıdır. Klasik suflör şeytan modeli, **insan**a, vesvese fısıldama konusunda vaad edilen bir **din** bilgisi içermez. Onun işi **sen**inledir. O bu işlerden anlamaz. Şöyle şöyle yapmaya ne kadar devam edeceksin gibi söylemlerle **sen**i baz alan **söz**leriyle **sen**i yönlendirmeye çalışacaktır. Yukarıdaki **ayet** ise Şeytan'a **din** şeyhtanı misyonu yüklemektedir. Yukarıdaki kişi bilgisiz bir ateist değildir. Yukarıdaki kişi 'çatır çatır' tartışan, Allah'lı **din**i yani Müslümanlığı bildiğini iddia eden bir kişidir. Ve 'başarısının' sırrı bir **din** Şeyhtan'ına tabi **ol**masından gelir..

Bakara #257 - Allah, iman edenlerin velisidir. Onları karanlıklardan nura çıkarır; inkâr edenlerin velileri ise tağut yani İLAH GİBİ SAYGI GÖRENLERDİR. Onları nurdan karanlıklara çıkarırlar. İşte onlar, ateşin halkıdırlar, onda süresiz kalacaklardır.

B E N

Evet, gerçek İblis'in, gerçek satanistin, gerçek cinlenmişin kim olduğu açıklık kazandı. İster misin Şeyhtan 'taşlama' hacer-ül esvet taşı fırlatılarak gerçekleşsin? Herşey yerine ne kadar da muhteşem oturuyor? Hanım sen bırak Şeytan doldurur günleri sona erdi. Şeyhtan Hazretleri ÇIPLAK ARTIK.
Tam deşifresiyle karşımızda.

D O N A

İşte **sen**in hayat kitabın da, bu yeni bilincin besmelesiyle başlıyor **ol**acak.

EUZUBİLLAHİMİNEŞŞEYHTANIRACİYM

BİSMİLLAHİRAHMANİRAHİM

GÜZEL KUR'AN'IN NAHL SURESİ 98. AYETİ

Öyleyse Kur'an okuduğun zaman,
HAKİKAT ÖĞRETİSİNDEN KOVULMUŞ ŞEYHTANDAN ALLAH'A SIĞIN.

YANİ ŞEYHTAN'IN KUR'AN'INDAN

ALLAH'IN KUR'AN'INA SIĞIN KÜÇÜĞÜM.

B E N

Bu ayet bunun için miydi? Tabi ya. Kur'an okuyan insan zaten Allah'a sığındığı için Kur'an'ı okuyordur. Sarımsak gören Vampirin acilen topuklaması gibi bir olay bekliyor insan. Oysa sen zaten Kur'an'a sığınmışsın Allah seni neden uyarsın? O kadar ayetler varken seni hidayete erdirecek. Allah seni uyarıyor çünkü Kur'an okuduğunu zannederken Şeyhtan'ın öğretisine dalıyor olabilirsin.

D O N A

Son uyarı da kışkırtma gibi, anarşik ya da gayri-ahlakiliğin provakasyonunu yapan bir kelimeden, daha rasyonel bir manâya geçişle ilgili.

Şayet sana şeyhtandan bir ~~kışkırtma~~ HEDEF SAPTIRMA gelecek olursa, hemen Allah'a sığın. Çünkü O, işitendir, bilendir.
GÜZEL KUR'AN'IN FUSSILET SURESİ 36. AYETİ

Şeyhtan'ın hedef saptırmalarından Allah'ın pür hakikatine sığınmayan birinin içinden, **dIn**in çıkaracağı şey iman değil, deccalliktir küçüğüm.

BEN
Kur°an'ın içinde Deccal de Mehdi de gizli. Deccal yani Şeyhtan bu kadar barizken, Mehdi neden bu kadar gizli. Yani Mehdi'nin okuduğunda sana heeey ben buradayım demesi gerekmez mi?

DONA
Bu defa soruyu ben sormak istiyorum küçüğüm:
BÖYLE DEMEDİĞİMİ SANA KİM SÖYLEDİ?

BEN
Nası yani?

DONA
Mehdi, Muhammed kelimesinin harflerinden bir kelimedir.
Mehdi'nin H'si, Muhammed'in H'sinden farkı,
oldukça 'ilginç' bir grafik anlatıma sahiptir.
Tek başınayken yuvarlak bir O gibidir, bu doğrudur.
Ancak Mehdi'nin H'si,
kelimenin önünde **ol**duğunda
İNSANA EL SALLAR KÜÇÜĞÜM.

ETRAFINDA DECCAL(LER) GÖRÜYORSAN
MEHDİ ORALARDA BİR YERDEDİR
ÇETREFİLLİ UĞRAŞLAR İÇERİSİNDEDİR
DECCALİN SON GÜNÜ PARTİSİNİ
SESSİZ SEDASIZ DEKORE ETMEKLE MEŞGULDÜR.

BEN
AMAN Allahım! Mehdi el sallıyor!
İnsana Aleyküm Selam demekten
başka bir şey bırakmıyor şu grafik!

DONA
Grafiksel müteşabih düzlemde bu el, sallanan bir el **ol**duğu gibi, aynı zamanda, başa götürülmüş, şaşkın bir başı kaşıyan, düşünceli bir **insan** grafiğidir.

Bu harf, Mehdilikle ilgili Muhammed'in tüm sahih öngörüleriyle, Kur°an'ın kıyamet vaatlerini birleştiren portredir.

Kur°an, Mehdi'yi böyle resmeder...

Üzerine çok düşündükçe, el sallayan, ben buradayım diyen bir seçilmiş... Mehdilik umulmadık bir başa düşen bir ışıklı ateştir. Ummayan bu başların en başında, kendisininki gelir.

BEN
Resmen başını kaşıyor! Bu i-na-nıl-maz!!!!

DONA
Mehdi'nin H'si sadece kelimenin başında başını kaşır. meHdi'de **ol**duğu gibi, kelimenin ortasına konduğunda, o şaşkın baş, İKİ BAŞLI bir grafiğe dönüşür. Dünyayı ortadan ikiye bölen bir çizgi ve çizginin her iki tarafına hükmeden birer baştır **sen**i bekleyen...

BEN
Hediye paketine çok benziyor bu!
Hem **2** kafadar, hem kurdele...
Bu hediyeyi çok sevdim.

DONA
Bir Mehdi, Kur'an'daki beşiğinden sana el sallıyor, bu eli havada bırakmamalısın küçüğüm ☺

BEN
Mehdi'nin bana Kur'an'dan el salladığını gördüğüm bu sahneyi hayatım boyunca unutmayacağım. Ben de sana el sallıyorum vay benim düşünceli başım.

DONA
Ve bir not. MuHammed'in H'si ile MeHdi'nin Hsi arasındaki fark, düzlem farkıdır. İkisi de h'dir ancak MuHammed'in H'si Arapça'nın karakteristiği **ol**muş kalın seslerinden, kalın HA'dır. En kalın HA değildir.

Ondan daha kalın bir de KHA da vardır. Mehdi'ye gelince Mehdi'nin H'si Arapça'da güzel h **ol**arak anılan, yumuşak h'dir ☺

BEN
Tam indigo mehdileri anlatmaya yakışır görsel bir anlatım. Cin Ali çizimleriyle anlatmışsın artık.

Bak Ali bu Top.
Bak bu da Mehdi!

DONA
Korkma. Mehdi'nin H'si kelimenin sonunda Allah'ın H'sine dönüşüyor. Bu dönüş, gerçekten Allah'a...

Sonda	Ortada	Önde	Tek	Arapça	Türkçe
ﻪ	ﻬ	ﻫ	ﻩ	he	h

Ve yukellimun nâse fil mehdi ve kehlev ve mines sâlihîn.
Beşikte de, yetişkinliğinde de insanlarla konuşacaktır.
Ve O salihlerdendir.

GÜZEL KUR'AN'IN ALİ İMRAN SURESİ 46. AYETİ

Bu da günün son hediyesi **ol**sun küçük. Beşik **ol**arak çevrilen Mehdi kelimesinin müteşabih anlamına ermeye var mısın?

🄱🄴🄽

Allah derim ☺

🄳🄾🄽🄰

Mehdi beşik demek **ol**duğu gibi DÜZELTEN, DÜZLEYEN ANLAMINDA BİR DEVRİM KELİMESİDİR.

🄱🄴🄽

Ne? Bu nasıl bir plandır, bu nasıl bir anlatımdır. Söz bulamıyorum.

🄳🄾🄽🄰

Bir diğer anlamı, ham haliyle HADA'dır.

Şimdi **19:29** numaralı **ayet**e gidelim ve müteşabih Kur'an düzleminin Mehdisine bu defa biz el sallayım.

Şunu bil ki, geçmiş bir tarihsel hikayeyi anlattığı zannedilen bu beşik **ayet**ini tek başına ele aldığımızda, ortaya çıkan geçmiş değil gelecek **ol**acak.

'İşaret eden'in kim **ol**duğu sorusundaki kim-liği sevgiyle üstleniyor ve şu an için bu sohbetten ayrılıyorum.

🄱🄴🄽

Vedaları hiç sevmiyorum. Senin sohbetten ayrılmalarından hiç hiç hiç sevmiyorum. Eminim kucağıma bombayı bırakıp bir köşede beni izlemeye devam edeceksin. Ama olsun bu sefer herşeye hazırım, hazırlıklıyım.

DONA

Önce Kur'an'da sadeliğe verileni önemi görmelisin. Aşağıdaki **ayet**e iyi bak. O **ayet**te, Kur'an'ın **2** aşamalı bir plan **ol**duğunun açık izlerini bulabilirsin.

#19.97 - Biz bunu (Kur'an'ı) senin dilinle kolaylaştırdık, takva sahiplerine müjde vermen ve direnen bir kavmi uyarıp korkutman için.

BEN

Dikkatimi çeken birşey var ancak adını tam koyamıyorum.

DONA

'Biz bunu **sen**in dilinle **ko**laylaştırdık' demek ortada bir ZORLUĞUN **ol**duğunu baştan kabul etmektir. Kur'an'ı tek bir düzlem içinde değerlendirdiğinde yukarıdaki **ayet** Tanrı nez**din**de tam bir çıkmaz halini alacaktır. Kur'an hem zor bir doğaya sahip **ol**up hem de aynı zamanda ken**din**i nasıl **ko**laylaştırabilir? Kur'an indiğinde ya zordur ya **ko**laydır. Zor bir kitabın kendi ken**din**i **ko**laylaştırması, felsefenin termin**ol**ojisiyle İKİLEMDİR. Durum, Kur'an'ın iki düzlemli yapısının bir yansımasıdır.

Tanrı indireceği Kur'an'ı ZOR buluyorsa, göndermeden önce onu değiştirip KOLAY **ol**arak indirecektir.

Bu durumda bu **ayet**, Kur'an için **ko**laylaştırılmış ifadesini kullanmayacak, onun yerine basitçe KOLAY Kur'an diyecektir.

Burada Kur'an'ın indirildiği andaki ZORLU formu ile farklı bir zaman diliminde **ko**laylığa kavuşum anlatılmaktadır. Ve bu mucizenin altında da ÖZEL BİR DİL RENGİ vardır. '**Sen**in dilin.' Son Tefsirci'yi arayanlar için başlıca ölçüt budur. DİL RENGİ, Son Tefsirci Mehdi'nin en temel alametidir. Kur'an'ı okunur kılan, onu, dünyanın en muhteşe sörf zemini haline getiren bir renktir bu. Kur'an'a sınırsız derinlik katan, üstelik bunu kitabın dilini çetrefilleştirerek değil görülmemiş bir sadeleştirmeye giderek yapan bir tefsirciyi aramaya çıkınız. Bu arayışınız, bu sayfaya geri dönerek son bulacaktır.

BEN

Düşünüyorum da, kılıç, kalkan kullanımı, türlü türlü Aikido numaraları verecek halin yok. Bir kitabın güncelleyici editörlüğü görevini verdiğin müceddid her kim ise, onda diğerlerinin yakınına bile yaklaşamayacağı bir dil rengi olmalı.

DONA

Şeyhtanlar 'Mehdi diye biri Kur'an'da yok' mu demişti? Ya da 'Öyle biri var ve o bizden başkası değil' mi demişlerdi?

Şeyhtan'ın Son Günü'nde onların ne dediğinin artık hiçbir önemi yok. BUGÜN TEK ÖNEMLİ OLAN ŞEYHTAN'IN İÇİNDEN KOVULDUĞU KUR'AN'IN NE DEDİĞİ.

İşte karşında:

فَأَشَارَتْ إِلَيْهِ قَالُوا كَيْفَ نُكَلِّمُ مَنْ كَانَ فِى الْمَهْدِ صَبِيًّا

Feeşârat ileyh,
gâlû keyfe nukellimu
men kâne fil <u>mehdi sabiyyâ</u>.

Bunun üzerine ona -çocuğa- işaret etti.
Dediler ki: "HİDAYETİ DÜZLEMEKTE,
DİNİ SADELEŞTİRMEKTE OLAN BİR ÇOCUKLA biz nasıl konuşabiliriz?"
HİDAYETİ DÜZLEYEN KUR'AN'IN
19. MERYEM SURESİ 29. AYETİ*

407

(ayetin devamı...)
19.30 Dedi ki: "Şüphesiz ben Allah'ın kuluyum.
Bana Kitabı verdi ve beni peygamber kıldı."

Din Günün Kutlu Olsun -Mehdi Sabiyya-.

ŞEYHTAN'IN SON GÜNÜ SONA ERDİ.

Rabbin **sen**inle gurur duyuyor küçüğüm.
O ilk günde Adem'e secde etmeyen Şeyhtan'ın alnını,
bu son günde yere ser**din**.